In de schaduw van het palazzo

Van dezelfde auteur:

Het vlinderkistje
Onder de ombu-boom
De Vergeet mij niet-sonate
De zwaluw en de kolibrie
Valentina's laatste reis
De zigeunermadonna
De Franse tuinman

SANTA MONTEFIORE

In de schaduw van het palazzo

2009 – De Boekerij – Amsterdam

Oorspronkelijke titel: The Italian Matchmaker (Hodder & Stoughton)
Vertaling: TOTA/Erica van Rijsewijk
Omslagontwerp: Hilden Design, München
Omslagbeeld: © Thomas Barrat / Shutterstock

ISBN 978-90-225-5186-8

Voor Louis Dundas

Liefde voor altijd

1

Engeland, voorjaar 2001

Luca stond alleen in de bibliotheek uit het raam te staren naar de glinsterende tuinen van Dinton Manor. De wolken hingen laag en zwaar aan de lucht van Hampshire en er daalde een lichte, maar aanhoudende motregen uit neer. Een stel merels pikte in het gras op zoek naar wormen, waarna ze terugvlogen naar de oprijzende lindebomen waaraan net nieuwe groene blaadjes begonnen te verschijnen. De vredige stilte werd van tijd tot tijd verstoord door gelach dat uit de zitkamer aan de andere kant van de gang opklonk, waar de rest van de bewoners en logés luidkeels commentaar gaf op de zondagskranten of een potje scrabble speelde. Luca ergerde zich aan hun joie de vivre. Hij was alleen maar gekomen voor Freya, met wie hij in de loop der jaren het contact had verloren. Hij bewonderde haar huis, haar gezin, haar overduidelijke tevredenheid, en realiseerde zich dat hijzelf in de afgelopen twintig jaar op de een of andere manier uit koers was geraakt.

Hij blies asem tegen het glas, verzonken in een waas van melancholie terwijl hij nadacht over zijn leven. Hij was eenenveertig. Weer vrijgezel. Vader van twee kleine meisjes die verstrikt zaten in de puinhopen van een bittere scheiding. Werkloos, omdat hij na twintig jaar als fondsbeheerder te hebben gewerkt nu weg was uit de City; hij had met zo veel toewijding geld verdiend dat geld verdienen een doel op zich was geworden – een hebzuchtig, leeg bestaan dat hem geen voldoening meer schonk.

Er was druk gespeculeerd over zijn vertrek uit de City. Telefoons hadden roodgloeiend gestaan terwijl het nieuws rondging over continenten en de bankwereld diep schokte. Luca Chancellor, die een biljoen beheerde, had zich laten uitkopen door zijn twee partners en had gewoon de benen genomen. Niemand had er een verklaring voor, en Luca gaf geen antwoorden. In plaats daarvan had hij het hoofd gebogen en zijn mobieltje uitgeschakeld, en was hij naar het platteland gevlucht. Maar na een strak geregeld leven in de financiële wereld gaf zijn hervonden vrijheid hem een ongemakkelijk gevoel: er waren geen grenzen aan.

Voordat hij nog meer gedachten kon wijden aan zijn desintegrerende leven, voelde hij dat hij niet langer alleen was. De geur van gemberlelies deed hem denken aan die zomer lang geleden toen Freya en hij minnaars waren geweest. Ze sloeg een arm om zijn middel en leunde tegen hem aan.

'Dus hier zit je, Luca. Wat ben je aan het doen?'

'Aan het nadenken.'

'Nadenken is riskant. Waar denk je over na?'

De glimlach in haar stem moedigde hem aan. 'Aan jou en mij. De zomer van 1979.'

'Je bedoelt die zomer toen ik verliefd op je werd, waarna ik in de herfst weer aan de kant werd gezet?' Ze lachte, want inmiddels kon ze luchtig doen over een situatie die haar destijds diep had gekwetst. 'Afgedankt samen met al die andere vrouwen die dachten dat zij je wel zouden kunnen temmen.'

'Jij bent altijd anders geweest. Jou laten lopen was het stomste wat ik ooit heb gedaan.'

'Val jezelf niet te hard. Het heeft gewoon niet zo mogen zijn.'

'Je zou goed voor me zijn geweest.'

'Ik weet nog zo net niet of jíj wel goed voor míj zou zijn geweest. Je was veel te knap en te arrogant om één vrouw trouw te kunnen blijven.'

'Ik ben nu een andere man dan toen.'

'Een vos verliest wel zijn haren, maar niet zijn streken. Eens een ploert, altijd een ploert. Toch ben je – hoe lang ook alweer, tien jaar? – bij Claire gebleven. Dat is negen jaar langer dan ik had verwacht.'

'En moet jij jezelf nou eens zien,' zei hij, terwijl hij zich omdraaide om haar aan te kijken, met korenbloemblauwe ogen waarin alleen maar spijt te lezen stond: 'Gelukkig getrouwd met Miles. Een groot, prachtig huis op het platteland. Vier blonde, blozende kindertjes.' Hij liet zijn blik over haar gelaatstrekken gaan. 'Met elk jaar dat verstrijkt mooier dan ooit.'

Ze bloosde. 'O, Luca, toe zeg, hou op. Jij wilt alleen maar hebben wat je niet kunt krijgen.'

'Ben je gelukkig met Miles?'

'Heel erg.' Ze streek een lok blond haar achter haar oor.

'Jammer. Ik zou wel weer met je willen vrijen.'

Freya trok haar arm terug. 'Dat je half Italiaans bent betekent nog niet dat je dat soort dingen zomaar tegen een getrouwde vrouw kunt zeggen.'

'Jij bent mijn oudste vriendin. Ik kan alles tegen je zeggen.' Hij nam een trek van zijn sigaret, waar nog amper iets van over was.

Ze pakte een porseleinen asbak van de salontafel en gaf hem die aan. 'Dat gerook is een afschuwelijke gewoonte. Je zou eens moeten stoppen.'

'Daar is het nu geen goed moment voor.'

'Er is nooit een goed moment.'

'Het is net of ik stervende ben en mijn leven aan me voorbij zie trekken. Ik ben zo druk bezig geweest met geld verdienen dat ik nooit tijd heb gehad voor de dingen die echt belangrijk zijn. Ik heb een zootje gemaakt van mijn huwelijk. Ik heb nooit zo'n vader willen zijn die het leven van zijn kinderen overhoopgooit, maar moet je me nu eens zien. Ik heb meer geld verdiend dan Claire in een heel leven zou kunnen uitgeven. Ik vraag me af of ze zich de laatste keer kan heugen dat ze nog reisde zonder privévervoer. Dat rotmens probeert me helemaal kaal te plukken. Maar als zij een monster is geworden, heb ik het alleen aan mezelf te wijten dat ik dat van haar heb gemaakt. Geld kan liefde niet vervangen. Ondanks al mijn wereldse bezittingen, Freya, ben ik een hol vat.'

Ze raakte zijn arm aan. 'De meisjes redden het wel. Ik heb het ook gered.'

'Jij had geluk. Jouw moeder hertrouwde weer vrij snel. Fitz pakte je op voordat je de tijd kreeg om op je snufferd te gaan. Jouw moeder is niet wraakzuchtig, zoals Claire. Zij is verstandig. Ze heeft je niet tegen je vader opgezet.'

'Toch is het niet niks als je erachter komt dat je ouders niet meer van elkaar houden en bij iemand anders willen zijn. Hoe vriendschappelijk het ook toegaat, je voelt je toch op de een of andere manier schuldig – ze houden niet genoeg van jou om bij elkaar te blijven. Maar kinderen zijn veerkrachtig. Die passen zich snel aan. Dat zullen jouw kinderen ook doen.'

'John Tresco is geen Fitzroy Davenport. Als ik eraan denk dat hij een vader voor mijn dochters wordt, krijg ik de kriebels.' Hij trok wit weg en nam nog een laatste trekje voordat hij zijn peuk uitdrukte.

'Waarom ga je van de zomer niet weg? Je vertelde me toch laatst over dat schitterende palazzo dat je ouders hebben gekocht? De Amalfi-kust klinkt als de ideale plek om een paar maanden tot rust te komen. Om te besluiten wat je wilt gaan doen. Londen is snikheet in de zomer en iedereen trekt weg. Als je blijft, ga je je alleen maar ellendiger voelen. Misschien kunnen je dochters naar je toe komen in de vakantie. Kinderen zijn dol op paleizen.'

'De rust is bij mijn moeder ver te zoeken! Het grootste deel van mijn volwassen leven heb ik mijn best gedaan haar uit de weg te gaan.'

'Ten koste van je vader.'

'Ze moet altijd mensen om zich heen hebben. Ik snap niet hoe hij al die lui kan verdragen. Op dit moment zit ik daar bepaald niet op te wachten.'

'Verandering van omgeving zal je goed doen – zon, zee, tijd om na te denken.'

'Over al mijn fouten!'

'Niemand is volmaakt.'

'Ik tors een zware last met me mee, Freya.'

'Laat die dan vallen. Ga je ouders opzoeken. Ik weet ook wel dat Romina niet mals kan zijn, maar ze heeft een goed hart. Het hemd is nader dan de rok – en trouwens, ik weet zeker dat ze je dolgraag hun palazzo willen laten zien.'

Hij keek haar aan en grijnsde. Heel even maakte haar maag een sprongetje toen ze achter zijn afgematte trekken weer een glimp opving van de knappe kerel uit haar jeugd. 'Zie je nou hoe goed je voor me bent?' zei hij, opnieuw met een twinkeling in zijn ogen. 'Ik had met je moeten trouwen toen ik de kans had. Ik heb er jaren over gedaan om te ontdekken dat de vrouw van wie ik altijd heb gehouden zich al die tijd vlak naast me bevond. Miles mag zijn handjes dichtknijpen.'

'Er komt een dag dat je om dit gesprek zult lachen. Je houdt niet echt van me, je houdt alleen van waar ik voor sta. Ik lijk dan misschien een veilige haven, maar als je eenmaal weer tot jezelf gekomen bent, zie je in dat je helemaal geen veilige haven wílt. Ik ben veel te bedaard voor jou; je zou je bij mij gaan vervelen, net als in 1979.'

'Dat zie je verkeerd. Ik heb me bij jou nooit verveeld; ik was er alleen niet klaar voor om me te settelen, dat is alles. Verkeerde timing.'

'Kom, laten we teruggaan naar de zitkamer. Mam en Fitz komen zo voor de lunch.'

'Nee, laten we een stukje gaan wandelen.'

'In die miezer?'

'Jij was toch zo'n buitenmens?'

'Dat lijkt maar zo. Voor Miles moet ik wel doen alsof. Hij wil helemaal niets met Londen te maken hebben. Weet je zeker dat je het niet eens bij Annabel wilt proberen?' vroeg ze, om over een ander onderwerp te beginnen. 'Ik durf te wedden dat ze jou wel ziet zitten.'

'Van iemand die er zo mager en hongerig uitziet word ik niet warm of koud,' antwoordde hij, en hij keek toe hoe Freya lachend haar neus in rimpels trok. 'Ik zie die blik tegenwoordig in de ogen van iedere vrijgezelle vrouw die tegen de veertig loopt – en hoor het harde getik van hun biologische klok. Dank je wel, Freya, dat je aan me denkt, maar ik laat deze beurt voorbijgaan.'

'Een goede gastvrouw voorziet in alle behoeften van haar gasten.'

'Mijn enige behoefte kun je toch niet vervullen.'

'En daar zou jij in mijn huis ook niet over moeten beginnen,' kaatste ze snel terug.

'Vroeger was je nooit zo keurig.'

'Ik ben getrouwd,' zei ze nogmaals, nadrukkelijk nu.

Hij slaakte een zucht. 'Zo herinner ik me je liever niet.'

'Ik wil niet weten hoe jij je mij herinnert.' Ze bloosde weer.

'De motorkap, de schuur van je ouders, midden in de nacht, zomer...'

'Hou op! Ik weet niet waar je het over hebt! Zeg, ik ben inmiddels wel toe aan die wandeling. Laten we maar eens kijken of de anderen ook even een ommetje willen maken voordat we aan de lamsbout beginnen.'

Luca wilde dat ze niet het hele gezelschap had meegevraagd – volwassenen, kinderen en honden – om met hen mee te komen. Trouwens, hij wilde toch alleen maar met Freya praten. Miles, op en top de in Barbour gehulde grootgrondbezitter, met zijn laarzen en zijn tweedpet, ging hun voor het weggetje over naar het bos, terwijl zijn echtgenote plichtsgetrouw een paar passen achter hem liep met haar zwager en diens vrouw. Luca werd vergezeld door een vrouw aan elke kant. Annabel, die Freya had uitgekozen als mogelijke date voor hem, was best knap, maar zo droog als een kip die te lang in de oven heeft liggen roosteren, terwijl Emily, wier boomlange echtgenoot ergens achteraan bungelde met hun kinderen, een rood gezicht had en zo plomp was als een gans die onder dwang is gevoerd voor de foie gras. Hij verhulde zijn frons door zijn kin op te heffen – vanwege zijn lengte was hij in het voordeel – en keek hoe Freya's met grijze strepen doorschoten blonde krullen heen en weer dansten op haar rug terwijl ze zich door het lange gras haastte om haar man bij te benen. Hij kon zich niet voorstellen wat ze in Miles zag, ook al was die best aardig. Twee van hun kinderen schoten voorbij, een zwarte labrador achterna, en hij liet zijn blik gaan over hun gouden haar en huid, die ze, door een gelukkig toeval, van hun moeder hadden geërfd. Miles bezat een bleke Keltische huid overdekt met sproeten, en zijn dunner wordende haar was van een dof rossig blond. Het ergerde Luca om Freya met een man als hij te zien. Als ze met een man zoals híj getrouwd zou zijn, zou hij zijn glas hebben geheven, zich met een buiging uit de voeten hebben gemaakt en gracieus hebben geaccepteerd dat hij was verslagen door zijn gelijke. Maar Miles was zijn gelijke niet; Miles stond in alle opzichten lager dan hij. Kennelijk had Freya water bij de wijn gedaan.

'Kom op, slome donders!' riep Miles bij de ingang van het bos. 'Jullie kweken geen eetlust als je je niet een beetje inspant.' Zijn labrador ging gehoorzaam aan zijn voeten zitten en hijgde opgewonden.

'Het is net een trainingskamp,' klaagde Emily. 'Miles moet altijd de eerste zijn. Of het nou op de skipiste of op de tennisbaan is, hij wil altijd de beste zijn.'

'En is hij dat ook?' vroeg Luca, terwijl hij zijn handen in zijn jaszakken stak.

'Nee,' zei Emily droogjes. 'In elk geval niet als hij tegen Hugo tennist. Mijn man mag dan niet groot zijn, maar hij vliegt over de baan.' Ze dempte haar stem. 'Miles kan niet zo goed tegen zijn verlies.'

'Ken je hen al lang?'

'Bijna tien jaar. Sinds ze hier zijn komen wonen. Wij wonen een minuut of twintig verderop, net buiten Arlesford. We hebben elkaar leren kennen via wederzijdse vrienden. Freya is een heerlijk mens. Die heeft helemaal niets strijdlustigs over zich.'

'Hoe denk je dat ze het samen zo goed kunnen redden?' drong hij aan. Emily's ronde gezicht straalde bij de kans om de knappe Europeaan van het vasteland op de hoogte te brengen.

'Je zou kunnen zeggen dat het zo goed gaat tussen hen omdat ze elkaars tegenpolen zijn. Freya is heel relaxed. Miles is sportief en competitief. Freya rolt alleen maar met haar ogen en glimlacht.' Ze wierp een behoedzame blik op Annabel en dempte haar stem. 'Volgens mij is Miles best een braller, om eerlijk te zijn. Misschien houdt Freya wel van een man die de touwtjes in handen neemt.'

'Wat denk jij, Annabel?' Luca vond dat hij maar beter kon proberen om de wandeling nuttig te maken. Het miezerde nu behoorlijk en hij voelde een koud stroompje over zijn rug. Met opgetrokken schouders vroeg hij zich af hoe lang het nog zou duren voordat ze zouden gaan lunchen.

'Miles is een uitstekende minnaar,' stelde Annabel met gezag. Luca rilde. De gedachte aan Freya die met Miles vrijde was al even weinig aantrekkelijk als de regen die over zijn rug sijpelde.

'Heeft zij je dat verteld?'

Emily moest hard lachen. 'Heeft ze gezegd dat Miles een goede minnaar is?' bauwde ze hem na, en opeens zag ze hem in een heel ander licht. 'Wel heb je ooit!' Ze kon niet wachten om het aan Hugo te vertellen.

'Ja, hij heeft een enorme pik,' legde Annabel uit alsof ze het over de afmetingen van zijn auto hadden. 'En hij vindt het fijn om haar te gerieven. Hij kan uren doorgaan.' Luca bezag Annabel met een waarderende blik. Hij hield wel van vrouwen die wat seks betrof geen gêne kenden. Destijds in 1979 had Freya's onschuld hem afgeschrikt.

'Vrouwengeheimen?'

'Freya zou je vermoorden als ze wist dat je dat aan ons had verteld,' zei Emily, die overduidelijk geprikkeld werd door het gesprek.

'Maar ze hoeft het niet te weten, toch?' antwoordde Annabel koeltjes. 'Het is nou niet bepaald het soort onderwerp om bij het avondmaal te bespreken, wel?'

'Hoe kan het dan dat ze jou zoiets intiems heeft verteld?' vroeg Luca, zijn blik gericht op Freya, die voor hen liep en totaal niet in de gaten had dat haar geheimen over de tong gingen.

'Op een avond kort nadat ze Miles had leren kennen zijn we samen dronken geworden. Ik had een teleurstellende nacht achter de rug met iemand die op Sylvester Stallone leek, maar er helemaal niets van bakte, en toen vertelde ze het me. Schijn kan bedriegen. Miles is niet alleen rijk, maar ook nog eens een fantastische minnaar. Wat wil een vrouw nog meer?'

Voor hen uit voegde Freya zich bij haar echtgenoot. Hij sloeg een arm om haar middel en trok haar even tegen zich aan, terwijl de anderen hen inhaalden. Ze vertelden elkaar een grapje en een kort moment liet ze haar hoofd op zijn schouder rusten. Luca voelde jaloezie in zijn keel omhoogkomen. Miles was niet knap, maar hij was wel een goede minnaar. Hij kon er niets aan doen dat hij zich afvroeg hoe híj daarbij zou afsteken. Het was inmiddels zo lang geleden dat Freya het waarschijnlijk vergeten was. Toch had Luca haar niet vergeten. Zijn herinneringen aan de keren dat hij met Freya had gevreeën waren net videobeelden. Hij kon de cassette erbij pakken en ze naar believen keer op keer afspelen. Ze was naïef geweest, zoet als nectar, en schuchter. Hij had haar geopend als een bloemknop en haar ontmaagd. Hij had haar ongemakkelijkheid weggekust en zij had zich laten gaan, zich overgevend aan de genoegens van seks. Vervolgens had hij haar achteloos terzijde geworpen, afgeschrikt door de intensiteit van haar verlangen om te trouwen en samen een lang en gelukkig leven te leiden. Hij had haar aan de kant gezet, zodat ze kon worden opgepakt door Miles met zijn grote huis, zijn grote ego en zijn grote pik. Als hij zich volwassener had gedragen, hoe zou de situatie er dan nu voor hen allemaal uitzien?

Terwijl Emily Hugo Freya's geheimen in het oor fluisterde, voelde Luca een onuitgesproken band groeien met Annabel, alsof ze een paar dieven waren die net terugkwamen van een kraak. Ze liepen verder, babbelend als oude vrienden, met de ondertoon van een groeiende seksuele chemie. Luca merkte niets van de blikken die Freya in zijn richting wierp. Ze had Annabel uitgenodigd om hem aangenaam te verpozen, maar nu ze van elkaars gezelschap leken te genieten, stond dat haar helemaal niet aan.

De huisbewoners en hun logés keerden verhit en met een blos op hun wangen terug; hun haar was nat geworden, maar hun stemming was monter. De geur van gebraden lamsbout kwam vanuit de keuken de gang door gedreven. Heather Dervish was uit het dorp gekomen om te koken, en Peggy, de schoonmaakster, die in de cottage aan het eind van de oprijlaan woonde, was komen helpen serveren. Peggy had haar gebruikelijke slonzige kleren verruild voor een felrode schortjurk, die ze had gecombineerd met bijpassende rode kousen en schoenen met een zilveren gesp, waar ze maar amper haar opgezette voeten in had kunnen wurmen. Freya keek nog eens goed, herstelde zich en zei: 'Goh,

Peggy, wat zie je er mooi uit. Maar je had voor ons niet zo veel moeite hoeven doen.'

Peggy streek met haar handen over haar jurk. 'Deze heb ik jaren niet gedragen,' antwoordde ze trots. 'Vindt u het te jeugdig staan?' Freya nam het gezette lichaam van de achtenzestigjarige weduwe van top tot teen op en besloot de waarheid voor zich te houden. Peggy had zich tenslotte opgetut voor haar stiefvader, en hem zou het zeker amuseren. Elke keer dat hij op bezoek kwam, maakte ze er een hele heisa van.

'Ik vind dat je er prachtig uitziet,' zei ze. Peggy's dikke wangen slaagden erin een flauw blosje voort te brengen.

Het gezelschap verzamelde zich in de zitkamer en Miles trok een fles champagne open. De haard brandde en vulde de kamer met de zoete geur van appelhout. Buiten was het gemiezer overgegaan in echte regen, die als kleine steentjes tegen de ruiten roffelde. Luca zat op de bank met Annabel. Hij kon haar parfum ruiken, zoet en overweldigend. Ze boog zich naar hem toe, zodat hun schouders elkaar raakten. 'Als je moest kiezen tussen met iemand in deze kamer neuken of dood neervallen, wie zou je dan nemen?' vroeg ze, met een gezicht zo onschuldig als dat van een engel. 'Behalve dan degene die het vraagt,' voegde ze er haastig aan toe. 'Op die manier hoef je geen moeite te doen om beleefd te blijven.' Met slaperige ogen keek hij naar haar omlaag, en hoewel hij Freya zou hebben gekozen, zonder ook maar enige twijfel, was de gedachte aan Annabel na het dessert uitermate verleidelijk.

'De vragensteller doet ook mee,' zei hij streng. 'Dan word jij het.'

Op dat moment vulde de lange, knappe gestalte van Fitzroy Davenport de deuropening. 'Is er nog iets over voor ons?' vroeg hij, gebarend naar de champagnefles die Miles zojuist had leeggeschonken.

'Fitz!' riep Freya uit, en ze haastte zich de kamer door om haar stiefvader te begroeten. 'Waar is mam?'

'Hier, lieverd, er vlak achteraan.' Haar moeder wurmde zich langs haar echtgenoot. Rosemary Davenport was slank en levendig, en had blond haar met highlights erin dat tot op haar schouders viel en lichtgrijze ogen, net als haar dochter. Ze was er trots op dat ze er veel jonger uitzag dan haar zesenzestig jaren en deed drie keer per week aan pilates met een groep MZW's, de afkorting die Rosemary en haar vriendinnen bezigden voor 'Mensen Zoals Wij'. Ze was efficiënt en sociaal, en de eerste om toe te geven dat ze een tikje opdringerig was. 'Als ik me niet had opgedrongen, had ik nooit met Fitz naar het altaar kunnen schrijden.

Een man als Fitz heeft een vrouw nodig die van wanten weet. Vrouwen die zich opdringen krijgen dingen voor elkaar.'

Ze wierp een blik op haar echtgenoot. Die was gezegend met de eeuwige jeugd. Zijn haar had nog steeds een zandkleur, met maar een heel klein beetje grijs aan de slapen, en hij was nu knapper dan toen ze hem had leren kennen. Voor een man die twee keer was gescheiden had hij er verbazingwekkend snel in toegestemd om het huwelijk nog een kans te geven. Zij was niet het type vrouw dat zich een geschikte man als Fitz door de vingers liet glippen. Ze was dan misschien niet de schoonheid die sommigen van zijn ex-vriendinnen en -echtgenotes waren geweest, maar ondanks Freya en haar drie andere kinderen was Rosemary nog best goed in vorm. Als ze er niets aan deed, zou ze voor zijn moeder door kunnen gaan.

'Voor jou, Fitz, trek ik een andere fles open,' kondigde Miles aan, met zijn duimen al onder de kurk.

'Ik heb Bendico en Digger in de auto gelaten,' zei Fitz, refererend aan zijn twee gele labradors. 'Misschien kan ik vanmiddag nog met ze gaan wandelen. Dan kun je me laten zien wat je allemaal hebt gesnoeid.'

'Ik zal het nodig hebben om Heathers lunch eraf te lopen.'

'Ik moet even gedag gaan zeggen. Hoe maakt de excentrieke Peggy Blight het?'

'Om bang van te worden. Laat je eetlust maar niet door haar bederven.' De twee mannen lachten. Miles liet de kurk knallen en schonk de bubbelende Moët & Chandon in een hoog fluitglas.

'Als ik met iemand in deze kamer moest neuken,' zei Annabel peinzend terwijl ze om zich heen keek, 'degene die naast me zit zonder meer uitgesloten, dan zou het die heerlijke stiefvader van Freya worden. Ik hou van lange mannen. Hij is een goed voorbeeld van een man die er met de jaren alleen maar beter gaat uitzien. Hij moet wel achter in de zestig zijn, maar ziet er veel jonger uit. Ja, volgens mij zit er nog een heleboel pit in die ouwe!'

'En als je mij ook meetelt?'

'Ach, ik weet niet,' plaagde ze. 'Miles is al uitgetest en is heel bekwaam gebleken. Speelt een vrouw op zeker of kiest ze voor een man die ernaar uitziet dat hij alles heeft wat ervoor nodig is, maar die wel eens een gigantische teleurstelling zou kunnen zijn?'

'Ik kan je verzekeren dat je niet teleurgesteld zou zijn,' zei hij met een glimlach vol vertrouwen.

'Ik zal er tijdens het eten over nadenken.'

'Natuurlijk ben ik wel in het voordeel. Miles is niet beschikbaar.'

'En knap is hij ook niet. Dat is ook een voordeel – maar net zo goed een nadeel.'

'Hoe dat zo?'

'Omdat knappe mannen zichzelf de hemel in prijzen, meestal krijgen wat ze willen en vrouwen daardoor slecht behandelen. Ze hebben geen respect voor wat hen niet uitdaagt.' Toen Peggy in de deuropening verscheen om aan te kondigen dat de lunch klaar was, stond Annabel op. Iedereen staarde vol verbazing naar Peggy's rode ensemble, behalve Fitz, die met een stralende glimlach op haar af stapte.

'Mijn lieve Peggy!' riep hij uit. 'Je lijkt wel een visioen in rood.' Haar blos had de kleur van haar kousen.

'Dank u, meneer Davenport. Ik heb vanochtend gewoon maar wat aangeschoten. Niets bijzonders.'

Ze lunchten in de eetkamer aan de grote notenhouten tafel. Freya had een elegant tafelstuk van arumlelies in het midden gezet en gebruikte het zilver en kristal dat ze als huwelijkscadeau had gekregen. Het regende nog steeds; de wolken, zwaar en gehavend, dreven langzaam langs de hemel. Omdat het zo donker was, stak Freya de kaarsen aan, en de gouden gloed maakte de kamer, die al even stijlvol was als zijn meesteres, nog knusser.

Luca zat aan Freya's linkerkant, met Emily rechts van hem. Fitz was een plaatsje rechts van Freya toebedeeld. Terwijl ze aanvielen op de lamsbout, praatte Fitz bij met Luca, die hij een hele tijd niet had gezien.

'Freya is met Miles getrouwd, ik trouwde met Claire, maar we zijn uit elkaar gegroeid,' zei Luca eenvoudig. 'Nu ik gescheiden ben, ben ik teruggekeerd naar mijn oude vrienden. Freya heeft me zonder verwijten welkom geheten.'

'Wat vervelend voor je dat het met je huwelijk niks is geworden.'

'Dat vind ik ook.' Hij haalde zijn schouders op. 'Maar zo is het leven.'

'Ik heb het zelf twee keer meegemaakt. Ik leef met je mee.'

'Dan zal het de derde keer wel scheepsrecht zijn,' zei Luca. 'Ik geloof niet dat ík er haast mee ga maken om me weer te binden.'

'Dat hoeft ook niet,' kwam Freya tussenbeide. 'Je hebt twee schatten van dochtertjes om je tijd aan te besteden.'

'Ik vind het prettig om getrouwd te zijn,' zei Fitz. 'Rosemary ving me op toen ik er niet best aan toe was en organiseert sindsdien mijn leven.

Ik zou niet weten wat ik zonder haar zou moeten.'

'Claire gaf alleen maar mijn geld uit en liep me aan mijn kop te zeuren,' zei Luca wrang.

'Alle vrouwen zeuren aan je kop,' zei Fitz. 'Ik heb trouwens gehoord dat je uit de City weg bent.'

'Ja, ik ben er klaar mee.'

'Het heeft breeduit op de financiële pagina's gestaan.'

'Die heb ik niet gelezen.'

'Niemand snapt er iets van. Je moet ze wel de stuipen op het lijf hebben gejaagd. Weet jij iets wat zij niet weten?'

Luca schudde zijn hoofd en grijnsde. 'Toen ik op een ochtend wakker werd, besefte ik dat ik net een muis was in een looprad die was geprogrammeerd om geld te verdienen. Om rijke mannen nog rijker te maken. Dat is een zielloos bestaan. Geld, geld, geld. Hoeveel geld heb ik nodig om gelukkig te zijn? Ik wil meer, ik weet alleen nog niet op welke manier precies.'

'Wat ga je nu doen?' vroeg Fitz.

Luca haalde zijn schouders op. 'Dat is de grote vraag.'

Freya haakte daarop in. 'Ik heb tegen hem gezegd dat hij de zomer vrij moet nemen. Dat hij naar Italië moet gaan, bij zijn ouders logeren in hun nieuwe palazzo aan de Amalfi-kust.'

Fitz' ogen lichtten op. 'De Amalfi-kust?'

'Ze wonen in een klein vissersplaatsje, Incantellaria. Waarschijnlijk heb je er nooit van gehoord.'

'Incantellaria...' herhaalde Fitz, die wit wegtrok. 'Hebben Bill en Romina Palazzo Montelimone gekocht?'

'Ken je het?' vroeg Luca.

Fitz wierp een nerveuze blik op zijn vrouw. 'Jaren geleden ben ik daar een keer geweest. Het palazzo was toen een bouwval.'

'Mijn ouders hebben het drie jaar geleden gekocht. Ze zijn twee jaar bezig geweest met renoveren.'

'Maar ze hebben er vast iets moois van gemaakt!' riep Freya uit. 'Bill is architect en Romina is interieurschilder. Ik wil wedden dat het er prachtig uitziet.'

'Ze wilden het weer net zo maken als het was voordat het in de jaren zestig bijna door brand werd verwoest. Ik ben er nog niet wezen kijken – te druk. Ik heb hen in geen maanden gezien. Nu ik vrij ben, ga ik misschien wel bij ze op bezoek.'

Vol verwachting wendden ze zich tot Fitz. 'Wat voerde jou naar Incantellaria?' informeerde Luca.

Fitz staarde omlaag naar zijn bord. 'Een heel bijzondere vrouw.' Die woorden sprak hij met zo veel tederheid uit dat Freya voelde dat de haartjes op haar armen recht overeind gingen staan. 'Voordat ik jouw moeder leerde kennen, Freya,' voegde hij er tactvol aan toe.

'Kennelijk is het een heel geheime plek,' zei Luca.

'Geheim en geheimzinnig,' beaamde Fitz. 'Als je eenmaal in Incantellaria begint te graven, weet je maar nooit wat je naar boven haalt.'

2

Na de lunch ging Fitz in zijn eentje wandelen met de honden. Miles was nodig aan de bridgetafel. Voor Fitz, die alleen wilde zijn met zijn herinneringen, die nu glansden alsof ze zojuist onverwacht waren opgepoetst, was dat een hele opluchting. Hij beende het pad naar de bossen op. Digger en Bendico renden weg over het veld, achter hazen aan. De donkere wolken waren weggetrokken en hadden de regen met zich meegevoerd. Er waren nu stukken blauw zichtbaar en af en toe scheen de zon, zodat de natte bladeren glinsterden.

Incantellaria... Bij de naam alleen al voelde hij een steek in zijn hart, een mengeling van spijt en verlangen. Hij kon er niets aan doen dat hij moest denken aan wat had kunnen zijn. Nu hij op leeftijd was, erkende hij het wonder van de liefde en het feit dat hij die, nadat hij die had laten gaan, nooit meer terug zou krijgen.

Hij herinnerde zich Alba zoals ze was geweest toen hij verliefd op haar was geworden, nu zo'n dertig jaar geleden: haar uitdagende gezicht, haar merkwaardig lichtgekleurde ogen, die helemaal niet pasten bij haar mediterrane huid en donkere haar; haar onstuimige lach, haar zorgeloze onverschilligheid voor wat andere mensen zeiden, haar ontembare charme. Hij dacht ook terug aan haar kwetsbaarheid, haar behoefte om bewonderd te worden, haar onverwachte liefde voor de kleine Cosima, het nichtje dat ze had aangetroffen bij haar moeders familie toen ze op weg was gegaan naar Incantellaria om hen te zoeken. De vreugde waarmee ze zijn huwelijksaanzoek had aanvaard en met hem was teruggekeerd naar Engeland. De dag dat ze haar armen om hem heen had geslagen en hem had gezegd dat ze terug wilde naar Italië. Dat ze niet in Engeland kon wonen. Ze had hem gesmeekt met haar mee te gaan. Ze had volgehouden dat ze van hem hield – maar niet genoeg. Niet genoeg. '*Zeg niet dat het voorbij is. Dat zou ik niet kunnen verdragen. Laten we gewoon maar zien. Als je van gedachten verandert, wacht ik op je. Ik zal op je wachten en hopen en er klaar voor zijn om je met open armen te verwelkomen. Mijn liefde zal niet bekoelen, niet in Italië.*' Hij had haar laten vertrekken en was niet achter haar aan gegaan. Inmiddels zou haar liefde wel over zijn. Alba had evenveel behoefte aan liefde als een vlinder aan zon. Hij ging het bos in en liep het veel betreden pad op. Tegelijk met de eerste tekenen van wilde hyacinten begonnen zich varens te ontrollen, hun uitlopers felgroen en vol leven afgetekend tegen de bruine bladeren en de modder. De lucht was zoet en vochtig; het gekwetter van vogels die bezig waren nesten te bouwen klonk enthousiast. Hij vroeg zich af waar Alba nu zou zijn. Was ze in Incantellaria gebleven of zou ze genoeg hebben gekregen van het slaperige stadje en ergens zijn gaan wonen waar meer reuring was? Misschien was ze wel getrouwd, had ze kinderen. Met haar zesenvijftig jaren zou ze zelfs grootmoeder kunnen zijn. Zou ze net zo vaak aan hem moeten denken als hij aan haar? Die steek van spijt in zijn hart zou nooit meer overgaan. Ach, hij was best gelukkig met Rosemary. Maar na Alba werd je nooit meer echt verliefd. Hij had zijn hart afgesloten en was getrouwd vanuit zijn verstand. Toch vroeg hij zich geregeld af hoe zijn leven eruit zou hebben gezien als hij haar naar Italië zou zijn gevolgd. Dromen die kwamen en gingen als wolken aan de hemel, sommige donker, andere licht en wollig, maar altijd dat gevoel een gouden kans niet te baat te hebben genomen.

'Is alles goed met Fitz?' vroeg Freya aan haar moeder toen ze op de bank in de zitkamer van hun koffie zaten te nippen uit fraaie roze kopjes. 'Hij was erg stil aan tafel.'

'Op zijn werk zijn wat spanningen. Een van zijn favoriete schrijvers stapt over naar A.P. Watt.'

'Arme Fitz. Hij zou met pensioen moeten gaan.'

'Dat zeg ik ook steeds tegen hem. Hij werkt zo hard. Maar hij is dol op zijn werk. Dat blijft hij doen tot aan zijn dood. Maar het is wel een hard gelag om Ken Durden kwijt te raken.'

'Ik had met hem mee moeten gaan wandelen.'

'Doe niet zo dwaas, schat. Hij trekt er graag in zijn eentje op uit.' Ze gaf een klopje op Freya's knie. 'Wat heb je dit weekend gezellige mensen over de vloer. Ik ben blij dat je je oude vriend Luca hebt teruggevonden. Goeie help, is hij geen knappe man?'

'Hij heeft een heel vervelende scheiding achter de rug.'

'Tja, hij ziet er wel wat afgetobd uit. Minder robuust dan vroeger. Je hebt er goed aan gedaan om met Miles te trouwen. Mannen zoals Luca zijn leuk om lol mee te hebben, maar niet voor altijd.'

'O, mam!' protesteerde Freya. 'Dat was heel lang geleden.'

'Ik zal het hem nooit vergeven dat hij jou pijn heeft gedaan. Maar wat geweest is, is geweest, nietwaar? Toch denk ik dat hij er wel spijt van heeft. Het spijt zulke mannen altijd.'

'Heb jij wel eens van Incantellaria gehoord?' vroeg Freya haar moeder.

'Jawel. Maar alleen omdat je stiefvader kort nadat we elkaar leerden kennen bijna achter een ex van hem aan ging. Gelukkig heb ik hem dat uit het hoofd weten te praten. Het heeft geen zin om te proberen iets te lijmen wat onherstelbaar kapot is. Trouwens, het is daar maar een armzalige bedoening. Er is daar niets te beleven. Het ligt tussen Sorrento en Capri. Staat niet op de kaart. Italië zou geen plek zijn geweest voor Fitz; hij is veel te Engels. Zie je het al voor je: Fitz getrouwd met een buitenlandse?' Ze lachte schril.

'Dus zij was niet zijn "grote liefde"?'

'Goeie god, nee!' zei Rosemary, net iets te grif. 'Ze brak zijn hart, maar ik repareerde het. Waarom vraag je dat? Heeft hij iets over haar gezegd?' De plotselinge schrik die ze voelde verraste haar. Dertig jaar was een lange tijd om je aan angst vast te klampen.

'Nee, Luca begon over Incantellaria,' antwoordde Freya haastig. Ze kon haar moeder niet vertellen over de melancholieke blik op Fitz' gezicht toen hij de opmerking had gemaakt over de vrouw die hem daar had gebracht. 'Ik ben alleen maar nieuwsgierig naar zijn verleden. Iedereen heeft een verleden, en ik wil wedden dat dat van Fitz behoorlijk kleurrijk is.'

'Hij was een heel goede partij.' Rosemary glimlachte trots. 'Niet alleen verduiveld knap, maar ook een aanstormend literair agent. Wist je dat hij vroeger Vivien Armitage vertegenwoordigde?'

'Vivien Armitage. Dat is een grote naam.' Freya was naar behoren onder de indruk. 'Dat heb je me nooit verteld.'

'Ze is inmiddels overleden. Maar haar boeken zullen nog tientallen jaren gelezen worden. Mensen krijgen nooit genoeg van verhalen over onbeantwoorde liefde en gebroken harten. Let wel, ik liep ook met een gebroken hart, vanwege jouw vader. Fitz en ik zijn samen geheeld en ik heb hem ervoor behoed dat hij zich te pletter zou vervelen in Italië.'

'Luca's ouders hebben daar een palazzo gekocht, met uitzicht op zee.'

'Mooi zo,' zei Rosemary uit de hoogte. 'Daar kan hij dan fijn naartoe.'

'Misschien gaat hij er de zomer doorbrengen, terwijl hij probeert te bedenken wat hij nu verder wil. Hij is weg uit de City en volgens Miles heeft iedereen het erover. Hij heeft wel voor een hoop consternatie gezorgd.'

'Zo'n slaperig plaatsje is waarschijnlijk precies wat hij nu nodig heeft, al wil ik wedden dat hij in de herfst met zijn staart tussen de benen weer naar Engeland komt. Ik kan me niet voorstellen dat er in Incantellaria veel te doen is.'

Fitz kwam terug van zijn wandeling en liet de honden weer achter in zijn Volvo Estate nadat hij ze hun middageten en een bak water had gegeven. Ze lagen op Schots geruite dekens tegen het glas te hijgen, en hij bleef nog even staan om hun zijdezachte koppen te aaien, terwijl zijn gedachten afdwaalden naar de olijfgaarden en zijn zintuigen zich de geur van vijgen te binnen brachten die daar altijd had gehangen. Uiteindelijk sloot hij de auto af en drong zijn herinneringen terug naar de uithoeken van zijn geest om daar te verstoffen. Het had geen zin in spijt te blijven hangen.

In de zitkamer was het stil. De kinderen renden buiten rond, terwijl de volwassenen bordspellen speelden, zaten te praten of de zondagskranten lazen. Peggy ruimde de koffiekopjes op en botste op de terugweg naar de keuken in de hal tegen Fitz aan. 'Mijn beste Peggy, dat kun je niet allemaal alleen dragen,' zei hij, het dienblad van haar overnemend.

'O, ik ben er inmiddels aan gewend.'

'Dat kan wel zijn, maar toch is het zwaar.' Ze liep achter hem aan de gang door naar de keuken, waar Heather Dervish haar spullen aan het pakken was om naar huis te gaan.

'Wat heb je een heerlijk feestmaal voor ons klaargemaakt vandaag,' merkte hij op.

'Ik ben blij dat u ervan hebt genoten,' antwoordde ze, en ze stopte haar schort in haar tas en ritste die dicht. 'Ik kom straks terug om het avondeten te maken.'

'Jammer dat ik er dan niet meer ben om het te proeven.'

'Ik maak kaassoufflé, en er is treacletaart als dessert.' Ze pakte haar tas op en ging op weg naar de achterdeur en haar witte bestelwagentje.

Fitz trok een teleurgesteld gezicht. 'Mijn lievelingsgerecht nog wel.'

'Volgende keer,' zei ze, even zwaaiend. 'Tot ziens!'

'Ik kan maar beter ook naar huis gaan en met mijn benen omhoog gaan zitten,' zei Peggy, die de kopjes in de vaatwasser zette. 'Anders kan ik vanavond niet aan tafel bedienen.'

'Het vooruitzicht van treacletaart sleept je wel door het diner heen, Peggy,' antwoordde hij.

'O, ik geloof niet dat er iets voor mij over zal blijven.'

'Dan zitten we in hetzelfde schuitje.'

'Het is ook mijn lievelingstoetje. Hoewel je er op mijn leeftijd mee moet oppassen.'

Waarderend liet hij zijn blik over haar gestalte gaan. Peggy hield haar buik in en durfde amper adem te halen. 'Je ziet er anders prima uit. Volgens mij zou een beetje treacletaart je alleen maar goeddoen.'

Ze giechelde. 'Ik moet toegeven dat ik mezelf niet veel ontzeg.'

'Blij dat te horen. Het leven is te kort om je dat soort opofferingen te getroosten.' Hij schonk haar een milde glimlach. 'Rust vanmiddag maar lekker uit, Peggy. Als iemand rust verdient, ben jij het wel.'

Peggy keek hem na toen hij het vertrek uit liep en liet zich toen met een zucht op een stoel neerzakken. Ze voelde zich een beetje licht in het hoofd en pakte een tijdschrift op om zichzelf koelte toe te wuiven. Van een kopje zoete thee zou ze opknappen. Meneer Davenport gaf haar altijd als geen ander het gevoel dat ze speciaal was. Ze zou met liefde een treacletaart voor hem maken die hij dan helemaal in zijn eentje op mocht eten.

Kort na de thee vertrokken Fitz en Rosemary. Freya en Miles liepen mee naar buiten om hen uit te zwaaien. Hun zwarte labrador probeerde tegen de achterdeur van de Volvo op te springen om Digger en Bendico te zien, waarna hij in plaats daarvan zijn poot optilde en een plasje deed tegen een van de achterwielen. Luca kwam aanlopen van het croquetveld nadat hij door Annabel over het terrein was rondgeleid. Hij boog zich aan Fitz' kant door het raampje naar binnen.

'Fijn je gezien te hebben, Fitz,' zei hij met een klopje op zijn schouder. 'Vertel eens: wat staat me in Incantellaria te wachten?'

'Magie, wonderen en verbijstering.'

'Dat snap ik niet.'

'Het beeld van Jezus in het kerkje van San Pasquale plengt tranen van bloed. Het verhaal doet de ronde dat het getij het strand op mysterieuze wijze met rode anjers zou hebben bedekt...'

'In de Middellandse Zee zijn geen getijden.'

'Precies.' zei Fitz duister. 'Incantellaria heeft zo zijn eigen regels.'

'In Zuid-Italië tiert het bijgeloof welig,' stelde Luca.

'Incantellaria is iets heel speciaals. Dat zul je nog wel zien. Wat het Palazzo Montelimone betreft, daar heerst een heel ander soort magie.'

'Ik geloof niet in spoken, als je dat soms bedoelt.'

'Je hoeft je geen zorgen te maken om de doden, maar wel om de levenden!' Fitz wierp een blik op Rosemary. 'Klaar, schat?'

Toen ze wegreden, keek Luca hen stomverbaasd na. Hij wist niet zeker of Fitz in scherts had gesproken.

Die avond kwamen de mannelijke gasten in jacquet de zitkamer binnen; de vrouwen droegen mooie jurken en hadden zich getooid met ingetogen sieraden. Toen Luca Freya zag, verkrampte zijn maag opeens bij haar schoonheid. Ze had haar haar opgestoken, zodat haar fijne botstructuur en lange hals goed uitkwamen. Haar huid was glad en blank; haar grijze ogen lichtten op tegen de donkere mascara op haar wimpers; haar slanke, soepele gestalte was gehuld in een wikkeljurk met bloemendessin. Ze rook naar gemberlelies, wat hem weer deed denken aan zijn dwaze jonge jaren.

'Je bent nog altijd mooi,' zei hij binnensmonds zodat alleen zij hem kon verstaan.

'Dank je, Luca.'

'Je bent met stip de knapste vrouw in deze kamer.'

'Ik dacht dat Annabel en jij eindelijk nader tot elkaar aan het komen waren?'

'Annabel is een sexy meid,' moest Luca toegeven. 'Maar ze haalt het niet bij jouw schoonheid of elegantie.'

'Maar ze is wel beschikbaar en bereid. Dat zie ik zo.'

Hij grijnsde schalks. 'Ik ook.'

'Nou dan?'

Hij staarde in haar zilverige ogen, opeens serieus. 'Ik heb het helemaal gehad met zielloze ontmoetingen die me alleen maar een leeg gevoel geven, Freya.'

'Misschien vind je in Incantellaria wel een welgedane *signorina*. Ik weet zeker dat je moeder allerlei broeierige zuidelijke schoonheden naar het palazzo haalt.'

'Ik zit niet te wachten op een zuidelijke schoonheid.'

'Jij wilt wat je niet krijgen kunt.'

'Inderdaad.' Hij haalde zijn pakje sigaretten uit zijn borstzakje en tikte ermee op zijn hand. 'Heb je er bezwaar tegen als ik rook?'

'Maakt dat iets uit?'

'Niet echt. Ik wil alleen maar beleefd zijn.' Hij stak een sigaret in zijn mond en knipte de aansteker open. Met felblauwe ogen glimlachte hij haar toe, zodat zijn kraaienpootjes dieper werden, en ze voelde het als vanouds bruisen onder in haar buik.

'Wat je ook denkt te voelen, Luca, ik wil alleen maar zeggen dat ik heel blij ben dat we weer als vrienden met elkaar omgaan. Ik vond het maar niks dat we uit elkaar waren gegroeid. Ik had meer mijn best moeten doen. Maar ik mocht Claire niet, en ik weet hoe jij over Miles denkt...'

'Miles is een prima kerel,' onderbrak Luca haar. Ze trok een wenkbrauw op. 'Oké, ik ben jaloers, maar daar kan hij niks aan doen. Jij was er voor me toen ik je nodig had.'

'Als ik jou nodig heb, ben jij er ook voor mij. Zo gaat dat met vrienden.'

Aan tafel had Freya Annabel naast Luca gezet in een poging hen te koppelen. Het gaf haar een vals gevoel van triomf om te zien dat hij zo gekweld werd door spijt. Wat had ze veel van hem gehouden. Wat had hij haar vreselijk laten zitten. Maar nu vond ze genoegdoening in het onverhulde verlangen in zijn ogen.

Peggy had ditmaal een eenvoudige zwarte jurk aangetrokken met een friswit schort ervoor. Freya had met haar te doen. In het flakkerende kaarslicht zag haar gezicht er beroerd uit, nu Fitz er niet langer was om haar te vleien. Ze aten kaassoufflé, vispastei en Heathers beroemde treacletaart. De wijnflessen werden leeggedronken en vervangen. Luca merkte dat hij voortdurend Annabels glas zat bij te vullen. Het gesprek ging weer over seks, wat haar favoriete onderwerp leek te zijn.

Freya richtte zich over de tafel heen tot haar man. 'Lieverd, wist jij dat Hugo helderziend is?'

‘O ja, Hugo?’

‘Een beetje,’ antwoordde Hugo verlegen.

‘Hij kan het heel goed,’ kwam Emily tussenbeide. ‘Hij ziet voortdurend geesten en weet vaak wat er in de toekomst gaat gebeuren. Laatst vertelde hij me nog dat hij voelde dat er een oude vriend uit New York bij ons op bezoek zou komen. Vijf minuten later ging de telefoon. Het was Bobby, die uit Manhattan belde om te vragen of hij kon komen logeren. Dat soort dingen gebeurt om de haverklap.’

‘We zijn in zekere zin allemaal helderziend,’ legde Hugo uit. ‘De meeste mensen doen intuïtie af als toeval, maar als je er eenmaal aandacht aan besteedt, merk je dat je echt heel helderziend bent.’

‘Zie je ook mensen die overleden zijn?’ vroeg Annabel met een opgewonden kreetje.

‘Dat is wel gebeurd, ja,’ zei Hugo.

‘Zie je die per abuis wel eens voor echte mensen aan?’ wilde Sarah weten.

‘Ik zie ze niet zo vaak,’ zei Hugo. ‘Ik moet me er echt op concentreren. Ik heb geleerd me ervoor af te sluiten. Vroeger zag ik ze inderdaad wel voor echte mensen aan.’

‘Nou, concentreer je dan maar – ga je gang!’ moedigde Miles hem aan.

‘Ja, toe, Hugo. Dit wordt leuk,’ voegde Freya eraan toe.

‘Je moet het nooit alleen maar voor de lol doen,’ zei Hugo ernstig. ‘Het is geen spelletje. We hebben het hier wel over de energie van geesten. Als je daarmee aan de gang gaat met de bedoeling om mensen te amuseren of bang te maken, trek je dezelfde energie naar je toe, want gelijken trekken elkaar aan. Ik wil geen kwade geesten opjutten om op de tafel te gaan kloppen en de kaarsen uit te blazen. Maar ik kan wel een sieraad nemen van een van de dames en jullie dingen over haar vertellen waar jullie nog van zullen opkijken.’

‘O hemel,’ zei Freya. ‘Neem mijn trouwring maar.’ Ze deed hem af en overhandigde hem het sieraad. Ze wierp een blik op Luca en zag dat er zweetdruppeltjes op zijn voorhoofd parelden.

Hugo pakte de ring aan en hield hem in zijn handen. ‘Hier zit jouw energie in, Freya. Ik stem me daar domweg op af en vertel jullie wat ik zie en voel.’ Hij sloot zijn ogen en haalde een paar keer diep adem. Iedereen in de kamer viel stil. Niemand verroerde zich; ze lieten alleen hun ogen in zenuwachtige verwachting van de een naar de ander gaan.

Luca beet op de binnenkant van zijn wang. Het hele gedoe gaf hem een warm en ongemakkelijk gevoel.

'Nou, Freya, je beschikt over een sterke vrouwelijke energie. Net als een gesuikerde amandel: zoet en mooi vanbuiten, maar vanbinnen zo hard als een noot. Je bent stiekem geobsedeerd door netheid en stofzuigt de zitkamer als niemand kijkt. Eerlijk gezegd zie ik je zelfs gauwgauw de stofzuiger wegbergen voordat Miles terugkomt van zijn wandeling.'

Freya lachte.

'Het is geen geheim dat Freya altijd maar wil opruimen. Ze is zonder meer anaal gefixeerd!' zei Miles.

'Ik zie dat je er veel tijd aan besteedt om de kleren van de kinderen op te vouwen en alle voorraadblikjes op een rij te zetten met de etiketten naar voren. Ik zie je als kind in een rode jurk terwijl je huilt omdat je schoenen er niet bij passen.'

Freya's mond viel open. 'Hoe kun jij dat nou weten?'

'Maar je moeder reeg rode linten door je zwarte lakschoentjes, en nu zie ik je glimlachen en door de kamer dansen.' Emily gloeide van trots. Haar man werd heel aantrekkelijk als hij zijn 'gave' aanwendde. 'Je had een klein hondje dat Pongo heette, en ik zie een oude dame in een plooirok van tweed, met een beige truitje en een groen mouwloos hes – je weet wel, zo'n doorgestikt ding.'

'Een bodywarmer,' zei Emily behulpzaam.

'Ja, precies,' zei Hugo.

'Mijn oma,' constateerde Freya bedaard.

'Ze is hier als geest,' vervolgde Hugo. 'Ze is steeds bij je en waakt over je.'

'Wat was haar koosnaampje voor Freya?' vroeg Miles, in de hoop Hugo te ontmaskeren.

'Pompoentje,' antwoordde Hugo.

'Nee hoor!' Miles aarzelde niet hem te corrigeren. 'Het was Frisby.' Hugo fronste.

'Nee, schat, Hugo heeft gelijk,' zei Freya. 'Ze noemde me wél Pompoentje.'

Hugo knikte, nog steeds met zijn ogen gesloten. 'Maar toen je groter werd, vroeg je haar om je niet meer zo te noemen.' Miles deed er het zwijgen toe.

'Kun je ons vertellen wat haar toekomst zal brengen?' vroeg Sarah.

'Je gaat naar Italië,' zei Hugo.

'Om jou op te zoeken, Luca,' merkte Freya blij op.

'Ik hoop dat ik erin voorkom!' kwam Miles tussenbeide.

Hugo's gezicht betrok even en hij fronste. 'Natuurlijk,' zei hij.

Miles bleef glimlachen, maar zijn ogen verraadden een zeker ongemak. Hij had Luca nooit gemogen. Hij had geen kwaad gekund toen hij nog met Claire getrouwd was, maar nu hij weer vrijgezel was, had hij die roofdierachtige twinkeling in zijn ogen die hem gevaarlijk maakte. Miles was erg van zichzelf overtuigd, maar hij was niet gek. Tussen Freya en Luca was het nog niet klaar. 'Ik krijg de kriebels van die plek.'

Hugo deed zijn ogen open en gaf de ring weer aan Freya.

'Je maakt vast een grapje,' zei Freya, en ze voelde een steek van angst.

'Natuurlijk maakt hij een grapje,' merkte Emily op, maar aan het gezicht van haar man kon ze wel zien dat hij iets gezien had wat te erg was om aan de anderen mede te delen.

'Het is allemaal vette onzin!' Luca had zijn vlinderstrikje losgemaakt en knoopte nu zijn boord open.

'Maar hoe kon Hugo dat nou allemaal over Freya weten?' vroeg Annabel.

'Hij kan al die dingen van Rosemary hebben gehoord aan de lunch.'

'Geef hem dan eens iets van jou,' opperde Emily. 'Geef hem je horloge en laten we eens kijken wat hij over jou te zeggen heeft.'

'Ja, de grote man uit de City,' zei Miles enthousiast. 'Wat is de ware reden waarom je ermee gestopt bent, en waar ga je hierna naartoe?'

'Nee,' zei Luca snel. 'Ik heb genoeg van dit spelletje.'

'Je kunt mijn man er niet van beschuldigen dat hij liegt en hem vervolgens geen kans geven om zich te verdedigen,' vervolgde Emily met een hoge stem.

'Het is goed zo,' zei Hugo met een glimlach. 'Ik zit hier niet om iemand te overtuigen. Ik kom zo vaak mensen tegen die cynisch zijn.'

Luca stond op. 'Laten we in de zitkamer gaan zitten.'

'Goed idee,' vond Freya, die achter hem aan liep.

'Echt gedrag voor een man die iets te verbergen heeft,' vond Miles.

In de gang pakte Freya hem bij zijn arm. 'Wat was dat nou allemaal, Luca?'

'Ik heb er gewoon geen trek in dat hij dingen over mij uit zijn duim gaat zitten zuigen.'

'Hij zát niks uit zijn duim te zuigen; hij sprak de waarheid. Hij kon geen van die dingen hebben geweten. Neem nou dat koosnaampje van mijn grootmoeder – hoe verklaar je dat dan?'

'Dat kan ik niet verklaren.'

'Ik snap wel dat je hem je horloge niet wilde geven. Het is immers geen spelletje. Je weet maar nooit waar hij mee komt. Maar je had hem niet op zijn nummer hoeven zetten.'

'Hij heeft een vrouw om hem te verdedigen.'

Freya fronste. 'Je doet wel raar, hoor Luca. Wat is er nou toch?'

Even staarde hij naar haar omlaag, alsof hij op het punt stond een verschrikkelijk geheim te onthullen. Zijn ogen stonden glazig, zijn ene mondhoek was vertrokken. Hij zag er bang uit. Maar Annabel en Miles stapten de hal in en kapten hen met hun vrolijke praatjes af.

Luca ging naar de badkamer en staarde naar zichzelf in de spiegel. Hij spetterde water in zijn gezicht en wreef in zijn ogen, maar zag er nog steeds niet uit. Hij ervoer de bekende sensatie van heel hard vallen zonder dat er iets is om je aan vast te houden. Hij durfde zijn ogen niet te sluiten uit angst dat de stemmen zouden terugkeren. Dat de schaduwen weer door de kamer zouden gaan waren. Dat hij al die wezens die hij met zo veel moeite had verdreven terug zou noden. Hij hoorde zijn moeders stem weer tegen hem zeggen dat hij een grote jongen moest zijn en geen vriendjes moest verzinnen. Dat als hij echt stemmen hoorde, dat de geesten waren uit de hel die hem ertoe probeerden over te halen met hen mee te komen naar de ziedende vlammen. Hij herinnerde zich nog dat de dokter hem had voorgehouden dat hij zich moest vermannen en ermee moest stoppen zijn moeder bang te maken met leugens; dat zijn leraren haar verteld hadden dat hij het allemaal maar verzon om aandacht te krijgen. Uiteindelijk had hij geleerd zijn mond erover te houden. Beetje bij beetje had hij ze buitengesloten en waren ze tot zwijgen gebracht.

Die nacht wilde hij niet alleen zijn. Hij lag naar het plafond te staren terwijl de lamp op het nachtkastje schaduwen in de hoeken van de kamer wierp. Op het laatst sloop hij de gang door naar de kamer waar Annabel sliep. Haar deur stond op een kier, alsof ze hem al verwachtte. Ze zat rechtop in bed toen hij binnenkwam, haar witte borsten bloot boven het laken. 'Waarom deed je er zo lang over?' vroeg ze, en uitnodigend sloeg ze de dekens terug. Hij maakte zijn pyjamabroek los en liet hem op de grond vallen. Vrijen met Annabel was de beste manier om zijn jongensjaren te vergeten en zich weer man te voelen.

Miles maakte voor het slapengaan met Sinbad nog een wandelingetje door de tuin. Het miezerde weer op de oplichtende groene knoppen en narcissen. De hond drentelde het donker in, snuffelend aan het gras en kwispelend met zijn staart. Toen hij zo ver van het huis vandaan was dat niemand hem meer kon horen, haalde Miles zijn mobieltje tevoorschijn en drukte op *Redial*. 'Hai,' zei hij zachtjes. 'Met mij.'

3

De volgende morgen keerde Luca terug naar Londen. Hij had Annabel beloofd dat hij haar zou bellen, maar wist dat hij dat niet zou doen. Wat Freya betrof – de gelukkig getrouwde, mooie Freya – had het geen zin achter engelen aan te jagen. Hij had zijn kans gehad en had die lang geleden al voorbij laten gaan. In zijn zilverkleurige Aston Martin reed hij de M3 op, mijmerend over wat had kunnen zijn. Zou hij ook midden in een echtscheiding zitten als hij met Freya in plaats van met Claire was getrouwd? Of was hij gewoon niet voor het instituut huwelijk gemaakt? Hij liet zijn gedachten gaan naar zijn dochters, Coco en Juno, en huiverde toen bij het idee dat zij elke ochtend bij John Tresco in bed zouden stappen. Hij hoopte maar dat Claire zo fijngevoelig was om hem niet mee naar huis te nemen voordat ze getrouwd waren, en zo wijs was om weerstand te bieden aan een opgelegde intimiteit met een man die hun vader niet was.

De nietszeggende trekken van John Tresco pasten beter bij een etalagepop dan bij een man van vlees en bloed. Luca vertrouwde mannen niet die eruitzagen als gelikte jongens, die zichzelf oppoetsten voor de spiegel en er 's ochtends veel te lang over deden om zich aan te kleden. John Tresco was te verliefd op zichzelf om enige emotie voor een ander op te brengen. Hij was arrogant en een blaaskaak, een betweter en een uitslover. Omdat hij een fortuin had geërfd, had hij nog nooit van zijn leven ook maar één dag hoeven werken; hij trok van het ene feestje naar het andere, van jachtweekendjes in Schotland tot bruiloften in Saint-Tropez, en begaf zich onder de rijken en beroemden. Hij investeerde het geld van de familie en nam hele legers personeel in dienst, dat hij urenlang training gaf, terwijl hij hen in een paar seconden kon ontslaan als ze niet voldeden. Luca had tenminste zijn geld met zijn eigen handen verdiend.

Hij had al lang vermoed dat Claire een verhouding had voordat ze werd betrapt in een hotel in Beaulieu, waar ze zogenaamd twee dagen met haar moeder heen zou gaan om er even tussenuit te zijn. Omdat hij het zo druk had gehad, had hij er niet echt bij stilgestaan. De vonk tussen hen was al een paar jaar nadat ze hun dochters hadden gekregen gedoofd. Toen het vuur van de hartstocht was afgenomen tot een zwakke gloed, zaten ze met het probleem dat ze allebei heel verschillende mensen waren. De meisjes brachten hen kortstondig bij elkaar: 's ochtends vroeg opstaan, gebroken nachten en gedeelde momenten terwijl ze naast hun wiegjes de kleine wonderen aanschouwden. Vervolgens doofde zelfs die gloed en leefden ze samen als kennissen of huisgenoten die niet meer met elkaar lachten. Hij nam het haar niet kwalijk dat ze op zoek was gegaan naar iemand anders om van te houden, maar zij voelde zich schuldig en verkoos het hém te verwijten dat hij haar in Johns armen had gedreven. Jaren van wrok mondden uit in een storm van gifspuiterij: hij was er niet voor haar geweest, ze had de meisjes helemaal in haar eentje moeten grootbrengen, hij luisterde niet meer naar haar, hij praatte alleen maar over zichzelf, hij was een abominabele vader, hij verdiende het niet om kinderen te hebben. Hoe vaardig hij zich ook verdedigde, hij vermoedde dat ze waarschijnlijk gelijk had. Hij had zich aan al die dingen schuldig gemaakt. Ze gingen uit elkaar op grond van onoverbrugbare verschillen. Ze moesten het financiële gedeelte nog regelen, maar zij had zich veilig in hun huis in Kensington verschanst, en nam hun dochters om het weekend en tijdens de vakanties mee naar hun huis in Gloucestershire. Haar maandelijkse alimentatie bedroeg meer dan de meeste mensen in een heel jaar nodig hadden. Als ze verwend was, had hij dat alleen maar aan zichzelf te danken.

Met tegenzin liet ze hem de kinderen zien. Hij had in Chelsea een huis gekocht, een voormalige stal, en had een interieurinrichter het voor hem laten inrichten, zodat de meisjes een eigen kamer hadden en een kinderkamer vol met speelgoed. Voor hem voelde het echter niet als een thuis, en hij wist vrij zeker dat dat voor hen ook niet zo voelde. In de weekends dat hij hen bij zich had, verliet hij zich op zijn vrienden die kinderen van dezelfde leeftijd hadden. Coco was, ondanks haar zeven jaren, een vroegwijs meisje dat hij al bijna Marlboro Lights zag zitten roken bij een cappuccino in de Starbucks. In haar kleren van Bonpoint en Marie Chantal zag ze er mooi en slank uit, met het donkere haar en de blauwe ogen van haar vader, maar haar gezicht stond vreugdeloos, alsof ze alles al eens had gezien en gedaan en niets haar nog enthousiast kon krijgen. Juno, van vierenhalf, was minder gezegend met een mooi snoetje, maar zij was een levendig kind dat veel glimlachte, en meer gaf om haar pluchen rups dan om haar eigen garderobe van schitterende kleertjes. Sinds Luca was gestopt met werken had hij zijn dochters beter leren kennen. Hij realiseerde zich dat Coco niet veel te bieden had om van te houden. Juno was voegzamer; zij had nog potentieel.

Hij dacht na over wat Freya hem had aangeraden. Het was een verleidelijke gedachte om uit Londen weg te gaan. Het palazzo van zijn ouders zou precies het soort rust bieden waar hij behoefte aan had om na te denken over de zin van zijn zinloze leven. Hij zou een veilig hoekje opzoeken, uit de buurt van zijn moeder en haar vriendinnen, een koffer vol boeken die hij altijd al had willen lezen meenemen, en tijd in zijn eentje doorbrengen. Hij zou in zee gaan zwemmen, lange wandelingen maken, alle spanning van jaren loslaten die zich geleidelijk aan als een slang om zijn nek had geslingerd. Zijn leven had iets onbevredigends, maar hij wist niet precies waar dat 'm in zat. Hij had geld, kinderen, vrouwen wanneer hij maar wilde, maar toch was er een leegte die hij sinds hij de hectische bankwereld achter zich had gelaten steeds scherper was gaan voelen: een stilte in zijn hart die even hard galmde als cimbalen.

Vlak voor de lunch kwam hij in Chelsea aan. Zijn huis zag eruit als een hotel: schitterend, maar onpersoonlijk. De huishoudster had schoongemaakt en alle tekenen van leven opgeruimd. Alleen het keurige stapeltje post op de keukentafel gaf aan dat er iemand woonde. Het lampje op zijn telefoon knipoogde naar hem ten teken dat er boodschappen waren. Hij drukte op de wisknop zonder zelfs maar te luisteren naar al het geklaag van vrienden die hem verweten dat hij hen niet van zijn plannen op de hoogte had gebracht.

Hij trok de koelkast open. Die was leeg, op een paar flessen chablis en wat paté van Lidgate na. Hij liet zijn koffer in de hal staan en liep naar Vingt Quatre om de hoek, waar hij bij gerookte zalm en roerei de kranten las. Aan het tafeltje tegenover hem zaten kinderen begeleid door twee moeders die roddelden terwijl de kinderen eten naar elkaar gooiden en telkens van tafel opstonden om verstoppertje te spelen. De moeders waren allebei knap om te zien, achter in de dertig, blond, met dure highlights, designerhandtassen en gemanicuurde nagels. Eentje kreeg in de gaten dat hij naar hen keek en begon zelfbewust met haar haar te zwieren. Ze zei iets tegen haar vriendin, die zich omdraaide om te kijken. Ze glimlachte flirterig, waarna ze haar kinderen toeriep dat ze niet zo'n lawaai moesten maken. Is dit nou mijn voorland, dacht hij mistroostig – dat ik de aandacht trek van knappe moeders met kleine kinderen? Hij kreeg een zinkend gevoel in zijn maag.

Die avond zat hij in bad toen de telefoon ging. Hij luisterde hoe het toestel keer op keer overging, zonder aanstalten te maken uit de kuip te klimmen om op te nemen. Zonder ergens aan te denken lag hij log en apathisch te weken in geurig schuim. Toen hij er uiteindelijk uit kwam, sloeg hij een handdoek om zijn heupen en luisterde de boodschap af. Zijn hart stond bijna stil toen hij Annabels vrolijke stem hoorde. Freya zou haar toch niet dit nummer gegeven hebben? 'Lieve Luca,' zei ze. 'De afgelopen nacht was een zaligheid. Wat dacht je van nog een potje? Als je het leuk vindt, kom ik naar je toe om eten voor je klaar te maken. Bel me.' Ze liet haar nummer achter. Hij was niet van plan haar te bellen. De gedachte om naar Italië te gaan werd steeds verleidelijker. In Londen was een heleboel waar hij van weg wilde rennen. Jammer dat hij niet van zichzelf weg kon lopen. Het enige telefoontje waar hij niet omheen kon was dat naar zijn ex-vrouw. Als hij de benen zou nemen naar Italië, zou zij het moeten weten.

'O, ben jij het,' zei ze. 'Iedereen heeft de mond van je vol. Je oren zullen wel gloeien!'

'Ik ga naar Italië om mijn ouders op te zoeken,' zei hij.

'Je klinkt alsof je net iemand hebt omgelegd.'

'Nog niet.'

'Hoe lang blijf je weg? Ik kan me niet voorstellen dat je me zou bellen als je alleen maar een weekendje naar het buitenland zou gaan.'

Hij grinnikte. Claire was altijd al zo scherp als een pijlpunt geweest. 'Ik weet het niet. Ik denk de hele zomer.'

'Het is nu nog maar april.'

'Het wordt een lange zomer.'

'Wou je soms beweren dat je me vier maanden met de kinderen wilt opschepen?'

'Natuurlijk niet.' De waarheid was dat hij niet meer dan terloops een gedachte aan hen had gewijd.

'Ik mag het hopen. Het lijkt mij niet meer dan eerlijk dat jij ze in de vakantie ten minste een paar weken neemt. John en ik willen weg. De Von Meisters hebben weer gevraagd of we naar Saint-Tropez willen komen. Ze hebben Elizabeth en Arun ook gevraagd, wat heel leuk is voor de meisjes. Damien is een schat, maar daarna zou ik ze graag bij jou droppen, zodat we samen ook nog wat rust hebben.'

'Goed plan,' zei hij, in een poging er enig enthousiasme voor op te brengen. Zolang hun kindermeisje maar meekwam, was er niets aan de hand. Zijn moeder aanbad haar kleindochters.

'Ik bel je wel op je mobiel, goed?'

'Die neem ik niet op. Ik bel jou wel vanuit het palazzo.'

'Je neemt dus echt de benen?'

'Ik moet er gewoon even tussenuit.'

'Als je er een paar jaar geleden tussenuit was gegaan, zouden we nu misschien nu niet in zo'n puinhoop zitten.' Haar stem trilde van bitterheid.

'Dat betwijfel ik. Tussen ons zou het hoe dan ook fout zijn gegaan.'

'Dat kun je nu makkelijk zeggen. Jij bent al zo lang met dat stomme Turtle Management getrouwd dat je je een leven zonder niet eens voor kunt stellen.'

'Daar ga ik nu anders werk van maken.'

'Wel drie jaar te laat.'

'Hoe gaat het met John?' vroeg hij, om over iets anders te beginnen.

'Hemels,' antwoordde ze, een tikje te snel. 'Hij is alles wat jij niet bent. Moet ik al zijn goede eigenschappen opsommen, of kun je die zelf wel bedenken?'

'Ik zal er eens diep over nadenken en er dan met mijn therapeut over praten. Ik doe mijn best om me met een beetje professionele hulp te beteren.' Hij kon zich wel voor z'n kop slaan dat hij toehapte.

'Ach, hou toch op. Ik vind het vreselijk als je sarcastisch gaat doen.'

'Ik bel je nog vanuit Italië.'

'Wat jij wilt,' snauwde ze.

'Geef de meisjes een kus van me.'

'Is het wel eerlijk om hun hoop te geven, terwijl ze je maanden niet zullen zien?'

'Ze mogen bij me komen zodra jij ze met me wilt delen. De bal ligt op jouw helft, Claire. Zoals altijd.'

Die avond luisterde hij naar het gegons van zijn eigen gedachten, alsof er constant een ventilator in zijn hoofd aanstond. In deze voormalige stallen was het rustig wonen. Je hoorde geen verkeerslawaai, geen blèrende sirenes, geen blaffende honden, geen schreeuwende mensen of geclaxonneer – alleen maar het dode geluid van de slaap. Toen hij nog in de City werkte, had hij altijd zulke lange dagen gemaakt dat hij in slaap viel zodra zijn hoofd het kussen raakte. Nu lag hij wakker, met een ongemakkelijk gevoel over zijn nieuwe bestaan. Het voelde niet goed om geen plannen te hebben, geen doelen. Hij voelde een zenuwknoop diep in zijn buik, alsof hij iets belangrijks was vergeten.

Vanuit het niets kwam er een gedachte in hem op: duisternis is alleen maar afwezigheid van licht. Hij vroeg zich af wat dat betekende en waarom hij die gedachte kreeg. Hij staarde naar het donkere plafond, naar de lichtbanen die van de straatlantaarn buiten boven de gordijnroe naar binnen vielen en het donker doorsneden. Met zijn geest op die gedachte geconcentreerd, dommelde hij in.

’s Ochtends was er een kalmte over hem neergedaald. Hij lag in bed te doezelen tot de telefoon ging en hij met een schok uit zijn roes werd gehaald en meteen weer terug was in het hier en nu. Zijn maag verkrampte van de zenuwen en de lichtheid die hij had gevoeld maakte plaats voor de oude vertrouwde benauwenis. Hij kon niemand bedenken met wie hij wilde praten: Annabel niet, de City niet, de pers, zijn ontstemde vrienden. Freya had gelijk: hij moest eruit. Hij zou zijn zaakjes regelen en dan alles en iedereen achterlaten, zodat hij helemaal de handen vrij had.

4

Luca zat in de motorboot op weg naar Incantellaria. Hij liet zijn blik over de ruige, rode rotsen gaan die steil oprezen uit zee, en zijn ogen bleven hangen bij een stel vogels die verleidelijk dansten op de bries. De lente blies nieuw leven in de vegetatie die groen schitterde tegen een hemelsblauwe lucht, en er kwamen al gele knopjes in bloei. Hij ademde diep de geur van naaldbomen in en voelde zijn stemming opklaren, alsof de negativiteit in zijn hart met elke uitademing weer een stukje verder werd verdreven. Zijn moeder had tegen hem gezegd dat hij met de boot moest komen.

'Je kunt Incantellaria het best zien vanaf zee,' had ze uitgelegd, waarbij hem opviel dat haar accent sterker was geworden sinds ze naar Italië waren verhuisd. 'Je gelooft gewoon niet hoe prachtig het is. Ik kom je wel ophalen met de auto. Lieverd, ik ben zo blij dat je eindelijk komt! Ik heb je zo'n tijd niet gezien dat ik me al begon af te vragen of je ooit nog zou komen.' Haar stem klonk opgewekt. Ze had niet naar Claire of de kinderen gevraagd, niet uit tact – niemand was minder tactvol dan Romina – maar omdat de narigheid van hun scheiding ook haar aangreep en ze geen zin had om haar dag erdoor te laten bederven.

De boot voer om de rotsen heen en kwam opeens in een hoefijzervormige baai van een dusdanige schoonheid dat Luca opstond om het beter te kunnen zien. Het middeleeuwse stadje lag te stoven in de middagzon, de rode pannendaken schemerden boven witte en beige-roze huizen. Verfijnde smeedijzeren balkonnetjes waren getooid met potten rode en witte bloemen, en boven alles uit rees de geel-met-turquoise koepel van de kerk. Toen ze dichterbij kwamen, kon hij de lichtgrijze kiezels op het strand zien en de hemelsblauw-met-witte vissersbootjes die uit het water op de kant waren getrokken. Hij herinnerde zich Fitz' verhaal over de rode anjers en glimlachte om zo veel malligheid. In het zuiden van Italië waren dergelijke 'wonderen' schering en inslag. Zijn moeder was Italiaanse, maar zelfs zij deed ze af met een misprijzend gesnuif.

Ze bereikten de kade. Er stonden een paar auto's bij het strand geparkeerd, waar druk bezochte restaurants hun terrassen hadden op de straat tussen een stel chique boetieks en een kiosk waar snoepgoed en ansichtkaarten werden verkocht. Een ouder echtpaar, in het zwart gekleed, zat op een bankje op hun rotte tanden en vervaagde herinneringen te kauwen, terwijl een drietal groezelige kinderen om de beurt van een betonnen meerpaal af sprong. Luca kreeg zijn moeder meteen in het oog. Ze droeg een overmaatse zonnebril, haar zwarte haar met een felgekleurde Pucci-sjaal uit haar gezicht gehouden, en zwaaide verwoed. Hij zwaaide terug, in de hoop haar enthousiasme enigszins te temperen, maar zij begon alleen maar harder te wuiven en riep: 'Lieverd, lieverd, daar ben je dan! Daar ben je dan!' Terwijl hij zich klaarmaakte om van boord te gaan, werd zijn blik getrokken door een donkerharige vrouw met een klein jongetje die langzaam over het strand kwamen aangewandeld. Hij schermde zijn ogen af tegen de zon om haar beter te kunnen zien. Ze zag er aantrekkelijk uit, met lange bruine krullen, een toffeekleurige huid en een lichaam met veel vrouwelijke rondingen dat werd omhuld door een eenvoudige zwarte jurk. Toen ze naderbij kwam, zag hij dat ze ernstig keek en haar blik omlaaggericht hield. Het jongetje naast haar babbelde tegen haar, maar ze leek er met haar aandacht niet bij en hield haar armen defensief gevouwen, terwijl ze langzaam en melancholiek voortstapte. Het kind kletste onverstoorbaar verder.

'Lieve Luca,' zei zijn moeder enthousiast, en ze sloeg haar armen om hem heen, ook al reikte ze niet verder dan zijn borst. 'Wat ben je gegroeid! Ik zou zweren dat je langer bent geworden.'

'Mama, als ik nu ik in de veertig ben nog steeds groei, moet ik tegen de tijd dat ik oud ben wel een reus zijn!'

'Maar ik zou het toch echt zweren!' Ze glimlachte, haar tanden wit tegen haar olijfkleurige huid. Luca zag dat de mooie jonge vrouw een van de restaurants binnenging.

‘Heb je trek?’ vroeg hij zijn moeder, zonder zijn blik van de deur af te wenden. ‘Wat dacht je van een van die restaurantjes?’

‘Die zijn goed,’ antwoordde ze, ‘maar ik heb in het palazzo al een lunch klaarstaan. Ik kan niet wachten om het je te laten zien. Je gelooft niet wat je vader en ik ervan gemaakt hebben. Je had het moeten zien toen het nog een ruïne was.’ Luca was teleurgesteld, maar hij kon geen nee tegen haar zeggen. Hij pakte zijn tas op en liep achter haar aan naar haar gele Fiatje, dat scheef geparkeerd stond bij de stoeprand.

‘Eigenlijk zijn deze straatjes te smal voor auto’s. Ze hebben de weg naar het palazzo gelukkig verbeterd,’ zei Romina terwijl ze het contactsleuteltje omdraaide. ‘Maar zo wordt de stad tenminste niet overspoeld door toeristen. Er zit een goddelijk hotel op het plein, en daar is ook het prachtige kerkje van San Pasquale.’

‘Ah, het kerkje waar het Jezusbeeld tranen van bloed plengt.’

‘Dus je weet al het een en ander van Incantellaria af?’

‘Alleen maar doordat Fitzroy Davenport me erover heeft verteld.’

‘Hoe gaat het met die beste Fitzroy? Zit hij nog steeds zo onder de plak? Ik wist helemaal niet dat hij hier ooit is geweest.’

‘Jawel. Een hele tijd geleden.’

‘Het is maar weinig veranderd, weet je. Het ligt verscholen, als een edelsteen, en zo heb ik het ook graag. De plaatselijke bewoners leiden hun eigen leven. Toeristen komen hier niet veel. Er is immers geen zandstrand en er zijn geen luxehotels met zwembaden. Daar is gewoon geen ruimte voor. Incantellaria trekt vogelaars aan en oude mensen, die voor de schoonheid komen. De trendy types gaan naar Portofino en Capri. *La dolce vita.* Om je de waarheid te zeggen is het leven veel meer *dolce* zónder al die fotomodellen en filmsterren.’

‘Ken je mensen uit de stad?’

‘Een paar. We zitten nogal afgelegen boven op die heuvel. Zoals je weet, ga ik niet naar de kerk en ik hou me ook niet bezig met het gemeenschapsleven, maar de mensen zijn hier heel vriendelijk, al kijken ze best tegen ons op. Niemand wilde het palazzo kopen; het was gewoon een puinhoop. De vorige eigenaar bewoonde het niet meer. Eerst wilde hij het niet verkopen, maar we deden hem een bod waar hij geen nee tegen kon zeggen. Volgens mij vinden de mensen in de stad ons maar een raar stelletje, met al die vrienden van over de hele wereld die komen en gaan. We zijn net een hotel, alleen vragen we er geen geld voor. Maar wat hebben we aan al ons geld als we er niet lekker van zouden genieten? Je grootmoeder zou graag gewild hebben dat ik mijn erfenis besteedde aan de restauratie van een schitterend pand in haar vaderland, in plaats van het te verspillen aan schranspartijen en drank, zoals die idiote broer van me! Trouwens, je vader wilde per se een zwembad aanleggen, dus de volgende keer kun je de kinderen meebrengen. Ik heb ze in geen maanden gezien en ik mis ze verschrikkelijk. Het zijn mijn enige kleinkinderen, en nu ik geen contact meer heb met hun moeder is het nog moeilijker.' Ze schonk hem een zijdelingse blik. 'Laat Claire ze niet voor zichzelf houden, hoor. Ze hebben hun vader ook nodig.'

Ze reden de smalle straatjes door, langs zandkleurige huizen met hoge, versierde ramen en grote houten deuren die uitkwamen op fraaie binnenhoven en tuinen. Een paar schriele honden scharrelden langs de muren op zoek naar etensresten, terwijl de plaatselijke bewoners de voorbijrijdende auto nieuwsgierig nakeken. Luca draaide het raampje naar beneden en liet zijn elleboog op het portier rusten, keek naar de oude gebouwen, de vrouwen die de was ophingen op schaduwrijke balkons, de lelijke witte satellietschotels die in de middeleeuwse muren waren vastgeschroefd, en hij genoot van de warme lentegeur die tegelijk met de hitte in de lucht opsteeg. Zijn gedachten gingen weer naar de vrouw die hij op het strand had gezien, al was ze dan duidelijk iemands echtgenote en een moeder. Hij voelde er weinig voor zijn leven nog ingewikkelder te maken door een getrouwde vrouw te gaan versieren, en zeker niet in een Italiaans stadje waar de mannen vast en zeker over hun vrouwen waakten en argwanend tegenover vreemdelingen stonden. Hij zette haar uit zijn hoofd.

'Dus je bent weg uit de City,' zei Romina toen ze de stad achter zich lieten en de heuvel op reden. 'Dat werd tijd! Nu krijgen we je vast vaker te zien.'

'Ik ben op een kruispunt in mijn leven aanbeland. Ik heb tijd nodig om te bedenken welke kant ik nu op wil.'

'De wereld ligt aan je voeten, Luca. Je hebt geld genoeg om te doen wat je wilt. Je hoeft niet eens te werken als je daar geen zin in hebt.'

Hij slaakte een zucht. 'Dat is nou net het probleem: er zijn te veel mogelijkheden. Het is beter als je beperkingen hebt, dan kun je makkelijker kiezen. De waarheid is dat ik nergens warm voor loop.'

'Dat komt doordat de scheiding je zo heeft aangegrepen. Claire is een grote teleurstelling. Maar je bent nog jong. Je hebt tijd zat om te hertrouwen en een nieuw leven te beginnen. Je bent naar de juiste plek gekomen. Palazzo Montelimone zal je zeker inspireren. We zijn er bijna.' De weg maakte een scherpe bocht en werd nu steiler; in de schaduw van de bomen en struiken leek hij smaller. Uiteindelijk sloegen ze rechts af. 'Nu rijden we op de toegang af. We hebben de oude hekken gelaten zoals ze waren. Ze waren te mooi om weg te doen,' legde Romina uit. 'Kijk dan! Zijn ze niet schitterend?'

De hekken waren zo zwart en imposant als de toegangshekken tot een prachtig paleis zouden moeten zijn. Zijn ouders hadden zo veel moeite gedaan dat hij zich afvroeg waarom ze geen elektrische poort hadden geïnstalleerd die met een druk op de knop openging. Hij stapte uit om ze open te maken en keek omhoog naar de oprijlaan die, omzoomd door cipressen, een sierlijke boog beschreef en uitkwam bij een plek heldere zonneschijn. Daar, in die magische poel van licht, stond het palazzo. Zijn moeder drukte op de claxon om hem tot spoed te manen. 'Schiet eens op, lieverd. Ik heb trek.'

'Volgens mij is dit de mooiste ingang die ik ooit heb gezien,' zei hij toen hij weer in de auto stapte.

'Weet je, toen we het voor het eerst zagen, was het een en al puin en klimop. De tuin was helemaal verwilderd en de planten groeiden door de gaten en zaaiden zich uit in de kamers. Er stond nog maar één van de twee torens overeind. Het zag er akelig uit, volkomen verwaarloosd. Het was net of het huis het had opgegeven en zich als een mooie vrouw die kreupel is geworden van ouderdom had overgegeven aan zijn lot. Ik werd er verliefd op, Luca.'

'Hoe hebben jullie het gevonden, als de eigenaar het niet wilde verkopen?'

'Door toeval. Ik was vlak buiten Sorrento bezig een palazzo te schilderen en de eigenaresse begon hierover. Ze zei dat, als ze het geld had gehad, zij het wel gekocht zou hebben en het zelf zou hebben opgeknapt. Ze had een goede smaak, dus was ik geïntrigeerd. Ik ben hier in mijn eentje naartoe gereden om eens een kijkje te nemen. Er was niemand thuis. Ik belde je vader om te zeggen dat hij moest komen kijken. We waren toch al van plan na ons pensioen naar Italië te gaan. Ik besefte dat dit voor ons allebei een fantastisch project zou zijn. Na een heel leven werken voor anderen hadden we echt zin om eens iets voor onszelf te doen!'

Romina parkeerde de auto op het grind voor het palazzo. Het pand was opgetrokken uit hetzelfde zandkleurige steen als de huizen in de stad. De vensteropeningen waren aan de bovenkant getooid met barokke ornamenten en voorzien van balkons van siersmeedwerk. Op de eerste en tweede verdieping ging het metselwerk over in pleister en het dak was bekleed met roze pannen en werd bekroond door twee schitterende torens. Het palazzo stond tussen imposante pijnbomen en inktgroene cipressen in genesteld. 'Kom, lieverd. Dan gaan we naar binnen.'

De deur was groot en gewelfd, en was gemaakt van oud eikenhout. Er zat een kleinere deur in die uitkwam op een hal van grote vierkante flagstones. 'Dit zijn de originele stenen,' zei Romina, die hem voorging naar een fraaie binnenhof. 'Ik schraapte met mijn voet over het mos en zag dat ze eronder zaten. Wat een vondst!' In het midden van de hof stond een stenen fontein, waar constant zachtjes water uit sijpelde. Tegen de muren tussen de ramen waren in grote terracotta potten citroenboompjes neergezet. De vloer was een mozaïek van gladde ronde kiezels en vlakke vierkante stenen. Het effect was verbijsterend. Luca keek er niet van op. Zijn moeder mocht dan excentriek zijn, maar ze was heel intelligent en had een groot gevoel voor esthetiek.

In het centrale gedeelte van het huis hadden de kamers hoge plafonds, overvloedig lijstwerk en muren die in de oorspronkelijke kleuren lichtblauw, eendeneigrijs en stoffig roze waren geverfd. 'Ik wilde het in zijn oude glorie herstellen,' legde Romina uit, gebarend naar de antieke wandkleden en marmeren haarden. 'We hebben zo veel mogelijk van het oorspronkelijke gebouw bewaard. Je ziet hier het werk van twee jaren. Je vader en ik hebben ons er met hart en ziel op gestort, om nog maar te zwijgen van al het geld. Waar zou hij trouwens zijn?'

Luca liep achter zijn moeder aan een zitkamer in waar dubbele deuren uitkwamen op een terras met uitzicht op de tuinen. Hij was verrast om er een oude man in een driedelig tweedpak aan te treffen die de *Times* zat te lezen. Hij keek op over de rand van zijn bril en knikte stijfjes. 'Dit is mijn zoon, Caradoc,' zei Romina, en haar wijde broekspijpen bolden op toen ze naar hem toe gleed. 'En dit, Luca, is onze goede vriend professor Caradoc Macausland.' De professor stak hem een knokige hand toe, die zo vergroeid was door artritis dat het wel een klauw leek.

'Denk alsjeblieft niet dat ik onbeleefd ben door niet op te staan om je te begroeten, jongeman,' verklaarde hij met zijn bekakte accent uit de jaren vijftig. ‘Ik loop met een stok en die is er kennelijk zonder mij vandoor gegaan! Dat zal dat charmante meisje wel weer op haar geweten hebben.’

‘Ventura,’ zei Romina met een melodramatische zucht. ‘Ze denkt dat ze er goed aan doet om zijn stok tegen een muur te zetten – buiten bereik.’

‘Dus jij bent de beroemde Luca,’ zei de professor. ‘Je ouders geven hoog van je op.’

‘Ze zijn bevooroordeeld,’ antwoordde Luca, en hij wilde dat hij de vreemde oude man niet te woord zou hoeven staan.

‘Het zou raar zijn als ze dat niet waren. Is het hier niet prachtig mooi?’

‘Ja zeker.’ Het viel Luca op hoezeer de professor zich in die leren fauteuil thuis leek te voelen. ‘Hoe lang bent u hier al?’ vroeg hij.

‘O, een paar weken nu. Je raakt alle besef van tijd kwijt. Je moeder is zo’n volmaakte gastvrouw dat ik er niet naar taal om naar huis te gaan.’

‘Waarin bent u professor?’

‘Geschiedenis,’ antwoordde Caradoc. ‘Ik ben gespecialiseerd in oude geschiedenis. Dit palazzo heeft vast een rijk erfgoed, en ik heb tegen Romina gezegd dat als ik eenmaal een tolk heb gevonden, ik zal proberen het verleden ervan te ontsluieren. Zie je, ik spreek geen Italiaans, alleen Latijn, en dat schiet niet echt op. Voor de rest heb je er niets aan. En het ziet ernaar uit dat de mensen hier geen woord Engels spreken.’

‘Aha, dat is dus een obstakel,’ zei Luca.

‘Obstakels zijn er om overwonnen te worden, als je een beetje lateraal denkt. En dan kom ik uit bij jou, jongeman. Jij spreekt zeker wel Italiaans?’

‘Uiteraard.’

‘Mooi zo. Dan schakel ik jouw hulp in, Luca. Wij tweeën vormen vast een fantastisch team.’ Hij smakte met zijn lippen. ‘Holmes en Watson! Dat wordt dikke pret. Ik vind het zo heerlijk om mysteries te ontraadselen.’ Luca nam zich al voor om uit zijn buurt te blijven.

‘Lieverd, maak je maar niet zenuwachtig. De professor houdt van zijn rust voor de lunch,’ zei ze nu, haar zoon gebarend dat hij bij haar op het terras moest komen. Caradoc keerde terug naar zijn krant en Luca naar zijn rondleiding; hij stapte achter zijn moeder aan de zon in.

Daar, aan een lange tafel, zat een groepje vreemdelingen van bruschetta te smikkelen. De moed zonk Luca in de schoenen. Hij was op reis gegaan om geen mensen te hoeven zien. Hij had gedacht dat hij de tijd zou krijgen om alles in zijn leven eens op een rijtje te zetten, niet dat hij met oude mensen moest gaan zitten leuteren.

Hij keek om zich heen. Het uitzicht op de zee en de stad was spectaculair; je keek tot in het hart van Incantellaria. Romina stevende op haar gasten af. 'Vrienden, mag ik jullie voorstellen aan mijn zoon, Luca?' Hij vroeg zich af, met een blik op het groepje dat daar zo comfortabel in de schaduw zat met hun glaasjes wijn, of ze hier allemaal al net zo lang logeerden als de professor.

Romina stelde iedereen om de beurt voor en begon bij een klein vrouwtje met blonde krullen en grote blauwe ogen. Ze droeg een lichtroze chiffon topje dat bij de hals was gestrikt. 'Dit zijn Dizzy en haar man Maxwell, die in Wenen wonen, en dat schatje op haar schoot is Snuffie.' Dizzy aaide met lange gemanicuurde nagels een pluizig wit hondje.

'Hallo, Luca. We hebben veel over je gehoord.'

'Hai,' zei Maxwell, met een hand over zijn kale hoofd strijkend. 'Leuk om je eindelijk te zien! Een man uit dezelfde wereld als ik!'

'Maxwell zit ook in het geldwezen,' legde Romina uit. Luca probeerde zijn ergernis te onderdrukken. Alles aan Maxwell en Dizzy stond hem tegen.

'En dit is Ma Hemple.' Romina legde haar handen op de zachte schouders van een dame op leeftijd. Ma was volkomen grijs, op dramatische zwarte lokken na die over haar voorhoofd vielen vanuit de wrong die als een wasbeer boven op haar hoofd zat. Toen ze haar grote zonnebril met rood montuur afzette, bleken haar ogen een verrassende lichtgroene kleur te hebben. Haar lippen waren felrood, passend bij de klaprozen op haar jurk, die ze over een wijde zwarte broek droeg. Ze was een forse vrouw met een droog gevoel voor humor dat je kon aanzien voor botheid.

'Dat werd tijd!' zei ze zonder te glimlachen. 'We begonnen al te denken dat je moeder je had verzonnen.' Ze praatte al net zo bekakt als de professor en haar stem klonk diep en fruitig.

'Daarom ben ik ook gekomen, om haar gezicht te redden,' antwoordde Luca plechtig.

'Nou, net op tijd! Kom gezellig bij ons zitten. Er is nog bruschetta over, die heeft op jou gewacht.' Luca kon niet anders dan zich bij het wonderlijke groepje scharen. Hij vroeg zich af waar zijn moeder hen allemaal vandaan had. Ze was altijd heel dol op nieuwe mensen.

'Is dit niet leuk?' zei Romina, met een blik op de openslaande deuren in de hoop dat Ventura zou verschijnen met verfrissingen. 'Dat malle kind! Ik kan haar maar beter even gaan halen. Er moet meer wijn komen. Wijn voor mijn zoon!'

Toen Romina naar binnen verdween, kwam de professor naar buiten aan de arm van Luca's vader. 'Ah, daar is mijn zoon,' zei Bill met een grijns naar Luca. Hij was lang en slank, met dunnend grijs haar dat deels schuilging onder een stijve panamahoed: een knappe man met een brede, aanstekelijke glimlach. Hij had een gelijkmatig humeur en was altijd hartelijk, en dat was maar goed ook als je met de kwikzilverige Romina getrouwd was.

'Hallo pap,' zei Luca. Ze omhelsden elkaar, duidelijk blij elkaar te zien.

'En, wat vind je van ons nieuwe huis?'

'Spectaculair.'

'Niet slecht voor een architect en een schilder, hè?'

'Helemaal niet verkeerd.'

'Hoe lang blijf je?'

'Dat weet ik nog niet. Ik neem elke dag maar zoals hij komt.'

'Net als wij. Dat is nou het fijne van gepensioneerd zijn,' kwam de professor tussenbeide.

'Of van werkloos zijn,' voegde Luca er wrang aan toe.

'Dat zal best,' zei zijn vader. 'Tijd om het over een andere boeg te gooien.'

'Ik weet alleen nog niet welke boeg precies.'

'Daar kom je nog wel achter. Hier, neem een stoel en een glas wijn, dat zal je goeddoen.'

Romina kwam terug met Ventura achter zich aan, een aantrekkelijke jonge vrouw met lang bruin haar en donkere ogen, die in de ene hand de wandelstok van de professor hield en in de andere een fles rosé. 'Vergeet niet wat voer te brengen voor Porci,' zei Romina, die een stoel bijtrok. 'Porci was een housewarmingcadeautje van je oom Nanni, Luca.' Luca trok een wenkbrauw op. Meestal moest zijn moeder niet veel hebben van honden, zelfs niet van kleine witte pluizenbollen zoals Snuffie. 'Het is een varken,' voegde Romina eraan toe, terwijl ze haar servet uitvouwde en het op haar schoot drapeerde. 'Een schattig klein varkentje!'

'Dat binnen een luier draagt,' zei Ma. 'Een heel apart gezicht. Al moet ik zeggen dat hij wel een zekere zwijnerige charme heeft.'

'Hij is een dotje,' tjirpte Dizzy. 'Maar het is stout van hem dat hij Snuffie niet leuk vindt.'

'Wie kan hem dat kwalijk nemen?' merkte Ma binnensmonds op.

'De enige reden waarom hij niet de pan in gaat is dat je moeder graag wil dat de kinderen hem zien,' zei Bill tegen Luca.

'Die vinden hem vast helemaal geweldig,' dweepte Romina.

'En zo niet, dan eten we hem op,' zei Ma.

Er verschenen twee butlers in uniform op het terras met dienbladen met eten. De ogen van de professor lichtten op bij de aanblik van al het lekkers, maar Ma slaakte een diepe zucht. 'Wat moeten we daar nou allemaal mee? Ben ik niet al dik genoeg? Dat varkentje heeft héél veel geluk als hij de restanten van ons maal mag verorberen.'

'Sorry, maar ik eet geen koolhydraten,' zei Dizzy met een verontschuldigend lachje. 'Daar word ik moddervet van.'

'Des te meer blijft er over voor het varken,' zei Ma, die zich duidelijk aan Dizzy ergerde. 'Is er verder nog iets wat je niet eet?'

'O, ja...' begon Dizzy, maar Ma's gesnuif legde haar het zwijgen op.

'Het is vast heel leuk om met jou samen te leven.'

'Goed, schatten, aanvallen maar!' gebood Romina opgewonden.

'Behalve jij dan, Dizzy. Jij mag toekijken hoe wij eten,' zei Ma. Dizzy wierp een strenge blik op haar echtgenoot, die verkoos haar te negeren en zichzelf een flinke portie spaghetti opschepte.

Ze aten pasta met tomaat en knoflook, steak en groenten, gevolgd door kaas en een frambozensoufflé. Tegen de tijd dat de koffie werd ingeschonken waren ze licht in het hoofd van de wijn en slaperig van al het eten. Luca stak een sigaret op en leunde achterover in zijn stoel. Romina rookte ook en inhaleerde vergenoegd, terwijl haar gasten hun maag tot rust brachten met muntthee en zwarte koffie.

'Als ik een dutje heb gedaan, ga ik naar de stad,' zei de professor. 'Heb je zin om mee te gaan, Luca? Ik zou je hulp goed kunnen gebruiken.'

'Ik denk dat ik vanmiddag maar hier blijf,' antwoordde hij. Hij had meer zin om bij het zwembad in de zon te gaan liggen.

'Er is een heleboel plaatselijk talent,' zei Maxwell.

'Italiaanse vrouwen zijn erg knap,' zei Dizzy geëxalteerd.

'Maar uiteindelijk worden ze allemaal net zo dik als ik,' zei Ma.

'Dat komt door die koolhydraten,' zei Dizzy met een glimlach.

'Ik wil je graag het tuinhuis laten zien,' zei Romina.

'Het enige wat we helemaal intact hebben gelaten,' voegde Bill eraan toe.

'O, dat is een fabelachtig Hans-en-Grietje-huisje,' zei Dizzy enthousiast. 'Al krijgt Snuffie het binnen een beetje op z'n zenuwen, hè schatje?' Ze kuste de hond op zijn snuit, en toen het roze hondentongetje over de lippen van zijn bazinnetje flitste ontlokte dat Ma een grimas.

'Hou eens rekening met je man!' zei Ma. 'Honden likken aan hun achterste.'

'Alleen maar omdat ze dat kunnen,' zei Max gnuivend. Ma's vlezige lippen vertrokken terwijl ze haar geamuseerdheid onderdrukte.

Romina stond op. 'Kom mee, Luca,' zei ze.

'Wie zijn al die mensen?' vroeg hij toen ze een smal pad af liepen dat kronkelend door de tuin naar de kliffen liep.

Romina haalde haar schouders op. 'Mensen die we onderweg zijn tegengekomen.'

'Zit het huis altijd vol... malloten?'

'Lieverd toch!' riep ze berispend uit. 'Er logeren bij ons allerlei gasten, zowel oude als nieuwe vrienden. Ik vind het heerlijk als het palazzo vol zit met interessante mensen van over de hele wereld.'

'Wanneer gaan ze weer weg?'

'Ik heb geen idee. Mensen komen en gaan, maar de meeste willen blijven. Incantellaria heeft een soort toverkracht. Als je hier eenmaal bent aangekomen, wil je niet meer weg.'

'Als je het mij vraagt, heeft dat net zo veel te maken met jouw gratis logies en grote gastvrijheid als met de magie die hier hangt.'

'Lieverd, dat is heel onredelijk. Mijn vrienden zijn geen onwelkome klaplopers, maar mensen wie ik het in mijn huis graag naar de zin maak. Ik heb nu eenmaal een talent voor vriendschap.'

'Dus moet ik mijn vakantie doorbrengen met een stelletje geschiften?'

'Als jij vaker langs zou komen, zou ik niet zo veel andere mensen in huis hoeven halen. Je weet dat ik jou en de kinderen boven al mijn vrienden stel. Maar doe nou maar niet zo laatdunkend. Caradoc is heel boeiend. Hij weet een heleboel fantastische dingen over geschiedenis. Je moet hem er eens naar vragen. Volgens mij houdt dat hem jong: geschiedenis en poëzie.'

'En Maxwell en Dizzy? Die zijn erger dan erg!'

'Ja, ze zijn een beetje saai, hè? Vrienden van je nicht Constanza. Het gebeurt niet vaak dat ik slechte appels in de appelkar aantref! Ze moeten eigenlijk weg. Misschien moesten we maar doen of het spookt in het palazzo!'

5

Ze slenterden de heuvel af, door een tweede laan met cipressen naar het tuinhuis, een grijsstenen gebouwtje met uitzicht op zee. 'Dit is het,' zei Romina. 'Is het niet betoverend?' Het was volkomen symmetrisch, met een hoog raam aan weerskanten van een grote dubbele deur.

'Waar dient het voor?'

'Ik heb geen idee,' zei ze, terwijl ze de sleutel omdraaide in het roestige slot. 'Misschien een schuilplaats voor geliefden.' De deur ging krakend open en onthulde een harmonieuze vierkante kamer met terracotta muren en een koepelplafond dat was beschilderd met een fresco van mollige cherubijntjes tegen een bleekblauwe lucht. In het midden stond een hemelbed met zware zijden draperieën die ooit groen waren geweest. Voor het ene raam was een fraai notenhouten bureautje geplaatst, voor het andere een toilettafel. De wanden waren behangen met schilderijen van naakte jongens, de boekenplanken bevatten een heleboel erotica. In een nis stond een replica van Donatello's *David*.

'De vorige eigenaar was duidelijk dol op seks,' zei Luca geamuseerd. 'Wie was hij?'

'Dat weten we niet. De verkoop werd afgehandeld door notarissen. Volgens mij was het een stokoude man. Hij heeft niets meegenomen. Het palazzo is zo'n vierhonderd jaar geleden door de familie Montelimone gebouwd. Een beroemde, toonaangevende familie. Wijlen de *marchese* moet wel een apart figuur zijn geweest, want toen ik over hem begon, trok iedereen zijn wenkbrauwen op. Ik weet niet wie het na zijn overlijden heeft gekocht. Niemand wil er iets over loslaten. Misschien weten ze het niet. Maar goed, toen wij kwamen was het een ruïne en helemaal leeg, op een oude leren stoel en een bed na, die we verbrand hebben. Maar dit hier was mooi behouden gebleven. Het voelde niet goed om er iets aan te veranderen. Het is erg mooi, vind je niet?'

'Hebben jullie hier wel eens geslapen?' vroeg Luca, wijzend op het onopgemaakte bed.

'Nee,' zei Romina, en geërgerd kneep ze haar lippen op elkaar. 'Ik denk dat je vader hier een dutje is komen doen. Het is de enige plek waar je een beetje rust hebt. Niet al onze gasten laat ik hiernaartoe gaan. Ik sluit het altijd af.'

'Ik begrijp papa wel; het bed ziet er erg comfortabel uit.'

'Ja, hè?' beaamde ze, met haar handen in haar zij. 'Toch wil ik liever niet dat iemand het gebruikt, zelfs je vader niet. Het heeft iets droevigs dat het zo verwaarloosd is. Nu jij er bent om voor hem te vertalen, zal ik de professor er eens op uitsturen om uit te zoeken wie de vorige eigenaar was. Dan heeft die oude baas iets te doen. Hij is zo'n apart figuur. En ik ben wel geïntrigeerd, jij niet?'

'Jawel,' antwoordde Luca, die ook nieuwsgierig begon te worden. 'Waarom zou iemand vertrekken zonder zijn spullen mee te nemen?'

Die middag lag hij naast het zwembad een roman van Wilbur Smith te lezen. De zon voelde warm op zijn huid en een zijdezacht briesje hield hem aangenaam koel. Hij dacht niet meer aan de professor. Later leende hij de auto van zijn moeder en reed de stad in; hij parkeerde op het plein dat werd gedomineerd door de kerk van San Pasquale met zijn witte muren en mozaïekkoepel. In het midden was een parkje met palmbomen en bankjes, waar in de schaduw vrouwen zaten te kletsen terwijl hun kinderen giechelend en opgewonden rond een fontein speelden. Luca herkende een van de kleine jongetjes als het kind dat hij op het strand had gezien. Hij was de enige die geen schoolkieltje droeg. Hij keek rond of hij de moeder van de jongen zag, maar die was nergens te bekennen.

Het was fijn om niet met iemand te hoeven praten of zich nader te hoeven verklaren. Hij slenterde naar een *caffé* en bestelde een espresso, waarna hij loom achterovergeleund ging zitten roken. Het duurde niet lang of hij kreeg gezelschap. '*Buona sera.*' De vrouw was slank, met een olijfkleurige huid en bruine krullen, en de zelfverzekerde blik van een geraffineerde manipulator. 'Heb je een vuurtje voor me?' Haar volle lippen krulden zich tot een glimlach, haar ogen beloofden meer.

'Natuurlijk.'

Ze boog zich voorover en trok boven de aansteker aan haar sigaret. 'Jij komt hier niet vandaan.'

'Nee, ik ben alleen op bezoek.'

'Ben je toerist?'

'Ja.'

'Je klinkt Italiaans, maar met een vleugje van iets anders. Waar kom je vandaan?'

'Uit Londen.'

'Een Italiaan die in Londen woont. Waarom zou je in vredesnaam hier willen zijn als je ook in Gods eigen land had kunnen blijven?'

Hij lachte. 'Dat begin ik me ook af te vragen.'

Ze liet de rook tussen haar lippen door naar buiten komen. 'Mag ik bij je komen zitten?'

'Ja hoor,' antwoordde hij, want hij kon moeilijk weerstand aan haar bieden nu ze zichzelf op een presenteerblaadje aanbood.

'Ik neem een espresso. Ik heet Maria Fiscobaldi.'

'Luca,' zei hij.

'De koffie hier is goed. Maar als je een tip wilt: de beste koffie kun je bij Fiorelli krijgen. Verderop aan de kade. Die zou je eens moeten proberen.'

'Dat zal ik doen.'

'Hoe lang blijf je?'

'Ik heb geen idee.'

Ze grijnsde. 'Lang genoeg om van het mooiste uitzicht in Incantellaria te genieten?'

'Vast. Waar is dat dan?'

'Dat zal ik je na de koffie laten zien. Ik garandeer je: mooier krijg je het niet te zien.' Ze had een schalkse blik in haar ogen.

Luca riep de ober en bestelde twee koffie. Hij zou nog helemaal opgefokt raken van al die cafeïne. Maria leunde achterover in haar stoel en nam hem waarderend op. Hij kende die blik maar al te goed: de slaperige ogen, de wetende gezichtsuitdrukking, de blos van bewondering op haar wangen, de naakte lust die zinderde in de onzichtbare ruimte tussen hen in. Hij wist dat er seks zou volgen, maar hij was er niet voor in de stemming. Daar was hij niet voor gekomen, ook al was ze een knappe vrouw. Hun koffie werd gebracht en ze kletsten wat. Ze vertelde hem over haar leven en hij hoorde het belangstellend aan, want hij was het beu om over zichzelf te praten. Na een uur rekende hij af en stond op om te vertrekken.

'Ga je niet mee naar het uitzicht kijken?' vroeg ze teleurgesteld.

'Een andere keer misschien.'

'Je weet niet wat je mist.'

'Dat is dan jammer.'

'Bedankt voor de koffie.'

'Graag gedaan.'

Ze glimlachte suggestief. 'Integendeel, het genoegen is geheel aan mijn kant.'

Luca keerde terug naar het palazzo. Zijn moeder stond in de hal tegen Ventura en een ander dienstmeisje te praten. 'Lieverd, waar was je?'

'De stad in,' antwoordde hij.

'Mooi daar, hè?'

'Mooier dan ik had verwacht,' zei hij met een grijns.

'Kom mee naar buiten, dan drinken we wat. We eten om negen uur.'

'Ik denk dat ik even ga douchen.'

'Maak het niet te lang. De professor heeft naar je gevraagd.'

Luca sloeg zijn ogen ten hemel. 'Ik heb geen zin om met die ouwe baas te kletsen. Ik ben hier met vakantie.'

'Nou, je zult wel moeten – en geen tegenspraak alsjeblieft.'

Luca trok zich terug op de bovenverdieping. Toen hij uiteindelijk het terras weer op stapte, zat Dizzy met zijn moeder te praten. Met al zijn stekels overeind voegde hij zich bij hen. 'Heb je een leuke middag gehad?' vroeg hij aan Dizzy.

Ze glimlachte liefjes en wierp haar blonde haar achterover. 'Ik heb lekker in de zon in mijn boek liggen lezen. Daarna zijn Max en ik er even tussenuit gepiept om knus te konijnen.'

'Knus te konijnen?' herhaalde Luca.

'Ja, dat is als je in bed tegen elkaar aan kruipt als twee konijntjes.' Ze trok een zogenaamd schuldbewust gezicht. 'Heerlijk is dat, maar het bed ligt zo lekker dat je helemaal geen zin meer hebt om eruit te komen.'

'Dat is mooi. Ik heb de allerbeste lakens van Frette gekocht,' zei Romina.

'Morgen gaan we naar Capri. Waarom ga je niet met ons mee?' vroeg Dizzy aan Luca.

'Bedankt, maar ik blijf liever hier om in mijn eentje knus te konijnen.'

Zijn moeder wierp hem een blik toe. 'Luca is heel moe. Hij heeft zijn rust hard nodig.'

Tijdens het diner converseerde Luca afgemeten en hij bleef niet zitten voor de koffie. Romina verexcuseerde hem. 'Hij maakt een heel moeilijke tijd door. Hij is weg uit de City, is gescheiden van zijn vrouw en weet niet wat hij nu wil gaan doen. Ik moet een leuke jonge vrouw voor hem zien te vinden.'

'Hier in de stad zijn er genoeg,' merkte Caradoc op. 'Italiaanse meisjes zijn een lust voor het oog.'

'Geen meisje van hier,' schimpte Romina. 'Alsjeblieft niet! Ik stel mijn hoop op een vrouw met een beetje meer klasse.'

'Ik geloof niet dat trouwen hoog op Luca's priotiteitenlijstje staat,' waarschuwde zijn vader.

'Op het mijne staat het anders heel hoog. Mannen zijn er beter aan toe wanneer ze getrouwd zijn. Kijk maar naar Nanni,' zei ze, verwijzend naar haar broer. 'Hij is een ramp!'

'Ik zou Nanni niemand toewensen,' zei Bill.

'Nu ik erover nadenk: ik ook niet,' stemde Romina met hem in.

In de daaropvolgende dagen slaagde Luca erin de anderen te ontlopen. Hij was beleefd, maar op zijn hoede. Het grootste deel van de tijd lag hij te lezen bij het zwembad of maakte hij, in gepeins verzonken, wandelingen over het rotsige strand. Ook al was Incantellaria nog zo mooi, hij was niet in staat het gewicht dat op hem drukte van zich af te zetten. Hij dacht aan Maria en de moed zonk hem in de schoenen. Maria was, net als zo veel andere vrouwen die hij had ontmoet, net een heerlijke honingpot: als je alle honing eruit had gegeten, bleef er niets anders dan een leeg omhulsel over. Zijn ziel hunkerde echter naar meer – naar een pot die altijd vol bleef, een honing die bleef duren. Misschien was hij niet geschikt voor langdurige relaties, maar was het zijn lot om als een bij van de ene bloem naar de andere te gaan en nooit lang op één exemplaar te blijven rusten.

Het was hem bijna een hele week gelukt de uitnodigingen van de professor om hem te vergezellen naar de stad af te houden, maar hij kon geen nee blijven verkopen. Toen Dizzy tijdens de lunch voorstelde om een tochtje naar Positano te maken, besloot hij dat de professor het minste van twee kwaden was. Hij zat er bepaald niet op te wachten om de dag door te brengen met twee knusse konijntjes.

De professor genoot van een lange siësta en stond om vier uur op om de stad in te gaan. Romina leende Luca haar auto en zwaaide hen uit. De lucht was bezwangerd met de geuren van pijnbomen en eucalyptus, en in de bomen kwetterden de vogels.

'Ik heb zo'n idee dat het palazzo een tragische geschiedenis heeft,' zei Caradoc. 'Dat voel ik binnen in de kamers. Die zijn prachtig, maar er hangt iets melancholieks in de lucht waar ik niet goed de vinger op kan leggen. Eerder heb ik dat ook gevoeld in oude Griekse tempels en paleizen. De energie van de gebeurtenissen die daar hebben plaatsgevonden worden opgeslagen in het steen. Als dat tragische gebeurtenissen waren, is het net alsof de droefenis van de muren druipt. Ik wil het tot op de bodem uitzoeken. Twee breinen zijn beter dan één. Doe je met me mee, jongen?'

Luca kon een glimlach om het enthousiasme van de oude man niet onderdrukken. 'Ik doe mee, professor. Waar wil je beginnen?'

'In het midden van de stad. In de kerk.'

'Wat hoop je daar te vinden?' Behalve dan een Christusbeeld dat tranen plengt, dacht hij schamper.

'Oude mensen,' zei de professor. 'Oude mensen brengen veel tijd in kerken door. Oude mensen weten dingen. En oude mensen vinden het heerlijk om over vroeger te praten.'

Luca hielp de professor de auto uit en gaf hem zijn stok aan. 'Geef me even de tijd om mijn benen in stelling te zetten,' zei Caradoc, die ze om de beurt even schudde. 'Ik ben blij dat ik ze nog heb; in de oorlog waren ze er bijna afgeblazen.' Hij grinnikte toen ze langzaam de weg naar de kerk op liepen. Er waren boetiekjes, een apotheek, een slager, een kapperszaak, een bakker – na de siësta allemaal weer geopend. Luca kreeg de kleine jongen in het oog die hij een paar dagen tevoren had gezien; als een zwerfhond dwaalde hij doelloos tussen de bomen.

Binnen in de kerk, in de beslotenheid van de dikke stenen muren, was het koel en schemerig. Er was geen geluid behalve de echo van stil gebed. Achterin, waar in een grote nis het altaar was, stonden tafels met kaarsen die een spookachtige gloed door het halfduister wierpen en het marmeren beeld van Christus aan het kruis verlichtten. Luca dacht geen moment dat dat beeld ooit echt tranen van bloed had vergoten; daar was ongetwijfeld een of andere slimmerik met rode verf en een groot gevoel voor drama verantwoordelijk voor. Hij liep achter Caradoc aan door het gangpad, zonder duidelijk idee van wat ze nou precies kwamen doen. Het rook in de kerk naar warme was en wierook. Hij liet zijn blik over de fresco's van de geboorte van Christus en diens kruisiging gaan, en naar de heiligenbeelden versierd met bladgoud dat blonk in het kaarslicht. Het was een charmant godshuis en ongetwijfeld werd het druk bezocht, wat geen verrassing was in een plaats als deze, waar het katholicisme het hart van de gemeenschap uitmaakte.

Aan weerskanten van het gangpad zaten mensen: een oude dame met haar rozenkrans, een man op leeftijd die met een zwarte hoed op in gebed geknield zat, een jonge vrouw met een zwarte sluier die een kaars aanstak, haar ogen sloot en een onmogelijke wens deed. Caradoc steunde op zijn wandelstok. 'Wat nu?' fluisterde Luca, en hij stak zijn handen in zijn zakken. Hoe had hij zich in vredesnaam met de dwaze queeste van de professor kunnen inlaten?

'Ik ga op zoek naar de oudste persoon die hier aanwezig is.' Hij snoof luidruchtig. 'Iemand die net zo oud is als ik. Ah, daar is hij al.' De man die in gebed geknield zat, zat zo stil dat het leek alsof hij al dood was, ware het niet dat hij opeens met zijn voet trok, zoals een doezelende kat met zijn staart.

'Je mag zijn gebed niet onderbreken.'

'Natuurlijk niet. Ik wacht wel tot hij klaar is.'

'Misschien blijft hij wel de hele avond bezig.'

'Ik heb geen haast. Ondertussen heb ik de goede God wel een paar dingetjes te vertellen,' zei Caradoc, die wegschuifelde om een plaatsje bij de man in de buurt te zoeken.

Terwijl hij ging zitten om te wachten, zag Luca dat de vrouw bij de kaarsen zich omdraaide en door het middenpad in zijn richting kwam. Het was de vrouw die hij op het strand had gezien, de moeder van het kind dat buiten speelde. Hij herkende haar onmiddellijk aan het zachte deinen van haar heupen bij elke stap. 'Ik ben zo terug,' fluisterde hij tegen Caradoc, waarna hij achter haar aan naar buiten liep, de piazza op. Ze was in het zwart gekleed en haar sluier hing tot op haar middel. Hij registreerde haar fraaie haar en de subtiele welving van haar heupen en billen, haar slanke enkels en kuiten. Voordat hij erover had nagedacht wat hij zou zeggen, had hij haar al in het Italiaans gegroet. Geschrokken draaide ze zich om.

'Neem me niet kwalijk dat ik u zo overval,' zei hij terwijl hij achter het geborduurde kant haar gelaatstrekken probeerde te onderscheiden. 'Ik wilde u niet besluipen. Ik ben net in Incantellaria aangekomen vanuit Engeland. Mijn ouders wonen in het Palazzo Montelimone.' Met het noemen van die naam trok hij haar aandacht; nieuwsgierigheid kreeg de overhand over haar schrik. Mooi zo, dacht hij, ik heb het allemaal al uitgezocht voordat die ouwe kerel ook maar halverwege zijn gebed is. 'We proberen het en een ander na te trekken over de geschiedenis van die plek. Wie er gewoond heeft, wat dat voor iemand was, je weet wel – je wilt toch iets weten van het verleden. Het is zo'n mooi palazzo.'

'Ik weet niets,' zei ze. Haar stem was zacht en diep, als van een panfluit. Ze wendde zich af en liep verder het plein op.

'Misschien hebt u een grootmoeder die iets weet?' vervolgde hij, zich achter haar aan haastend.

'Nee,' antwoordde ze, en ze versnelde haar pas. 'Er heeft tientallen jaren niemand gewoond. Het was een ruïne.'

'Nu niet meer. Het ziet er schitterend uit. Kunt u misschien iemand aanbevelen? Een plaatselijke historicus wellicht? Is er een bibliotheek?'

'Niemand,' zei ze kortaf.

Luca voelde zich dwaas, zoals hij achter haar aan joeg. 'Nou, bedankt voor uw tijd,' riep hij.

Ze glimlachte beleefd en ging ijlings verder, waarbij haar fraaie kleine voeten snel over de keitjes schoten. Het jongetje kwam tussen de lommerrijke bomen vandaan en voegde zich huppelend bij haar. Luca grijnsde hem toe en zwaaide even. De grote bruine ogen van de jongen keken hogelijk verbaasd. Hij aarzelde even, zijn mond halfopen, en draaide zich vervolgens om om achter zijn moeder aan te rennen, die nu van het plein afsloeg, een smal straatje in, en in de schaduw bijna niet meer te zien was.

Luca keerde terug naar de kerk. Het zou niet zo makkelijk worden als hij had gedacht. Geen wonder dat zijn moeder maar weinig succes had geboekt met het napluizen van de geschiedenis als niemand bereid was om erover te praten.

Hij nam plaats naast Caradoc. 'Ik wil wedden dat je niets hebt gevonden,' fluisterde de professor.

'Je hebt gelijk. Ze wilde niet praten.'

'Natuurlijk niet. Ze dacht natuurlijk dat je haar wilde verleiden.'

'Helemaal niet!' schertste Luca.

'Pas maar op voor de mannen in haar familie. Italiaanse mannen kun je maar beter niet kwaad maken.'

'Alsof ik dat niet weet.'

'Jij bent maar half Italiaans. De zuiderlingen hier zijn uiterst gepassioneerd. Er worden wel mannen voor minder vermoord.'

Uiteindelijk pakte de bejaarde man zijn gebedenboek op en maakte aanstalten om te vertrekken. Caradoc tikte hem op de schouder.

'Goedendag,' zei de professor in het Latijn. De oude man keek verward.

'*Buona sera*,' fluisterde Luca. 'Neemt u ons niet kwalijk dat we u storen. We zijn nieuw in de stad. We wonen in het Palazzo Montelimone, op de heuvel. Zou u er bezwaar tegen hebben als we u een paar vragen stellen over de geschiedenis van die plek? U lijkt ons echt iemand die daar iets van zou kunnen weten.'

De oude man snoof luidruchtig. 'Kom maar mee naar buiten,' zei hij zachtjes, en stram kwam hij overeind. Beide mannen liepen achter hem aan de piazza op en gingen op een van de bankjes zitten. De roddelende moeders waren naar huis gegaan en het was stil op het plein.

'Professor Caradoc Macausland.' De professor schudde 's mans hand.

'Tancredi Lattarullo. Dus u woont in Montelimone.' Hij keek de professor glimlachend aan, waarbij hij grote zwarte gaten tussen zijn lange bruine tanden onthulde. Zijn huid was gebruind en stoppelig; alle vreugde en smart des levens hadden er diepe lijnen in gegrift, als droge rivierbeddingen in een woestijn. Hij snoof nogmaals.

'Mijn ouders wonen daar,' kwam Luca in het Italiaans tussenbeide. 'Ik heet Luca.'

'Ja, ik weet wie er in het palazzo wonen. Iemand van hier zou daar nooit intrekken. Ze moeten wel heel dapper zijn, Luca,' zei Tancredi, en zijn lach deed zijn borstkas reutelen als een oude motor.

'Woont u hier al lang?' vroeg hij.

Tancredi was maar al te zeer bereid om hun het een en ander over hemzelf te vertellen. Luca bood hem een sigaret aan en stak er zelf ook een op. 'Ik heb mijn hele leven in Incantellaria gewoond,' zei Tancredi, rook uitblazend. 'Ik heb de oorlog overleefd. Ik heb gevochten voor mijn land. De dingen die ik heb meegemaakt, daar stolt het bloed je van in de aderen. Maar ik was een held. Ze hadden me medailles moeten geven voor wat ik bij Monte Cassino heb gedaan. En moet je me nu zien.

Niemand maakt zich druk om mij. Destijds was het leven beter. De mensen bekommerden zich nog om elkaar. Niet zoals nu. Nu is het ieder voor zich. De jongeren hechten geen waarde meer aan de zaak waar hun landgenoten voor streden en stierven.'

'Wie woonde er tijdens de oorlog in het palazzo? Was het gevorderd door de Duitsers?'

Tancredi schudde zijn hoofd. 'Het was eigendom van de *marchese* Ovidio di Montelimone. Hij was een kleine prins. Voelde zich te goed om zich onder de gewone mensen hier beneden te begeven. Hij liet elke dag zijn eigen privémis opdragen in het palazzo. Vader Dino moest in de hitte de heuvel op fietsen en weer terug, ook al had de *marchese* een chauffeur en een blinkende witte Lagonda. Dat was net een panter, zoals dat ding snorde, echt een schoonheid. Zelfs nu herinner ik het me nog goed. Het had gisteren kunnen zijn. Verder had alleen de *sindacco* een auto. Nu heeft niet alleen de burgemeester er een, maar iedereen, en de stank dringt in mijn neus.' Hij snoof nogmaals om zijn woorden kracht bij te zetten. 'Mensen worden beesten achter het stuur. Ze denken dat ze onoverwinnelijk zijn. Vroeger verplaatsten we ons te paard en was het leven beter.'

'Wat is er met de *marchese* gebeurd?'

'Hij werd daar in dat palazzo van jullie vermoord.' Tancredi trok een lijn langs zijn kippennek. Luca vertaalde het snel voor Caradoc.

'Vraag hem eens of het om bloedwraak ging,' zei Caradoc, die er door de opwinding ineens jaren jonger uitzag.

Tancredi haalde zijn schouders op en keek als een vis uit zijn ogen. '*Bo!* Niemand weet de waarheid. Maar mijn oom was de *carabiniere* van de stad en ik heb horen fluisteren dat de *marchese* Valentina had vermoord, zijn maîtresse, en dat Valentina's broer hém weer vermoordde.'

'Bloedwraak dus,' herhaalde Luca. 'Geen wonder dat niemand erover wil praten.'

'De kranten stonden destijds bol van Valentina's dood, omdat ze in de auto zat bij de beruchte *mafioso* Lupo Bianco toen ze allebei de dood vonden. Een schoonheid uit een klein stadje, gehuld in diamanten en bont, midden in de nacht op weg naar Napels.' Hij trok zijn wenkbrauwen op en genoot er overduidelijk van het schandaal breed uit te meten. 'Je kunt je wel voorstellen dat dat een sensationeel verhaal was. Haar dochter, Alba, woont hier in Incantellaria. Engels, net als u. Maar ze kwam hier dertig jaar geleden naartoe en is nooit meer weggegaan.

Zo gaat dat met mensen die hier komen: die gaan niet meer terug. Maar jullie zullen haar niet aan het praten kunnen krijgen. Het is allemaal lang geleden. Niemand rakelt graag het verleden op. De *marchese* heeft zijn verdiende loon gekregen. Valentina was het licht van Incantellaria en hij heeft haar gedoofd.'

'Dus dat is het?' zei Luca. 'Wilde daarom niemand het palazzo kopen?'

Tancredi keek ongemakkelijk. 'Het spookt er.'

'Het spookt er? Waart de *marchese* er soms rond?'

'Natuurlijk.'

'Hoe weet u dat?'

'Dat weet iedereen. Het palazzo heeft jarenlang leeggestaan. De *marchese* had het nagelaten aan ene Nero, die het liet wegrotten als een taart waar hij geen trek in had. Toen vertrok Nero. Ik geloof dat hij geen geld meer had. Niemand wilde het kopen. Ik weet niet wat er van hem geworden is. Maar in de jaren daarop kon je, als het 's nachts donker was, kaarslicht zien flakkeren door de kamers. De politie is talloze malen op onderzoek uitgegaan, maar vond niks.' Hij nam een diepe trek van zijn sigaret en zweeg even omwille van het effect. 'Natuurlijk deden er verhalen de ronde; mensen beweerden dat ze dingen hadden gezien, dat ze kreten en geluiden hadden gehoord. Niemand twijfelt eraan dat de *marchese* nog steeds daar op die heuvel zit.'

'Nou, nu krijgt moeder haar verhaal,' zei Luca toen hij met de professor terugliep naar de auto.

'Inderdaad een moord,' riep de professor uit. 'En ook nog eens een spook. Van Zuid-Italië verwacht ik niet anders. Wat je noemt een bevredigend staaltje speurwerk. Goed gedaan, jongen.'

'Die Valentina lijkt me wel een wilde tante.'

'Zeker,' beaamde Caradoc grinnikend. 'In de oorlog deden mensen rare dingen. Er waren geen grenzen; je had immers niets te verliezen. Ik heb gevochten voor koning en vaderland. Dat was beestachtig en romantisch. De dood was overal, in elke haven een liefje. Toen kwam ik terug en trouwde met mijn jeugdliefde, Myrtle.'

'Wat is er met Myrtle gebeurd?'

'Die is overleden. Kanker.'

'Wat akelig.'

'De besten sterven jong.'

'Kinderen?'

'Vier. Allemaal volwassen. Maar sinds mijn pensioen ben ik gaan reizen. Niets doet me meer genoegen dan de wereld te zien. Ik denk dat ik hier maar eens een poosje blijf. Zoals Tancredi al zei, trekken de mensen die naar Incantellaria komen maar zelden weer weg.'

'Zeg, Caradoc, wat zou je ervan zeggen om aan zee iets te gaan drinken?'

'Dat lijkt me een prima idee, jongeman. Er zit daar een leuke kleine *trattoria*, Fiorelli. Daar serveren ze espresso op het terras, en de serveersters zijn een lust voor het oog.'

'Klinkt goed,' zei Luca, en hij nam de professor bij de arm.

6

Alba stond met haar dochter in de schaduw toen de twee mannen neerstreken aan een tafeltje op het terras. 'Dat is hem,' zei Rosa, en ze nam hem waarderend op. 'Cosima zei dat hij lang, donker en knap was.'

'Ik ben blij dat ze daar oog voor had,' zei Alba. 'Het wordt tijd dat ze haar leven weer oppakt. Het is nu drie jaar geleden.'

'Wat een spetter! Als ik niet getrouwd was...'

'Zoals Eugenio en jij met elkaar omgaan mag het wel een wonder heten dat jullie nog samen zijn. Jullie zitten elkaar voortdurend in de haren.'

'Maar het is altijd heerlijk om het weer goed te maken,' bracht Rosa daar met een glimlach tegen in.

'Wie zou hij bij zich hebben? Zijn vader?'

'Die oude man? Hij is Engels. Hij is hier al eerder geweest – uit het palazzo.'

'Je kunt ze maar beter gaan bedienen, Rosa. Laat ze niet over aan Fiero. Ik wil graag details horen.'

Alba trok zich terug in de keuken, waar Alfonso stond te zweten boven een pan soep. Zijn zoon Romano was, gekleed in een schoon wit schort en met een muts op, groenten aan het hakken op het hakblok in het midden. Ze ging aan een houten tafeltje in de hoek zitten en wreef vermoeid over haar voorhoofd. Op haar zesenvijftigste was ze nog steeds een schoonheid. Haar haar glansde en viel in dikke golven over haar rug. Haar huid had de kleur van volle honing, hoewel de kracht van de jeugd plaats had gemaakt voor een meer wereldwijze uitstraling.

Haar lichtgrijze ogen wisten nog steeds aandacht te trekken, omdat ze zo onverwacht waren in zo'n zuidelijk gezicht, en haar lichaam was weelderig als een rijpe perzik. Ooit had ze het hart op de tong gehad, maar de jaren hadden haar milder gemaakt en kinderen hadden haar verzacht, haar scherpe kantjes eraf gehaald en haar de gave van generositeit geschonken, zodat ze in haar kleine hoekje van Italië zeer geliefd was en gerespecteerd werd. Ze slaakte een zucht. Alle drukte in het palazzo baarde haar alleen maar zorgen. Ze hield van Incantellaria zoals het was: rustig, terughoudend, onontwikkeld. Dikke kans dat die nieuwkomers alleen maar slecht nieuws betekenden. Sinds zij hier waren komen wonen was er een gestage stroom van mensen in de stad verschenen. Oud en jong, allemaal op zoek naar vermaak. Een beetje aanloop was goed voor de zaken, maar als er meer mensen kwamen vormde dat een bedreiging voor haar manier van leven. Maakten ze soms een hotel van het paleis van de *marchese*? Ze zag nachtclubs en strandfeesten voor zich, en hield haar hart vast voor projectontwikkelaars. Waarom kochten ze niet een pand in een hippere stad die al over de benodigde infrastructuur beschikte? 'Over mijn lijk,' mompelde ze bij zichzelf. 'Waar is dat spook als ik het nodig heb?'

Rosa stapte parmantig het terras op, deinend met haar heupen, haar billen naar achteren gestoken om de fraaie welving van haar rug te benadrukken. Haar rode jurk zat strak en was diep uitgesneden, haar glanzende bruine haar viel in donkere golven over haar schouders. Ze had de lichte ogen en zwarte wimpers van haar moeder, en hetzelfde nukkige boogje bij haar lippen, maar haar vaders krachtige kaaklijn en brede, hoekige gezicht. Ze wist dat ze mooi was. De meeste ruzies die ze uitlokte met haar man, Eugenio, hadden te maken met haar flirterige gedrag: Eugenio zag er prachtig uit als hij kwaad was en het leven zou maar saai zijn zonder het vuur van hun strijd en de zoetheid van de goedmakertjes.

Luca sloeg zijn ogen op en Rosa's hart sloeg een slag over. Wat een spetter. 'Goedemiddag,' zei ze monter. Haar vlekkeloze Engels bracht hen allebei van de wijs.

'Goeie genade,' riep Caradoc uit. 'Een Latijnse schoonheid die Engels spreekt als de koningin.'

'Wat leuk dat u dat zo zegt. Mijn moeder is Engelse, mijn vader Italiaan.'

'Nou, dat verklaart een hoop,' zei de professor. 'Wat heb ik je gezegd,

Luca? De meisjes zien er prima uit, of niet soms?'
'Mijn vriend hier beweert dat jullie lekkere koffie serveren.'
'Is hij niet uw vader?' zei Rosa.
'We zijn broers,' merkte Caradoc spitsvondig op. 'Zie je niet dat we op elkaar lijken?'
Rosa giechelde. 'Natuurlijk. Wat dom van me! Twee koffie dan dus maar, broers?'
'Maak hem maar lekker sterk, met warme melk er los bij,' zei Luca. 'Kokendhete melk.'
'Hebt u uw vrouw niet meegenomen?' vroeg ze onschuldig.
'Die heb ik niet.' Hij was gewend aan vrouwen zoals zij, maar ze zag er geen dag ouder uit dan vijfentwintig.
'Wat jammer nou,' antwoordde ze met een meelevende glimlach. 'Zeg eens, jullie komen toch van het palazzo?'
De professor knikte. 'De spoken hebben ons nog niet weggejaagd.'
'Ach, die onzin!' Ze rolde met haar ogen. 'Ik zal jullie koffie gaan halen. Daarna zal ik jullie alles vertellen wat je over dat huis wilt weten. Mijn grootmoeder was Valentina, weet je.' Ze zag dat de ogen van de jongste man belangstellend oplichtten.
Alba kwam de keuken uit. 'En, wie zijn het?'
'Die jongeman heet Luca. Ze zijn geen vader en zoon. Luca noemde hem "mijn vriend".' Ze grijnsde schalks. 'Hij is niet getrouwd.'
'Gescheiden,' stelde Alba vast.
'Hoe weet jij dat?'
'Dat denk ik gewoon. Hij ziet eruit als een man die door een hebzuchtige vrouw voor de rechter is gesleept.'
'Hij is het helemaal!' zei Rosa ademloos terwijl ze twee kopjes onder de espressomachine zette. 'Ik zou hem wel gelukkig kunnen maken.'
'Pas maar op jij,' waarschuwde Alba. 'Je maakt alleen Eugenio maar van streek, en ik geloof niet dat ik nog meer van jullie geharrewar kan verdragen.'
'We gaan wel verhuizen als je dat wilt,' zei Rosa pruilend.
'Doe niet zo mal. En mij zeker alleen achterlaten met Cosima?'
'Die ziet eruit als een heks, zoals ze de hele tijd in het zwart gekleed gaat.'
'Ze is in de rouw. Het is haar keus en haar recht.'
'Nou, het is verrekte saai voor degenen die met haar samen moeten leven. Weet je, mijn kinderen noemen haar achter haar rug *la strega*.'

'Als ze haar een heks noemen, lieverd, dan komt dat alleen maar doordat ze dat jou hebben horen zeggen. Toon eens wat medeleven.'

'Dat is moeilijk op te brengen. Zoals je zelf al zei: het is drie jaar geleden.'

'Dat soort verlies blijft je eeuwig bij,' zei Alba fel. 'Ik mag van harte hopen dat het jou bespaard blijft. Ga ze nu maar hun koffie brengen – je bent hier om te bedienen, niet om te flirten.'

'Op wie zou ik toch lijken?'

'Niet zo bijdehand, alsjeblieft.'

'Papa heeft anders gezegd dat hij je wel eerst heeft moeten temmen.'

'Onzin. Zodra ik hem op de kade in het oog kreeg, had ik mijn hart aan hem verpand.' Alba keek haar dochter na toen die uitdagend over het terras liep. Ze zag dat de ogen van de jonge man even op haar decolleté bleven rusten voordat hij weer naar haar gezicht keek. Alba schudde berustend haar hoofd. Hij zag er inderdaad heel goed uit. Ze moest denken aan Fitzroy Davenport, de man met wie ze bijna getrouwd was – met wie ze ook getrouwd zou zijn als hij de moed had gehad haar achterna te komen. Ze haalde zich hun avontuur in het palazzo weer voor de geest, zoals ze door de ruïnes hadden gedwaald op zoek naar de raadselen waarmee haar moeders dood was omgeven. Wat een pret hadden ze gehad toen ze in de vochtige kamers vol klimop en meeldauw naar aanwijzingen hadden gezocht. Vervolgens waren ze de uitgemergelde Nero tegen het lijf gelopen, die rook naar alcohol en verrotting; hij zat te verkommeren in het palazzo dat de *marchese* hem had nagelaten. Waarom had Nero uiteindelijk toch het pand verkocht? Daar kon ze zich kwaad om maken. Het had een ruïne moeten blijven. De natuur zou het ten slotte hebben verzwolgen, het verleden en de duisternis hebben opgeslokt die de geheime bezoekjes verhulde die haar moeder eraan had gebracht, om zich in het tuinhuis door de *marchese* te laten beminnen. Dat vreemden zomaar over het verleden heen bouwden en de geschiedenis uitwisten met verf en behang was een belediging aan haar moeders nagedachtenis. Nero had ervoor moeten zorgen dat het palazzo langzaam kon instorten en hij had het moeten overlaten aan de geest van de *marchese*, die vast en zeker opgesloten in de helse gevangenis van zijn eigen boosaardigheid door die gangen dwaalde.

En Fitz? Ze had van hem gehouden, maar Cosima en Italië waren haar dierbaarder geweest. Ze moest vaak aan hem denken; dan vroeg ze zich af waar hij mee bezig zou zijn, of hij nog zou weten wie zij was. Ze had zijn hart gebroken. Ze was uit Engeland weggegaan en was een nieuw leven begonnen. Daar had ze nooit spijt van gehad. Twee van haar kinderen waren naar het noorden verhuisd, naar Milaan, maar Rosa was met haar eigen drie kleintjes gebleven. Die waren een voortdurende bron van vreugde. Als Cosima en haar tragische verleden er niet waren geweest, zou Alba hebben gezegd dat ze volkomen tevreden was. Ze dacht terug aan haar grootmoeder, Immacolata, en de altaartjes die zij had gebouwd voor Valentina en de zoon die ze in de oorlog had verloren. Ze kon de kaarsenwas in het huis nog ruiken, die helemaal in de bekleding getrokken was van het huis dat ze had geërfd. Immacolata was bijna gestorven van verdriet, een risico dat ook Cosima liep. Alba zorgde dat haar nichtje steeds dingen voor de trattoria te doen had; ze probeerde haar geest bezig te houden, zodat ze niet te lang bij haar verdriet zou blijven stilstaan. Maar Francesco was alles voor haar geweest: de zon, de maan en de sterren. Zonder hem waren Cosima's dagen zwaar van verdriet en schuldgevoel. Als zij haar blik niet van hem had afgewend, zou hij misschien niet zijn verdronken.

Rosa nam plaats op de stoel die de professor voor haar bijtrok. 'Professor Caradoc Macausland,' zei hij, terwijl hij een knokige hand uitstak. Die pakte ze met haar vingertoppen aan, alsof zijn artritis besmettelijk was.

'Rosa Amato,' antwoordde ze. Luca bood haar geen hand. Hij wilde haar niet aanmoedigen, al zag ze er nog zo mooi uit. Aan de ringen om haar vinger te zien was ze getrouwd, en haar bollende buikje maakte duidelijk dat ze ook moeder was.

'Luca,' zei hij eenvoudig, en hij schonk warme melk in zijn koffie.

'Zo, heren, en hoe is het daarboven?' Haar ogen waren groot van nieuwsgierigheid.

'Het is er schitterend,' zei Caradoc. 'Luca's moeder heeft een geweldige smaak.'

'Mijn oudoom Falco kende de *marchese*,' vertelde Rosa uit zichzelf. 'Hij had minnaars, zowel mannen als vrouwen, de oude schuinsmarcheerder.'

Ze werden afgeleid door een windvlaag toen een in het zwart gehulde flits langs hun tafeltje de trattoria in stoof. 'O hemel, dat is mijn nicht, Cosima. Ze ziet er niet erg blij uit.'

Luca herkende zijn mysterieuze dame uit de kerk. 'Dus ze is familie van je?'

'Ja, mijn moeder en haar vader zijn broer en zus. Lijken we niet op elkaar? Maar zwart is niet bepaald mijn kleur.' Ze stond op. 'Ik kan maar beter even gaan kijken wat er aan de hand is. Het zal vast mijn schuld wel weer zijn!' Ze liet de twee mannen alleen, die hun oren spitsten om te volgen wat er binnen werd gezegd.

'Ik vraag me af of ze getrouwd is,' zei Luca.

'Rosa is zeer zeker getrouwd,' antwoordde de professor met een glimlach. '"Ga, lieftallige Roos! Laat haar, die haar tijd en mij verspilt, weten, wanneer ik haar met jou vergelijk, hoe zoet en mooi ze is."'

'Haar bedoel ik niet, maar haar nicht, diegene in het zwart.'

'Ah, Edmund Waller. Ken je zijn poëzie? Wat een genie! Die mysterieuze vrouw in het zwart, bedoel je? Een weduwe, zou ik zeggen. Daarom is ze ook in de rouw.'

Luca trok hoopvol zijn wenkbrauwen op. 'Denk je dat?'

'Ach, mijn jongen, je zoekt een opening.'

'Ze is fascinerend.'

'Alleen maar omdat ze niet met je wil praten.'

'Dat komt nog wel.'

De professor schudde zijn hoofd. 'Met dat soort hoogmoed krijg je nooit de vrouw die je echt wilt.'

Cosima praatte zo snel dat haar woorden wel een mitrailleursalvo leken. 'Ze hebben weer aan zijn spullen gezeten. Ze liggen door het hele huis!' Haar armen maaiden rond en brachten de lucht om haar heen in beweging. 'Moet ik soms mijn deur afsluiten voor mijn eigen neefje en nichtjes? Hoe vaak moet ik nog tegen ze zeggen dat ze niet in mijn kamer moeten komen, dat ze zijn spullen met rust moeten laten? Die zijn het enige wat ik nog van hem heb. Als ze door het hele huis verspreid liggen, raken ze verloren en dan raak ik verloren. Snap je dat niet? Is er dan niemand die dat snapt?' Ze begon te huilen.

'Ga eens zitten, Cosima,' zei Alba vriendelijk, en ze hielp haar naar een stoel. Rosa kwam erbij, haar schouders al strak van ergernis.

'Wat is er aan de hand?' vroeg ze, en ze deed haar best bezorgd te klinken.

'De kinderen – ze hebben weer aan Francesco's spullen gezeten.'

Rosa's gezicht betrok en ze schoot in de verdediging. 'Dat is niet waar. Ze wéten dat ze niet naar binnen mogen.'

'Als zij het niet gedaan hebben, wie dan wel?'

‘Ik zou het niet weten,’ zei Rosa, haar armen over elkaar slaand. ‘Maar mijn kinderen waren het niet. Dat zweer ik.’

‘We vragen het hun wel als we thuis zijn,’ zei Alba diplomatiek.

‘Goed hoor. Vraag maar raak. Maar ik weet dat ik gelijk heb. Je kunt niet elke keer mijn kinderen de schuld geven telkens wanneer Francesco’s prullen in de woonkamer liggen.’

‘Nou, lieverd, we kunnen er moeilijk je vader van beschuldigen, of Eugenio of Toto.’

‘Ik vind het maar niks dat je mij altijd beschuldigt.’ Rosa’s ogen schitterden. ‘Ik sluip door het huis, doodsbang om iets verkeerds te doen of te zeggen. Doodsbang dat mijn kinderen je kwaad maken of je verdriet doen, of erger: de kaars uitblazen die je de hele tijd laat branden. Het is drie jaar geleden, Cosima!’

Cosima staarde haar nichtje aan. ‘Drie jaar?’ zei ze langzaam. ‘Vind je drie jaar soms wel lang genoeg? Vind jij dat ik na al die tijd geen pijn meer zou moeten voelen? Nou, ik kan je vertellen dat het me elke keer weer moeite kost om de dag door te komen. Elke seconde is een marteling. Elk moment van mijn erbarmelijke leven voel ik dat ik hem kwijt ben, alsof ik mijn armen en benen heb verloren. Ik wou dat ik er een eind aan kon maken en naar hem toe kon gaan, waar hij ook is. Maar ik durf niet goed. Omdat ik niet weet of er na de dood nog wel iets is.’

‘O, Cosima,’ verzuchtte Alba, en ze trok het hoofd van haar nichtje tegen haar buik. ‘Francesco is bij God.’

‘Ik ben er helemaal klaar mee!’ beet Rosa haar toe. ‘Ik heb er genoeg van om steeds de schuld te krijgen. We gaan wel weg hier en zoeken een huis van onszelf. Het is belachelijk om allemaal zo op elkaars lip te wonen; we lijken wel een blik sardientjes.’

‘Rosa, doe niet zo dwaas,’ begon Alba, maar Rosa stampte weg naar de keuken.

‘Het spijt me, Alba,’ snifte Cosima. ‘Maar ze begrijpt het niet.’

‘Ze is nog jong, liefje. Zij heeft nog geen ervaring met de dood, zoals jij en ik. Uiteindelijk gaan we allemaal, en ik garandeer je dat het daar beter is. Jouw Francesco leeft in een andere dimensie.’

Cosima sloeg haar armen om Alba’s middel en snikte. ‘Ik wou dat ik de moed had om er een eind aan te maken.’

‘Het vergt veel meer moed om in leven te blijven.’

Luca en de professor bleven tot laat in de middag op het terras zitten. Het begon druk te worden in het restaurant. Rosa kwam weer tevoorschijn, met een gespannen uitdrukking op haar gezicht. Ze leek niet meer over het palazzo te willen praten. Luca glimlachte meelevend toen ze hun de rekening kwam brengen, en hij gaf een gulle fooi. Ze knikte hem dankbaar toe, waarna ze terugkeerde naar haar andere klanten. Na een poosje liet Cosima zich weer zien. Haar gezicht was rood en vlekkerig van het huilen, haar huid bleek tegen het harde zwart van haar jurk. Als ze Luca al zag, negeerde ze hem. 'Daar gaat je knappe weduwe,' zei Caradoc. '"Verdriet is een tijdlang blind, en dat gold ook voor het mijne. Ik wens het niets wat leeft toe pijn te lijden." Dat, mijn jongen, is van Percy Bysshe Shelly.'

Toen ze opstonden om te vertrekken, merkte Luca de kleine jongen op die in de deuropening van de trattoria met ogen als schoteltjes stond toe te kijken. Luca hielp Caradoc met zijn stok en wachtte even terwijl die zijn benen losschudde. Op het moment dat hij opkeek, haalde het jongetje langzaam zijn hand uit zijn zak en vouwde zijn vingers open om een prachtige blauwe vlinder te laten zien die op zijn handpalm zat. De vlinder klapperde met zijn vleugels en huiverde even van genoegen toen het zonlicht onbelemmerd op hem viel. Luca moest erom glimlachen. Daar schrok het jongetje van; hij wilde wel een reactie, maar was verrast toen hij die ook kreeg. Luca wilde een praatje met hem maken, maar het kind glipte de hoek om, de schaduw in, om plaats te maken voor Rosa, die met een dienblad vol dampende schotels naar buiten kwam.

De jongen had iets vreemds over zich. Hij leek heel alleen, of liever gezegd: eenzaam. Luca moest de hele terugweg naar het palazzo aan hem denken.

'En wat hebt je ontdekt, professor?' vroeg Ma, die haar borduurwerk neerlegde om hem over de rand van haar zonnebril heen aan te kijken. 'Of moet ik Holmes zeggen?'

De professor ging op een stoel aan de tafel zitten, die al gedekt was voor het avondeten. Het terras was verlaten, op Porci het varken na, die over de stenen drentelde op zoek naar een koel plekje om zich neer te vlijen. 'Niets waar ik van opkijk.'

'Wat saai,' zei Ma. 'Ik had liever een verrassing gehad.'

Caradoc grijnsde als een schooljongen. 'Alleen maar een paar moorden, een clandestiene liefdesaffaire en een spook.'

'Dat is zo saai nog niet. Vertel!' De professor vertelde haar wat ze hadden ontdekt. Ma luisterde geboeid toe. Toen hij was uitverteld, snoof ze even. 'Ik geloof niet dat je dat allemaal aan Romina moet vertellen. Ze is al helemaal van slag door de ontdekking dat er iemand in haar tuinhuis heeft geslapen. Ze denkt dat het Bill was, maar die houdt vol dat hij onschuldig is. Als zij denkt dat er een spook rondwaart, besterft ze het.'

Caradoc grinnikte. 'Nou, dat zou dan slecht uitkomen, want ik begin me hier net thuis te voelen.'

'Ik ook,' stemde Ma met hem in, terwijl ze ging verzitten op haar ligstoel, waarbij haar glinsterend blauwe kaftan als water over de stenen viel. 'Maar vergeet niet dat ze een Italiaanse is, en ook al zegt ze dat ze niets moet hebben van het primitieve bijgeloof van de bewoners hier, het zit haar toch vast in het bloed. Trouwens, ze vertelde me dat volgende week het beroemde Festa di Santa Benedetta wordt gevierd. Een of ander religieus festival in de kerk. Het marmeren Christusbeeld schijnt ooit tranen van bloed te hebben vergoten om voor een goede oogst te zorgen, maar dat is in geen zevenenvijftig jaar meer gebeurd, al lijken de olijven en citroenen daar niet onder geleden te hebben. Zover ik kan nagaan tieren die welig. Ik wil erheen, alleen maar om te kijken wat het nou precies voorstelt. Misschien wil je met me mee, Caradoc, al was het maar uit nieuwsgierigheid.'

'Dat zou ik een hele eer vinden,' zei hij. 'Dan neem ik de jongeheer Luca mee als tolk.'

'Zeg het maar niet tegen de anderen. Ik kan dat belachelijke hondje van Dizzy niet meer aanzien. Het lijkt wel een poederdons, en wat is Snuffie eigenlijk voor rare naam? Dweiltje of Rat-in-Konijnenkleren zou beter passen. Maar Dizzy zelf heeft een naam die precies bij haar past. Ik zal haar eens vertellen waar ze al die koolhydraten kan laten waar ze maar niet over uitgepraat raakt. Als ze nog dunner wordt, verdwijnt ze helemaal.' Ze was even in gepeins verzonken. 'Eigenlijk helemaal geen slecht idee. Ik snap niet wat Romina in hen ziet. Iedereen wiens conversatie draait om eersteklas vliegveldlounges en kortere routes verdient een medaille voor banaliteit. Nee, we gaan wel met z'n drietjes. Mondje dicht!'

'Nou, wie van jullie heeft Francesco's spullen uit Cosima's kamer gehaald?' Alba keek streng naar de drie gezichtjes: dat van de zevenjarige Alessandro met zijn chocoladebruine haar en zijdeachtige bruine huid; dat van de vijfjarige Olivia, die haar moeders schoonheid en lichtgrijze ogen had geërfd; en dat van Domenica, van drie, die even bruin was als haar broer en zo ondeugend als een eekhoorn. Met grote onschuldige ogen keken ze naar hun grootmoeder op.

'Zie je nou?' zei Rosa. 'Geen van hen heeft het gedaan.'

'Wie heeft er dan aan die spullen gezeten?'

'Hoe moet ik dat weten? Cosima heeft het waarschijnlijk zelf gedaan en weet het niet meer.'

'Jullie weten toch dat je niet in Cosima's kamer mag komen?' herhaalde Alba. De kinderen knikten en dartelden vervolgens naar buiten.

'Je zult moeten kiezen tussen Cosima en mij,' zei Rosa ernstig.

'Hoe bedoel je?'

'Ik kan niet met haar in hetzelfde huis blijven wonen. Ze lijkt wel een levend spook. Ik word er somber van om haar zo halfdood te zien ronddwalen.'

'Zeg niet zulke dingen!'

'Kom op, *mamma*! Wil jij soms dat je kleinkinderen opgroeien in al die narigheid?'

Alba liep naar het raam en wierp een blik op de tuin. De geur van eucalyptus en jasmijn werd meegevoerd op het briesje, terwijl de zon in de zee zakte. 'Toen ik hier voor het eerst kwam, was ik maar net iets ouder dan jij,' zei ze melancholiek. 'Je overgrootmoeder, Immacolata, ging net als Cosima in het zwart gekleed, als een kleine in elkaar gedoken kraai, en haar gezicht stond strak van verdriet. Ze had haar dochter, mijn moeder, en een van haar zoons in de oorlog verloren. Ze leefde in een niemandsland tussen leven en dood, net als je nicht. Ze had twee altaartjes, verlicht met kaarsen, en daar bad ze elke dag. Er hing een zware en ongelukkige sfeer in huis. Maar ze was niet alleen. Ze had haar zoon Falco nog, zijn vrouw Beata en hun zoon Toto, en haar achterkleinkind Cosima.' Ze draaide zich om naar haar dochter en pakte haar handen. 'Het punt is, lieverd, dat Cosima ons nodig heeft. Wij zijn haar familie. Wij zijn de kracht waar het haar aan ontbreekt. Als elke dag een worsteling is, moeten wij die worsteling makkelijker voor haar maken. Ooit zal ze de draad van haar leven weer oppakken. Misschien wordt ze wel weer verliefd. Ze is niet te oud om nog meer kinderen te krijgen. De dingen blijven niet altijd zoals ze nu zijn. Maar je moet geduld hebben. Stel je eens voor dat jij in haar schoenen stond.' Rosa sloeg haar ogen neer. 'Stel je eens voor dat jij hetzelfde verlies had geleden.'

'Ik moet er niet aan denken.'

7

In de boerenwoning op de heuvel die van haar overgrootmoeder was geweest, legde Cosima nauwgezet al Francesco's spulletjes terug. Ze bracht elk voorwerp naar haar neus en snoof eraan als een hond die wegkwijnt van verdriet. Soms had ze het gevoel dat ze hem slapend in haar bed zou aantreffen, alsof de afgelopen drie jaar niet hadden plaatsgevonden. Ze kon zijn ademhaling bijna horen en zijn aanwezigheid in de kamer bijna voelen. Maar als ze zich omdraaide om te kijken, was hij er niet – alleen de herinneringen die als geesten achterbleven. Ze voelde zich ontzettend alleen. Zo verlaten. Ze sloot haar ogen en wenste dat ze dood was.

Alba zat op het terras met haar tante Beata toe te kijken hoe de zon langzaam in de zee zakte. Sinds de tijd van Immacolata was er weinig in en om hun woning veranderd. Destijds had er geen weg naar het huis gelopen; ze hadden onder de eucalyptusboom op de heuvel moeten parkeren en over een smal pad moeten afdalen. Alba en haar man Panfilo hadden een fatsoenlijk oprijpad aangelegd en het huis uitgebouwd om hun groeiende gezin onder te brengen. Toto, Cosima's vader, was hertrouwd en was met zijn vrouw bij zijn ouders gaan wonen, een paar honderd meter verderop door de olijfgaard, in het huis waar hij was opgegroeid, en liet Cosima achter bij Alba, waar ze zich het meest thuis voelde. Cosima's halfbroer en halfzussen waren getrouwd en hadden kinderen; ze kochten huizen dicht in de buurt, zodat het gelach van jonge mensen over de ooit zo stille heuvel galmde. Het rook er nog steeds hetzelfde, naar jasmijn en viburnum, naar eucalyptus en gardenia. De wind kwam aandrijven vanuit zee en voerde de geur mee van pijnbomen en wilde tijm, en als de lucht in de avonden koeler werd en het licht milder, hoorde je het getsjirp van krekels en het behaagzieke gekwetter van nestelende vogels. 'Ik maak me zorgen om Cosima,' zei Alba, haar blik gericht op de ravottende kinderen op het gras. 'Ze is nu zevenendertig. Ze zou moeten genieten van het huwelijk en het moederschap. Ze zou haar gedachten moeten richten op degenen die leven en van haar houden.'

'Ik weet het,' stemde Beata met haar in. 'De kinderen spelen om haar heen, maar ze merkt ze amper op. De kleine Alessandro loopt haar als een zwerfhondje achterna, alsof hij aanvoelt waarom ze zo ongelukkig is en het probeert goed te maken, maar ze negeert hem. Het komt door het schuldgevoel, snap je? Ze neemt zichzelf Francesco's dood kwalijk.'

'Ze zeggen dat mensen die verdrinken niet lijden.'

'Hoe kun je dat weten?'

'Ik hoop maar dat het waar is.'

'Ik wou dat ze geloofde.' Beata legde het hemd dat ze aan het verstellen was neer en een frons trok rimpels over haar voorhoofd. 'Dan zou ze weten dat Francesco bij God is en dat God voor hem zorgt, zoals Hij ook zorgt voor Immacolata en mijn lieve Falco.'

'En voor Valentina,' voegde Alba er bedaard aan toe. Haar familie had er nog steeds moeite mee haar moeders naam uit te spreken, alsof het op de een of andere manier heiligschennis was om dat te doen. 'Maar ze is van haar geloof gevallen. De dood brengt mensen vaak dichter tot God, maar Francesco's overlijden heeft haar juist van Hem verwijderd.'

'Je moet aanvaarden wat je overkomt. Hoe kunnen we ook maar denken dat we Gods plan doorgronden?'

'Weet je wat Rosa vandaag tegen me zei?'

'Dat ze wil verhuizen? Luister maar niet naar haar, Alba. Ze is koppig en hartstochtelijk, net als jij op haar leeftijd. Rosa is iemand aan wie je je handen vol hebt. Het verbaast me niks dat ze het er helemaal niet mee eens is dat haar nicht alle aandacht krijgt. Voorheen had iedereen het tenslotte altijd maar over Rosa. Zij was degene in de familie die druk, lichtgeraakt en onstuimig was, en een heel stuk jonger dan Cosima. We hebben haar allemaal verschrikkelijk verwend. Nu moet ze toekijken terwijl Cosima in het middelpunt van de aandacht staat en huilend en jammerend rondloopt in haar zwarte kleren.'

'Vind jij dat Cosima zwelgt in zelfmedelijden?'

'Ik zou zoiets nooit zeggen over mijn kleindochter. Hoe kan ik nou een oordeel vellen over een jonge vrouw die haar hele wereld is kwijtgeraakt? Mijn hart gaat naar haar uit.' Beata sloeg een kruisje.

'Volgende week is het Festa di Santa Benedetta. Ik zal haar proberen over te halen om met ons mee te gaan.'

Beata hervatte haar naaiwerk. 'Dat beeld heeft in geen vijftig jaar gebloed. De laatste keer was in het jaar dat jouw ouders elkaar leerden kennen. Je vader zag er geweldig uit in zijn marine-uniform. Ze waren een mooi stel.'

'Het jaar daarop vergoot het geen tranen van bloed, op de dag voordat ze zouden trouwen. De dag waarop ze werd aangetroffen op de weg naar Napels, gehuld in bont en diamanten, vermoord met Lupo Bianco.'

'Maar toch vieren we het wonder nog altijd, ook al staat het beeld droog.'

'Je weet maar nooit of het nog een keer gebeurt.'

'Gods wegen zijn ondoorgrondelijk. Maar goed, je moet net als je grootmoeder je plaats in het festival innemen. Jij bent een afstammelinge van Sinte-Benedetta.'

'Het valt anders niet mee om mijn gezicht in de plooi te houden, Beata. Ze nemen het allemaal zo serieus. Het is een afschuwelijke teleurstelling als de ogen van Christus droog blijven. Waarschijnlijk was het sowieso bedrog. Vader Dino en een beetje tomatenketchup…'

'Moge God je vergeven, Alba!' Maar Beata's mondhoeken krulden toen ze een glimlach onderdrukte.

'Ah, Cosima,' zei Alba toen haar nicht naar buiten kwam om bij hen te komen zitten. 'Ligt alles nu weer op zijn plek?'

'Ja, dank je,' antwoordde ze, terwijl ze plaatsnam in de rieten fauteuil waar Immacolata altijd in had gezeten. 'Alles is waar het wezen moet.'

Alessandro onderbrak zijn spel en bleef met een ernstig gezicht naar zijn tante staan kijken. Toen, daartoe aangezet door een gevoel dat hij niet kon begrijpen, plukte hij een roos en liep aarzelend naar haar toe. 'Voor jou.'

Cosima fronste haar wenkbrauwen. 'Voor mij?'

'Ja, van Francesco.'

De tranen sprongen Cosima in de ogen en heel even kon ze geen woord uitbrengen. Alba wisselde een blik met Beata. Ze hielden hun adem in, in afwachting van Cosima's reactie – op het ergste voorbereid. Maar die pakte de roos met een glimlachje aan. Hij was geel, Francesco's lievelingskleur. Ze keek Alessandro met zo veel tederheid aan dat zijn hart zwol. Met haar vingertoppen raakte ze zijn gezicht aan.

'Dank je wel, *carino*,' zei ze. Alessandro kreeg een kleur en keek zoekend naar goedkeuring naar zijn grootmoeder.

'Dat was heel lief van je,' zei Alba bemoedigend.

'Hij is een schat,' beaamde Beata, die opgelucht was dat Cosima het niet verkeerd had opgevat. Alessandro keerde terug naar zijn zusjes en neefjes en nichtjes; ze stoven weg door de olijfgaard.

'Ik ben diep geroerd,' zei Cosima, die de bloem tussen haar duim en wijsvinger liet ronddraaien. 'Hij weet heel goed hoe hij zijn excuses moet aanbieden.'

Alba was blij dat Rosa het niet kon horen. Wat haar betrof hoefden de kinderen zich helemaal nergens voor te verontschuldigen.

'Geel staat je goed,' zei Alba, die er genoeg van had om haar nicht zo bleek en ziekelijk in het zwart gekleed te zien gaan. 'Herinner je je nog die leuke jurk met die gele bloemetjes?'

'Die hangt in mijn kast,' zei Cosima.

'Vind je niet dat je nu wel lang genoeg zwart gedragen hebt?'

Cosima's gezicht verhardde. 'Ik draag nooit meer kleur. Dat is een belediging voor Francesco's nagedachtenis. Ik zal altijd om hem blijven rouwen.'

Cosima bestrooide de grond om haar heen met eierpellen, zodat niemand nog wist waar hij zijn voeten moest zetten. Overal nam ze aanstoot aan. Beata had gelijk: ze hadden haar laten zwelgen in zelfmedelijden, en daar moest nu maar eens een einde aan komen, want ze dreef de familie ermee uit elkaar.

Het was maar goed dat net op dat moment de truck van Panfilo kwam aanrijden onder de eucalyptusboom, zodat Alba haar gedachten niet uitsprak. Ze hoorde de motor achter het huis en het geblaf van zijn hond, Garibaldi. 'Wat leuk,' zei Alba, en ze stond op. 'Ik had hem pas later verwacht.' Ze liet Cosima en Beata achter op het terras en liep om het huis heen om haar echtgenoot te begroeten.

Garibaldi sprong uit de achterbak en rende zo vlug als zijn korte pootjes hem konden dragen het pad over. Zijn staartstompje ging als een razende heen en weer. Alba bukte zich en klopte op haar knieën terwijl ze zijn naam riep. De hond stortte zich met een kreet op haar en ze moest lachten toen hij rondjes om haar heen begon te rennen. 'Hallo, vrouw!' riep Panfilo haar toe, die met Toto over het pad naar haar toe kwam. 'Kijk eens wie ik onderweg heb opgepikt?'

'Ha, Toto,' riep ze zwaaiend. Vervolgens liet ze haar blik op haar echtgenoot rusten en voelde ze de warme gloed van de liefde zich door haar lichaam verspreiden alsof ze hem voor de allereerste keer zag. Op zijn zevenenzestigste was hij nog steeds op een ruige manier knap, met schouderlang zilverkleurig haar, een breed voorhoofd dat werd doorsneden door rimpels, en een lange Romeinse neus boven een brede, zinnelijke mond. Zijn ogen waren turquoise en lagen diep in hun kassen, met kraaienpootjes eromheen die uitwaaierden naar zijn slapen, waar ze een echo vormden van de lach in zijn blik. Hij was lang en breed, zijn huid was gebruind en verweerd, zijn handen waren groot en teder. Ze grijnsde terwijl hij naderbij kwam, met zijn cameratas over zijn schouder geslagen. Hij sloeg zijn vrije arm om haar middel en gaf haar een kus, waarbij hij zijn lippen zo lang hij kon tegen haar huid gedrukt hield.

'Ik heb je gemist,' mompelde hij, en hij liet zijn ogen over haar gezicht gaan.

'Werk is werk,' antwoordde ze goedmoedig. 'Ik heb jou ook gemist.'

'Hoe gaat het hier allemaal?' Hij doelde op Cosima.

'Nog hetzelfde.' Ze trok een gezicht dat meer zei dan woorden ooit konden uitdrukken.

'Wat is er met je auto gebeurd, Toto?' vroeg Alba toen haar neef zich bij hen voegde.

'Die is bij Gianni. De remmen zijn weer kapot.'

'Nou, die kun je inderdaad maar beter laten maken,' zei ze met een lach. 'We willen immers niet dat je van de rotsen stort.'

'Heb ik het goed gehoord dat die mensen uit het palazzo zijn komen koffiedrinken?' vroeg Toto. 'Rosa was er vol van.'

'Zij is er een stuk enthousiaster over dan ik,' antwoordde Alba. 'Als je het mij vraagt, zorgen ze alleen maar voor problemen.'

'Ben je niet eens een klein beetje nieuwsgierig naar wat ze hebben gedaan?' plaagde Panfilo haar, terwijl hij haar speels in haar middel kneep.

'Waarom zou ik? Mijn eigen oom heeft daar een moord gepleegd. Het palazzo had afgebroken moeten worden, niet herbouwd en ingericht door tactloze types die geld te veel hebben.'

'Ze zijn vast niet op de hoogte van de geschiedenis,' zei Toto.

'Dan had iemand ze daarover moeten vertellen.'

'Ik ben heel nieuwsgierig,' zei Panfilo.

'Dat komt doordat interieurs je werk zijn,' zei Alba. 'Dus je gaat het nu zeker fotograferen?' Panfilo bleef zwijgen. Alba draaide zich om en keek hem aan. 'Panfilo?'

Schuldbewust haalde hij zijn schouders op. 'Werk is werk.'

'Nee toch zeker! Over mijn lijk!'

'Je hoeft niet met me mee. Ik dacht dat je het wel leuk zou vinden dat ik een klus zo dicht bij huis aannam, in plaats van de hele wereld over te reizen.'

'Maar het palazzo!' bracht ze uit.

'Het is niet meer de plek zoals jij die kent van dertig jaar geleden, schat. Je weet niet eens of Nero wel iets met de verkoop te maken heeft gehad. Misschien is hij al wel lang geleden overleden, of verhuisd. Het ligt allemaal begraven in het verleden.'

'Maar jij gaat het allemaal weer opgraven!'

'Ik ga foto's nemen, meer niet.'

'Wie schrijft dan het bijbehorende artikel?'

'Wat maakt het uit? Het wordt een verhaal over woninginrichting.'

'Dus het is *House and Gardens*?'

Panfilo zette een verlegen gezicht. 'Nee,' antwoordde hij.

'Je wéét dat het niet zomaar een artikel over woninginrichting is, hè?'

'Ik heb er niets mee te maken. Ik neem alleen de foto's.'

'Hoe heet het blad?'

Panfilo wierp een blik op Toto, die schalks grijnsde en zijn hoofd schudde, waarna hij zijn handen in zijn zakken stak en wijselijk een stukje de weg op liep om hen alleen te laten.

'De *Sunday Times*.'

'De *Sunday Times*!' Ze trok zich terug. 'Je weet dat het dan een diepgravend verhaal wordt.'

'Wat kan het schelen? Als ik het niet doe, doet iemand anders het wel.'

Ze bracht haar hand naar haar keel. 'O god! Dan halen ze alle oude koeien uit de sloot. Misschien komen ze er wel achter dat Falco niet alleen was bij de moord op de *marchese*.'

'Er is niet eens bewijs dat Falco hem heeft vermoord, laat staan dat hij al dan niet een handlanger had. Maak je maar geen zorgen, je vader is veilig. Dat garandeer ik je.'

Rosa had gehoopt dat de knappe Luca zou terugkomen naar de trattoria, maar ondanks haar fraaie rode jurk en het Yves Saint-Laurent-parfum dat Eugenio haar vorig jaar met kerst cadeau had gedaan, keerde hij niet terug. Het verraste haar dat haar gezicht hem niet had weten te lokken. Ze was tenslotte een plaatselijke schoonheid en werd voortdurend vergeleken met haar grootmoeder, de legendarische Valentina. Ze draaide zelfs extra uren in de hoop hem te zien. Een beetje flirten was gezond, hield ze zichzelf voor. Maar nadat ze één keer was weggekomen met een verhouding, was ze niet van plan haar huwelijk een tweede keer op het spel te zetten, alleen maar omdat het zo spannend was een hap te nemen van de verboden vrucht.

Sinds haar kinderen waren beschuldigd van een misdaad die ze niet hadden gepleegd, richtte Rosa amper een woord tot Cosima. De twee vrouwen ontbeten op het terras onder de druivenranken met Alba, Panfilo, Eugenio en de kinderen, en ze gedroegen zich allebei alsof de ander niet bestond. Rosa had er genoeg van om tegenover haar nicht op eieren te lopen, zich ervan bewust dat alleen al het feit dat haar kinderen bestonden Cosima pijn moest doen. Werd het niet eens tijd dat ze een leuke jurk aantrok, haar haar opstak, een beetje rouge en lippenstift aanbracht en de buitenwereld weer tegemoet trad? Als ze nog langer zo doorging, zou geen man haar meer willen. Francesco was dood; rouwen bracht hem niet terug.

Alba leek de steeds wijdere kloof tussen de twee jonge vrouwen niet op te merken. Ze was in alle staten over Panfilo's opdracht in het palazzo, maar Panfilo plaagde haar alleen maar, omdat hij toch wel wist dat hij op het laatst zijn zin zou krijgen. Rosa had geen idee waarom haar moeder zich zo druk maakte om die plek. Dertig jaar was een leven geleden. Ze stond ervan te kijken dat Alba's herinneringen zover teruggingen.

Rosa had tegen Eugenio gezegd dat ze wilde verhuizen, ook al wist ze dat dat niet kon. Ze hadden het geld niet om een groot huis voor zichzelf te bouwen – en alleen met een groot huis zou Rosa tevreden zijn. Eugenio had haar te verstaan gegeven dat ze ongevoelig was en zij had hem verweten dat hij niet loyaal aan haar was en niet meer van haar hield. Het was op een laaiende ruzie uitgedraaid. Als ze bang was geweest dat haar huwelijk saai aan het worden was, blies ze het bepaald nieuw leven in met hun goedmakertje, blij dat de hartstocht nog smeulde om als het nodig was weer aangewakkerd te worden. Ze stond er niet bij stil wat het van haar man vergde om haar keer op keer van zijn toewijding te verzekeren. Ze realiseerde zich niet dat ze hem met elke keer dat ze stampij maakte en met elke hereniging verder uitputte. Als politieman verdiende hij maar een bescheiden salaris. Hij wist heel goed hoeveel ze van mooie dingen hield, als een ekster die altijd wordt aangetrokken tot glimmer en glitter, en hij was zich er maar al te zeer van bewust dat hij niet in staat was haar te bevredigen.

8

Luca zat in zijn eentje aan het strand uit te kijken over zee. Hij genoot van het alleen-zijn en het nieuwe gevoel van vrijheid dat Incantellaria hem bood. Alles aan die plek beviel hem, van het vogelgekwetter tot de zoete geuren van vruchtbaarheid die opstegen uit de aarde, tegelijk met de geneeskrachtige aroma's van de wilde kruiden die tussen de lange grassen groeiden. Hij had plezier in het komen en gaan van de blauwe bootjes wanneer de vissers hun werk deden. Naast het zwembad dronk zijn huid de zonnestralen in en zijn bleke stadskleur verdween. Hij sliep meer dan hij in twintig jaar had geslapen en zijn dromen waren niet meer zo turbulent, tot hij helemaal niet meer droomde. In de schemering maakte hij wandelingen over het rotsige strand, dat bereikbaar was via een pad dat vanaf het palazzo kronkelend omlaagliep. Krekels tsjirpten in het struikgewas en het geritsel van gras verried af en toe een konijn of een slang. Het voelde goed om alleen te zijn, toegedekt door de nacht.

Hij dacht aan Freya met een hunkering naar alles wat comfortabel en vertrouwd was, en het speet hem dat hij destijds te jong en te dwaas was geweest om het vast te houden. Hij dacht aan Annabel en hun zielloze paring, en de saaie stroom van vergelijkbare betekenisloze ontmoetingen die vervaagde in een grijze mist van zinloosheid. Hij dacht aan Claire en de meisjes, en hoe hij hen in de steek had gelaten.

Op de momenten dat hij niet aan het werk was geweest, was zijn leven net een mallemolen geweest van glamourparty's, diners in chique restaurants, slemppartijen in trendy clubs, weekendjes in Saint-Tropez, waterskiën vanaf volledig bemande jachten, skiën in de Zwitserse Alpen, en relaties aanknopen op de wankele basis van luxe en status. De mallemolen was steeds sneller gaan draaien, steeds harder en harder, totdat zijn echtscheiding hem plotseling op angstwekkende wijze had stilgezet. In de stilte die daarop volgde was hij uiteindelijk in staat een stap achteruit te doen en zijn leven onder de loep te nemen. De extravagantie en verspilling deden hem walgen. Zijn vrienden hadden zich opgedeeld in twee kampen, degenen die Claire steunden en degenen die hem steunden, maar de meesten dwarrelden gewoon weg naar het volgende feestje, als bloemblaadjes op de wind. Als hij één keer per week de kinderen uit school haalde was het net alsof hij spitsroeden moest lopen door een menigte afkeurende moeders, en tot zijn schaamte herkende hij zichzelf in de weerspiegeling in hun ogen. Hier, in de stilte van Incantellaria, besefte hij dat hij die man niet langer wilde zijn.

Het was vroeg in de morgen toen hij weer bij zinnen kwam. Hij knipperde met zijn ogen en stond stijfjes op. Hij wierp een blik op zijn horloge. Het was vijf uur. Hij rekte zich uit en voelde het bloed naar zijn spieren stromen. Hij kwam overeind en keek naar de zonsopgang. Die was zo mooi dat het een groot verlangen in hem wakker riep. Hij kreeg ontzettend veel zin om met zijn handen in de aarde te graven, een zaadje te planten en het te zien groeien – om iets tastbaars te maken. Alleen had hij geen idee hoe dat moest of waar hij zou moeten beginnen.

Toen hij terugkeerde in het palazzo, zat zijn moeder op het terras yogaoefeningen te doen. 'Waarom ben jij in vredesnaam zo vroeg op?' vroeg ze, zonder uit haar lotushouding te komen. Ze was gekleed in een lang wit shirt en een witlinnen broek; ze was blootsvoets, haar felrode teennagels staken schril af tegen de serene kleur van haar kleding.

'Dat kan ik ook aan jou vragen.'

'Ik doe elke ochtend yoga, voordat de anderen opstaan. Daar wordt mijn hoofd helder van en mijn geest rustig. Zodat ik klaar ben voor de dag die voor me ligt.'

'Ik dacht dat jij niet in die onzin geloofde.'

'Het is een vorm van lichaamsbeweging die net zo goed is als iedere andere.'

'Niet als je begint te leviteren.'

'Ik denk niet dat ik de zwaartekracht snel zal tarten. Daar ben ik te aards voor.'

Hij lachte. 'Ik ben aan het strand geweest.'

'Schitterend daar, hè?' zei ze enthousiast. 'Incantellaria is zo betoverend. Ik wil nooit meer terug naar dat saaie grauwe Londen.'

'Dat snap ik best. Je woont in het paradijs, moeder.'

'En dat wordt ook nog eens gefotografeerd door de *Sunday Times*.' Ze straalde van trots. 'Leyton Hughes is hier een weekend geweest en was op slag verliefd. En wat denk je?' Te zeer afgeleid om nog met haar yoga door te gaan stond ze op, gooide de mat tegen de muur en ging op de stoel naast haar zoon zitten. 'Raad eens wie die foto's komt maken?'

'Ik heb geen idee. Wie dan?'

Ze haalde diep adem en sprak elke lettergreep genietend uit. 'Panfilo Pallavicini.' Luca's gezicht bleef uitdrukkingsloos. 'Lieverd, weet je niet wie hij is?' Ze klakte afkeurend met haar tong. 'Hij is de beroemdste interieurfotograaf van heel Italië. Niemand haalt het ook maar in de verste verte bij hem. En hij is ook nog eens verpletterend aantrekkelijk! Leyton heeft het me beloofd.'

'Dan hoop ik maar dat je niet teleurgesteld wordt.'

'Ik heb alle vertrouwen in Leyton. Ik had hem de mooiste slaapkamer gegeven, met uitzicht op zee. Hij aanbidt me! En zijn vrouw aanbidt Porci. Ze heeft het hele weekend met hem gespeeld en hij liep als een schoothondje achter haar aan.'

'Wanneer gaat dat allemaal gebeuren?'

'Het staat op de agenda voor juni, en komt dan in het septembernummer. Ze plannen zo ver vooruit dat ze in de zomer al met Kerstmis bezig zijn. Het zal wel niet meevallen om een beetje kerstgevoel te krijgen in die hitte! De journaliste komt over een paar weken. Ze blijft een weekend logeren, zodat ze de sfeer hier goed kan proeven. Misschien dat Caradoc en jij haar kunnen helpen met haar research. Hebben jullie al iets ontdekt?'

Luca haalde zijn schouders op. 'Niets wat je niet al weet.'

'Aan jullie heb ik ook niks. Wat hebben jullie gedaan – de hele middag zitten koffieleuten soms?'

'Zoiets ja. De professor is aangenaam gezelschap.'

'Zei ik het niet? Je mag dan volwassen zijn, maar soms weet je ouwe moeder het nog altijd beter! Nou ja, dan moet die journaliste zelf maar gaan graven. Daar wordt ze tenslotte voor betaald. Laat haar maar werken voor haar geld.'

'Misschien komt ze er wel achter wie er in het tuinhuis heeft geslapen.'

'Hou erover op! Dat was natuurlijk je vader; hij wil het alleen niet toegeven. Hij wil niet onder ogen zien dat hij oud aan het worden is en af en toe behoefte heeft aan een dutje.' Ze lachte. 'Ik betrap hem nog wel een keer, en dan geneert hij zich natuurlijk dood dat hij erover heeft gelogen.'

'Misschien was het het spook wel!' plaagde hij.

'Begin jij nou niet ook nog eens! Dizzy zegt dat ze midden in de nacht een man door de tuin heeft zien lopen, en Ventura, die malle meid, klaagt er de hele tijd over dat het in het palazzo zou spoken.'

'Maar jij gelooft niet in geesten?'

'Natuurlijk niet. Daar heb ik geen trek in. Je grootmoeder...' Ze aarzelde even. 'Ach, laten we het over haar maar niet hebben. Als er íémand zou terugkomen als spook, zou het mijn moeder zijn, maar ik heb sinds ze is overleden geen kik gehoord. En neem maar van mij aan dat als zij een kik zou geven, je het aan de andere kant van Italië zou kunnen horen. In spoken geloven is iets voor simpele zielen die niets beters te doen hebben.' Haar gezicht verhardde zich en Luca voelde zijn maag samenkrimpen toen hij eraan terugdacht hoe bruut ze de angsten uit zijn kindertijd van de hand had gewezen.

Hij stond op. 'Waar ga je heen?' wilde ze weten. Ze had gehoopt een vroege kop koffie met hem te kunnen drinken.

'Naar bed,' antwoordde hij geeuwend.

'Wil je zeggen dat je nog niet hebt geslapen? Wat heb je daar op het strand dan in vredesnaam uitgespookt?'

'Gemediteerd.'

Romina lachte ongelovig. 'Houden bankiers zich daar in hun vrije tijd dan mee bezig?'

'Ik ben geen bankier meer.'

Ze schudde haar hoofd en ging haar yogamat weer halen. 'Je kunt een man wel uit de bank halen, maar de bank niet uit de man!'

Er klonk een snuffelend geluid toen Porci het terras op kwam. Romina werd afgeleid en Luca glipte weg en liet haar achter met haar dierbare varkentje op haar schoot. Hij trok zich terug in zijn slaapkamer en klom in bed. Zodra zijn hoofd het kussen raakte, viel hij in slaap.

Toen hij wakker werd, was het middag. Ma's schrille stem klonk op van het terras, samen met Dizzy's hoge gegiechel, met af en toe een verstandige opmerking van de professor ertussendoor. Hij bleef een poosje liggen genieten van het warme briesje dat door de openstaande luiken naar binnen kwam. Het was fijn dat hij niet voor dag en dauw op hoefde te staan om naar zijn werk te gaan. De uitlaatgassen, de ronkende motoren en toeterende claxons – de wilde hartslag van de City – miste hij helemaal niet. Hij voelde zich jaren jonger. In de rust van zijn nieuwe leven begon hij delen van zichzelf terug te vinden waarvan hij was vergeten dat ze bestonden.

Hij dacht aan Cosima, en haalde zich voor de geest hoe ze de trattoria was binnengestormd, met een kwaad, behuild gezicht. Hij voelde zich tot haar drama aangetrokken door de dwingende magnetische kracht van haar rouw en haar overduidelijke woede. Ze was te jong om altijd maar zwart te dragen en veel te aantrekkelijk om de mannen om haar heen niet op te merken. Haar afwijzing toen hij had geprobeerd een praatje met haar aan te knopen had hem een sterk verlangen ingegeven. Hij was er niet aan gewend om nee te moeten horen.

Hij stond op, nam een douche en zocht vervolgens zijn moeder op.

'Mag ik je auto lenen? Ik wil in de stad koffie gaan drinken.'

'Daar hoef je de stad niet voor in, schat. Ik zal zelf wel koffie voor je zetten.' Romina kon zich niet voorstellen waarom iemand het palazzo zou willen verlaten.

'Ik vind het prettig daar aan zee.'

Ze schonk hem een veelbetekenende blik. 'Mooie meisjes zeker,' zei ze met een knipoog naar Ventura. 'Mannen zijn ook allemaal hetzelfde! Ga dan maar. Dan kun je meteen tanken.'

Ze keek hem na en haar hart zwol van trots. Hij was zo lang en knap, met zijn brede schouders en rechte rug. Wat hij nodig had was een leuk Italiaans meisje om van hem te houden en voor hem te zorgen. Claire was een hebberig kreng geworden dat verwachtte dat ze alles aangereikt kreeg. Ze was zelfzuchtig en ondankbaar.

'Nou, Ventura,' zei ze, terwijl ze de gedachte aan Claire van zich afzette, 'je moest maar eens over je angst om naar boven te gaan heen zien te komen. Spoken bestaan niet; dat is allemaal verbeelding. Hou je angst in bedwang, of zoek een andere baan. Ik wil niet dat je de dienstmeisjes bang maakt en ik kan zelf niet met al die bagage gaan lopen sjouwen. Zie jezelf in de hand te krijgen, of je kunt vertrekken.'

Verbaasd keek Ventura haar aan. 'Maar ik weet heel zeker dat er daar boven iemand is.'

'Het huis is vol gasten. Het is niet zo raar dat je voetstappen hoort.'

'Ze zeggen dat het hier spookt.'
'Wie zegt dat?'
'Iedereen.'
'Roddelpraatjes! Er heeft hier in geen jaren iemand gewoond. Echt, Ventura, je moet geen geloof hechten aan al die onzinnige praat van boeren die niets beters te doen hebben dan geruchten verspreiden.' Ventura wilde iets zeggen, maar met een handgebaar legde Romina haar het zwijgen op. 'Genoeg. Kom, ga nou de kamers maar in orde maken. Ik wil geen woord meer over spoken horen.' *Als kind hoorde ik niet anders, en ik ben niet van plan er nu nog naar te luisteren.*

Luca parkeerde de auto op de piazza. Het was druk op het pleintje. Het *caffé* waar hij Maria had ontmoet was vol klanten die aan tafeltjes onder groene parasols zaten. Obers in zwart-wit namen de bestellingen op en schonken wijn in grote glazen. Een paar toeristen op leeftijd kwamen het hotel uit, en kinderen speelden op het gras terwijl hun moeders en grootmoeders op bankjes zaten te babbelen. Er hing een feestelijke sfeer in de stad en Luca vroeg zich af wat er gaande was.

De smalle straat naar de kade werd geblokkeerd door auto's en scooters, waarvan de bestuurders verwoed op hun claxons drukten naar de auto vooraan die op de helling stil was blijven staan. Aan zee renden kinderen rond; ze keken naar de boten en maakten een praatje met degenen die er onderhoud aan pleegden. De restaurants liepen vol, vooral op de terrassen, omdat iedereen buiten wilde zitten. Hij zag een grote boot aankomen, afgeladen met toeristen, en besloot aan een tafeltje bij de trattoria te gaan zitten voordat die allemaal bezet waren.

Rosa nam toen Luca aankwam net een bestelling op. Ze riep naar Toto met een stem die trilde van opwinding. 'Breng Luca eens naar een mooi tafeltje. Hij is een heel speciale gast.' Flirterig knipoogde ze naar hem. Luca glimlachte; Rosa's uitbundigheid werkte aanstekelijk. Toto bracht hem naar een tafeltje aan de rand van het terras, naast een grote stenen pot met geraniums.

'Hiervandaan kun je de wereld aan je voorbij zien trekken,' zei Toto.

'Wat is er vandaag aan de hand?' vroeg Luca. 'Is het feest of zo?'

Toto haalde zijn schouders op. 'Niets bijzonders voor een zaterdag.'

'Natuurlijk, het is weekend. Ik kom van een andere planeet!' Hij ging zitten, geamuseerd dat hij de tijd helemaal uit het oog verloren had. Nu hij niets te doen had, waren alle dagen hetzelfde.

'Kom je hier niet vandaan?' vroeg Toto. Het Italiaanse accent van de jongere man klonk hem niet bekend in de oren.

'Ik kom uit Londen,' antwoordde Luca.

'Maar je spreekt zo goed Italiaans.'

'Mijn moeder is Italiaanse. Ze woont op de heuvel in het palazzo.'

'Palazzo Montelimone.' Toto liet een laag gefluit horen. 'Dat is me nogal wat.' Toto werd erdoor overvallen. Hij zocht naar iets om te zeggen, maar wist alleen uit te brengen: 'Wat mag het zijn?'

In een flits van rood verscheen Rosa. 'Ik neem de bestelling wel op,' zei ze, waarna ze hem met een zacht stootje van haar heupen wegbonjourde. Toto trok zich terug om een groep te helpen die zojuist van de boot uit Sorrento kwam. 'En, wat wil je hebben? Ik kan de rode poon aanraden, die is vandaag vers.'

'Ik had geen lunch in gedachten. Alleen koffie, graag,' antwoordde hij.

'Je kunt hier niet komen zonder iets te eten! Zo'n lange man als jij. Trouwens, Fiorelli staat bekend om zijn keuken. Mijn overgrootmoeder heeft haar recepten aan mijn moeder doorgegeven, en ik heb ze weer van haar. We bewaken ze heel streng. Zal ik iets voor je uitkiezen? Kom op, doe eens gek!'

Luca gaf zich gewonnen. Hij had toch niets anders te doen. 'Goed dan,' zei hij, terwijl hij haar de menukaart overhandigde. 'Kies jij maar iets uit. Dan neem ik ook wat wijn. Een glas Greco di Tufo, koud graag.'

'Komt eraan,' antwoordde ze, en ze liet haar blik nog een poosje op hem rusten.

Luca liet zich achteroverzakken in zijn stoel. Hij vond het leuk om mensen te kijken. Daar had hij voorheen nooit tijd voor gehad. Nu had hij aandacht voor iedereen die om hem heen zat; hij zag niet alleen wat voor kleren ze droegen, maar ook wat voor gebaartjes ze naar elkaar maakten. Hij probeerde relaties, dynamiek en stemming uit te vorsen. Rosa kwam zijn wijn brengen. Hij nam een slokje.

'Lekker?' vroeg ze.

'Prima,' zei hij, terwijl hij zijn zonnebril afzette. Zijn blauwe ogen hadden de kleur van de vissersbootjes op het strand. 'Zit je nog steeds in de problemen?' vroeg hij, hengelend naar nieuws over haar mysterieuze nicht.

'Met Cosima zit ik altijd in de problemen.'

'Hoe lang is ze al in de rouw?'

'Te lang. Drie jaar. Het zal tijd worden dat ze eens een leuke jurk aantrekt en op zoek gaat naar een man.' Ze snoof even. 'Weet je, ze kan er best aardig uitzien als ze een beetje haar best doet.'

Luca werd geamuseerd doordat ze haar boosheid even niet onder stoelen of banken stak. 'Wat doet ze?'

'Heel weinig, omdat mijn moeder met haar te doen heeft. Ze wordt geacht de administratie bij te houden. Ze werkte hier vroeger uiteraard fulltime, maar nu is ze een sta-in-de-weg geworden. Het is hier een mooie plek; een zwarte weduwe die alleen maar ellende uitstraalt kunnen we hier niet gebruiken.'

'Ze heeft haar man toch niet opgegeten, of wel?'

Rosa lachte. 'Soms zou ik de mijne wel willen opeten,' mompelde ze, en Luca vroeg zich af hoe vaak ze was vreemdgegaan. Deze flirterige dans kwam heel geoefend over.

Rosa liep weg om andere klanten te gaan bedienen. Ze paradeerde door het restaurant met naar achteren gestoken billen en ingetrokken buik; haar manier van lopen was traag en sexy, omdat ze zich ervan bewust was dat Luca misschien naar haar keek. Maar Luca had zijn aandacht verlegd naar de kade, waar Cosima's zoontje van een meerpaal sprong. Hij ging rechtop zitten: als het kind daar was, zou zijn moeder er vast zo aankomen.

En ja hoor: Cosima stapte het terras op met een bos fraaie witte en gele bloemen. Ze liep zonder naar hem te kijken langs hem, met een geur van citroenen achter zich aan. Hij keek toe hoe ze behendig tussen de tafeltjes door laveerde en voelde zijn verlangen groeien. Ze was niet zo openlijk sexy als Rosa, of een even dramatische schoonheid als zij, maar ze had iets wat hem prikkelde. Hij was er niet aan gewend dat vrouwen zich op afstand hielden. Hij wist zeker dat er onder het ijs een vuurtje brandde; dat had hij hier op ditzelfde terras immers met eigen ogen gezien. Hij nam nog een slok wijn en keek haar na toen ze naar binnen verdween. Ze stelde hem voor een enorme uitdaging.

Rosa kwam hem een bord met rode poon brengen, met een garnituur van geroosterde groenten en aardappelen. Ze wilde per se blijven wachten tot hij een hap genomen had. 'Heel lekker,' zei hij naar waarheid.

'De vis is helemaal in olie bereid, met kruiden en specerijen.'

'Nou, hij smaakt voortreffelijk!'

'Dat doet me deugd. Kan ik je nog iets anders brengen?'

'Je nicht lijkt vandaag in een beter humeur.'

'Ze heeft zo haar ups en downs. Ze is tenminste gekomen om te helpen. Nou, ze kan meteen aan de afwas!'

'Bedient ze geen klanten? Jij hebt het heel druk.'

'Nee, die jaagt ze alleen maar weg. Een glimlach is belangrijk, en Cosima glimlacht niet vaak.'

'Laat niemand haar dan glimlachen?'

'Ik glimlach genoeg voor ons alle twee,' zei Rosa, waarmee ze het gesprek weer op zichzelf bracht. Het viel hem op dat ze haar lippenstift had ververst. Die was even rood als haar jurk.

'Jij hebt een mooie glimlach.'

'Dank je wel, *signor*,' antwoordde ze. 'Als je nog iets nodig hebt, geef je maar een gil.'

Luca sloeg Cosima's zoontje gade en dacht aan zijn eigen dochters. Er ging een steek van schuldgevoel door hem heen. Hij was bepaald geen aandachtige vader. O, ze kregen de beste opleiding die er voor geld te koop was, ze woonden in prachtige huizen en vierden vakantie in de meest exclusieve resorts. Hij verwende ze met cadeautjes en extraatjes wanneer ze om het weekend bij hem kwamen. Maar nu besefte hij dat hij daar alleen maar hun vergeving voor al zijn tekortkomingen mee probeerde te kopen. Hij besloot het met hen goed te maken.

Het jongetje stond nu op de meerpaal en gooide een witte veer de lucht in. Vervolgens sprong hij van de paal af om die op te vangen voordat hij de grond raakte. Het was een eenzaam spelletje. Andere kinderen speelden vlak in zijn buurt, maar hij leek geen zin te hebben met hen mee te doen. Uiteindelijk hield hij ermee op en slenterde naar de trattoria. Luca keek of zijn moeder het restaurant al uit kwam, maar aangezien dat niet zo was, wendde hij zich weer naar het kind. De jongen stond een eindje van hem af te kijken naar een grote blauwe vlinder die op zijn hand zat en zich met geopende vleugels koesterde in de zon. Hij keek op en zag Luca. Verrast verstrakte hij en hij hield zijn adem in, terwijl hij hem met grote bruine ogen aanstaarde.

Luca zwaaide even. Aarzelend kwam het kind naderbij. 'Hallo,' zei Luca zachtjes, om hem niet bang te maken. 'Dat is een heel mooie vlinder.' Het kind bleef op een meter of wat afstand staan, met een frons op zijn jonge voorhoofd. Toen blies hij tegen de vlinder aan, die de lucht in fladderde, even een rondje draaide om de geraniums en neerstreek op Luca's hand. Luca was stomverbaasd. 'Die zou je aan je moeder moeten geven,' zei hij, maar het jongetje was alweer teruggerend naar de meerpaal. Luca bleef in zijn eentje naar de bijzondere vlinder zitten kijken, die op de tafel neerstreek, met vleugels die als olie alle kleuren van de regenboog weerspiegelden.

Hij at zijn lunch op en dronk nog een glas Greco di Tufo, waarna hij aan het tafeltje een espresso gebruikte. De vlinder fladderde naar de geraniums en het kind kreeg genoeg van zijn spelletje en voegde zich bij de andere kinderen; als een stel boefjes scharrelden ze om de boten heen. Ten langen leste kwam Cosima naar buiten en bleef staan praten met Toto. De oudere man keek haar vol tederheid aan en daaruit maakte Luca op dat ze vader en dochter waren. Toen zei hij iets waar ze om moest glimlachen. Bij die aanblik maakte zijn hart een sprongetje. Er lag een zachte schoonheid in haar glimlach.

Zodra ze zich omdraaide en op hem af kwam, fladderde de vlinder vanuit de geraniums in haar richting. Ze hield abrupt haar pas in en bleef even naar het grillige gefladder staan kijken. Ze glimlachte nog steeds en Luca vatte daardoor moed om haar nogmaals aan te spreken.

'Dat is wel een heel vriendelijke vlinder.' Ze wendde haar donkere ogen naar hem toe terwijl de vlinder neerstreek op haar schouder, een schril contrast met het zwart van haar jurk. 'Hij schijnt je wel te mogen.'

'Dat geloof ik ook,' antwoordde ze. 'Ik ga hem dragen als broche.' Ze maakte aanstalten om door te lopen.

'Je zoon kan erg goed overweg met insecten.'

Haar schouders verstrakten en ze draaide zich om om hem met verbijsterd ongeloof aan te kijken. 'Wát zei je?'

'Je zoon heeft hem naar me toe gebracht. Hij is van hem,' legde Luca uit.

Ze kneep haar ogen samen en schudde haar hoofd, alsof zijn woorden haar pijn hadden gedaan. Bij haar reactie sloeg Luca's hart een slag over en verwoed probeerde hij te bedenken met welke woorden hij haar precies had beledigd. Hij wilde nog iets zeggen, maar ze legde hem met een snuif en een binnensmonds gemompeld 'Buitenlanders!' het zwijgen op. Vervolgens draaide ze zich om en beende zonder nog achterom te kijken weg. Haar zoontje maakte zich los van de andere kinderen en haastte zich achter haar aan. De vlinder bleef op haar schouder zitten.

Luca dronk zijn koffie op; met zijn goede humeur was het meteen afgelopen. Hij stak zijn hand op naar Toto voor de rekening, maar Rosa was degene die die kwam brengen. 'Ik geloof dat ik je nicht heb beledigd,' zei hij, haar een paar bankbiljetten overhandigend. 'Hou het wisselgeld maar.'

Rosa wapperde afwijzend met haar hand. 'Die is snel op haar teentjes getrapt. Zoek er maar niets achter.'

'Ik wilde haar niet van streek maken.'

'Je went er wel aan. Ik maak haar zo vaak van streek. Welkom bij de club, die is heel groot.'

'Zeg maar tegen haar…' begon hij, maar toen deed hij er het zwijgen toe. Het had geen zin. Voor haar was hij niet meer dan een tactloze buitenlander. Misschien had hij niet over haar zoon moeten beginnen. Hij hoopte maar dat hij het kind niet in de problemen had gebracht.

'Doe maar geen moeite om je te excuseren,' zei Rosa met een grijns. 'Als je haar hebt beledigd, vergeeft ze je nóóit.'

9

Luca keerde terug naar het palazzo en ging bij het zwembad liggen, zo uit zijn hum dat hij zich amper op zijn boek kon concentreren. Dizzy en Maxwell voegden zich bij hem, wat hem nog meer ergerde. Uiteindelijk, om aan hen te ontsnappen en om in een betere stemming te komen, belde hij Freya.

Freya zat aan haar bureau brieven te schrijven toen de telefoon ging. Enigszins geïrriteerd omdat ze werd gestoord nam ze op en klemde de hoorn onder haar kin. Om vier uur had ze een vergadering voor een dorpsfeest en ze wilde voor die tijd al haar administratie hebben afgehandeld. 'Hallo,' zei ze kortaf.

'Bel ik ongelegen?'

'Luca!' Ze legde haar pen neer en ging opgetogen rechtop zitten. 'Je hebt mijn telefoontjes geen van alle beantwoord!'

'Ik wis mijn boodschappen zonder ernaar te luisteren.'

'Is dat wel zo verstandig?'

'Ik moet even rust hebben.'

'En, hoe is het? Is het mooi daar?'

'Nou, ik lig bij het zwembad. Het is warm en zonnig. Het leven is mooi.'

'Fijn om te horen. Je moest er echt even tussenuit. Hoe is het palazzo?'

'Ze hebben er iets geweldigs van gemaakt. Het is prachtig. Zoals je je wel kunt voorstellen, heeft mijn moeder aan elk detail aandacht besteed. Het wordt binnenkort gefotografeerd voor de *Sunday Times*.

Over een paar weken komt er een journaliste. Joost mag weten wat die boven tafel haalt. Het pand heeft een nogal bloederige geschiedenis.'

'Vertel!' Freya was haar administratie helemaal vergeten. Het maakte niet echt uit als ze te laat kwam voor de vergadering. Ze zou wel een of andere smoes bedenken.

'In de oorlog heeft er een oude markies gewoond. Zijn maîtresse was een plaatselijke schoonheid, ene Valentina. Ze deed het ook met een beroemde maffiabaas en een Brit met wie ze op het punt stond te trouwen. De markies heeft haar in een vlaag van jaloezie vermoord.'

'O mijn god! Wat verschrikkelijk.'

'Vervolgens heeft Valentina's broer hém vermoord in het palazzo.'

'Jullie palazzo?'

'Inderdaad. Ventura, het dienstmeisje, wil niet naar boven omdat het volgens haar spookt in huis.'

'En, is dat zo?'

'Natuurlijk niet!'

'Maar wel een goed verhaal.'

'Het wordt nog beter. Valentina had een dochter, Alba, van die Brit. Die woont hier in Incantellaria.'

'Het klinkt allemaal erg opwindend.'

'Je kijkt je ogen uit zo mooi als het hier is, Freya.' Opeens klonk hij serieus. 'Ik zou het je dolgraag laten zien.'

Ze aarzelde even. 'Ik zou het ook fijn vinden als je het me kon laten zien.'

'Waar is Miles de geweldige?'

'De deur uit. Ik weet het niet.'

'Begin je al genoeg van hem te krijgen?'

'Nee!' lachte ze. 'Hoe kom je daar nou bij?'

'Optimisme.'

'Heb je nog geen knappe Italiaanse opgeduikeld?'

'Ik wil helemaal geen Italiaanse,' antwoordde hij, en weer voelde hij de pijn van Cosima's afwijzing.

'En Annabel dan? Die heeft nog naar je gevraagd. Haar telefoontjes heb je ook niet beantwoord.' Ze hoorde hem kreunen. 'Je bent met haar naar bed geweest, hè?'

'Foutje,' antwoordde hij.

Dat deed Freya goed. 'Ik wimpel haar wel af. Je was duidelijk te goed...'

'Weet je dat dan nog?'

'Nee! Het is zo'n tijd geleden.'

'Ik herinner me van jou anders nog elke centimeter.'

'O, Luca. Doe nou niet.' Maar zijn woorden gaven haar het gevoel dat ze uitermate begeerlijk was.

'We waren een mooi stel. Waarom laat je de boel niet even de boel?'

'Dat kan ik niet doen.'

'Je hebt toch een kindermeisje?'

'Wat zou Miles wel niet denken?'

'Neem hem dan mee. Ik zoek wel passende afleiding voor hem.'

'Doe niet zo mal.'

'Kom met de kinderen in de vakantie. Ik krijg de meisjes terwijl Claire zich opwerkt naar hogere kringen. Dan kunnen ze allemaal samen spelen en laat ik je Incantellaria zien.'

'Miles laat me nooit gaan. Hij vertrouwt je niet.'

'Hoe haalt hij dat nou in zijn hoofd? Neem dan je moeder mee.'

'Zij vindt Incantellaria maar een saai stadje.'

'Alleen maar omdat Fitz er ooit een vriendin heeft gehad. Er is helemaal niets saais aan; als je er al iets over kunt zeggen, is het dat Incantellaria veel kleurrijker is dan er goed voor is. Denk erover na. Het is hier volmaakt. Bíjna volmaakt,' voegde hij er met nadruk aan toe. 'Jij zou het compleet maken.'

Ze aarzelde even. Luca klonk nu een stuk opgewekter. 'Ik geloof niet dat ik dat kan doen, Luca,' zei ze ten slotte.

'Hoezo niet? Ik eet je heus niet op.'

'Jij bent een gevaarlijke flirt en Miles weet dat.'

'Dan neem ik wel genoegen met herinneringen.'

'Zorg dat je nieuwe krijgt, Luca, met iemand anders. Wij zijn gewoon vrienden, weet je nog?'

Hij slaakte een zucht. 'Ik weet het nog. Miles heeft gewonnen.'

Met hernieuwde energie door zijn babbeltje met Freya trok hij een paar baantjes, zijn gedachten bij haar en bij de kleine kans om een verhouding met haar te krijgen. Maar voor elke keer dat hij aan Freya dacht, moest hij twee keer de gedachte aan Cosima's gezicht van zich af zetten. Dat beeld kwam steeds in hem op, om dat van Freya als een onverwachte maan te verduisteren.

Dizzy zette haar ligstoel een stukje verder bij het water vandaan, omdat Luca haar natspetterde met zijn energieke gepoedel. Maxwell kreeg zakelijke telefoontjes uit Wenen en zat keihard in het Duits te praten, terwijl hij er gewichtig af en toe een Engels woord tussendoor gooide om zijn uitspraken kracht bij te zetten. Toen Luca uit het water kwam, was Caradoc naar buiten gekomen; hij zat een boek te lezen.

'Ah, professor,' zei hij, een handdoek om zijn middel wikkelend.

'Wat heb jij een energie, zeg,' constateerde Caradoc, die zijn boek neerlegde.

'Ik ben naar de trattoria geweest,' legde Luca uit.

'Was dat heerlijke vrouwtje in het rood er weer?'

'Rosa.'

'Ah, de lieflijke Rosa. En, was ze er?'

'Ze werkt daar, professor. Volgens mij is ze er altijd.'

'Dan moet ik daar ook maar elke dag een kijkje gaan nemen.'

Luca lachte. 'Dat zou ze prachtig vinden.'

'Mijn hoogtijdagen zijn voorbij, maar onder ons gezegd en gezwegen, was ik in mijn tijd best wild.'

'Nu vast ook nog wel.'

'Ach, ik ben een tikje aftands geworden. Die goeie ouwe tijd kan ik me alleen nog maar herinneren.'

'De weduwe heb ik ook gezien,' zei Luca met gespeeld zelfmedelijden.

'Heeft ze je weer afgewezen? Dat zal je trots wel behoorlijk hebben gekwetst.'

'Ik weet niet waardoor precies, maar ik heb haar blijkbaar van streek gemaakt.'

'O ja?'

'Een lang verhaal, maar haar zoon was er ook en gaf me een vlinder. Toen Cosima langsliep, vloog die op haar jurk. Ik zei tegen haar dat dat mooi stond en ze moest bijna glimlachen.'

'En toen dacht je dat je beethad. Een mooie vis aan de haak,' zei de professor pienter.

'Laten we zeggen dat ze een beetje begon te ontdooien.'

'En wat gebeurde er toen?'

'Ik maakte een opmerking over haar zoon en ze keek me heel vuil aan.'

Caradoc fronste zijn voorhoofd. 'Waarom zou dat nou zijn?'

'Ik heb geen idee. Vervolgens mompelde ze: "Buitenlanders!" en beende ervandoor.'

'Jij bent geen volbloed buitenlander. Je sprak haar toch aan in het Italiaans?'

'Natuurlijk. Ze bedoelde natuurlijk dat ik geen autochtoon ben.'

'Ze vertrouwt je niet. Dat is het probleem.'

'Ze kent me niet,' klaagde Luca.

'Vrouwen hebben een neus voor mannen zoals jij. Ontken het maar niet, Luca, jongen. Ik weet hoe jij in elkaar zit. Niet iedereen heeft jou zomaar in de smiezen. Waarom denk je dat wij zo goed met elkaar kunnen opschieten? Omdat we diep vanbinnen hetzelfde zijn. Wij houden van mooie vrouwen, en vroeger hielden die ook van mij. Ik heb me heel wat moeilijkheden op de hals gehaald. Maar toen werd ik volwassen.'

'Hoezo dat?'

'Liefde. De liefde veranderde alles.'

'Myrtle.'

'Mijn Myrtle. Ik zal nooit meer iemand anders beminnen.' Hij keek Luca vol genegenheid aan. 'Ooit zul je begrijpen wat ik daarmee bedoel.'

Luca schokschouderde. 'Ik weet niet zeker of ik wel voor de liefde geschapen ben.'

'Juist dan slaat die toe. Wanneer je denkt dat je er niet op zit te wachten. Daarna snap je niet dat je zo lang zonder hebt gekund. Maar om terug te komen op dat heerlijke vrouwtje...'

'Rosa.'

'"En ze was even mooi als de roos in mei." Heb je zin om met mij in de trattoria thee te gaan drinken?'

Luca schudde zijn hoofd. 'Ik heb daar voor vandaag wel genoeg gezeten.' Toen de professor teleurgesteld keek, gaf hij zich toch gewonnen. 'We gaan er maandag wel lunchen. Ze serveren er heerlijke rode poon, die kan ik van harte aanbevelen.'

Die avond aten ze op het terras. Het kaarslicht trok motten en muggen aan, en de krekels zongen vanuit het struikgewas hun lied; de maan hing laag en zwaar aan een hemel vol sterren. Luca kon Cosima niet uit zijn hoofd zetten. Hoe durfde ze hem van zich af te stoten, terwijl hij alleen maar aardig had willen zijn?

'Ik lees in mijn gids dat volgende week het festival van Santa Benedetta wordt gevierd,' zei Dizzy. 'Maxwell en ik zouden het leuk vinden om tot die tijd te blijven.'

Ma ving de blik van de professor en trok een gezicht van spottend afgrijzen.

'Daar is niet veel aan,' zei Romina. 'Het beeld huilt nooit meer en iedereen gaat teleurgesteld weer naar huis.'

'Lijkt het je vanuit cultureel oogpunt niet interessant om te zien hoe de plaatselijke bewoners religieuze feesten vieren?'

'Helemaal niet,' zei Romina. 'Ze zijn ontzettend primitief.'

'Eerlijk gezegd vind ik het wel interessant,' onderbrak Bill haar. 'Let maar niet op Romina! Ze weet niet waar ze het over heeft.'

'Schat, zelfs jij vond het saai.'

'Teleurstellend, maar niet saai. Het dient om een wonder te vieren dat jaren en jaren geleden geleden heeft plaatsgevonden. De nazaten van Benedetta wonen nog steeds hier in Incantellaria. Zij leiden de processie...'

'Om daarna lekker een feestje te bouwen, ondanks hun teleurstelling,' merkte Romina schamper op.

'Ze blijven het oorspronkelijke wonder gedenken,' corrigeerde Bill haar geduldig.

Romina rolde met haar ogen. 'Italianen houden van een goed feest – en wij zijn dol op vuurwerk. Het is allemaal erg lawaaiig en overdreven.'

'Je klinkt als een oud besje,' plaagde haar man haar.

'Ik bén ook een oud besje. Ik hou van een beetje vredigheid en rust.'

'Nou, ik vind dat we er toch maar heen moesten,' zei Maxwell.

'Het is gevaarlijk,' kwam Ma tussenbeide. 'Zakkenrollers.'

'Hier?' zei Dizzy.

'Die zijn uit op mensen zoals jij. Mensen die zich onderscheiden van de massa. Jij bent te blond.'

Dizzy keek naar haar man. 'Maxwell zal me vast wel beschermen,' zei ze met een kleinemeisjesglimlachje. Maxwell pakte haar hand.

'Maar waarom zou je dat risico lopen?' zei Ma duister.

'Wat je zegt,' voegde de professor daaraan toe.

'We zullen erover nadenken,' zei Maxwell. 'Misschien kunnen we met z'n allen gaan?'

Ma keek fronsend in haar wijnglas.

Die nacht sliep Luca slechts bij vlagen, telkens gestoord door tegenstrijdige gedachten aan Cosima. Aan de ene kant had ze hem op zijn ziel getrapt. Hij vond haar aantrekkelijk, maar zij had hem afgewezen. Anderzijds was ze bot geweest, en op dat soort vrouwen zat hij niet te wachten. Kon hij haar maar vergeten, maar op de een of andere manier was hij bezeten van haar geraakt.

Met een nog enigszins naar gevoel werd hij wakker. Eerst kon hij zich niet herinneren waardoor dat werd veroorzaakt, maar toen kwamen beetje bij beetje de herinneringen aan de vorige dag terug. Hij lag net na te denken over wat hij die dag zou gaan doen, toen er een vlinder door het open raam naar binnen gevlogen kwam, van hetzelfde soort als die van de vorige dag: ongewoon groot en stralend blauw. Hij fladderde door de kamer en streek vervolgens neer op zijn hand. Het was alsof de vlinder hem kende. Luca bracht zijn hand omhoog om hem beter te kunnen bekijken. De vlinder had zijn vleugels gesloten en proefde met zijn roltong zijn huid. Luca liep naar het raam en zette de luiken open. Hij verwachtte half en half de kleine jongen op het terras beneden te zien, of in de tuin, terwijl hij zijn grote bruine ogen naar hem opsloeg. Maar er was niets te zien, behalve hier en daar een vogel die rondhipte op zoek naar wormen.

Luca stak zijn hand uit en probeerde de vlinder naar buiten te laten, maar het diertje bleef in de kamer terwijl hij zijn tanden poetste en de douche aanzette. Ten slotte deed hij de kleine jongen na en blies ertegen. De vlinder begreep de boodschap, vloog op en verdween de tuin in.

Na het ontbijt ging hij bij het zwembad in zijn boek liggen lezen. Dit keer kon hij zich er goed op concentreren en hij was blij met de afleiding. Hij had Caradoc beloofd de volgende dag met hem in de trattoria te gaan lunchen. Nadat hij de professor en Ma aanvankelijk had afgeschreven als twee oude excentriekelingen die zijn tijd en moeite niet waard waren, begon hij nu erg op hen gesteld te raken; zij maakten het leven leuk. Hij besloot dat als Cosima er morgen zou zijn, hij haar straal zou negeren. Hij had nu twee keer een poging gewaagd; hij zou niet nogmaals zijn nek uitsteken.

Caradoc zat in de schaduw gedichten te lezen, terwijl Dizzy lag te zonnen met de koptelefoon van haar walkman op; met haar rechtervoet wipte ze mee op de maat, terwijl Snuffie in haar Birkin-handtas lag te slapen. Ma moest niets hebben van zwembaden. Ze was te dik om zelf te zwemmen en kon vrouwen als Dizzy, die een prachtig lichaam hadden, niet aanzien. Ze bleef met Porci op het terras zitten borduren aan een paar slippers voor haar neef, terwijl ze probeerde te bedenken hoe ze naar het *festa* kon gaan zonder dat Dizzy en Maxwell zich opdrongen en de boel zouden bederven.

Na de lunch trok de professor zich terug voor zijn siësta en Ma daagde Luca uit voor een spelletje jokeren. Dizzy en Maxwell gingen terug naar het zwembad om te zonnen en 'zich als een paar naaktslakken te laten roosteren', zoals Ma het vals formuleerde.

'Ik snap bij Dizzy het punt niet,' voegde ze eraan toe, terwijl ze de kaarten schudde.

'Moet er dan een punt zijn?' vroeg Luca, die een sigaret opstak.

'Iemand zonder punt is net een stomp potlood: je kunt er niks mee. Ze ziet er overigens wel leuk uit; dat is tenminste iets.'

'Ze is de kwaadste niet.'

'Ik heb haar nog niet één keer iets interessants horen zeggen.'

'Sommige mannen houden van dat soort vrouwen.'

'Van wat voor soort vrouw hou jij, Luca?'

Luca nam een lange trek van zijn sigaret. 'Ik mag ook graag een leuke vrouw zien.' Ma rolde minachtend met haar ogen. 'Oké, ik hou van intelligentie, humor; ik word graag geamuseerd en uitgedaagd. Ik hou van vrouwen die op eigen benen staan en zelfvertrouwen hebben.'

Ma snoof. 'Dat is allemaal verdomde saai, Luca. Wat jij nodig hebt is een vrouw die je fascineert en die je tot aan haar dood blijft fascineren. Zodra je het gevoel hebt dat je haar kent, laat ze je iets zien wat je nog niet eerder hebt gezien. Anders gaat ze je vervelen.' Ze deelde de kaarten. 'Ja, zoek iemand die je boeit en zij zal altijd een uitdaging voor je zijn.'

Ze speelden de hele middag jokeren. Ma was een slimme tegenstander, die langzaam en bedachtzaam te werk leek te gaan, maar toch op de een of andere manier als winnaar eindigde.

'Jij kunt er wat van, Ma! Wat is je geheim?'

Met een vinger tikte ze tegen haar slaap. 'Dat zit allemaal hier en ik geef het niet prijs. Als we om geld hadden gespeeld, zou ik nu schathemeltjerijk zijn!'

'Als we om geld hadden gespeeld, was ik er een hele tijd geleden al mee opgehouden,' kaatste Luca terug. 'Ik ben niet iemand die zijn fortuin over de balk gooit.'

'Nee, dat deed je vrouw wel voor je. Waarom ben je in vredesnaam met Claire getrouwd?'

'Ze vormde een uitdaging,' antwoordde Luca.

'Was ze boeiend?'
'Niet boeiend genoeg.'
'Wat gebeurde er?'
'Ik heb haar verwend.'
'Zodra ze eenmaal een ring om hun vinger hebben, slaan ze om als een blad aan de boom. Als ik een man was, zou ik nooit trouwen.'
'Jij bent een vrouw en je bent nooit getrouwd!'
'Het huwelijk is net een potlood zonder punt, Luca.' Ze boog zich naar hem toe en fluisterde genietend: 'Je kunt er niks mee!'
Toen de professor zich om vier uur weer liet zien, trommelde hij Bill op voor een partijtje bridge met Ma en Luca. Ze speelden tot aan het avondeten. Romina en Dizzy keerden terug van een kort bezoek aan de stad. Later zouden ze Dizzy door het raam boven met Maxwell kunnen horen ruziën. Toen ze naar beneden kwamen voor het avondeten, gingen ze allebei aan een andere kant van de tafel zitten en negeerden elkaar volkomen. Ma vond dat erg intrigerend en wilde dolgraag weten waar de ruzie over was gegaan.

De dag daarop was de lucht grauw en bewolkt. Zoals beloofd ging Luca met de professor naar de stad. Op straat was het stil; de lucht was koeler en er broeide een storm aan de horizon, waar paarse wolken zich samenpakten als een zich opstellend leger. Het enthousiasme van de professor had echter bepaald niet te lijden onder het kille weer. 'We eten wel binnen,' stelde Luca voor toen hij de auto zo dicht mogelijk bij de kade parkeerde. Zodra hij het jongetje weer tussen de boten zag spelen, wist hij dat Cosima in de trattoria moest zijn.
'Dat arme kind is altijd in zijn eentje,' zei Luca afkeurend.
'Welk kind?'
'Het zoontje van Cosima. Hij loopt steeds achter haar aan, maar ze laat zich amper iets aan hem gelegen liggen. Allemaal goed en wel om te rouwen om haar man, maar ze mag de levenden niet vergeten!'
'Als ik jou was, zou ik daar maar niks over zeggen,' zei Caradoc, die zich langzaam over het terras een weg zocht naar het restaurant.
'Maak je maar geen zorgen. Ik ben er helemaal klaar mee. Waar is de heerlijke Rosa?'
Binnen was de trattoria ouderwets ingericht, met kleine tafeltjes en eenvoudige stoelen. De vloer was betegeld, de lucht rook zoet naar de gedroogde lavendel en kruiden die aan de wand hingen boven rijen in-

gelijste foto's. Er stonden schalen met citroenen op de wandtafel en in hoge rekken lagen flessen wijn. Er waren een paar tafeltjes bezet; het weer leek de mensen weg te houden. Rosa kwam aanlopen in een groene jurk die als zeewier aan haar lichaam vastplakte. Ze had haar haar opgestoken, zodat haar lange hals fraai uitkwam, en haar lippen had ze in dezelfde felrode kleur gestift als haar nagellak. Luca merkte op dat haar teennagels, die net als haar vingernagels rood waren gelakt, uit schoenen met heel hoge hakken piepten. Hij vroeg zich af hoe ze daar de hele dag op kon lopen.

'We zijn teruggekomen voor de rode poon,' zei Luca met een glimlach.

Rosa glimlachte terug. 'Ik dacht dat je voor mij kwam,' antwoordde ze.

'*Ik* ben voor jou gekomen, mooie Rosa,' kwam de professor tussenbeide.

'Nou, een van de twee is tenminste iets. Willen jullie wijn?'

'Greco di Tufo, koud,' zei Luca. 'Het ziet ernaar uit dat er storm op komst is.'

'En niet zo zuinig ook,' zei Rosa. 'Misschien zitten jullie hier wel de hele middag vast.'

'Ik kan geen betere plek bedenken om vast te zitten,' zei de professor.

'Wie staan er op al die foto's?' vroeg Luca.

'Mijn familie.' Vervolgens wees ze naar een schets van een liggend naakt, hoog aan de wand. 'Dat is een portret van mijn grootmoeder Valentina, getekend door mijn grootvader. Was ze niet mooi?' Rosa's ogen glinsterden. 'Ze zeggen dat ik veel op haar lijk. Helaas leid ik in vergelijking met haar nogal een saai leven.'

'Ik mag hoper dat jij langer leeft dan zij, m'n beste kind,' zei Caradoc. 'En dat je op een betere manier aan je eindje komt.'

Halverwege de lunch gingen de hemelsluizen open. De donder dreunde over de heuvels en de regen beukte op de kade. Als Cosima al in de keuken was, liet ze zich niet zien. Luca ergerde zich nog meer aan haar omdat ze hem niet de kans gaf haar te negeren. Hij keek naar buiten naar de storm, naar de donkere, woelige zee, en hoopte maar dat de kleine jongen veilig thuis was.

10

Luca ging niet meer terug naar de trattoria. In plaats daarvan maakte hij er een gewoonte van naar het *caffé* op het plein te gaan, waar ze lekkere, sterke koffie en brioches serveerden, en hij probeerde niet langer aan Cosima te denken. De professor en Ma spanden samen tegen Dizzy en Maxwell, en slaagden erin Romina ervan te overtuigen dat ze hen beter kon bepraten om in het palazzo te blijven en het Festa di Santa Benedetta geheel en al aan hen voorbij te laten gaan.

'Ik maak wel een lekker diner voor ze klaar,' zei ze. 'Ik heb zelf ook behoorlijk genoeg gekregen van Max en Dizzy. Ze dragen helemaal niets bij. Ze zullen toch ooit een keer terug naar huis moeten. Hij kan toch zeker niet al zijn zaken via internet en de telefoon regelen?'

Het toeval wilde dat Maxwell op de dag van het *festa* zware hoofdpijn had en de hele middag in bed bleef, terwijl Dizzy, die zich in haar eentje verveelde en chagrijnig werd, in de schaduw een roman lag te lezen. Ma kraaide van vreugde, terwijl Luca het *festa* met enig angst en beven tegemoet zag. Cosima zou er vast ook zijn.

In de avondschemering togen ze gedrieën naar de stad. Ma wist maar amper haar omvangrijke achterwerk door het portier van Romina's auto te wurmen en kwam op de versnellingspook te zitten, zodat Luca haar elke keer als hij wilde schakelen moest vragen een stukje op te schuiven.

'Als ik had geweten dat we ons in een conservenblik moesten persen, was ik niet meegegaan,' klaagde ze.

'Houd moed, lieve dame,' zei Caradoc vanaf de achterbank. '"Haal de dappere man in met klokgelui en bevrijd het grote hart, de zachtere hand."'

'Het dikke achterste, de dwalende hand,' zei Ma terwijl Luca onder haar broek door naar de versnellingspook reikte. 'Dit is niet het moment voor Tennyson, professor. Ze zouden auto's niet zo klein moeten maken, het is een affront.'

'Waarom huur je geen grote auto, Luca?'

'Luiheid, vermoedelijk. Of alleen de behoefte om vrij te zijn van alle aardse bezittingen.'

'Vrij ben je als je een mooie grote auto hebt waar je behoorlijk in kunt zitten,' vond Ma. 'Een auto huren zal echt je spirituele queeste niet in de weg zitten, kan ik je verzekeren. En de mijne zou het zeker goed doen!'

'Spiritualiteit heeft niets te maken met het opgeven van materieel bezit, maar kent er alleen geen overmatig belang aan toe. Laat geld niet je god, maar je slaaf zijn.'

'Ik hoop dat je dat goed tot je hebt laten doordringen, Luca,' zei Ma. 'Caradoc mag dan een beetje vreemd zijn, maar hij is een wijze oude man. Ik ben slechts een vrouw op leeftijd. Nou, ik vraag me af wat we vanavond kunnen verwachten.'

'Amusement,' zei Luca. 'Althans, ik hoop op iets spectaculairs.'

'Een huilend beeld dat in geen halve eeuw heeft gehuild,' zei Ma. 'Daar zou ik mijn geld maar niet op inzetten.'

'Een stad in de greep van een religieuze gekte,' zei Caradoc op smeuïge toon. 'Massahysterie, vermoedelijk.'

'Godzijdank hebben we geen aanhang,' zei Ma. 'Met jou erbij, Luca, iemand die de taal zo vloeiend spreekt, kunnen we helemaal in het feestgedruis opgaan.'

Luca wierp haar een blik toe om te checken of ze dat serieus meende. Ma was niet het soort vrouw dat ooit in wat voor soort feestgedruis dan ook zou opgaan.

Ze parkeerden de auto bij de kade en liepen door de smalle straatjes naar het plein van San Pasquale, waar de bewoners van Incantellaria zich met kaarsjes in de hand verzamelden voor het gebedshuis. De lucht was zwanger van de geur van kaarsvet en wierook, en de spanning zinderde in de lucht terwijl ze ongeduldig wachtten tot de grote deuren zouden opengaan. Luca zag Rosa al meteen; haar rode jurk en sjaal vielen op in de menigte en schreeuwden erom om opgemerkt te worden.

Kinderen dromden om haar heen en ze had een man bij zich die waarschijnlijk haar echtgenoot was. Toen zag hij Cosima, in het zwart gekleed, haar gezicht weer door een kanten sluier in schaduwen gehuld. Ze stond te ver van hem af om haar gezichtsuitdrukking te kunnen zien. Naast haar stond een lange man met lang grijs haar en een vriendelijk gezicht. Van tijd tot tijd sloeg hij zijn arm om haar schouder en trok haar even tegen zich aan, zich naar haar overbuigend om haar iets in het oor te fluisteren. Luca's woede smolt weg en maakte plaats voor medelijden dat een zo jonge en knappe vrouw helemaal moest verkommeren van liefdesverdriet.

Rosa was zo opgewonden dat ze niet stil kon blijven staan. Ze vond niets zo leuk als een plechtigheid met een feestje erachteraan. Als Christus geen tranen plengde, zouden ze het toch wel vieren, in herinnering aan het oorspronkelijke wonder. Toen viel haar blik op Luca, die naar haar nicht en Panfilo stond te staren, en ebde haar opwinding weg. Cosima bood in haar rouwjurk en met haar sluier een aanblik waar je niet omheen kon. Hij moest haar ogen hebben gevoeld, want hij wendde de zijne af om naar haar te kijken. Ze glimlachte breed en zwaaide even. Luca zwaaide terug.

'Naar wie zwaai je?' wilde Ma weten.

'Naar de serveerster van de trattoria.'

'Is ze knap?'

'Ze is getrouwd.'

'Luca is een man van eer!' zei Caradoc. 'Hoewel ze met haar schoonheid wel duizend schepen zou kunnen doen vergaan.'

Ma kneep haar ogen tot spleetjes en ontwaarde Rosa. 'Aan haar gezicht te zien zou ik zeggen dat ze er al een stuk of wat op haar geweten heeft.'

Met een doffe dreun gingen de grote deuren open, en de mensen haastten zich in hun gretigheid om een goed plekje te vinden naar binnen. Ma stak haar arm door die van de professor, die dankbaar op haar steunde. Hij hield van rondborstige vrouwen. Luca merkte op dat ze aandacht hadden getrokken. Hij had zo'n idee dat de plaatselijke bewoners wel doorhadden dat ze van het palazzo kwamen en dat ze zowel angstig als geïntrigeerd waren. De kinderen waren minder subtiel en wezen en fluisterden achter hun hand.

De kleine kerk was fel verlicht. Op elk richeltje en oppervlak stonden groepjes ivoorkleurige kaarsen, hun gele vlammetjes flakkerden in de schemer. De geur van wierook vulde de lucht. Het verguldsel glinsterde en het beeld van Christus lichtte griezelig op, alsof het van binnenuit werd verlicht. Luca vond ergens achterin, naast het gangpad, drie vrije stoelen en stapte opzij terwijl Ma en Caradoc plaatsnamen. Cosima zat helemaal voorin met Rosa en de rest van haar familie. De kinderen draaiden op hun stoelen en keken om zich heen om naar vriendjes te zwaaien, behalve Cosima's zoon, die voor het altaar speelde met een witte veer, waarmee hij als een zwaard de lucht doorkliefde. Niemand leek het erg te vinden dat hij niet was gaan zitten. De stadsbewoners stroomden nog steeds naar binnen; ze sloegen een kruisje voor het altaar en negeerden het jongetje.

Er daalde een stilte over de verzamelde gelovigen neer en een gegons van verwachting zinderde daar doorheen terwijl ze afwachtten en amper adem durfden te halen. Het jongetje zat aan de voet van het altaar en streek met de gladde veer over zijn lippen. Opeens gingen de deuren nogmaals open en stapten drie in het zwart geklede vrouwen, als een groepje heksen, naar binnen, hun gezichten verlicht door de kaarsen in hun hand. Een van hen liep een stukje voor de anderen uit, haar kin geheven, haar ogen strak op het altaar gericht. Achter hen aan kwam de priester, die met een sonore, monotone stem gebeden opzegde; hij werd gevolgd door een kleine misdienaar in het rood, die met een wierookvat zwaaide.

Toen ze langsliepen zag Luca de ogen van de vrouw die vooropliep. Die waren ontwapenend licht tegen het diepe bruin van haar huid en haar. Ze verplaatste haar blik even en keek hem aan, zonder dat haar gezichtsuitdrukking veranderde. Alleen de blos die naar haar wangen steeg verried haar verrastheid. Luca knikte, in nabootsing van degenen die om hem heen zaten en die het ritueel uit hun hoofd kenden. Ze liep langzaam verder, haar ogen nu gericht op het beeld dat met zo veel hoop en verwachting was omgeven.

De drie vrouwen namen plaats op de voorste bank. De priester en de misdienaar gingen voor het altaar staan. Er werden geen liederen gezongen, er was geen muziek – alleen de onverstaanbare gebeden van de hoopvolle gelovigen, die de ceremonie nooit moe werden; elk jaar als die opnieuw werd gehouden, raakten ze weer optimistisch gestemd.

Ma kneep haar ogen half dicht, maar zag het Christusbeeld maar heel vaag. 'Heeft hij al gebloed?' fluisterde ze in Caradocs oor.

De oude man schudde zijn hoofd. '"Mijn ziel, kijk als rustige toeschouwer toe; vel geen oordeel over het spel voordat het spel gespeeld is."'

'Lieve help, Onze-Lieve-Heer neemt er wel de tijd voor,' mompelde ze.

'En stelt ons geloof behoorlijk op de proef,' antwoordde Caradoc.

Ze bleven allemaal twintig minuten zitten wachten, waarna de congregatie een collectieve zucht slaakte. Het wonder had zich niet voltrokken. De ogen van Christus bleven droog. De klok begon te luiden, schouders werden opgehaald, een paar oude mensen huilden. De kinderen begonnen te giechelen en van de ene voet op de andere te wippen.

Opeens klonk er een luide snik en gehaast geroffel van voeten op steen, en er schoot een warreling van stof voorbij toen Cosima door het gangpad de kerk uit rende. Iedereen staarde haar na en vanuit de kerkbanken steeg geroezemoes op. Luca keek toe hoe de kleine jongen achter zijn moeder aan ging, zijn gezicht strak van spanning, de veer in zijn handen geklemd. Toen hij langsliep, keek hij Luca even in de ogen, alsof hij probeerde iets mede te delen. Luca kon de noodkreet bijna letterlijk horen.

'Goeie help,' zei Ma met een grafstem. 'Die schijnt er niet zo best tegen te kunnen.'

'De weduwe,' zei Caradoc. 'Luca heeft een oogje op haar.'

'Tot haar hart is vast niet door te dringen.'

'Een man vindt niets zo leuk als een uitdaging.'

'Een man vindt niets zo erg als het onderspit te moeten delven,' voegde Ma er zwartgallig aan toe. 'Hoe nu verder?'

'We gaan maar naar huis, lijkt me,' zei Caradoc.

'Ik vraag me af wat we vanavond eten.'

De stoet vrouwen liep langzaam over het gangpad de kerk weer uit, met de priester en de misdienaar vlak achter zich aan. De klok luidde treurig, maar de muzikanten waren er klaar voor om op het plein hun instrumenten op te pakken en te gaan spelen. Rosa was niet van plan de pret door Cosima te laten bederven, ook al wist ze dat Alba haar achterna zou gaan, zoals ze altijd deed. Ze vroeg zich af of de knappe Engelsman zou blijven voor het dansen en of het haar zou lukken hem aan te spreken met Eugenio erbij.

Luca moest de anticlimax even verwerken. Hij stond net op het punt de professor te vragen of hij nog wilde blijven of terug wilde om in het palazzo te gaan eten, toen er een koude windvlaag door het gangpad trok en het jongetje met de veer weer in de deuropening verscheen; met een rood gezicht en buiten adem zocht hij de zee van gezichten af. Toen hij Luca zag, begon hij luidkeels te roepen: 'Help! *Mamma* ligt in het water. Help! Alstublieft!'

Luca stond meteen naast hem en haastte zich de kerk uit. 'Breng me naar haar toe!' gebood hij.

Ze renden het plein over zonder zich iets aan te trekken van de verraste blikken op de gezichten van de priester en de drie *parenti di Santa Benedetta*. De kleine jongen vloog behendig over de keitjes naar de kade, van waaraf Luca in het maanlicht nog net een gestalte het zeewater in kon zien waden. Hij trok zijn schoenen en jasje uit, en rende achter haar aan, zo snel hij kon door het water hollend. 'Cosima!' riep hij. Eerst negeerde ze hem, alsof ze in trance was. Toen hij harder riep, versnelde ze haar pas, totdat haar hoofd in de golven verdween. Luca begon te zwemmen en probeerde te bepalen waar ze kopje-onder was gegaan. Toen zag hij een arm boven het water uitsteken, omdat ze instinctief probeerde vast te houden aan het leven. Met een enorme krachtsinspanning slaagde hij erin die vast te grijpen. Er volgde een korte worsteling; toen werd haar lichaam slap.

Luca trok haar omhoog en werkte haar op haar rug, zodat hij haar in de kromming van zijn elleboog kon vasthouden, met haar hoofd op zijn schouder. Hij zwom terug naar de kust totdat hij de stenen onder zijn voeten kon voelen. Daarna nam hij haar in zijn armen en droeg haar het water uit. Ondanks de smeekbedes van het kind was er niemand achter hem aan gekomen. IJlings legde hij Cosima op de stenen en bracht zijn oor naar haar borst om haar hartslag te controleren. Haar hart klopte nog, maar ze haalde geen adem. Hij probeerde haar te reanimeren, duwde op haar borstkas en pompte zuurstof in haar longen. Haar lippen waren koud en zilt, haar lichaam levenloos. Hij zou het zichzelf nooit vergeven als de jongen zijn moeder zou verliezen omdat hij niet in staat was haar te redden.

Eindelijk schokte haar lichaam toen het water uit haar longen stootte. Happend naar adem zoog ze een teug lucht naar binnen, opende haar ogen en staarde hem verbijsterd aan. Hij moest haar naar een warme plek zien te brengen. Haastig sloeg hij zijn jasje om haar heen en tilde haar in zijn armen. Het kostte hem moeite om grip te krijgen op haar natte lijf, dat helemaal slap was, terwijl ze telkens het bewustzijn verloor en weer bijkwam. Terwijl hij vastberaden zijn kaken op elkaar klemde, sloeg hij de weg naar het plein in. Hij keek rond of hij de kleine jongen zag, maar die moest naar de piazza zijn gegaan om hulp te halen. Luca hoorde de feestmuziek en de vrolijke stemmen van de plaatselijke bewoners die de teleurstelling van de plechtigheid goed probeerden te maken.

Hij hield Cosima tegen zich aan in een poging haar warm te houden; het feit dat ze nog ademde moedigde hem aan wankelend voort te gaan. Ten slotte bereikte hij het plein. 'Laat iemand me helpen!' riep hij. Mensen draaiden zich om, en er verscheen afschuw op hun gezichten toen hij op hen af kwam met een van hun eigen mensen in zijn armen, nat en levenloos. De muziek viel stil, de dans kwam ten einde, de menigte dromde om hem heen als een kudde nieuwsgierig vee. Mensen sloegen een kruis toen hij langs hen liep, in de veronderstelling dat ze dood was.

Alba schoot naar voren. 'Cosima!' riep ze uit toen Luca haar voorzichtig op de grond legde. 'Is ze...?'

'Ze leeft nog,' antwoordde Luca buiten adem. 'Maar ze probeerde zichzelf te verdrinken.'

'O mijn god!' riep ze. Panfilo stond naast haar en trok zijn jasje uit om het over de jonge vrouw heen te leggen. 'Ik had kunnen weten dat dit eraan zat te komen,' kreunde Alba.

'We moeten haar naar huis brengen, snel,' zei Panfilo, die de leiding nam. 'Naar de auto!' Hij tilde haar in zijn sterke armen en waadde door de mensenmassa, die eerbiedig uiteenweek.

Alba wendde zich tot Luca. 'Je hebt haar leven gered. Hoe wist je wat ze aan het doen was?'

'Door de kleine jongen.'

'Welke kleine jongen?'

'Hebt u die kleine jongen dan niet gezien die in de kerk om hulp kwam roepen?'

'Nee.'

'Ik ging ervan uit dat het haar zoontje was.'

Ze staarde hem een lang moment aan en raakte toen zijn arm aan. 'Cosima heeft geen zoontje. Francesco is drie jaar geleden overleden. Verdronken. Hij was zes jaar oud.'

11

Luca keek Alba na toen ze in de menigte verdween. Hij stond perplex. De kleine jongen liep Cosima overal achterna. Hoe kon het dat Alba hem niet om hulp had horen roepen? De hele kerk moest dat toch hebben gehoord? Hij ging op zoek naar Ma en Caradoc, terwijl de stadsbewoners hem aanstaarden alsof hij van een andere planeet kwam.

'Daar ben je!' Ma dook op uit de zee van gezichten. 'Wat is er in vredesnaam aan de hand? Je bent drijfnat!'

'Je bent een held, jongeman,' zei Caradoc.

'Zo te zien kun je wel een stevige borrel gebruiken,' voegde Ma eraan toe. 'Alles goed?'

'Hebben jullie die kleine jongen gezien?'

'Welke kleine jongen?'

'Het kind dat Cosima bij zich had en dat om hulp kwam roepen.'

Ma keek hem uitdrukkingsloos aan.

De professor grinnikte. 'Volgens mij heb jij een warm bad en een hete grog nodig.'

'Wacht!' Luca voelde zich licht in het hoofd. 'Willen jullie zeggen dat jullie die kleine jongen niet hebben gezien die de kerk in kwam en om hulp riep?' Ze schudden hun hoofden en keken hem wantrouwend aan. 'Hebben jullie hem niet achter die vrouw aan zien rennen die zo opeens de kerk uit stormde? Kom nou toch! Die moeten jullie toch hebben gezien?' Hij wendde zich tot de professor. 'Ben ik gek aan het worden of zo? Een jongetje kwam me vertellen dat ik zijn moeder moest redden. Dus rende ik naar de zee en zag haar het water in waden, met de bedoeling zichzelf te verdrinken. Ik ben achter haar aan gezwommen en heb haar gered. Dat heb ik niet in mijn eentje gedaan. Hoe had ik ervan kunnen weten als die kleine jongen het me niet had verteld?'

'Dit is wel een heel sterk verhaal,' zei Caradoc, op zijn stok leunend. 'Maar ik vrees dat jij de enige bent die dat jongetje gezien heeft.'

'Ik dacht dat hij Cosima's zoontje was,' zei Luca met een iele stem. 'Misschien is ze dus toch geen weduwe.'

Toen ze terugliepen over de kade om Luca's schoenen op te halen en naar de auto te gaan, kwam Rosa aanlopen, helemaal in de war en bijna in tranen. 'Luca!' riep ze, en ze hield hem staande.

'Het spijt me wel,' zei hij toen ze begon te huilen.

'Ze leeft nog. Dat is het enige wat telt. Ik wil je bedanken. Je hebt haar het leven gered.'

'Waarom wilde ze zelfmoord plegen?'

'Ik voel me ontzettend beroerd. Ik ben vreselijk onaardig tegen haar geweest. Ik heb er niet bij stilgestaan hoe ongelukkig ze is. Ik geloofde haar niet. Ik dacht dat ze alleen maar aandacht wilde.' Rosa haalde diep adem. 'Haar zoontje, Francesco, is drie jaar geleden verdronken. Dat neemt ze zichzelf kwalijk, omdat zij bij hem was. Het ene moment stond hij nog naast haar en het volgende moment lag hij in zee. Cosima kan niet zwemmen. Ze kon niks doen. Ze is er nooit overheen gekomen.'

'Waar is haar man?'

'Ze is nooit getrouwd.' Ze huiverde. 'Wij zijn de enigen die ze heeft.'

'Wie is dat jongetje dan dat steeds achter haar aan loopt?'

'Mijn zoon, Alessandro,' antwoordde Rosa.

'Dat kind met die veer dat om hulp riep?' vroeg Luca, opgelucht dat hij toch kennelijk niet malende was.

Rosa keek verward. 'Nee. Mijn zoon was vanavond de hele tijd bij me. Ik heb niemand om hulp zien roepen.'

'In godsnaam, hij ging zo tekeer dat ze hem in Napels moeten hebben kunnen horen.'

Rosa kromp in elkaar bij zijn stemverheffing. 'Ik weet niet waar je het over hebt,' zei ze schaapachtig.

'Maak je maar geen zorgen, ik ben kennelijk de enige die hem heeft gezien. Ik ben gek aan het worden, dat is alles.'

'Nou, hartelijk bedankt. Namens mijn hele familie dank ik je dat je haar het leven hebt gered.'

Voor de tweede keer persten ze zich allemaal in de kleine auto en zetten koers naar het palazzo. Ma en Caradoc waren opgewonden over Luca's heldendaad. De avond zou een anticlimax zijn geweest als Cosima niet had verkozen zich in zee te storten. Het drama had hun allebei weer eens doen beseffen dat ze blij mochten zijn dat ze nog leefden, en ze konden niet wachten om het thuis aan de anderen te vertellen. Maar terwijl zij zaten te kletsen, was Luca met zijn gedachten ergens anders. Raakte hij de kluts kwijt? Of ging het om iets veel duisterders?

Terug in het palazzo hielp Luca Caradoc en Ma uit de auto. 'Wie had gedacht dat er in jou zo'n koene ridder school? Er zijn tegenwoordig maar bar weinig helden, Luca, maar jij verdient een medaille voor wat je vanavond hebt gedaan. Ik ga het hoogstpersoonlijk aan je moeder vertellen.' Ma klopte hem op de schouder. 'Je kunt je maar beter gaan omkleden, voordat je kouvat.'

'"Daar komt de veroverende held! Steek de trompet en sla de troms!"' zong de professor toen Luca hem zijn wandelstok overhandigde. Ma gaf hem een arm, bleef even wachten tot hij zijn benen had losgeschud, en leidde hem vervolgens de grote deuren van het palazzo binnen. Luca schoot naar boven, naar zijn kamer.

Onder de douche genoot hij van het stromende warme water op zijn huid en probeerde hij zijn angsten van zich af te zetten. Hij deed zijn best niet te denken aan zijn jeugd en de stemmen die in de nacht tot hem hadden gesproken, de mensen die hij in het donker door zijn kamer had zien dwalen. Zijn moeder had hem verteld dat er geen spoken bestonden en dat ze hem, als hij erover bleef praten, naar een ziekenhuis zou sturen voor geesteszieke kinderen. Vanaf dat moment had hij er zijn mond over gehouden. Hij had aangenomen dat hij het zich allemaal maar verbeeldde. Hij had zich ervoor afgesloten, totdat de spoken uiteindelijk weg waren gegaan. Als hij de enige was die het jongetje had gezien, betekende dat dan dat ze terugkwamen?

Verdwaasd kleedde hij zich aan. Hoe kon hij in vredesnaam de angst van een kind voelen, terwijl hij een volwassen man van in de veertig was? Hij liep zijn balkon op en keek uit over de zee. Onder de maan glansde het water als kwikzilver. Hij dacht aan Cosima en haar zoontje, en zijn angst sloeg om in medeleven. Ze droeg zo'n groot leed met zich mee dat ze geprobeerd had er een einde aan te maken. Zij zou hem niet bedanken dat hij haar leven had gered. Ze had bij haar kind willen zijn. Maar als het jongetje inderdaad haar zoon was, had ook hij haar willen redden. Luca besefte dat hij haar niet kon vertellen wat hij had gezien; ze zou denken dat hij niet goed wijs was. Iedereen zou dat denken. Hij kon er met niemand over praten.

Beneden, waar zijn moeder aan het hoofd van de eettafel op het terras zat, hoorde hij gelach. Caradoc en Ma zaten blijkbaar hun verhaal te doen. Iedereen aan tafel luisterde geboeid, de gezichten verlicht door het flakkerende licht van de stormlampen. Hij hoopte maar dat ze niets over de kleine jongen zouden zeggen. Dat zou hij afhouden, hij zou er wel iets op verzinnen. Hij had zich eerder voor de spoken afgesloten en zou het niet laten gebeuren dat ze nu terugkwamen.

Zijn maag rammelde van de honger en hij had ontzettende behoefte aan een stevige borrel. Het liefst zou hij in zijn eentje hebben gegeten, maar het palazzo bood geen roomservice. Met tegenzin ging hij naar beneden. Toen hij het terras op stapte, begon iedereen aan tafel te juichen en hief het glas.

'Lieverd, wat ben ik trots op je!' zei zijn moeder vol vuur, met tranen in haar ogen.

'Neem een glas Taurasi,' zei zijn vader, naar de fles reikend.

'Je ziet er alweer wat beter uit,' merkte Ma op, en ze wendde zich tot de rest van de tafel. 'Hij zag heel bleek. Ik dacht dat hij van z'n stokje zou gaan. Hij was de enige in de hele kerk die haar te hulp schoot.'

'Wie is ze?' vroeg Bill.

'Is ze knap?' vroeg Dizzy.

Ma sloeg haar ogen ten hemel. 'Ze is tragisch en mooi. Als ze lelijk was geweest, zou hij al die moeite niet hebben gedaan.' Iedereen moest lachen, behalve Luca.

'Ze heet Cosima,' zei hij, terwijl de wijn een spoor van warmte trok naar zijn buik. 'Drie jaar geleden is haar zoontje verdronken in zee. Ze probeerde zelfmoord te plegen.'

Dizzy's mond viel open. 'O mijn god! Ik kan me niet voorstellen waarom iemand zoiets zou willen doen!'

'Om je te laten redden door een knappe vreemdeling, natuurlijk,' zei Ma spottend.

'Volgens mij moet je bij die familie op bezoek gaan, Luca,' zei Caradoc, denkend aan het knappe nichtje in de rode jurk.

'Natuurlijk!' stemde Romina met hem in. 'Je moet naar ze toe, lieverd. Ze willen je vast bedanken.'

'Ze hebben me al bedankt. Maar Cosima zal het me heel kwalijk nemen dat ik haar plannen heb gedwarsboomd. Het is alleen een kwestie van tijd voor ze een nieuwe poging doet.'

'Dan moet je haar vertellen over de kleine jongen,' zei Ma. Iedereen wendde zich naar Luca.

'Welke kleine jongen?' vroeg Romina. 'Je hebt ons niets over een kleine jongen gezegd.'

'Er was geen kleine jongen.' Luca dronk zijn glas leeg. 'Ik was in de war. Ik was nat en had het koud.'

De professor was zo verstandig om er niet op door te gaan. 'Laat hen maar naar jou toe komen als ze je willen bedanken,' zei hij in plaats daarvan. 'Ik geef je op een briefje dat ze dat zullen doen.'

Toen de anderen zich terugtrokken om naar bed te gaan, ging Luca een wandeling maken langs het strand. Zodra hij bij zijn terugkeer bij het tuinhuis kwam, hoorde hij voetstappen in het struikgewas. Hij wist dat het zijn vader niet was, en het was zeker niet Ma of Caradoc. Hij glimlachte bij de gedachte dat Maxwell en Dizzy het nu goedmaakten na hun ruzie en het tuinhuis in waren geglipt om een beetje te konijnen in dat enorme hemelbed, omgeven door erotische prenten en literatuur. Maar die gedachte wees hij meteen weer van de hand; ze leken immers even gepassioneerd als een stel kwallen.

Hoewel de maan hoog aan de hemel stond, waren de schaduwen donker en ondoordringbaar. Er klonk gekraak, en toen was het stil. Luca bleef staan, zijn hart hamerend in zijn borstkas. Misschien was het een dier, mogelijk een hert. Hij spitste zijn oren, maar hoorde niets anders dan het windje dat door de bladeren ritselde en het getsjirp van krekels. Hij voelde dat hij werd gadegeslagen, dat wie het ook was zich bewust van hem was en wachtte tot hij een beweging maakte.

Uiteindelijk had hij geen andere keus dan weer een stap te zetten. Toen er niets te horen viel, besefte hij dat hij het zich allemaal moest hebben verbeeld, en hij liep de rest van het pad af naar het tuinhuis. Met zijn een meter negentig, brede schouders en een lichaam dat was getraind door dagelijks sporten hoefde hij tenslotte nergens bang voor te zijn.

Net op het moment dat hij bij de kleine portiek van het tuinhuis kwam, schoot er een verschrikt konijn vanuit de bosjes voor zijn voeten weg, waarna het in het struikgewas verdween. Opgelucht haalde Luca diep adem. Hij voelde aan de deur, maar die zat op slot. Hij schudde zijn hoofd en glimlachte meewarig om zijn eigen domheid. Zijn moeder had de enige sleutel. Het gebeuren op het *festa* had hem zeker parten gespeeld als hij nu geesten in de schaduwen dacht te zien. Hij stak zijn handen in zijn zakken en liep terug naar het palazzo.

Die nacht sliep hij diep en ongestoord. Toen hij wakker werd en het daglicht de hoeken van de kamer binnenstroomde, vroeg hij zich af of de gebeurtenissen van de vorige dag wel echt hadden plaatsgevonden. Hij stond op, rekte zich uit en wierp een blik op de vriendelijk ogende zee. De hemel was helder en stralend, de lucht zwanger van de geur van kamperfoelie en lavendel, en door de tuinen weerklonk vogelgezang. Hij zag zijn moeder bezig met haar yogaoefeningen op het terras, terwijl een tuinman de terracotta bloempotten en borders met een tuinslang water gaf. Hij zette de gedachten aan de kleine jongen en Cosima van zich af, want die hadden deel uitgemaakt van een nachtmerrie waaruit hij nu was ontwaakt.

Hij ontbeet met zijn moeder en Dizzy, terwijl Porci op de stenen lag; zijn dikke buik ging in zijn slaap op en neer. Snuffie drentelde op haar bevallige teentjes rond, maar bleef uit de buurt van Porci, die ze in elk opzicht als een wezen van een lagere orde beschouwde. Ventura kwam naar buiten met warm brood, verse koffie en brioches. In het midden van de tafel stond een schaal met granaatappels en perziken, waarvan Dizzy zichzelf bediende; ze liet de *crescenti* links liggen die zo slecht waren voor haar figuur. Luca was uitgehongerd en vroeg Ventura om roerei te maken, dat hij op toast met *prosciutto* zou verorberen.

De professor kwam naar buiten in een crèmekleurig linnen jasje, een panamahoed op zijn hoofd, met Ma, gekleed in een lange paarse kaftan, in zijn kielzog. 'Goedemorgen, vrienden,' zei hij joviaal. 'Er ruikt hier iets heel lekker.'

'Lieve professor, kom maar zitten.' Romina klopte op de stoel naast haar. 'Lekker geslapen?'

'Als een dode.'

'De doden slapen hier niet,' mompelde Ma. 'Ik zou zweren dat ik de hele nacht voetstappen door de gang heb horen lopen. Ik heb geen oog dichtgedaan.'

Romina maakte afkeurende geluidjes. 'Dat was waarschijnlijk Bill; die gaat vaak zijn bed uit als hij niet kan slapen.'

'Nou, dan stampt hij wel behoorlijk rond,' zei Ma knorrig.

Luca herinnerde zich de voetstappen bij het tuinhuis en vroeg zich af of er misschien toch een indringer was geweest die nacht.

‘Er gebeuren rare dingen in Incantellaria,’ zei hij toen Ventura een bord met roerei voor hem neerzette.

‘Er was anders geen spoor van bloed op Jezus’ marmeren gezicht te zien,’ zei de professor.

‘Maar ze hebben desondanks de bloemetjes buitengezet,’ klaagde Ma. ‘Ik kon ook al niet slapen door al dat vuurwerk.’

Toen Bill verscheen, die de stad in was geweest om de Engelse kranten te halen, draaide iedereen aan tafel zich om en keek hem verwachtingsvol aan.

‘Goedemorgen allemaal.’

‘Lieverd, heb jij midden in de nacht door de gang gelopen?’

‘Niet dat ik weet.’

‘En ben je rond een uur of een vannacht naar het tuinhuis gegaan?’ wilde Luca weten.

‘Was er dan iemand bij het tuinhuis?’ onderbrak Romina hem.

‘Ik hoorde voetstappen.’

‘Begin jij nou ook al?’ jammerde zijn moeder.

‘Ik was het niet,’ zei Bill, die de kranten op tafel legde en zichzelf een kop koffie inschonk. ‘Volgens mij kan ik wel een sterk bakje gebruiken.’

‘Dan kan het alleen het spook maar zijn geweest,’ zei de professor op zakelijke toon.

‘Professor, met jouw scherpe verstand hecht je toch geen geloof aan dat soort dingen?’

‘Een scherp verstand accepteert niet alleen tastbare zaken. Denk eens aan radiogolven, m’n beste, en aan ultraviolet licht, om maar een paar dwarsstraten te noemen. Hier op aarde bestaat veel meer dan wij met onze vijf zintuigen kunnen ervaren. De *marchese* is hier ter plekke vermoord; wie zal zeggen of zijn energie niet is blijven hangen?’ Dizzy’s mond zakte vol afgrijzen open.

Romina wist niet wat ze hoorde. ‘Vermoord, hier?’ Ze wendde zich tot haar zoon. ‘En jij zei nog wel dat jullie helemaal niks hadden ontdekt!’

‘Ik wilde je niet bang maken.’

‘Je maakt me ook niet bang, lieverd. Ik was degene die jullie tweeën op pad heeft gestuurd met een boodschap, dus het minste wat ik had mogen verwachten is dat jullie me bij terugkomst verslag zouden uitbrengen.’

‘Nou, als je het per se weten wilt, de *marchese* Ovidio di Montelimone had een verhouding met een vrouw hier uit de stad die Valentina heette en die verliefd was geworden op Thomas Arbuckle, een Engelsman. In een vlaag van jaloezie heeft de *marchese* haar vermoord. Haar broer nam wraak en vermoordde Ovidio, hier in dit palazzo.'

'Een moord uit wraak,' zei de professor. 'Dat zie je veel in dit soort warmbloedige landen.'

'Lieve help, wat afschuwelijk,' zei Romina. 'Daar zal de *Sunday Times* van smullen!'

'Ach ja, de *Sunday Times*,' zei Bill met een zucht.

'Nou, dat verklaart een hoop van de merkwaardige dingen die hier gebeuren,' vond Ma. 'Je zou de priester erbij moeten halen, zodat hij de duivel hier kan uitdrijven.'

'Onzin!' snauwde Romina. 'De priester komt hier trouwens vast niet naartoe, want ik zet amper een voet in zijn kerk. Het geloof is niet mijn ding. Ik ben er als kind zo mee overvoerd dat ik mijn portie wel gehad heb. Dus het lijkt me niet erg waarschijnlijk dat hij me te hulp zal komen.'

Ventura kwam aanlopen met de telefoon. 'Een gesprek voor *signor* Luca,' zei ze, hem het toestel overhandigend. Luca stond op om in alle privacy te kunnen praten. Claire was de enige die het nummer van het palazzo had.

'Hallo,' zei hij, terwijl hij aan de andere kant van het terras bleef staan.

'Heb je het leuk daar?' vroeg ze.

'Ja zeker. Hoe maken de kinderen het?' Haar vriendelijke toon maakte hem argwanend.

'Best. Heeft niemand je nog opgespoord?'

'Nee.'

'Iedereen is de wanhoop nabij. Ze zijn zelfs mij gaan bellen!'

'Wie dan?'

'Een paar journalisten.'

'Zeg maar tegen ze dat ik in het buitenland zit. Dan geven ze het uiteindelijk wel op.'

'Ik ben je secretaresse niet! Ik heb tegen je vrienden gezegd dat ze berichten moeten achterlaten op je mobiel. Dat je ze wel terugbelt als je daaraan toe bent.'

'Zoals jij het voorstelt lijkt het wel of ik ziek ben.'

'Nou, het ís toch ook een soort ziekte, of niet soms?'

'Wanneer kunnen de meisjes komen?' vroeg hij, om van onderwerp te veranderen.

'Tja, dat is eigenlijk ook de reden waarom ik bel. Zie je, we zijn halverwege de vakantie uitgenodigd om naar Barbados te komen, en ik vroeg me af of jij de meisjes dan zou willen nemen. Ik stuur Sammy wel met ze mee. Het is maar voor een week.'

'Natuurlijk,' antwoordde hij. 'Ik neem ze graag.'

'Mooi zo. Vrienden van John hebben een huis in Sandy Lane.'

Luca hapte niet toe. 'Wanneer stuur je ze dan op pad?'

'Volgende week vrijdag. De vrijdag daarop kun je ze weer terugsturen.'

'Prima.'

'Ik vind het niet meer dan redelijk dat ik ook een beetje vrij krijg, weet je. Ik ben dag en nacht bij ze. Jij was voorheen altijd op reis of aan het werk, dus is het goed voor je om een poosje met ze op te trekken, in plaats van ze alleen om het weekend te zien. Dan leer je ze stukken beter kennen. Het zijn schatten van meiden.'

'Dat hoef jij me niet te vertellen, Claire. Ik heb al gezegd dat ze van harte welkom zijn. Ik maak je geen verwijten omdat je er even tussenuit wilt. Eerlijk gezegd ben ik dolblij dat ik de kans krijg om ze bij me te hebben.'

'Ah, mooi zo.' Ze klonk opgelucht. 'Ik wil niet dat je gaat denken dat ik geen goede moeder ben.'

'Waarom zou jij je druk maken om wat ik denk?'

'Hou op met dat gedoe,' snauwde ze. 'Ik wil alleen maar een beetje waardering voor alles wat ik in al die jaren heb gedaan.'

'Die kun je krijgen, Claire.'

'Nou, dan stuur ik ze vrijdag naar je toe. Ik bel je nog over de details. Je komt ze zeker zelf afhalen, hè?'

'Natuurlijk.'

'Ik zit niet te wachten op een of andere chauffeur die ze helemaal niet kennen.'

'Ga jij maar fijn plezier maken in Sandy Lane.'

'Dat zal ik zeker doen,' zei ze monter. 'John kent daar iedereen.'

12

'Ze wil niet eten,' zei Alba wanhopig. 'Ze ligt maar in bed naar het plafond te staren en wil dood.' Ze liet zich door Panfilo in zijn armen nemen. 'Ik weet niet meer wat ik moet doen.'

'Je hebt gedaan wat je kunt, schat,' antwoordde hij met een kus op haar haar. 'De rest moet ze zelf doen.'

'Maar dan gaat ze dood.'

'Dat is ze waar ze wil zijn: bij Francesco.'

'Dat mag je niet zeggen! Ze is zevenendertig, ze heeft haar hele leven nog voor zich. Ik ben verantwoordelijk voor haar.'

'Ze is Toto's verantwoordelijkheid.'

'Maar ik ben de moeder die ze nooit heeft gehad. Ik heb haar zien opgroeien. Ik hou van haar als van een eigen dochter.'

'Laat Rosa dat maar niet horen.'

'Rosa weet het wel. Er bestaan vele manieren om lief te hebben.'

'Cosima heeft meer nodig dan liefde om uit de tredmolen te komen waar ze in vastzit. Ze moet wilskracht tonen en haar zinnen verzetten. Misschien heeft Rosa wel gelijk en geeft al die drukte die over haar wordt gemaakt haar juist de kans te zwelgen in zelfmedelijden. Zolang ze zich daaraan overgeeft, hoeft ze het leven niet onder ogen te zien.'

'Bedoel je dat ze misschien bang is om verder te gaan?'

'Dat is precies wat ik bedoel.'

Rosa zat op het voeteneind van Cosima's bed. Haar nicht zag bleek, haar haar stak donker af tegen het kussen. Ze zag er breekbaar uit. 'Het spijt me van alle strubbelingen tussen ons,' zei Rosa, die het moeilijk vond haar excuses aan te bieden. 'Maar ik snapte het niet.' Toen Cosima geen antwoord gaf, stond Rosa op en liep naar het altaartje met de brandende kaars. Francesco's gezicht grijnsde haar toe vanaf zijn portretfoto. 'Weet je, de man die jou gered heeft heet Luca. Hij is een enorme spetter. Volgens mij zou je hem moeten bedanken.'

'Ik wil hem niet bedanken. Hij heeft me bepaald geen dienst bewezen.' Cosima draaide haar gezicht af.

'Hij heeft zijn leven voor jou op het spel gezet.'

'Hij had me met rust moeten laten.'

'Welke man met een beetje fatsoen in z'n donder blijft nou toekijken hoe een vrouw de zee in loopt zonder te proberen haar te redden?'

'Het was zijn zaak niet.'

Rosa besloot een gokje te wagen. 'Hij zei dat er een klein jongetje de kerk was komen binnenrennen en om hulp begon te geroepen.'

'Nou en?'

'Volgens hem had hij een veer in zijn handen.'

'Een veer?' Cosima keek haar nu eindelijk aan; haar ogen glinsterden.

'Een veer ja.'

'Wie was hij?'

'Niemand anders heeft hem gezien.'

'Je liegt!' Cosima's gezicht liep rood aan. 'Hij liegt!'

'Vraag het hem zelf maar.'

'Ik wil hem niet zien.'

'Dan zul je het ook nooit weten.'

'Het is onmogelijk.'

Maar Rosa zag wel dat ze nieuwsgierig was. Haar hart begon te bonzen bij het vooruitzicht dat zij degene zou zijn die haar nicht uit haar rouw zou weten te lokken. 'Goed hoor. Wat jij wilt, Cosima. Maar als ik jou was, zou ik het willen weten.' Ze ging de kamer uit en liep langs Toto heen, die net naar boven kwam.

'Hoe is het met haar?'

Rosa haalde haar schouders op. 'Ik denk dat ze binnenkort wel opstaat.'

Luca zat op zijn vaste plekje bij het zwembad toen zijn moeder geagiteerd aan kwam rennen. 'Goeie god!' riep ze theatraal uit. 'Er is weer iemand in het tuinhuis geweest! Je vader zweert dat hij het niet is geweest. Jij zei toch dat je vannacht voetstappen had gehoord?'

'Het was maar een grapje,' zei hij, denkend aan het konijn.

'Nou, dit is geen grapje. Er is afgelopen nacht echt iemand geweest. Het bed was weer beslapen!'

'Waarom zet je er geen ander slot op?'

'Spoken kunnen door muren heen lopen.'

'Ik dacht dat jij niet in spoken geloofde.' Hij stond op om haar op een stoel te helpen.

'Misschien was dat niet terecht,' fluisterde ze, voor het geval iemand haar kon horen. Ze gaf nooit graag toe dat ze ongelijk had. 'Je grootmoeder zag geregeld spoken. Dan trof ik haar aan terwijl ze diep met zichzelf in gesprek was, maar zij hield vol dat ze het tegen geesten had. Ze dekte de tafel met extra couverts voor haar overleden familieleden. Nanni vond het wel grappig; ik vond het triest. Mijn moeder vond het de normaalste zaak van de wereld. Ik nam haar haar gekte kwalijk. Maar dat was toch niet zo raar?'

'Dat was helemaal niet raar. Jij bent een gezonde, intelligente vrouw. Ventura is maar een bijgelovig boerenmeisje. Wat je gasten betreft, die vinden een spook wel een spannend idee, maar ze geloven er geen van allen echt in. Dat soort dingen bestaan niet.'

Zelfs terwijl hij dat zei, wist hij dat hij loog. Hij dacht aan de kleine jongen in de kerk en de mensen die toen hijzelf klein was altijd 's nachts aan hem verschenen. Diep begraven in de krochten van zijn hart was er het besef dat er meer bestond dan deze driedimensionale wereld. 'We zullen het tot op de bodem uitzoeken, moeder. Geloof mij maar, degene die rondhangt bij het tuinhuis bestaat uit dichtere materie dan die spoken van Ventura!'

Die middag nodigde Caradoc Luca uit om in de stad koffie te gaan drinken. 'Ik zou dat heerlijke vrouwtje nog wel eens willen zien,' legde hij uit, doelend op Rosa. 'Vrouwen zoals zij houden de dromen van oude mannen levend.'

'Jullie gaan niet zonder mij op pad,' zei Ma, die hen aantrof in de hal. 'Of zijn jullie soms vergeten dat we samen een avontuur hebben beleefd?'

'Zeer zeker niet, lieve dame. We zijn nu voor altijd met elkaar verbonden. Luca gaat ook mee.'

'Dizzy is aan het bellen met een vriendin die het al een hele tijd moeilijk heeft,' bromde ze. 'Een goed moment om ertussenuit te piepen. Ik kan dat gedweep niet aanhoren.' Ze wierp een blik op Luca. 'Ah ja, de tolk. Ik begin een déjà vu-gevoel te krijgen.'

'Ik mag hopen van niet,' antwoordde hij. 'Ik heb er weinig trek in om wéér de zee in te waden.'

Ma schikte voor de spiegel haar rode hoed. Die was gemaakt van stro en versierd met in felle kleuren geschilderd houten fruit. Ze schermde haar bleke huid liefst af tegen de zon.

'Als ik jou was, zou ik me dan maar niet in de buurt van de haven wagen. Als ze zichzelf per se wil verdrinken, houdt toch niets haar tegen.' Via de spiegel grijnsde ze naar hem, en haar vluchtige glimlach gaf haar een heel ander gezicht. 'Maar ach, misschien ook wel. Een knappere man dan jij bestaat er niet. Italië doet je goed, Luca.'

'Ach, Luca,' zei Caradoc. 'Ooit zag ik er ook goed uit, maar de ouderdom heeft daar allemaal geen goed aan gedaan. "Met nieuwe bloemen komt het seizoen weerom! Maar vergane schoonheid krijgt geen tweede lente." Geniet er maar van zolang het nog kan, jongeman.' Ze stapten naar buiten het verblindende zonlicht in.

Weer leenden ze Romina's auto, maar dit keer perste Ma zich achterin, waar ze de hele achterbank tot haar beschikking had. Binnenin rook het naar warm leer. Caradoc draaide het raampje open om het briesje binnen te laten en stak als een hond zijn neus in de lucht. Terwijl de auto de heuvel af snorde, klaarde Luca's stemming op in het gezelschap van deze twee uiterst onwaarschijnlijke vrienden. Wat was dit toch een ander leven, en wat begon hij zich anders te voelen.

Ze kwamen aan bij de trattoria en kozen een tafeltje op het terras met uitzicht op de haven. Boten kwamen en gingen, kinderen speelden op de kade, en een magere hond drentelde over de keitjes, totdat hij een zwarte kat in de gaten kreeg die in de schaduwen op de loer lag en er ijlings vandoor ging. Een paar oude mannen met petten op zaten te discussiëren over het potje *scopa* dat ze de vorige avond hadden gespeeld.

Ma had er even tijd voor nodig om een stoel in de schaduw uit te kiezen en Caradoc struikelde bijna over zijn eigen voeten toen Rosa in haar rode jurk naar buiten kwam. Ze begroette hen hartelijk en wachtte tot iedereen zat. Luca hoopte maar dat ze niet weer een opmerking zou maken over zijn 'heldendaad'. Hij wilde die hele affaire maar het liefst vergeten.

Rosa richtte zich tot de professor. 'Dus koffie voor u, *signor*?' Haar stem was zoet als chocolade.

Caradoc straalde. 'Weet je dat nog?'

'Natuurlijk. Hoe zou ik dat kunnen vergeten?'

'Zwarte koffie,' zei hij. 'En iets zoets erbij. Kies jij maar, je weet vast wel iets speciaals voor me te vinden.'

'Foei toch, professor,' zei Ma afkeurend. 'Je bent een dwaze oude man.'

'Zodra ik geen dwaze oude man meer ben, ben ik alleen nog maar een oude man – en ook nog eens een verdrietige oude man.'

Ma snoof. 'Ik neem een lekker kopje Earl Grey-thee, met wat honing en een kannetje melk erbij.' Ze verwachtte dat de jonge vrouw op die gekmakende Italiaanse manier van haar haar schouders zou ophalen en zou zeggen dat ze dergelijke dingen niet in voorraad hadden, maar ze knikte inschikkelijk en wendde zich tot Luca.

'Koffie met een kannetje melk, gloeiend heet?' vroeg ze met een flirterige glimlach.

'Graag.'

Rosa's blik bleef iets langer op hem rusten dan een getrouwde vrouw betaamde. 'Ook nog iets zoets erbij?'

'Ja,' kwam Ma voortvarend tussenbeide. 'We nemen hetzelfde als de professor.' Rosa verdween naar binnen en Luca slaakte een zucht van verlichting dat ze niet over haar nicht was begonnen.

'Wat een mooie meid!' zei Caradoc met een zucht. 'Als ik zo oud was als jij, Luca, zou ik zó met zo'n lekkere Italiaanse jongedame als Rosa het bed in duiken. Ze zijn net rijp fruit, klaar om geplukt en met smaak verorberd te worden.'

'Goeie god, professor!' beet Ma hem toe. 'Wat is er in je gevaren? Dat komt zeker door de warmte?'

'Het komt door Incantellaria,' corrigeerde Caradoc. 'Ik voel me twintig jaar jonger.'

'Nou, op mij heeft het dat effect niet,' zei Ma. 'Ik heb seks nooit zo hoog aangeslagen. Ik kan er niet goed tegen dat er een man over me heen klimt en zwaar hijgend aan me gaat zitten friemelen. Je kunt je tijd stukken beter besteden.'

De professor leek ontmoedigd. 'En jij, Luca?'

‘Ik ben het ermee eens, professor. Door de warmte ga je vanzelf aan meisjes denken.’

‘Maar een scheiding heeft het effect van een koude douche, stel ik me zo voor,’ zei Ma. Ze klopte op zijn hand. ‘Volgende keer heb je vast meer geluk. Je bent jong en dwaas genoeg om het huwelijk nog een kans te geven. Ik zoek wel een leuke Italiaanse vrouw voor je uit die voor je kan zorgen.’

‘Zoals Rosa,’ zei Caradoc.

‘Niet zoals Rosa,’ zei Ma streng. ‘Als ik haar man was, zou ik haar voor geen cent vertrouwen. Ze heeft een ondeugende twinkeling in haar ogen waar alleen maar problemen van kunnen komen. Let op mijn woorden, aan haar heb je je handen vol.’

Rosa kwam terug met hun drankjes en drie plakken citroencake. ‘Recept van mijn grootmoeder,’ zei ze. ‘Hij smelt in de mond.’

‘Als een sappige vrucht,’ zei Caradoc, in aanbidding naar haar opkijkend. Luca zag aan de gespannen blik op Rosa’s gezicht dat ze op het punt stond iets over Cosima te zeggen.

‘Mijn ouders zouden je graag naar behoren bedanken omdat je Cosima hebt gered.’

‘Dat hoeft niet, hoor.’

Haar gezicht vertrok van teleurstelling.

‘Jullie zullen allemaal wel een moeilijke tijd doormaken,’ voegde hij eraan toe. ‘Ik wil me niet opdringen.’

‘Opdringen? Als jij niet zo dapper was geweest, zou ze verdronken zijn. Het is wel het minste wat we kunnen doen. Trouwens, Cosima wil je zelf ook bedanken.’

‘Ga nou maar,’ zei Ma. ‘Al was het alleen maar om je ervan te vergewissen dat die arme meid niet nóg een keer probeert zichzelf te verdrinken.’

‘Dit is niet het moment om bescheiden te zijn,’ deed Caradoc een duit in het zakje. ‘Als je de held uithangt, zul je er ook tegen moeten kunnen dat mensen je bedanken.’

‘Alsjeblieft!’ smeekte Rosa. ‘Jij bent voor haar het eerste lichtpuntje in heel lange tijd. Ze wil alleen maar dank je wel zeggen. Dat willen we allemaal.’

‘Nou, goed dan,’ gaf Luca zich gewonnen, al hield hij zijn hart vast.

‘Mooi zo. Kom vanavond om zeven uur maar langs; dan loop ik persoonlijk met je mee. Het huis is niet zo makkelijk te vinden en ik ben niet goed in routebeschrijvingen. Je kunt me met de auto naar huis brengen. Dat zal iedereen leuk vinden!' zei ze enthousiast, en ze klapte in haar handen. Niemand zou het leuker vinden dan Rosa zelf.

'Die glimlach is een miljoen goudstukken waard,' zei Caradoc, met een blik op haar achterwerk toen ze naar een ander tafeltje liep om daar de bestelling op te nemen. 'Wil je dat ik met je meega?'

'Nee, ik ga wel alleen,' zei Luca. 'Ik ben een grote jongen.'

Die avond wachtte Cosima met haar familie op het terras onder de druivenranken. Zoals Rosa al had voorspeld, was ze ondanks zichzelf nieuwsgierig geworden. Beata zat bij Toto en Alba, terwijl Panfilo met zijn hond de kinderen achternazat om de olijfbomen heen, wat hun kreten van vreugde ontlokte. De kinderen merkten niets van de spanning die in de lucht hing terwijl de volwassenen wachtten tot Rosa en Luca zouden verschijnen.

Uiteindelijk kondigde het gehots van een auto hun komst aan. Cosima bleef roerloos zitten, omdat ze niet wist hoe ze deze situatie moest hanteren. Ze nam het hem kwalijk dat hij haar plannen had gedwarsboomd, en toch voelde ze een sprankje hoop in haar hart vanwege het jongetje met de veer.

Alba zag Rosa met Luca de heuvel af komen. Hij was heel lang en fier in zijn spijkerbroek en blauwe overhemd met open boord. De zon had zijn huid gebruind en zijn haar was dik en donker. Zijn ogen waren zo helder als korenbloemen. Ze begroette hem hartelijk en liet niets blijken van haar agitatie omdat hij relaties met het palazzo onderhield.

'Welkom.' Ze stak haar hand uit. Luca herkende haar als de vrouw die bij het Festa di Santa Benedetta de kaars had vastgehouden. 'Wat goed dat je er bent. Ik ben Alba, Rosa's moeder. Cosima is mijn nichtje.'

'Ik heb alleen maar gedaan wat ieder ander ook zou doen,' antwoordde hij bescheiden.

'Kom maar mee. Iedereen zit te wachten op het terras. Rosa haalt wel wat *prosecco* voor je.'

Rosa ging het huis in, meer dansend dan lopend, vol vertrouwen dat Luca haar zou nakijken. Ze had haar haar opgestoken om de fraaie welving van haar nek goed te laten uitkomen en had meer make-up gebruikt dan anders; het rood van haar lippen paste bij het rood van haar nagels. Had ze maar echte diamanten in haar oorlelletjes kunnen hangen.

Het huis zag er leuk uit: een zandstenen boerenwoning met een grijs leien dak. De vensters waren omlijst door blauwgrijze luiken en beschermd met bewerkte ijzeren spijlen waar kleine potten met rode geraniums aan hingen. Het werd omgeven door inktgroene cipressen en grote tuinvazen met lelies, en straalde daardoor een vredige charme uit. Luca liep achter Alba aan de hoek om, terwijl zijn hart sneller ging kloppen omdat ook hij zich afvroeg hoe hij met deze situatie om moest gaan. Het kort houden en zo snel mogelijk wegwezen zonder iemand te beledigen, dacht hij.

Alba stelde hem voor aan de familie, een voor een, en bewaarde Cosima voor het laatst. Haar gezicht was goed zichtbaar en ging niet langer schuil achter een zwarte sluier. Hij schudde haar hand, maar ze weigerde hem in de ogen te kijken. Haar lippen waren heel bleek, haar jukbeenderen geprononceerd, haar huid bijna doorzichtig. Ze was niet knap in de klassieke zin van het woord, maar haar trekken hadden iets heel bijzonders waar zijn hart van stokte.

'Ga zitten,' zei Panfilo, die een stoel pakte. 'Goed dat je gekomen bent.'

Rosa overhandigde Luca een glas, waarbij ze hem in een wolk parfum hulde. Allemaal keken ze verwachtingsvol toe. Als verlamd van gêne nam hij een grote slok van zijn drankje. Wat zeg je tegen een vrouw die heeft geprobeerd zelfmoord te plegen?

'En, hoe is het in het palazzo?' zei Toto om het ijs te breken.

Alba huiverde, maar omwille van Cosima onderdrukte ze haar gevoelens.

'Het is er geweldig,' zei Luca. 'Je hebt er een prachtig uitzicht.'

'Ze zeggen dat de oude *marchese* met een telescoop de dorpelingen bespiedde,' merkte Rosa schalks op.

Luca grijnsde, dankbaar voor deze luchtige noot. 'Dan moest ik er ook maar eens een te pakken zien te krijgen. Blijkbaar viel er dus volgens hem iets te zien!'

'Weet je, Panfilo gaat er foto's maken voor de *Sunday Times*.'

Luca was de naam van de beroemde fotograaf over wie zijn moeder zo hoog had opgegeven helemaal ontschoten. 'Ach, natuurlijk. Mijn moeder heeft me alles over u verteld. Volgens haar bent u de beste van heel Italië.'

'Ze vleit me maar,' zei Panfilo met een schouderophalen.

'Nee hoor,' protesteerde Alba. 'Ze heeft gelijk. Je bént ook de beste van heel Italië.'

'Ze vindt het heerlijk om het palazzo te laten zien. Toen ze het kochten, was het een bouwval.'

Alba kon haar nieuwsgierigheid niet bedwingen. 'Waarom hebben ze het eigenlijk gekocht?'

'Mijn vader is architect, mijn moeder schildert interieurs. Ze zijn allebei met pensioen. Het was een project voor hen allebei. Voor mijn moeder was het palazzo liefde op het eerste gezicht. Mijn vader zag het als een grote uitdaging. Nu houden ze hof als een middeleeuwse koning en koningin, al weet ik van sommige gasten niet helemaal zeker waar ze die vandaan hebben. Ze staan me niet allemaal aan.'

Luca was zich ervan bewust dat hij sprak met Valentina's dochter, dezelfde Valentina die op de weg naar Napels was vermoord, wier broer wraak had genomen op de *marchese*. Zijn nieuwsgierigheid was gewekt. Hij nam nog een slok van zijn *prosecco* en voelde zijn ledematen aangenaam loom worden terwijl die zijn zintuigen aanscherpte.

Het gesprek kabbelde voort en de zon zakte naar de horizon en wierp lange schaduwen over het gras. Cosima keek hem op haar hoede aan, met een blik vol wantrouwen. De rest van haar familie compenseerde haar vijandigheid met de vlotte babbel waar ze drie jaar lang op hadden kunnen oefenen. Misschien waren ze zich er niet eens van bewust dat ze haar uit de wind hielden. Cosima's humeurigheid maakte net zozeer deel uit van hun huis als de schaduwen.

Luca zag de kleine jongen uit de kerk. Hij stond heel stil in het zachte amberkleurige licht terwijl de andere kinderen tikkertje spelend om hem heen renden. Hij hield een grote witte veer in zijn hand. Toen hij Luca opmerkte, breidde een glimlach zich uit over zijn gezicht – een glimlach vol dankbaarheid die te volwassen was voor zijn jaren. De jongen leek helemaal niet misplaatst tussen de andere kinderen, maar hij hield zich op afstand, alsof hij op zijn eigen eilandje zat.

'Zijn dat jouw kinderen?' vroeg Luca aan Rosa, met een stem die nauwelijks meer was dan een fluistering.

'Drie van hen zijn van mij, de anderen zijn neven en nichtjes.'

Uiteindelijk nam Cosima het woord. 'Ik had een zoontje.' Iedereen wendde zich naar haar toe om haar aan te kijken. Ze hield haar blik strak op Luca gevestigd en haar stem bleef vast. Hij kon wel in haar ogen verdrinken. 'Hij heette Francesco,' vervolgde ze. 'Hij was zes jaar. Vroeger speelde hij altijd hier in de olijfgaard met zijn neefjes en nichtjes. Hij was dol op auto's en boten, maar hij hield vooral van vlinders, insecten en vogels. Die ging hij zoeken in het gras, en hij probeerde krekels te vangen.' Haar stem begaf het en twee kleurige vlekken brachten leven op haar bleke wangen. 'Hij verzamelde witte veren.'

De kleine jongen was verdwenen. De kinderen renden weg, diep de olijfgaard in.

Cosima vertelde verder. 'Die had hij altijd in zijn zakken, omdat hij het fijn vond er zacht mee over zijn lippen te strijken. Hij legde ze in strakke rijen op het vloerkleed en liet ze door het hele huis slingeren. Maar eentje werd er weggeblazen en...'

Luca werd haar dwingende blik binnengezogen.

'Wil je hem zien?'

'Graag.'

'Kom maar mee,' zei ze, en ze stond op. 'Ik zal je mijn zoon laten zien.'

13

Luca liep achter Cosima aan door de met terracotta tegels beklede hal de trap op. Een koel briesje vergezelde hen en hij huiverde, terwijl het zweet op zijn neus en voorhoofd parelde. Ze deed de deur naar haar slaapkamer open. Bij de tegenoverliggende muur was een altaartje ingericht. Er brandde een kaars in een glazen windlicht, die de foto van Francesco verlichtte.

Langzaam stapte hij naar binnen, bevreesd voor het gezicht in het lijstje. Maar hij moest het zien. Hij moest het weten. Hij hurkte neer en staarde naar de foto. Het was inderdaad het jongetje van het strand, uit de trattoria en van de piazza en de kerk – het jongetje dat buiten in het zonlicht had gestaan met een witte veer. Maar hoe kon dat? Hij had er even echt uitgezien als elk ander kind in Incantellaria.

'Nu zie je waarom ik dood wilde.' Cosima stond tussen Luca en de deur in. 'Ik kan niet leven met het schuldgevoel. Waarom heb je me gered?' Haar stem was als een ijzige wind.

'Ik kon niet anders.'

'Hoe wist je dat ik in zee was?'

'Ik had je naar buiten zien rennen.'

'Maar je kwam niet achter me aan, je bleef in de kerk.'

'Ja.'

'Hoe wist je het dan? Wie had het je verteld?' Ze stond achter hem en eiste zonder het met zo veel woorden te zeggen dat hij zich zou omdraaien en haar zou aankijken.

Verward wreef hij over zijn voorhoofd. 'Ik geloof dat ik gek word.'

'Je had toch een kleine jongen gezien?' drong ze aan. 'Een kleine jongen met een veer?'

Hij draaide zich om en keek haar aan. Hij wilde haar geen valse hoop geven, maar liegen kon hij ook niet. 'Ik heb Francesco gezien.'

Er verschenen tranen in Cosima's ogen en haar lippen trilden. 'O god,' fluisterde ze, terwijl ze een kruisje sloeg. 'Ik wil je graag geloven, maar hoe kan ik er zeker van zijn dat je niet liegt?'

'Hoe weet ík dat ik geen dingen zie die er niet zijn?'

'Verder heeft niemand het kind in de kerk gezien. Alleen jij.'

'Ik kan het niet verklaren. Op mij kwam hij heel echt over.'

'Maar mijn zoon is dood! Je mag geen spelletjes met me spelen! Kijk naar zijn gezicht. Weet je zeker dat hij het was?'

'Ik weet heus wel wat ik heb gezien! Ik heb echt mijn verstand niet verloren. Jezus, ik heb hier ook niet om gevraagd!'

'Zie je ze wel vaker – dode mensen, bedoel ik?'

'Geesten?'

'Ja.'

Hij haalde diep adem. Hij had hier nooit met iemand over gesproken, zelfs niet met Freya. Maar hij zag wel dat Cosima behoefte had aan een of andere verklaring.

'Als kind zag ik geesten, maar ik realiseerde me niet wat het waren. Ik hoorde stemmen. Die maakten me bang. Maar mijn moeder zei tegen me dat ik niet wijs was en dat ze me naar een gekkenhuis zou sturen, dus sloot ik me ervoor af. Geleidelijk aan verdwenen ze, het gebeurde minder vaak, totdat ik ze helemaal niet meer zag.'

'Waarom heb je Francesco gezien?'

'Ik zou het niet weten, Cosima. Ik heb er geen verklaring voor. Ik zag hem op het strand op de dag dat ik hier aankwam. Jij liep daar en hij was naast je; hij liep te kletsen, maar jij leek niet te luisteren. Ik dacht dat je hem gewoon negeerde.' Er viel een dikke traan op haar duim. Ze veegde hem weg. 'Daarna zag ik hem bij de trattoria met Rosa, en in de kerk terwijl jij een kaars aanstak. Kun je je nog herinneren dat ik toen een praatje met je probeerde aan te knopen?'

'Ja, dat weet ik nog.'

'Hij speelde op het plein. Toen je wegliep, kwam hij achter je aan.'

'Maar ik was alleen.' Ongelovig schudde ze haar hoofd. 'Ik ben altijd alleen.'

Luca legde zijn hand op de hare, een spontaan gebaar dat als vrijpostig had kunnen worden opgevat, maar ze haalde haar hand niet weg. 'Nee, Cosima. Dat ben je niet.'

Beneden op het terras zaten Alba en de rest van de familie te wachten.

'Wat denk je dat ze daarboven aan het doen zijn?' vroeg Rosa, die jaloers haar stekels opzette. 'Hoe lang duurt het nou helemaal om hem een foto te laten zien?'

'Rosa!' berispte haar moeder haar. 'Als ze over Francesco praten, is dat een heel goede zaak. Van mij mogen ze er zo lang over doen als ze nodig hebben.'

'Wat is dat met die veer, Rosa?' vroeg Panfilo. Het was niet aan zijn aandacht ontsnapt dat Luca wit was weggetrokken toen die ter sprake kwam.

'Ach, niets,' antwoordde Rosa met een schouderophalen. 'Luca beweert dat hij op het *festa* in de kerk een kleine jongen met een veer heeft gezien. En dat diezelfde jongen hem gewaarschuwd heeft dat Cosima de zee in waadde.'

Alba kneep haar ogen tot spleetjes terwijl haar dochter in haar geheugen groef. 'Ja, hij heeft iets gezegd over een kleine jongen.

'Wat had dat dan te betekenen?' vroeg Panfilo.

'Nou, niemand anders zag hem,' vervolgde Rosa.

'Wil je soms beweren dat dat kind Francesco was?' vroeg Beata.

'Ik weet niet. Ik bedoel: nee, niet echt. Maar als Cosima dat wel denkt, is dat mooi, toch?'

'Goeie god!' vloekte Alba. 'Wil je zeggen dat Luca helderziend is?'

Panfilo grijnsde. 'Dat doet er niet toe. Als hij Cosima weet te helpen, mag hij van mij zijn wat hij wil.'

'Nee, hij is helderziend,' hield Alba vol.

Op dat moment kwam Eugenio de hoek om, moe van de fietstocht de heuvel op. 'Wat heeft dit allemaal te betekenen?' vroeg hij verrast. 'Wat is er aan de hand?' Zijn kinderen renden naar hem toe en sloegen hun armen om zijn benen en middel. 'Hallo, apenkoppen! Horen jullie niet al in bed te liggen?' Hij keek naar Rosa voor een verklaring.

'We hebben Luca uitgenodigd, zodat we hem konden bedanken,' zei ze. Hij fronste, want hij herkende de naam niet.

'De man die Cosima heeft gered,' legde Toto uit.

'Ze zijn boven. Daar zitten ze al een eeuwigheid,' zei Rosa nukkig. Ze keek naar haar moeder. 'Vind je niet dat ik maar eens naar boven moest gaan om te kijken of alles wel goed met ze is?'

'Nee,' zei Alba. 'Laat ze maar. Het zal Cosima goeddoen om met iemand te praten die geen familie is.'

Cosima was niet van plan geweest zich uit te spreken tegenover een vreemde. Ze was zich van Luca bewust geweest vanaf het allereerste moment dat hij haar op de piazza had aangesproken en had hem voor zichzelf afgedaan als een aantrekkelijke vreemdeling die niet te vertrouwen was. Desondanks zat ze hem nu alles te vertellen over Francesco en Riccardo, Francesco's vader.

Luca hoorde haar geïntrigeerd aan terwijl ze steeds geanimeerder werd; ze hield zichzelf geamuseerd voor dat ze zo dwaas was geweest te vallen voor een man die duidelijk niet van plan was ooit weg te gaan bij zijn vrouw. Ze leek wel een ander mens te worden. De kleur keerde terug op haar wangen, en hoewel ze in het zwart gekleed was, maakte dat haar niet langer doods. 'Snap je, Francesco was het deel van Riccardo dat helemaal van mij was. Hij vulde de leegte in mijn hart die Riccardo achterliet toen hij te kennen gaf dat hij mijn kind niet zou erkennen en niets meer met me te maken wilde hebben. Ik was gekwetst, maar er groeide een baby in mijn buik die alleen van mij zou zijn. Francesco hield van me. Híj zou nooit bij me weggaan.'

'Hij is ook niet weggegaan, Cosima. Jij kunt alleen niet zien dat hij nog hier is.'

Ze keek de kamer door. 'Is hij nu hier?'

'Nee.'

'Heb je met hem gesproken?'

'Ja, maar hij gaf geen antwoord.'

Ze glimlachte aarzelend. 'Wil je het de volgende keer dat hij verschijnt alsjeblieft nog eens proberen?'

'Ik zal mijn best doen.'

'Dank je wel.' Ze bleven even in stilte zitten. Dat voelde niet verkeerd. Ze waren met elkaar verbonden door iets waar ze geen van beiden zeggenschap over hadden. 'Vertel eens,' zei ze uiteindelijk, 'toen je zei dat die vlinder van Francesco was, wat bedoelde je daar toen mee?'

'Francesco was bij de trattoria. Hij speelde met een veer en sprong van een meerpaal af. Ineens had hij die prachtige blauwe vlinder. Hij kwam naar me toe en de vlinder vloog van zijn hand naar de mijne, waar hij bleef zitten tot jij kwam en hij op je jurk neerstreek.'

Cosima stond op en liep naar haar commode. 'De Braziliaanse blauwe morpho,' zei ze, en ze liet hem een vlinder in een ovaal glazen doosje zien. 'Dat was zijn lievelingsinsect. De Braziliaanse blauwe morpho is inheems in Brazilië,' zei ze. 'In Italië komt hij niet voor.'

Luca keerde terug naar het palazzo met iets veerkrachtigs in zijn tred. Zijn hoofd gonsde van de beelden van Francesco; hij besefte nu dat hij eigenlijk nooit andere mensen op het kind had zien reageren. Het jongetje was steeds geïsoleerd geweest, alsof hij door glas werd gescheiden van zijn moeder en de kinderen in wier midden hij speelde. Niemand anders kon de jongen zien, alleen hij. Het was duidelijk dat Francesco graag wilde dat zijn moeder wist dat hij in haar buurt was. Zou hij zich nogmaals laten zien nu ze dat wist?

Caradoc en Ma zaten op het terras met zijn ouders wijn te drinken in het afnemende avondlicht. Er vlogen kleine motjes en vliegen rond de stormlantaarns die met hun stoffige vleugels tegen het glas sloegen. Ventura had waxinelichtjes langs de rand van het terras gezet, en die twinkelden als vuurvliegjes in de schemering.

'En,' zei Ma vol verwachting, 'hoe ging het?'

Luca nam plaats in een van de comfortabele tuinstoelen en stak een sigaret op. 'Goed. Tot mijn grote verrassing.' Hij kon de glimlach die zich over zijn gezicht verspreidde niet beteugelen.

'Heb je die jonkvrouwe gered?'

'Misschien,' zei Luca, weinig mededeelzaam. Zijn vader overhandigde hem een glas wijn.

'Nou, lieverd, hou ons niet langer in spanning,' zei Romina.

'Hoe ziet het huis eruit?' vroeg Bill.

Romina sloeg haar ogen ten hemel. 'Net als elke andere Italiaanse boerenwoning, schat. Onderbreek Luca's verhaal nou niet. Ik ben apetrots op hem!'

'Het huis is eenvoudig, maar leuk – en het kijkt uit op zee,' zei Luca om zijn vader tegemoet te komen. Hij keek zijn moeder aan. 'En ik heb die beroemde Panfilo Pallavicini van je ontmoet.'

'Dat meen je niet!'

'Jawel. Hij is Cosima's oom, getrouwd met de befaamde Alba.'

'Ah,' merkte de professor op, 'Valentina's Engelse dochter.'

'Wat is het voor man?' Romina was nieuwsgierig.

'Panfilo?' Luca haalde zijn schouders op. 'Knap, denk ik wel. Vrij lang grijs haar, een beetje ruig – zoals je zou verwachten.'

'Wanneer komt hij?'
'Dat heeft hij niet gezegd.'
'Maar hij komt toch wel?'
'Ja, moeder, hij komt.'
'Maar hoe zat het met Cosima, Luca?' zei Ma. 'Hoe ben je met haar gevaren?'
'Laten we zeggen dat ze nu met me praat.'
'Mooi zo. Volharding en diplomatie,' zei de professor.
Ma's mond vertrok. 'Dus ze loopt niet nog een keer het water in?'
'Dat denk ik niet,' zei Luca.
'Pas op hoor,' waarschuwde Caradoc. 'Haar familie heeft een gewelddadige geschiedenis.'
'En een ongelukkige bovendien,' voegde Ma daaraan toe.
'Ik maak mijn eigen geschiedenis wel, hartelijk dank,' zei Luca, die dankbaar een slok van zijn drankje nam.
Romina luisterde niet. 'Even terug, lieverd. Vertel eens: hoe kan het nou dat de allerberoemdste fotograaf van Italië in een simpele boerenwoning woont?'

De stoom kwam Rosa uit de oren. Toen ze de kinderen naar bed had gebracht, ging ze naar haar eigen slaapkamer en liet daar de avond nog eens de revue passeren.
Cosima en Luca waren eindelijk dan toch naar beneden gekomen. Voor een vrouw die de afgelopen drie jaar alleen maar had lopen treuren, had ze zich bepaald snel hersteld. Haar wangen bloosden, haar ogen schitterden, haar lippen waren vol en roze. Haar zwarte jurk trok geen enkele aandacht meer, in plaats van haar als een lijkwade te tekenen. Rosa zag Luca naar haar kijken met een blik zo teder als die van een minnaar. Cosima's stem klonk even intiem alsof ze hem bedankte voor een nacht vol passie. Hij leek een goede vriend van de familie te zijn geworden, en niemand scheen zich te herinneren dat Rosa degene was die de kennismaking tot stand had gebracht.
'Rosa?' Eugenio deed de deur achter zich dicht. 'Is alles goed met je?'
'Wat denk je zelf?' beet ze hem toe.
'Wat is er?'
'Cosima.'
Eugenio slaakte een zucht, al rekenend op een volgende ruzie. 'Wat heeft die arme meid nu weer gedaan?'

'Ze is geen arme meid. Ze is verliefd op Luca.'

'Dan zou je blij voor haar moeten zijn.'

'O, dus nu ben ík het kreng?'

'Mag ze soms niet opnieuw van iemand houden?'

'Natuurlijk wel. Alleen ging het een beetje snel, vind je ook niet? De afgelopen drie jaar heeft ze ons allemaal bespeeld alsof we violen waren. Snap je het dan niet? Ben ik soms de enige hier in huis die niet blind is? Ik beul me dag en nacht af in de trattoria, terwijl zij de administratie mag bijhouden. Dat is een luizenbaantje vergeleken bij wat ik doe. Het duurt nu al drie jaar – drie! – maar ze geniet nog steeds een bijzondere status!'

'Ze doet heus wel meer dan de administratie bijhouden.'

'Jij bent er niet bij om het met eigen ogen te zien, Eugenio!' Rosa zette haar handen op haar welgevormde heupen. 'Ze loopt maar rond met een gezicht als een oorwurm, zo van arme ik en al die fratsen, en *mamma* loopt als een moederkloek om haar heen te redderen. Als ze klaagt dat onze kinderen het speelgoed van Francesco uit haar kamer hebben gehaald, krijg ik de schuld. Ik zweer met mijn hand op mijn hart dat onze kinderen onschuldig zijn! Ik heb het gevoel dat ik hier in huis de buitenstaander ben. Ze is net een grote zwarte koekoek die mij het nest uit duwt! Als iemand hier zou moeten vertrekken, is zij het wel. Waarom gaat ze niet bij Beata, Toto en Paola wonen? Díé zijn haar familie.'

Eugenio ging op het bed zitten en trok geduldig zijn schoenen uit. 'Je weet heel goed dat Alba als een moeder voor haar is.'

'Maar zij is míjn moeder!'

'Voor Cosima is ze ook een moeder, alleen zonder bloedband.'

'Waarom kan ze niet overweg met haar stiefmoeder?'

'Kon jij dan met Paola overweg?'

'Daar is geen noodzaak toe.'

'Die ziet zij ook niet. Hoor eens, ze is in dit huis opgegroeid. Hier voelt ze zich thuis. Hier is Francesco opgegroeid. Zie het onder ogen, Rosa: er zal niets veranderen.'

Ze begon te huilen en Eugenio wist dat hij een ruzie in gelokt werd. 'Je houdt niet meer van me, hè?'

'*Madonna!* Je weet best dat dat wel zo is.'

'Laat het me dan eens zien!' Ze ging schrijlings op hem zitten en trok zijn hoofd tegen haar boezem. 'Zeg dan eens dat ik knapper ben dan Cosima. Zij is verdord en oud, en ik ben jong en sappig.' Ze begon zijn gezicht te overladen met kussen. De vochtigheid van haar warme mond prikkelde hem.

'Jij bent knapper dan Cosima,' herhaalde hij gehoorzaam. 'Je bent mooier dan welke vrouw in Incantellaria ook.'

Hij voelde haar glimlachen terwijl ze haar lippen op de zijne drukte. Haar handen begonnen zijn shirt open te knopen en lieten het van zijn schouders glijden. Ze wierp haar hoofd achterover en liet hem haar borsten kussen, met zijn tong rond haar tepels gaan, die hard en vol verwachting waren. Ze begon boven op hem te kronkelen, daagde hem met haar lichaam uit, totdat hij het niet langer uithield. Hij gooide haar op het bed, ritste zijn broek open en drong kreunend bij haar naar binnen.

Haar felrode nagels klauwden in zijn rug. Maar in haar verbeelding was het Luca's huid waar die zich in boorden, het waren zíjn stoppels die over haar hals schraapten, zíjn lippen die haar hals kusten, zíjn handen die waarderend over haar lichaam streken. Ze raakte verhit van opwinding. Wat zou zij genieten als ze het wilde, avontuurlijke leven van haar grootmoeder Valentina zou leiden! Om zo boven de verveling van Incantellaria uit te stijgen als zij had gedaan, om de handen van rijke en gevaarlijke mannen haar lichaam te voelen liefkozen, zodat er diamanten sporen achterbleven op haar huid. Rosa kuste haar echtgenoot en liet zich door haar verbeelding meevoeren naar opwindender plaatsen.

Cosima stond naast het oude stenen fort dat ooit een uitkijkpunt was geweest voor de vijand die naderde over zee, en staarde uit over het water. Misschien lag Francesco toch niet op de zeebodem. Misschien leefde zijn geest wel voort, zoals Luca geloofde. Wat vond hij ervan dat ze zo vol wanhoop om hem rouwde? Als hij inderdaad een beroep op Luca had gedaan om hem te helpen, dan wilde hij helemaal niet dat zij zich bij hem voegde in de dood, maar wilde hij dat ze bleef leven.

Ze glimlachte bij de gedachte aan Luca, met zijn vriendelijke blauwe ogen, zijn ondeugende grijns en de tedere manier waarop hij zijn hand op de hare had gelegd om haar ervan te verzekeren dat ze niet alleen was. Ze voelde een onbekende mengeling van angst en opwinding, een voorzichtig beginnetje van een geluk dat ze al heel lang geleden was vergeten. Haar tranen waren niet de gebruikelijke tranen van wanhoop, maar het smeltwater van haar ontdooiende hart. Ze staarde naar de zwarte horizon en voelde een huivering van verwachting. Misschien dat er achter al dat donker dan toch iets was.

Beneden haar, onder de olijfboom, lag Valentina's graf. Alba hield het goed bij, trok het onkruid uit dat zich uitzaaide in de aarde, en legde er af en toe bloemen neer uit haar tuin. Zij geloofde. Zij wist dat haar moeder daar niet echt onder de grond lag, maar zich in een wereld bevond die het verstand van normale mensen te boven ging. Zij bezat een zekerheid waar Cosima haar om benijdde. Hoe Alba ook haar best had gedaan om haar te overtuigen, Cosima had geweigerd te geloven in wat ze niet kon zien. Het geloof, zozeer een deel van haar opvoeding, had een farce geleken in het licht van de dood van haar zoon, net als fraai glazuur kon dienen om een bedorven taart te camoufleren. Maar als Luca gelijk had, zou de taart misschien toch niet zo bedorven zijn.

Toen ze weer thuiskwam, was het licht in huis uitgedaan, op de lamp in de hal na. Iedereen was naar bed gegaan, of dat dacht ze tenminste. Ze liep net naar de deur toen er een stem klonk vanaf de tafel onder de druivenranken. 'Je bent terug.' Het was Alba.

'Sorry, ik wilde je niet laten schrikken.'

'Ik dacht dat jullie al naar bed waren gegaan.'

'Ik heb me de afgelopen drie jaar de hele tijd zorgen over je gemaakt. Elke keer als je dat pad naar de kliffen af loopt, ben ik bang dat je niet meer terugkomt. Ik moet zeker weten dat alles goed met je is voordat ik mijn hoofd op mijn kussen kan vlijen.'

'Het spijt me dat ik het jullie allemaal zo moeilijk heb gemaakt.'

'Ga eens even zitten.' Met haar ellebogen op tafel boog Alba zich naar voren. 'Wat heeft Luca tegen je gezegd?'

'Dat hij Francesco heeft gezien. Daardoor wist hij dat ik de zee in was gegaan.'

'Geloof je hem?'

'Dat wil ik wel.'

'Ik zou ook willen dat je hem geloofde. Proberen uit te leggen wat geloof is aan iemand die alleen maar in de materiële wereld gelooft, is alsof je aan een blinde probeert uit te leggen wat er op een schilderij staat. Het geloof is het enige wat je de wil om te leven kan geven. Weten dat je zoon in de geest bij je is, is de enige manier waarop je verder kunt. Je leven is een hindernisbaan. Er zijn nog andere obstakels waar je overheen moet, en sommige zullen je heel gelukkig maken. Francesco had alle hindernissen op zijn baan genomen en het werd tijd om de eindstreep over te gaan. Hij heeft nu rust en houdt je in de gaten, en hij wil dat je jouw baan aflegt.'

'Ik heb nu een beter gevoel,' zei ze met een glimlach.

'Trek dan eens een leuke jurk aan. Dat zwart flatteert totaal niet.' Alba pakte haar hand. 'Ik zal iets nieuws voor je kopen. Geel zou je goed staan.'

'De lievelingskleur van Francesco.'

'Precies.'

Cosima glimlachte aarzelend. 'Weet je nog dat we toen ik klein was die modeshow hielden?'

'Je vader was apetrots en jij was zo door het dolle heen dat je ronddraaide als een ballerina.'

'Je hebt toen een heleboel jurken voor me gekocht in de winkel van de dwergen.'

'Je kon niet kiezen, je wilde ze allemaal. En je moest huilen omdat niemand er ooit eerder zo veel voor je had gekocht.'

'We hadden niet veel geld.'

'Maar ik wel, en het was de eerste keer dat ik eens aan een ander dacht in plaats van alleen aan mezelf. Volgens mij was jij de eerste die mij leerde hoe fijn het is om te geven.'

'Wat is er van de dwergen geworden?'

'Die zijn gegroeid.'

Cosima keek haar geamuseerd aan. 'Dat meen je niet serieus.'

'Ik ben bloedserieus. Ze zijn gegroeid. Ik geloof niet dat er nog een dwerg in die familie over is. Incantellaria is zonder hen niet meer hetzelfde. Maar ik ga wel een mooie jurk voor je zoeken in de boetiek van Gaia Rabollini.'

'Die is heel duur.'

'Beschouw het maar als een cadeautje voor je nieuwe leven. Het wordt tijd dat Incantellaria eens te zien krijgt hoe leuk jij eruit kunt zien.'

14

Aan het eind van de daaropvolgende week reed Luca naar Napels om zijn dochters en hun nanny Sammy op te halen. Hij laveerde over de kronkelende wegen die de rode rotsen van de *costiera* omarmden en dacht aan Valentina, die ergens op deze route vermoord moest zijn – een schoonheid uit een klein stadje die een groot en gevaarlijk spel had gespeeld. Hij vroeg zich af of de marchese, die in het palazzo vermoord was, daar nog op de een of andere manier rondspookte, zoals Francesco nog steeds dicht bij zijn moeder bleef. In plaats van dergelijke gedachten te onderdrukken, liet hij ze de vrije loop. Of hij het nu leuk vond of niet, de geestenwereld was overal om hem heen. Hij wist niet waarom hij daar als kind gevoelig voor was geweest, of waarom de geesten nu waren teruggekomen. Misschien waren ze nooit echt weg geweest en had hij het zichzelf alleen maar verboden naar hen te kijken.

Onvermijdelijk leidden deze gedachten hem naar Cosima. Ze was niet zo knap als haar nichtje Rosa, maar ze had een allure die niets van doen had met lippenstift en mooie jurken, maar alles met een gigantisch vermogen om lief te hebben. Hij dacht terug aan hoe haar bruine ogen waren gaan schitteren toen ze had verteld over Francesco en wat hij voor haar had betekend. De liefde die ze voor hem voelde kende geen grenzen. Dat ze hem kwijt was had aan haar liefde niets afgedaan, maar had die alleen maar groter gemaakt. Ze was een kwetsbare vlam; Luca wilde zijn handen om haar heen vouwen om haar te beschermen. En hij wilde ook een beetje van haar voor zichzelf.

Hij taalde er niet naar om terug te gaan naar Londen. Zijn collega's en vrienden miste hij totaal niet. Hij miste de adrenalineroes niet die hij had gevoeld als hij nieuwe cliënten binnenhaalde, en evenmin de triomf als hij hen rijker wist te maken. Hij was uit de tredmolen gestapt naar een kalme haven, en nu kon hij zichzelf tenminste horen denken. Hij zag ernaar uit om Coco en Juno Incantellaria te laten zien, maar zijn blije gevoel was vermengd met enige vrees; hij kende hen niet echt, wist niet goed wat ze wel en niet leuk vonden. Door zijn werk had hij hen maar weinig gezien – niet meer dan kiekjes van hun jeugd en bevroren beelden van hoe ze lagen te slapen als hij 's avonds laat thuiskwam. Hun korte weekendbezoekjes in zijn woning in het voormalige stallencomplex waren even kunstmatig geweest als een mooie etalage vol speelgoed. Het was geen echt thuis en hij had zich niet als een echte vader gedragen. Hij nam niet eens de moeite hen te helpen met hun huiswerk. Sammy was er altijd geweest om de leegte te vullen en hun het gevoel van een normaal leven te geven. Wat moest hij, nu hij alle tijd van de wereld had, met hen gaan doen? Hij parkeerde bij het vliegveld en stapte de aankomsthal binnen. Hij wachtte toen er mensen naar buiten kwamen die hun bagage op karretjes voor zich uit duwden en de menigte afzochten naar hun vrienden en familie. Hij zag hun gezichten oplichten en breed glimlachen als ze die herkenden, en hij keek toe hoe ze elkaar omhelsden. Hij kon zich niet heugen wanneer hijzelf voor het laatst zo enthousiast was verwelkomd, of wanneer hij een geliefde met zo veel vuur had gekust. Hij stak zijn handen in zijn zakken en wendde zijn blik af.

Ten slotte kwam Sammy naar buiten met de twee meisjes. Ze zag er leuk uit; haar blonde haar was uit haar haarclip losgeschoten, haar wangen bloosden door de hitte op het vliegveld. Juno glimlachte breed toen ze haar vader zag, maar Coco zag er verveeld en moe uit en bij haar kon er geen glimlachje af. 'Hallo, meiden,' riep hij uit, terwijl hij Juno optilde en haar zachte wangetje kuste. Ze duwde haar pluchen speelgoedrups tegen zijn gezicht. 'Ik heb Slokop meegebracht,' zei ze. 'Lekker ruikt hij, hè?'

Luca duwde het beest weg. 'Heerlijk, net cake. Maar hij vindt jou liever.' Hij wendde zich tot het kindermeisje. 'Ha, Sammy. Alles goed?'

'Het maakt niet uit hoe vaak ze vliegen, ze vinden het nog steeds prachtig,' zei ze. Coco leunde tegen haar aan en gaapte.

'Ben je toe aan je bedje, lieverd?' zei hij met lichte spot om haar weer op te peppen.

‘Komt mama ook?’ vroeg Coco. Hij keek naar Sammy, die haar ogen ten hemel sloeg bij deze overduidelijke manipulatiepoging van het kind.

‘Je hebt papa helemaal voor jezelf,’ zei ze, en haar Australische accent gaf haar stem een inspirerende cadans.

‘Waar gaan we naartoe?’ wilde Juno weten, die het fijn vond om gedragen te worden.

‘Naar een paleis,’ antwoordde haar vader. Hij ging hun voor het vliegveld over, terwijl Sammy met het bagagewagentje achter hen aan kwam.

‘Is het een echt paleis?’

‘Ja, een echt paleis, en Coco en jij kunnen echte prinsessen zijn.’

‘Ik heb mijn prinsessenpakje niet bij me,’ klaagde Coco. ‘John heeft een nieuw voor me gekocht. Het is roze, met glitters, en het mooiste dat ik ooit heb gezien.’

‘Ik weet zeker dat oma daar wel iets op weet te vinden.’

‘Is oma daar?’ zei Coco, en haar stem leefde op.

‘Oma Romina,’ corrigeerde Sammy haar.

‘O.’ Coco herinnerde zich amper hoe oma Romina eruitzag. Sammy maakte hun gordels vast achter in de auto en kwam voorin zitten. ‘Het is maar goed dat we niet zo veel bagage bij ons hebben,’ zei ze met een blik op Luca’s onwaarschijnlijke vehikel.

‘Dit is de auto van mijn moeder,’ legde hij uit. ‘Precies wat je hier nodig hebt op die kronkelweggetjes.’

‘Dat neem ik dan maar van je aan.’

Juno begon tegen Slokop te babbelen, terwijl Coco vertwijfeld uit het raampje keek. Ze was al zo vaak in Italië geweest. Maar een paleis had ze nog niet bezocht en ondanks haarzelf was haar nieuwsgierigheid gewekt.

‘En, hoe is het met Claire?’ vroeg Luca.

‘Goed. Ze is erg opgetogen over Barbados. Ze zal alleen de kinderen wel missen. Maar we gaan er een leuke tijd van maken, toch, meiden?’

Romina was dolblij om haar kleindochters te zien. Juno liet zich smoren in parfum en linnen, terwijl Coco verstijfde en grimaste tot de beproeving achter de rug was. ‘Wat een schatten van meisjes,’ zei ze enthousiast. ‘Ik zal Ventura vragen of ze hen naar hun kamers wil brengen.’

Coco keek met grote ogen naar het palazzo op. ‘Spookt het hier ook?’

‘Nee hoor!’ antwoordde Romina. ‘Spoken bestaan niet.’

‘Jawel,’ zei Coco. ‘In paleizen zijn altijd spoken.’

‘Loop maar mee, meisjes,’ moedigde Sammy de kinderen aan terwijl Ventura naar binnen verdween. ‘Ga de koffers maar uitpakken, dan kunnen we op verkenning uitgaan.’

Romina keek Luca vragend aan. ‘Coco mag je wel in de gaten houden,’ waarschuwde ze. ‘Als je het mij vraagt, heeft Claire haar niet helemaal in de hand.’

‘Ze heeft alleen maar een rijke fantasie,’ zei Luca, om zijn oudste dochter te verdedigen.

‘Ik wil die praatjes over spoken niet horen. Wat een dwaas gedoe! Wat dat betreft heb ik mijn handen al vol aan Ventura.’

Luca liep achter zijn moeder aan het terras op, waar de professor Ma gedichten zat voor te lezen, terwijl zij borduurde. Dizzy was bij het zwembad; Maxwell zat druk zakelijke telefoontjes te plegen naar Wenen en Londen.

‘Wat ga je met de meisjes doen?’ vroeg Romina.

‘Ik weet het niet. Ze moeten eerst maar even acclimatiseren, dacht ik zo. Misschien willen ze wel zwemmen.’

‘Dat zal Bill leuk vinden. Hij heeft het zwembad speciaal voor hen aangelegd.’

‘Of ik ga in de stad met ze theedrinken.’

Romina trok haar wenkbrauwen op, omdat ze wel een idee had waarom hij dat zo graag wilde. ‘Dat is een goed plan, lieverd. Misschien ga ik wel met jullie mee. Ik zou ze graag de haven laten zien, met al die leuke bootjes. Dat vinden ze vast prachtig.’

‘Ik geloof niet dat Coco wat dan ook prachtig vindt.’

‘Geef haar de tijd. De magie van Incantellaria zal je niet in de steek laten. Er is nog tijd genoeg om haar haar verwende gedrag af te leren, al is het voor haar moeder dan te laat.’ Romina wierp een bezorgde blik op Porci, die onder tafel lag te slapen. ‘Wel gek, eigenlijk. Porci eet nu al een paar dagen niet, maar hij wordt maar niet dunner. Zou het personeel hem soms stiekem voeren?’

‘Er blijft hier altijd genoeg eten over om een hele varkensboerderij te voorzien!’ antwoordde Luca.

‘Ik heb tegen ze gezegd dat ze hem tussen de maaltijden door niet moeten voeren, maar ik vind zijn buik er best wel vol uitzien.’

Sammy kwam weer aanlopen met de meisjes, een strandtas met badgoed en handdoeken aan haar arm. Ze had haar spijkerbroek verruild voor een fleurige blauwe zonnejurk en slippers. Ze was al gebruind en haar gladde huid gloeide. Zelfs Maxwell bekeek haar nog eens goed.

'Is dit niet heerlijk, meisjes?' riep ze uit.

'Kom even iets drinken, jullie zullen wel dorst hebben,' zei Romina. 'Juno, schatje, kom oma je rups eens laten zien. Hoe heet hij?' Juno stapte zonder te aarzelen op haar grootmoeder af. Coco bleef tegen Sammy aan geplakt.

Romina stelde iedereen voor. 'Dit is Maxwell.'

Sammy stak haar hand uit. 'Leuk je te ontmoeten.' Haar glimlach was wit en straalde een en al gezondheid uit. Maxwell werd op slag een ander mens. Hij schudde zijn saaie beige vel van zich af en kwam als een nieuwe man tevoorschijn, alsof hij plotseling uit een winterslaap ontwaakte.

'Welkom. Kan ik je iets te drinken inschenken?'

'Geef de kinderen eerst maar iets,' zei ze terwijl ze ging zitten. 'Die arme schatjes hebben een lange reis achter de rug.'

Opeens zag Coco Porci onder tafel liggen. Met een kreet van vreugde riep ze haar zusje bij zich, en allebei de meisjes verdwenen uit het zicht toen ze zich op het nietsvermoedende varken stortten, dat met een schrille kreet wakker werd.

Maxwell schonk twee glazen limonade in. 'Wat wil jij?'

'Hetzelfde graag.'

'Hoe lang blijf je?'

'Een week – heerlijk, hè?'

'Je vindt het hier vast fijn. Romina en Bill zijn een bijzondere gastvrouw en gastheer.'

'Hoe lang ben jij hier al?'

'Al veel te lang! We genieten al weken van Romina's gastvrijheid en gebruiken dit als uitvalsbasis om het zuiden van Italië te verkennen.'

Ma keek geamuseerd toe terwijl Maxwell met Sammy flirtte, die zich daar overigens niet bewust van leek te zijn. 'Wat een knappe meid. Maxwell zet zichzelf nog voor schut. De kluns!' foeterde Ma toen Dizzy verscheen in een doorschijnende roze kaftan die amper haar bikinibroekje bedekte.

'Dit gaat leuk worden,' zei Caradoc, die zijn dichtbundel neerlegde.

'Dizzy!' zei Maxwell, en zijn stem steeg een toon. 'Kom Luca's kinderen eens even gedag zeggen.'

Dizzy keurde de meisjes nauwelijks een blik waardig, maar liet haar ogen op Sammy rusten. 'Hai,' zei ze gespannen. Ze was niet van plan een ingehuurde hulp de hand te schudden.

'Leuk je te zien. Oké, meiden. Tijd om te gaan zwemmen, vinden jullie niet?' Dizzy stond achter haar man, pakte zijn glas limonade op en nam een slokje. Bezitterig liet ze haar hand op zijn schouder rusten.

'Alles goed vanmorgen?' vroeg ze.

'Prima,' antwoordde hij, zonder zijn blik van Sammy af te wenden.

Ma snoof voldaan. 'Dizzy zou koolhydraten moeten eten,' zei ze, zonder de moeite te nemen haar stem te dempen. 'Sammy is even zonnig als een continentaal ontbijt.'

'Ik ruik problemen,' zei Caradoc.

'Volgens mij heeft Maxwell al genoeg problemen,' zei Luca, die in de stoel naast Ma ging zitten en de draad van hun gesprek opnam.

Tijdens de lunch bouwde het drama zich verder op. Dizzy bleek aan tafel tegenover Sammy en Maxwell te zitten. Luca wierp Ma blikken toe, terwijl Maxwell met haar flirtte over de hoofden van de kinderen heen, die tussen hem en het voorwerp van zijn verlangen in zaten. Hij dempte van tijd tot tijd zijn stem en keek dan steels naar de andere kant van de tafel om zich ervan te vergewissen dat zijn vrouw niet meeluisterde. Zijn plotselinge belangstelling voor de kinderen – hij vouwde voor Coco een waterlelie van zijn servet en voor Juno een rups – was helemaal niets voor hem.

'Ik heb geen idee waarom hij zelf geen kinderen heeft,' zei Romina.

'Dizzy wil haar figuur niet bederven, waarschijnlijk,' zei Ma. 'Iedereen die zich zo druk maakt om wat hij eet als zij is geobsedeerd door zijn lichaam. En Sammy is een toonbeeld van gezondheid en welvaren. Ik drink op haar.'

Hoe meer Maxwell flirtte, hoe kwaaier zijn echtgenote werd. De enige die het allemaal niet in de gaten leek te hebben was Sammy zelf. Uiteindelijk verhief Dizzy haar stem, zodat haar man haar kon horen, en zei over de tafel heen tegen Romina: 'Wat jammer nou toch dat we terug moeten naar Wenen.'

Als een zalm hapte hij in het aas. 'O, schat, de lunchtafel is niet bepaald de plek om onze reisplannen te bespreken.'

'Maar we kunnen echt niet langer misbruik maken van onze gastvrouw en gastheer,' zei ze met een pruilmondje.

Romina deed geen poging om hen over te halen te blijven.

'Het probleem met jou, Romina, is dat je het je gasten zo naar de zin maakt dat ze niet meer weg willen.' Maxwell liet een nerveus lachje horen.

'We hebben verplichtingen in Wenen, schat,' zei Dizzy. Haar stem had een onmiskenbaar scherpe ondertoon.

'Nou, we vonden het fijn dat jullie er waren,' zei Bill. 'Ik drink op jullie gezondheid en een behouden thuisreis.'

Maxwell boog bij wijze van erkenning dat hij buitenspel was gezet. 'Dank je, Bill.'

Na de lunch, toen Maxwell en Dizzy zich binnen hadden teruggetrokken, waren Caradoc, Ma en Luca door het raam dat boven openstond getuige van de meest gedenkwaardige ruzie aller tijden. Ma hief haar glas. 'Op Dizzy,' zei ze met een valse grijns. 'Die blijkt toch zo saai nog niet!'

Luca verwisselde zijn kleding voor een lichtblauwe Villebrequinshort en dook het zwembad in om met zijn dochtertjes te spelen. Juno, die nog zwembandjes om moest, kraaide van plezier toen hij haar als krokodil achternazat. Hij pakte haar op en tilde haar de lucht in, zodat ze met veel gespetter in het water neerkwam en wrijvend in haar ogen en gierend van de lach weer bovenkwam. Coco was moeilijker te behagen. Gekleed in een fraai badpakje van Melissa Odabash zat ze met haar benen bungelend in het water op de rand van het zwembad haar gepedicuurde tenen te bewonderen. Op het laatst negeerde Luca haar protesten en nam haar op zijn schouders, waarna hij op en neer sprong tot er op haar gemelijke gezichtje een glimlach doorbrak.

Dizzy kwam halverwege de middag weer naar buiten, haar ogen afgeschermd door een grote zonnebril, en ging zonder iets tegen iemand te zeggen naar haar muziek liggen luisteren. Sammy lag op haar buik naar de meisjes te kijken, haar welgevormde lichaam gehuld in een discreet geel badpak. Luca reed met zijn moeder en dochters de heuvel af naar de stad. Sammy paste niet meer in de auto en bleef bij het zwembad Sophie Kinsella liggen lezen. De kinderen zaten te giechelen op de achterbank, terwijl Luca en Romina bespraken wat er tijdens de lunch was voorgevallen.

'Volgens mij wordt het hoog tijd dat ze naar huis gaan,' zei Romina. 'Anders overleeft hun huwelijk het niet.'

'Vind je het niet vervelend dat mensen zo lang blijven en op je parasiteren?'

'Niet als ik ze graag mag. Caradoc en Ma horen inmiddels bij de familie. Ik zou het vreselijk vinden als ze weg zouden gaan. Maar dat doen ze niet, zolang ik grote schalen pasta op tafel zet!'

Luca parkeerde op het plein en leidde de kinderen de heuvel af naar de kade. Juno hield zijn hand vast, terwijl Coco voortstapte naast haar grootmoeder, spiedend naar leuke winkels. In Saint-Tropez waren een heleboel winkels geweest. Toen ze bij de trattoria kwamen, werden ze op het terras door Rosa begroet. '*Buona sera, ragazze*,' zei ze tegen de meisjes.

'Dit zijn mijn dochters, Coco en Juno,' zei Luca. 'En mijn moeder.'

'Welkom,' zei ze vrolijk. 'Wanneer zijn ze gearriveerd?' vroeg ze, terwijl ze hen naar een tafeltje bij de geraniums bracht.

'Vanochtend.' Hij liep over de flagstones achter Rosa aan. Ze droeg een roze jurk in de kleur van Coco's teennagels.

'Wat kan ik voor jullie allemaal brengen?' Ze gaf Luca een knipoog en voegde er zachtjes aan toe: 'Nou ja, wat ik jóú kan brengen weet ik wel.' Romina schonk haar zoon een afkeurende blik.

'Ik denk ijs en versgeperst sinaasappelsap voor de meisjes,' kwam Romina tussenbeide. 'Zwarte koffie voor mij en...'

'Koffie voor uw zoon, met warme melk erbij,' zei Rosa.

'Die mevrouw is aardig,' zei Juno.

'En ze gedraagt zich ongepast,' zei Romina in het Italiaans, zodat de meisjes het niet verstonden.

'Ik kijk niet,' antwoordde Luca. Maar hij hoopte dat Cosima hun bestelling zou komen brengen.

Terwijl ze gingen zitten, werd Luca's aandacht naar de andere kant van het terras getrokken, waar een zwoel uitziende vrouw met felrode lippen bij een kop koffie zat te roken, samen met een zilverharige man. Hij herkende haar onmiddellijk als Maria Frescobaldi. Omdat ze voelde dat ze werd gadegeslagen, keek ze op. Toen ze Luca zag, glimlachte ze verleidelijk en liet het gesprek dat ze voerde even stilvallen. Juno trok aan zijn shirt. 'Papa...' begon ze. Maria gaf met een licht schouderophalen te kennen dat ze besefte dat zijn dochters erbij waren, nam een trek van haar sigaret en liet haar blik vervolgens nogmaals op haar bewonderaar rusten. Luca wendde zich weer naar zijn dochter.

Algauw kwam Rosa naar buiten met een dienblad met ijs, sap en koffie. Ze maakte in het Engels een praatje met de meisjes en vertelde hun over haar eigen kinderen; ze nodigde hen uit om te komen spelen als ze er genoeg van kregen bij hun vader te zijn. Coco was vol bewondering voor haar roze nagellak en sieraden. Juno vond haar parfum lekker ruiken. 'Yves Saint-Laurent, Paris,' zei ze. 'Als jij later een grote meid bent, koopt je papa dat misschien ook wel voor je.'

'Hoe maakt je nicht het?' vroeg Luca, terwijl hij afwezig met zijn theelepeltje op de tafel tikte en niet al te geïnteresseerd probeerde te kijken.

'Beter,' antwoordde Rosa kortaf. 'Het is goed dat je langs bent geweest.'

'Wat verschrikkelijk voor jullie allemaal,' kwam Romina meelevend tussenbeide. 'Ik hoop maar dat ze hersteld is.'

'Dat is ze zeker, dank u,' antwoordde Rosa beleefd. 'Uw zoon is een held.'

Romina's glimlach was welgemeend. 'Dat weet ik. Ik ben heel trots. Van hem verwacht ik ook niet anders. Voor een man heeft hij een sterke intuïtie.'

'Komt ze vandaag nog?' Luca nipte van zijn koffie.

'Nee. Ze voelt zich wel beter, maar ze is nog niet toe aan werken. Gek, maar dat verbaast me nou helemaal niks!'

'O hemel, hier is volgens mij iemand jaloers. *Stare attento, Luca,*' waarschuwde Romina. Terwijl Luca zijn teleurstelling wegslikte, werd hij afgeleid door een beweging buiten een van de boetiekjes. Het was Francesco.

'Wacht even, moeder. Daar is iemand naar wie ik even toe moet.'

Luca beende naar de plek waar Francesco met een jojo stond te spelen. Hij wilde net iets gaan zeggen toen Cosima de winkel uit kwam. Het duurde even voordat hij haar herkende in een jurk die was bedrukt met gele bloemetjes. Ze liep dwars door Francesco heen.

'Luca!' riep ze verrast uit.

'Hallo, Cosima.' De jongen was simpelweg in de lucht opgegaan.

'Alles goed met je?' vroeg ze.

'Jawel hoor. Wat zie je er… mooi uit.'

'Dank je.' Ze sloeg haar ogen neer en Luca merkte op hoe lang haar wimpers waren. 'Het voelt een beetje gek, eerlijk gezegd, om geen zwart te dragen. Het is net of ik nu ontzettend opval. We kunnen beter even rustig samen praten. Kom je bij me op dat bankje zitten?' Ze wees naar een leeg bankje. Ze namen plaats en keken in de zon uit over de blauwe bootjes die deinden op het water.

‘Francesco zou niet willen dat ik de hele tijd zwart droeg. Hij was dol op geel.’ Ze pakte de stof van haar jurk op. ‘Deze zou hij mooi hebben gevonden.’

‘Daar kan ik in komen.’ Hij wilde haar zeggen dat hij vanwege Francesco naar de boetiek was gelopen, maar hij aarzelde.

‘Ben je hier met de professor?’

‘Ik heb mijn dochters bij me,’ antwoordde Luca, en hij wees naar het cafétafeltje.

‘Heb jij dan dochters?’

‘Twee.’

‘Hoe oud zijn ze?’

‘Vier en zeven.’

‘Ben je getrouwd?’

‘Gescheiden.’

‘Ik zou moeten zeggen dat ik dat vervelend vind, maar dat vind ik niet.’

‘Ik ook niet,’ zei hij. ‘Helemaal niet.’

15

Luca bracht Cosima terug naar de trattoria. De kinderen hadden hun ijs bijna op en Romina zat hun een verhaaltje te vertellen waar ze geboeid naar luisterden. 'Moeder, dit is Cosima.'

Romina vertrok haar gezicht in meelevende rimpels. 'Beste kind,' zei ze, 'ik hoop maar dat je je nu beter voelt. Wat een drama. En je bent nog wel zo knap en jong. Het zou ontzettend jammer zijn!'

'Ik heb een fout gemaakt,' zei Cosima.

'Mensen die geen fouten maken, krijgen helemaal niks voor elkaar,' zei Romina. 'Dat heeft de professor tegen me gezegd.' Omdat ze voelde dat er iets aan de hand was, kwam Rosa het restaurant uit benen.

'Cosima, wat doe jij hier?'

'Ik liep langs en kwam Luca tegen.'

Rosa's gezicht kreeg een harde uitdrukking. 'Je hebt je koffie amper aangeraakt,' zei ze tegen Luca. 'Die is nu natuurlijk koud.'

'Waarom ga je dan geen nieuwe voor hem halen?' zei Cosima.

'Jullie zouden allebei eens naar het palazzo moeten komen,' zei Romina, in een poging de kou uit de lucht te halen.

'Graag,' zei Cosima. 'Ik ben benieuwd hoe het er daar uitziet.'

'Zeg, jouw vader is toch Panfilo Pallavicini?' vroeg Romina aan Rosa.

'Inderdaad, ja,' antwoordde Rosa trots. Dat was iets waar Cosima zich niet op kon beroemen.

'Waarom komen jullie niet gezellig bij ons zitten?'

'Sommige mensen moeten werken,' zei Rosa met een grimas naar haar nicht.

'Dan haal ik wel nieuwe koffie voor Luca,' zei Cosima bedaard. 'Geen probleem. Wenst u verder nog iets, *signora*?'

'Nee, dank je,' zei Romina.

Romina en Rosa zaten samen een uur te kletsen, terwijl hun hoofden elkaar bijna raakten. De meisjes renden over de kade met andere kinderen die daar speelden. Luca vroeg zich af wat Claire ervan zou vinden dat ze zich onder de plaatselijke bewoners mengden. Cosima kwam zijn koffie brengen, maar kon niet bij hen komen zitten, want er moesten mensen bediend worden. Rosa liet haar nicht met opzet alle bestellingen afhandelen. Het werd tijd dat zij ook eens haar handen liet wapperen, vond ze. Toto arriveerde voor de avonddienst, met veerkrachtige tred omdat hij zijn dochter terug had. Hij nam haar nieuwe zelf waarderend op alsof hij nog nooit zoiets moois had gezien.

De meisjes hadden een paar schriele honden gevonden en zaten die achterna langs de waterkant. Cosima laveerde bevallig tussen de tafeltjes door; ze glimlachte naar de plaatselijke bewoners en nam zelfverzekerd hun complimentjes in ontvangst toen ze opmerkten hoe leuk ze eruitzag nu ze niet langer in het zwart gekleed ging. Van tijd tot tijd draaide ze zich om en zag dan dat Luca naar haar keek, waarbij haar blik verzachtte. Hij was blij dat Rosa zijn moeder bezighield, zodat hij van die momenten kon genieten.

'Kom met je vader mee als hij het palazzo komt fotograferen,' drong Romina bij Rosa aan. 'Ik zou het heel leuk vinden om je rond te leiden. Neem je moeder ook maar mee. Ik zou graag met haar kennismaken.'

'Ik geloof niet dat *mamma* ooit nog een voet in het palazzo wil zetten. Daar krijgt ze de kriebels van, zei ze.'

'O, al die dingen zijn allemaal al zo lang geleden. Vraag het haar toch maar.'

Romina riep de meisjes en ze stonden op om te vertrekken. Luca's ogen bleven nog even op Cosima rusten en toen vertrok hij, haar glimlach met zich meenemend.

De volgende ochtend ging Cosima naar de kerk. Ze putte troost uit de omhelzing van de kerkmuren en de onzichtbare aanwezigheid van God tussen de flakkerende kaarsen en heiligenbeelden. Was Francesco daar ook, zoals hij ook tijdens het Festa di Santa Benedetta aanwezig scheen te zijn geweest? Hij zou nu bijna tien jaar zijn, niet langer het jongetje dat hij was geweest toen de zee hem met zich had meegevoerd. Ze kon zich hem niet voorstellen met grote voeten en lange benen en een diepe, gruizige stem. In haar herinnering zou zijn huid altijd zijdezacht zijn, haar vertrouwder dan haar eigen huid; zijn haar zou naar vanille ruiken, zijn ogen zouden haar aankijken alsof zij de mooiste vrouw van de hele wereld was. Hij had vaak over haar gezicht gestreken. '*Mamma*,' zei hij dan, 'wat ruik je lekker.' En dan sloeg hij zijn armen om haar hals en kroop als een jong hondje tegen haar aan. Haar lichaam deed pijn van verlangen om hem weer vast te houden, om haar neus in zijn nek te begraven en de geur van zijn haar op te snuiven, om zijn lach te horen opborrelen uit zijn buik. Ze herinnerde zich de witte veer waar hij op het strand mee had gespeeld, en de wind die hem had weggeblazen. Ze herinnerde zich dat hij het water in was gewaad om hem terug te halen. Ze zou het moment waarop hij zijn evenwicht had verloren nooit vergeten...

Ze sloeg haar gebedenboek open en concentreerde zich door haar tranen heen zo goed als ze kon op de woorden die daar gedrukt stonden. De kerk zat vol, de priester zong gebeden in het Latijn, wierook kringelde op vanuit het wierookvat. Ze had op de dag van het *festa* een pact met God gesloten: als Jezus bloed weende, zou ze aanvaarden dat haar zoon bij Hem in de hemel was. Als Hij het niet deed, zou ze zichzelf toevertrouwen aan de zee, omdat ze het niet kon verdragen verder te leven zonder hem ooit nog te zien. Was het niet vreemd dat Jezus' droge ogen haar Luca hadden gebracht, en een boodschap van Francesco? Gods wegen waren inderdaad ondoorgrondelijk.

Na de mis wachtte ze tot de kerk leeg was en liep toen naar de tafel voorin waar rijen kaarsjes spookachtig flakkerden door de restanten van wierook die nog in de warme lucht hingen. Toen ze naar een kaars reikte, zag ze dat er een lange witte veer achter op de tafel lag. Ze was helemaal alleen. Ze pakte de veer op en draaide hem rond tussen haar vingers. Haalde er iemand een wrede grap met haar uit? Of was dit een bewijs dat haar zoon contact met haar zocht?

De priester kwam door het gangpad naar haar toe; hij had opgemerkt dat ze een fraaie crèmekleurige jurk droeg onder haar zwarte omslagdoek. 'Hallo, Cosima. Is alles goed met je?'

Met trillende hand stak ze hem de veer toe. 'Hebt u deze hier gevonden na het *festa*?'

Vader Felippo trok zijn borstelige witte wenkbrauwen op. 'Nee, die heb ik niet eerder gezien. Ik geloof niet dat we een vogel in de kerk hebben gehad, en het is trouwens nogal een grote veer, nietwaar?'

'Francesco was dol op veren.'

'Beschouw het dan maar als een boodschap van God,' zei de priester. 'Wonderen voltrekken zich elke dag, mijn kind. Een groot deel van de tijd doen we ze af als toeval of geluk.'

'Gelooft u daar echt in?'

'Natuurlijk. Als Christus water in wijn kon veranderen en vijfduizend mensen kon voeden met een paar vissen en broden, is het maar een klein gebaar om een veer achter te laten voor een rouwende moeder.'

'Dank u wel, vader,' zei ze, en ze bracht de veer naar haar lippen, zoals Francesco had gedaan. 'Ik zal nu mijn kaarsje branden.'

Vader Felippo liet haar alleen, in het volste vertrouwen dat hij erin geslaagd was een afgedwaald schaap terug te brengen naar de kudde.

Rosa wist niet of ze Cosima nou liever zag rouwen of niet. Toen ze nog zwarte kleren droeg en als een schim door het huis liep, al was het dan wel een opvallende schim, had ze geen aandacht voor zichzelf gevraagd. Nu ze leuke jurken droeg, glimlachte en zelfs neuriede, was haar vrolijkheid irritanter dan haar zelfmedelijden was geweest. Rosa wenste dat ze Luca nooit bij hen thuis had gevraagd. Wat er daarboven in Cosima's slaapkamer was gebeurd had een ingrijpende uitwerking gehad. Ze zou het niet kunnen verdragen als haar nicht op Luca verliefd zou worden. Voor háár was hij uiteraard onbereikbaar, maar als zij hem zelf niet kon hebben, zou haar nicht hem ook niet mogen krijgen. Als Cosima om te beginnen niet zo dwaas was geweest zich in te laten met een getrouwde man, zou Francesco helemaal nooit geboren zijn en zou het drama dat zich had voltrokken nooit hebben plaatsgevonden.

Het was nacht toen Rosa het huis uit sloop. Ze hield van de zachte deken van duisternis, de stilte van de kliffen, het zachte geruis van de zee beneden. Op zulke momenten kon ze zich voorstellen dat haar leven er anders uitzag, dat het eruitzag zoals het zou moeten zijn in plaats van zoals het was. Valentina had haar leven vormgegeven door haar hart te volgen. Aan de buitenkant was ze een eenvoudig dorpsmeisje, maar ze was de maîtresse van de *marchese* geweest en de minnares van de beruchte Lupo Bianco. Dát was nog eens glamour! Dát was nog eens leven op het scherp van de snede! Valentina had het allemaal gehad. Rosa wist dat zijzelf ook alles kon hebben; het waren nu andere tijden en ze was zo sluw als een vos. Het zat haar in het bloed. Dat was ook Alba's bloed geweest. Maar die was verliefd geworden op Panfilo, met zijn eigen unieke mengeling van glamour en risico. Misschien zou Rosa, als ze een man als haar vader had gevonden, niet van een geheim leven hebben gedroomd.

Het probleem was dat haar leven hier in Incantellaria zo beperkt was. Ze had Eugenio leren kennen en het had geleken of hij alles vertegenwoordigde wat haar hartje begeerde. Hij was mannelijk, sterk, knap – een verantwoordelijk politieman met gezag – maar rijk zou hij nooit worden. Ze had moeten wachten op een man die de middelen bezat om haar het leven van een dame te laten leiden. Nu was ze moeder en zat ze voorgoed vast aan een huiselijk leven. Een korte verhouding had een intermezzo betekend waar ze kracht uit had geput, en ze mocht van geluk spreken dat ze niet was betrapt. Luca zag eruit alsof hij heel goed wist hoe hij een vrouw moest behagen, en zijn familie had duidelijk geld. Ze had moeten wachten op een man als hij en zich niet moeten inlaten met een plaatselijke politieagent die evenveel verdiende als een boer. Dan had ze kunnen reizen en iets van de wereld kunnen zien, in Londen en Parijs kunnen wonen, kunnen shoppen in New York en Milaan, op de voorste rijen kunnen zitten bij modeshows, de nieuwste collecties kunnen dragen, zich kunnen laten bewieroken door Karl Lagerfeld en Dolce & Gabbana. Nu ving ze van die wereld alleen maar glimpen op via de *Vogue* en *Harper's Bazaar*.

Toen ze thuiskwam, had Eugenio zich niet verroerd. Ze klauterde in bed en ging met haar gezicht naar het raam liggen. Ze was zesentwintig en dit was haar leven. Waar kon ze nog naar uitkijken?

Eugenio deed zijn ogen open en sloeg haar gade toen haar ademhaling zich verdiepte en ze in slaap dommelde. Hij vroeg zich af waar ze 's nachts heen ging, of ze alleen maar een luchtje ging scheppen of afspraakjes had met een andere man. Zijn jaloezie groeide terwijl hij zich voorstelde dat ze misschien een verhouding had en er schoten hem allerlei mogelijkheden door het hoofd. Hij kon haar erop aanspreken en voor de zoveelste keer ruziemaken, waarbij hij vast weer verwijten naar zijn hoofd zou krijgen dat hij haar niet vertrouwde, óf hij kon het vergeten en maar hopen dat die verhouding vanzelf voorbij zou gaan. Hij sloot zijn ogen en hoopte van harte dat ze onschuldig was aan zijn verdenkingen; het bewijsmateriaal stelde niet veel voor – niets meer dan het resultaat van jaloezie. Ze was geen makkelijke vrouw om mee getrouwd te zijn, maar hij had geen keus; hij was door liefde aan haar gebonden.

Ook al wilde Maxwell graag in het palazzo blijven, toch drong Dizzy er sterk op aan dat ze zouden vertrekken. Ze had nu wel lang genoeg moeten toekijken hoe hij met Sammy zat te flirten. Romina was blij dat ze opstapten. Maxwell en Dizzy waren langer gebleven dan ze welkom waren.

'Best jammer dat ze weggaan,' zei Ma toen hun auto over de oprijlaan uit het zicht verdween. 'Ik begon ze behoorlijk boeiend te vinden.'

'Nog even en ik had de wacht moeten houden voor Sammy's deur,' zei Luca.

'Niet voordat Dizzy dat arme kind een mes in de rug had gestoken,' zei zijn moeder. 'Als blikken konden doden, zou Sammy inmiddels morsdood geweest zijn.'

Romina kreeg er nooit genoeg van mensen om zich heen te hebben. Ze had Maxwell en Dizzy nog niet uitgezwaaid of haar broer Giovanni arriveerde. Nanni was een forse man met een eivormig postuur; hij was dik geworden door alle pasta en kaas, maar had slanke enkels, die hij extra goed deed uitkomen door een korte broek en felgekleurde sokken te dragen. Doordat hij keelkanker had gehad, had hij een hoge en schrille stem, maar ondanks zijn ziekte rookte hij als een ketter en weigerde hij het eten waar hij van hield te laten staan. Zijn uitbundigheid was niet te stuiten.

'Mijn lieve Romina!' riep hij uit, terwijl hij in een afgetrapte beige broek en een gekreukeld blauw shirt het terras op kwam benen. 'Elke keer dat ik het palazzo zie is het weer grootser en verfijnder. Wat heerlijk om zo veel smaak en zo veel geld te hebben.' Nanni zelf had natuurlijk geen van beide.

Luca had zijn oom in geen jaren gezien, maar Nanni omhelsde hem alsof hij nog een kleine jongen was. '*Madonna!* Wat ben jij gegroeid.'

'Je klinkt net als moeder.'

'Dat is ook niet zo gek, want we zijn uit dezelfde moeder geboren.' Nanni ging zitten en bediende zich van het brood. 'Mag ik misschien wat boter?' vroeg hij aan Ventura. 'En een groot glas wijn.' Ma en Caradoc kende hij al. Met z'n drieën waren ze net een circusnummer.

De kinderen kwamen aanlopen, gechaperonneerd door Sammy, die een pareo over haar badpak droeg. Nanni was dol op kinderen, maar voelde zich bij jonge vrouwen minder op zijn gemak. Hij liet zijn waterige oogjes over Sammy's fraaie figuurtje gaan en voelde het zweet in dikke druppels op zijn voorhoofd. Om zijn opgelatenheid te camoufleren richtte hij zijn aandacht op de kinderen, en algauw maakte hij hen met zijn komische imitaties en gekke stemmetjes aan het lachen. Porci, die de meisjes wel leek te mogen, scharrelde snuffelend en knorrend om hen heen en streed met hun oudoom om aandacht. Sammy ging naar binnen om zich te verkleden voor de lunch en kwam even later in een zonnejurk weer naar buiten. Nanni herpakte zich, en nadat hij zich alle vier de gangen goed had laten smaken, ging hij in de schaduw de kruiswoordpuzzel van de *Times* zitten oplossen, met een groot glas *limoncello* en een sigaret erbij.

'Het probleem is,' vertrouwde Romina Ma toe, terwijl ze van een kopje pepermuntthee nipten, 'dat mijn beste broertje een briljant verstand heeft, maar een enorm zwak voor alcohol en lekker eten. Hij had naam kunnen maken door scripts te schrijven voor de beste Italiaanse films, maar hij loopt nooit zo hard en geniet liever. Nu hij op leeftijd is, is het te laat. Moet je hem nou zien – die kruiswoordpuzzel verveelt hem, die is te makkelijk, en Engels is niet eens zijn moedertaal. Hij spreekt net zo makkelijk antiek Grieks en Latijn als Italiaans, Spaans, Frans en Engels, en toch heeft hij geen nagel om zijn gat te krabben.'

'Ik wil wedden dat hij vroeger een knappe man was,' zei Ma.

'Hij zag er geweldig uit, net een Griekse god. Maar nu is hij dik geworden, en bijna kaal. Hij is bijna zeventig; als hij niet oppast, haalt hij de eenenzeventig niet eens.'

'Hoe brengt hij zijn tijd door?'

'Hij verzamelt antieke spellen. Hij bezit de grootste collectie speelkaarten uit de tudor-tijd ter wereld. Die zijn een godsvermogen waard, maar hij wil ze niet verkopen. Hij bewaart ze ergens op een geheime plek. Hij is als de dood dat er iemand inbreekt en hem berooft.' Romina dronk haar thee op. 'Zo, en waar is mijn lieve Porci gebleven? Hij is zo rond als een tonnetje, maar hij laat zijn eten staan. Ik snap er niets van.'

'Laten we naar het tuinhuis gaan,' zei Nanni, en hij liet de krant zakken.

'Heb je die kruiswoordpuzzel al af of zal ik je helpen?' zei Ma.

'Ik ben bang dat ik al klaar ben. Misschien kun je hem voor me controleren op fouten?' Zijn ogen twinkelden. Nanni máákte geen fouten.

'Met alle plezier,' luidde Ma's antwoord. 'Maar eerst ga ik met jullie mee naar het tuinhuis. Als ik de hele dag op mijn krent blijf zitten, raakt die uit vorm.'

Met z'n drieën kuierden ze het pad af naar het stenen tuinhuisje. Nanni snoof de bloemengeuren uit de tuin op en slaakte een zucht. 'Je woont in een paradijs, Romina. Ik zou het helemaal niet erg vinden om me op een dag te midden van zo veel vredigheid en schoonheid neer te vlijen en de laatste adem uit te blazen.'

'Ga je gang, Nanni, maar doe ons allemaal een plezier en ga op iets liggen wat we kunnen dragen!' Romina maakte de deur open.

Ma en Nanni liepen achter haar aan en lieten hun ogen aan het donker wennen. 'Misschien ga ik hier wel liggen,' zei hij. 'Hoewel het ernaar uitziet dat iemand anders ook al op dat idee is gekomen.'

Romina streek met haar hand over de doorgestikte sprei, waarop nog steeds de afdruk van een indringer was te zien. 'Niet weer, hè!'

'Net als bij Goudhaartje,' zei Ma.

Romina hief haar handen ten hemel. 'Dit is niet leuk meer. Iemand heeft een sleutel, of steelt mijn sleutels, om hier naar binnen te gaan. Maar wie?'

Nanni pakte een zijden sjaaltje op. 'Wat is dit?' Het rook naar parfum. Romina griste het uit zijn handen en hield het op naar het licht.

'Dit is niet van mij.'

'Van mij ook niet,' voegde Ma eraan toe. 'Lichtroze en blauw zijn mijn kleuren niet.'

'Het ruikt naar een vrouw,' zei Romina, haar ogen tot spleetjes knijpend. 'Dizzy?'

'Nou, die zijn vanochtend weggegaan. Dus daar zijn we snel achter als het niet nog eens gebeurt.'

'Zouden ze zo slinks zijn geweest?' Zoekend naar een merkje draaide Romina het sjaaltje om. 'Nou, het is Italiaans. MOM.'

Ma haalde haar schouders op. 'Ik ben nooit zo goed geweest in merknamen.'

'Mij zegt het niks,' zei Romina. 'SOS zou beter hebben gepast!' Toen betrok haar gezicht en gealarmeerd keek ze haar broer aan. '*Marchese* Ovidio di Montelimone!'

16

Romina zat in de schaduw met Porci op schoot bij te komen van de ontdekking van de mysterieuze zijden sjaal. Ventura kwam haar een kop koffie brengen, terwijl Luca, Ma en Nanni bespraken wie de indringer zou kunnen zijn. 'Het is een vrouwensjaal. Hij ruikt ook naar het parfum van een vrouw.'

Luca bracht de sjaal naar zijn neus. 'Een heel zoet parfum. Als ik het eerder zou hebben geroken, zou ik het herkennen.'

'Wie heeft verder de sleutel?' vroeg Nanni.

'Alleen ik!' jammerde Romina.

'Misschien is ze door het raam geklommen?' opperde Ma.

'Nee, er zitten spijlen voor de ramen en die gaan nooit open.' Romina drong knipperend haar tranen terug. 'Waarom zou iemand daar in vredesnaam willen slapen?'

'Zet er een ander slot op.' Nanni verbaasde zich erover dat zijn zus dat nog niet gedaan had.

'Nee,' kwam Luca tussenbeide. 'Laten we haar op heterdaad betrappen. Ze richt geen kwaad aan, dus laten we op haar wachten. Die oude man die ik met Caradoc in de kerk heb gezien zei dat er in de loop der jaren steeds meer geruchten over spoken de ronde zijn gaan doen omdat hier licht zou hebben gebrand, ook al woonde er niemand. Misschien is het wel dezelfde persoon.'

'Iemand die niet wil dat wij hier zijn,' zei Romina beklemd.

'Misschien wel een dakloze,' zei Ma. 'Ik háát daklozen. Die gaan nooit eens in bad.'

'Wie ze ook is, ik zal haar vinden,' merkte Luca zelfverzekerd op. Hij dacht aan Cosima. 'Weten jullie, ik ken iemand die hier misschien enig licht op kan werpen.'

Luca was blij dat hij een excuus had om de stad in te gaan. Hij trof Rosa in de trattoria samen met Toto. Het was er heel stil; op het terras zat alleen een echtpaar op leeftijd koffie te drinken. Zijn eerste opwelling was om naar Cosima te vragen, maar de aanblik van Rosa's enthousiaste gezicht waarschuwde hem ervoor om haar jaloezie op te wekken. Ze repte zich weg om koffie voor hem te gaan halen, waarna ze bij hem kwam zitten. 'Hoe is het met de kinderen?'

'Die genieten met volle teugen.'

'En hoe gaat het allemaal in het palazzo?'

'Wanneer kom je eens op bezoek?'

'Als mijn vader ook komt om foto's te nemen. Hij is momenteel druk bezig met een klus in Positano.'

'Neem je kinderen dan mee. Misschien willen ze wel zwemmen.'

'Dat zal ik doen.'

'Vertel eens: wat weet jij over de oude *marchese*?'

'Alleen wat mijn moeder me heeft verteld, of in de loop der tijd heeft losgelaten. Ze praat er niet graag over. Mijn vader heeft me verteld dat mensen er tijdens de oorlog alles aan deden om in leven te blijven; ze aten zelfs honden! De *marchese* was rijk. Hij werd verliefd op Valentina. Het waren zware tijden en hij was haar kans op een beter leven. Ze verdween om de haverklap naar hun liefdesnestje bij het palazzo...'

'Liefdesnestje?'

'Ja, boven op het klif staat een klein huisje, met uitzicht op zee.'

'Ben jij daar binnen geweest?'

Rosa bloosde. 'Ja.'

'Hoe ben je er binnengekomen?'

Ze keek om zich heen of ze niet werden afgeluisterd. '*Mamma* heeft een sleutel. Valentina's sleutel. Zij liet zichzelf altijd binnen en wachtte dan op de *marchese*. Is dat niet romantisch?'

'Weet je moeder dat je daar bent geweest?'

'Ik heb er in geen jaren een voet binnen gezet,' fluisterde ze. 'Je mag er tegen haar niks over zeggen; ze zou me vermoorden.'

'Gaat je moeder er tegenwoordig zelf nog wel eens heen?'

'Nee. Ze blijft er uit de buurt. Zie je, toen zij hier kwam, was ze ongeveer net zo oud als ik. Ze kwam haar familie zoeken, omdat haar vader haar nooit iets over haar moeder had verteld. Uiteraard wist ze niet waarom. Zij dacht dat het was omdat haar stiefmoeder jaloers op haar was. De waarheid was dat haar ouders nooit getrouwd waren en dat haar moeder er andere levens op na hield. De *marchese* was jaloers dat Valentina met Alba naar Londen zou gaan met mijn grootvader – hij ging er ten onrechte van uit dat de baby van hem was – dus vermoordde hij haar. Als hij haar zelf niet kon hebben, zou hij er wel voor zorgen dat niemand haar kreeg!'

'En Valentina's broer vermoordde hem weer.'

'Ja. In jullie palazzo. Mijn moeder had een Engelse vriend die hiernaartoe kwam om haar terug te halen, en samen gingen ze een kijkje nemen bij de ruïne.' Luca dacht aan Fitzroy, en de puzzelstukjes begonnen op hun plaats te vallen. Als Rosemary ook maar enig idee had van Alba's schoonheid, zou ze het besterven. 'Daar troffen ze Nero aan, die rare man die de *marchese* als kind had geadopteerd, geloof ik. Hij vertelde hun dat de *marchese* was vermoord omdat hij Valentina had laten omleggen. Dat was een enorme schok. *Mamma* vond het zo'n desolate en boosaardige plek dat ze er nooit meer terug is geweest. Ze was er met geen tien wilde paarden heen te slepen.'

'Hoe vindt ze het dan dat je vader er foto's gaat maken voor de *Sunday Times*?'

'Daar wil ze niet over praten. Mijn vader plaagt haar er voortdurend mee. Ze doet alsof het haar allemaal niets kan schelen, maar ik kan wel merken dat ze het maar niks vindt. Mijn vader doet toch altijd wat hij zelf wil. Ze kan hem niets weigeren.' Ze zweeg even. 'Was mijn eigen huwelijk maar zo goed als het hunne.'

Luca dronk zijn koffie op en diep teleurgesteld omdat hij Cosima niet had gezien liep hij naar de auto terug. Beetje bij beetje drong ze zijn onderbewuste binnen, waar ze een plekje veroverde in zijn hart. Toen bedacht hij dat hij best even bij haar thuis langs kon gaan. Het had immers geen enkele zin om chagrijnig te blijven rondlopen in de hoop dat hij haar zou tegenkomen. Hij wilde zich niet opdringen, maar hij was er wel zeker van dat zij hem ook graag mocht. Misschien omdat hij de enige link was die ze had met haar zoontje, maar hij hoopte dat het meer was dan dat. Hij besefte dat hij langzaamaan moest doen; ze was kwetsbaar. Maar juist die kwetsbaarheid riep het verlangen bij hem op haar te beschermen.

Hij arriveerde bij het huis en parkeerde de auto onder de kromgegroeide eucalyptusboom. Hij voelde zich opgelaten, als een puber op zijn eerste afspraakje, en zijn maag verkrampte van de zenuwen. Het windje voerde het gelach van kinderen aan, het geblaf van een hond en af en toe het balken van een ezel. Om hen op zijn komst te attenderen riep hij: 'Hallo! Is er iemand thuis?' Tot zijn verrassing kwam Cosima in eigen persoon de hoek om om hem welkom te heten, haar handen afdrogend aan een theedoek.

Ze droeg een lichtgele jurk met een kort ivoorkleurig vestje en teenslippers eronder. Haar donkere haar was opgestoken achter op haar hoofd, maar lange lokken vielen om haar gezicht en in haar hals. Ze had zilveren armbanden om haar polsen en een klein zilveren crucifix dat oplichtte tegen de romige toffeekleur van haar huid. Hij verlangde ernaar haar aan te raken en stak zijn handen in zijn zakken, omdat hij zichzelf niet vertrouwde.

'Wat een verrassing,' zei ze met een glimlach. 'Ik was net een taart aan het bakken.'

'Hopelijk stoor ik niet.'

'Nee hoor. Je kunt me helpen hem te glazuren.'

'Is er iemand jarig?'

'Panfilo. Hij geeft niet veel om verjaardagen, maar de kinderen vinden het leuk om een beetje feest te vieren. Ze hebben bij het bakken zo'n rommeltje van die taart gemaakt dat ik hem denk ik zelf maar ga glazuren. Kun jij goed taarten versieren?'

'De laatste keer dat ik een taart gebakken heb was honderd jaar geleden.'

'En de laatste keer dat je er een at?'

'Kort geleden nog. Ik heb nog nooit nee gezegd tegen een stuk taart.' Hij liep achter haar aan om het huis heen naar het terras. Beata zat te slapen in de schaduw, haar naaiwerk op haar knie.

'Mijn grootmoeder kan me niet helpen,' zei ze met een lach. 'Het is maar goed dat jij bent komen aanwaaien, anders had ik het helemaal alleen moeten doen.'

'Waar is je tante?'

'Alba gaat haar eigen gang. Als ze niet in de trattoria is, wandelt ze wel over de kliffen of langs het strand. Ze is graag op zichzelf.'

Luca vroeg zich af of Alba's onwil om over het palazzo te praten iets te maken had met een diepe fascinatie ervoor. Zij bezat de enige andere sleutel tot het tuinhuis. Zou de mysterieuze indringster Valentina's eigen dochter kunnen zijn?

In de keuken hingen bakgeuren en het water liep Luca in de mond. Cosima schonk hem een glas limonade in. 'Weet je, hier een stukje verderop staat een schitterende oude boerderij met een citroengaard erbij die een hele heuvel in beslag neemt. De citroenen waar deze limonade van gemaakt is komen daarvandaan.' Ze keek toe hoe hij een slokje nam. 'Lekker, hè?'

'Heel lekker.' Ze pakte een schort van de achterkant van de deur en bond het om haar middel.

'Die boerderij is van een geweldige oude vrouw die Manfreda heet. De citroenen plukt ze uiteraard niet zelf, want daar is ze te oud voor, maar ze laat de jongens altijd een mandje naar ons brengen. Ze heeft Immacolata nog gekend, zie je, en ze is erg dol op Alba. Wat zij niet weet over Incantellaria, is de moeite van het weten niet waard. Bij haar op de boerderij hangt een soort toverkracht, want wat voor weer het ook is, haar citroenen zijn altijd groot, geel en sappig.'

'Ik begin te denken dat er in heel Incantellaria toverkracht hangt.'

'Dus je weet dat van die anjers...?'

'Ja, dat op een ochtend daar het hele strand mee was bedekt.'

'Je zou eens met Manfreda moeten praten. Er zijn hier een heleboel vreemde dingen gebeurd. Of je erin wilt geloven of niet is een ander verhaal. En, waar hou jij je zoal mee bezig, Luca?' Ze begon suiker voor het glazuur in een kom te strooien.

'Ik heb twintig jaar in de bankwereld gewerkt, maar toen ik op een ochtend wakker werd, realiseerde ik me dat ik mijn hele leven in een tredmolen liep en dat ik daar geen enkele bevrediging uit putte. Oké, ik werd er rijk van, maar mijn creatieve kant kwam niet aan bod.' Hij grijnsde schuchter. 'Ik zoek nog steeds naar iets waarbij dat wel gebeurt.'

Ze luisterde toe terwijl ze met een houten lepel boter door het mengsel roerde. 'Als je alles in de wereld zou kunnen doen, waar zou je dan voor kiezen?'

'Goeie vraag. Ik zou het niet kunnen zeggen.'

'Hou je van schilderen?'

'Nee.'

'Schrijven?'

'Helaas niet. Dit zou anders de ideale plek zijn om een roman te schrijven.'

Ze zweeg even en keek hem peinzend aan. 'Wat ontbrak er dan aan het bankieren?'
'Het gaf me niets concreets in handen.'
'Alleen maar cijfers op computerschermen. Niets om aan het eind van de dag met je mee naar huis te nemen, zoals deze citroenen.'
Hij pakte een citroen van de fruitschaal en kneep erin. 'Deze citroenen zijn tenminste lekker sappig. Wat sta je nou te lachen?'
'Ik lach om jou,' antwoordde ze, terwijl ze een vinger langs de lepel haalde en hem in haar mond stak.
'Hoezo?'
Ze voegde nog wat meer suiker toe en ging door met roeren. 'Omdat het voor mij zonneklaar is wat je zou moeten doen.'
'Zeg het me dan. Ik probeer er al weken achter te komen.'
'Plant iets en kijk hoe het groeit.' Het was alsof ze zijn diepste verlangen begreep. Ze hield de lepel voor zijn mond. 'Proef maar, het is lekker.'
Het mengsel smolt op zijn tong. 'Heerlijk!'
'Maar er moet nog wat citroen bij.' Ze sneed er een doormidden en kneep hem uit boven de schaal. Het sap liep tussen haar vinders door.
'Jij ruikt naar citroen. Spuit je het op of baad je erin?'
'Geen van beide,' antwoordde ze lachend. 'Ik drink citroensap.'
Ze veegde haar handen af aan haar schort, liep naar de la en haalde er twee spatels uit. 'Een voor jou en een voor mij. Dit gaat allemaal op de taart, niet je mond in.' Ze zette de taart van biscuitgebak midden op tafel en schepte er met haar spatel een royale hoeveelheid glazuur op, die ze over het oppervlak begon te verspreiden. Luca deed haar na.
'Je brengt het er niet slecht af,' zei ze, 'voor een beginner.'
Hij deed alsof hij beledigd was. 'Wou je soms beweren dat ik niet weet hoe je een taart moet glazuren?'
'Jij weet alleen hoe je moet tellen. Dít is pas creatief.'
'Pas maar op, mijn creativiteit sluimert nog.'
'Nou, laten we die dan maar eens wakker maken.' Ze kwam aandragen met een blikje kleurige snoepjes. 'Laat je fantasie maar de vrije loop.'
'Wil je dat ik deze op de taart doe?'
'Ja. Hij is bedoeld voor kinderen. Het kan niet misgaan.'
'Ik ben heus niet bang voor een paar snoepjes, hoor,' schamperde hij. Hij wilde haar graag kussen. Wat deed ze nu anders dan de vrouw die

hij buiten de kerk achterna was gelopen. Hij drukte de snoepjes langs de rand van de taart.

'Het is wel te zien dat je methodisch kunt nadenken,' luidde haar commentaar terwijl ze zich met haar kin in haar handen over het gebak boog.

'Wat kun je hieruit opmaken?' Hij doopte een rood snoepje in het glazuur en plakte het heel voorzichtig op het puntje van haar neus.

'Nu moet ik het eraf kussen,' zei hij zacht. Ze verroerde zich niet. Luca boog zich naar voren en kuste het puntje van haar neus, waarbij hij het glazuur en het snoepje oplikte. Hij stapte iets achteruit om haar reactie te peilen. 'Hier ben ik niet voor gekomen,' zei hij. 'Maar je bent zo mooi dat ik me niet kan inhouden.' Hij drukte zijn lippen op de hare en kuste haar nogmaals.

Er klonken voetstappen. Ze schoten uit elkaar en gingen verder met het decoreren van de taart alsof er niets gebeurd was. Cosima wreef met haar hand over haar neus.

'Hallo, Luca.' Het was Beata, die wakker was geworden na haar dutje. 'Ik had je niet zien binnenkomen.'

'Je lag te slapen, *nonnina*,' zei Cosima bedaard. 'Wil je ons helpen met Panfilo's taart?'

Beata boog zich naar de taart op de tafel. 'Volgens mij kunnen jullie het prima alleen af. Hoe is het met je, Luca?'

'Goed hoor, dank u.'

'Mooi zo. Dan laat ik jullie je gang gaan. De kinderen vinden het vast prachtig.' Beata verliet het vertrek.

Cosima begon te giechelen. 'We lijken wel schoolkinderen.'

'Op school heb ik anders nooit iemand gezoend.'

Cosima schudde haar hoofd. 'Daar geloof ik helemaal niks van!'

'Waarom zoeken we niet een plekje waar ik je fatsoenlijk kan kussen, zonder dat de directrice ons betrapt?'

Cosima zette de taart in de koelkast, deed haar schort af en ging Luca voor een andere deur uit. 'Ik zal je mijn liefste plekje van heel Incantellaria laten zien,' zei ze. Terwijl ze door de olijfgaard liepen, pakte hij haar hand. Ze trok hem niet weg. 'Hier speelde ik als kind altijd,' zei ze. 'Ik had geen broertjes en zusjes om mee te spelen, dus speelde ik met mijn vader of met Alba. Als we hier gingen wandelen, huppelde ik altijd tussen de bomen door. Het is hier doodstil, op het ruisen van de zee en het getsjirp van de krekels na. Ik hou ook van de geuren. Pijnbomen en wilde tijm. Ruik jij die ook?'

'Ja. En citroenen.' Hij keek naar haar en door de lieve manier waarop ze terugkeek kreeg hij een zinkend gevoel in zijn maag.

Ze kwamen bij de oude uitkijktoren, die daar in al zijn overbodigheid stond te verbrokkelen. 'Hier voel ik de grootste rust. Hier ga ik naartoe om aan Francesco te denken. Als ik uitkijk naar die wijde horizon, naar de mist die de zee doet vervagen, is het moeilijk om niet in de hemel te gaan geloven.'

Luca nam haar in zijn armen en zou haar frons wel met zijn lippen van haar voorhoofd willen wissen. 'Je moet niet verdrietig zijn, Cosima,' zei hij. 'Francesco heeft mij opgezocht, zodat ik je een boodschap kon doorgeven. Dat hij nu een geest is, dat hij altijd bij je is.' Luca streek een paar losse lokken achter haar oor.

'Ik hoop maar dat je gelijk hebt.'

'Ofwel ik heb gelijk, ofwel ik ben gek.'

'Gek ben je niet, toch?'

'Gek op jou,' antwoordde hij zachtjes, waarna hij haar lippen kuste, die voor hem vaneen weken.

Luca had een heleboel vrouwen gezoend, van wie hij zich de meeste niet meer kon herinneren. Maar hij had nog nooit zo'n diepe tederheid gevoeld. Ze trok zo krachtig aan zijn hart dat het bijna pijn deed. Hij wilde haar wel opvouwen en haar beschermen tegen haar angsten, haar pijn wegkussen en haar zien huilen van vreugde in plaats van van verdriet. Maar bovenal wilde hij dat zij ook van hem hield.

17

Toen Rosa thuiskwam, trof ze Cosima vrolijk neuriënd in de keuken aan terwijl ze liep te redderen om een schaal en twee houten spatels af te wassen. Er hingen bakgeuren in het vertrek. Er waren een paar snoepjes over de vloer gerold.

'Hai.' Ze deed de koelkast open. 'Wat een rommeltje hebben de kinderen ervan gemaakt!' zei ze lachend toen ze de taart zag. Cosima leverde geen commentaar. 'Hoe is het met ze?'

'Ze kijken vol verwachting uit naar Panfilo's verjaardagsfeestje.'

'En naar het opblijven,' zei Rosa, die ging zitten met een glas sap. 'Het was stil vandaag. Zo saai als wat. Waar is *mamma*?'

'Die is nog niet terug. Beata is naar huis gegaan en heeft de kinderen bij mij achtergelaten. Ze komt terug voor het feest.'

'Wat heb je?'

'Ballonnen, natuurlijk.'

'Hij háát verjaardagen.'

'Maar de kinderen zijn er dol op.'

'Hij verwent ze maar.' Cosima's bewegingen hadden iets kwieks wat Rosa wantrouwend maakte. Ze leek veel te opgewekt voor een vrouw die nog maar een week geleden had geprobeerd zichzelf te verdrinken. 'Waarom ben je in zo'n goeie bui?'

'Het is een prachtige dag.'

'Elke dag is een prachtige dag.'

'Maar deze dag is mooier dan alle andere.'

'Nou, als jij het zegt. Maar ik zie geen verschil.' Rosa wierp een blik omlaag op haar afbladderende nagellak. 'Ik ga de kinderen buiten zoeken.'

Luca keerde terug naar het palazzo om te gaan zwemmen. Het was warm en hij moest zorgen dat zijn verhitte gemoed wat afkoelde. Al baantjes trekkend dacht hij terug aan de zoen bij het fort: zoet, teder, hartstochtelijk – maar veel te kort. Hij had er wel de hele nacht kunnen blijven als zij had gewild. Het had hem de grootste moeite gekost om de knoopjes van Cosima's jurk niet open te maken en die van haar schouders te laten glijden. In plaats daarvan had hij zichzelf gedwongen om kalm aan te doen: dit was Italië, niet Engeland, waar de vrouwen maar al te graag in bed sprongen. Toen hij boven water kwam om adem te halen, hoorde hij zijn dochters met Sammy.

'Papa!' riep Juno, en ze kwam naar hem toe gerend en hurkte aan de rand van het zwembad neer. 'Waar was je nou?'

'In de stad.' Hij trok zichzelf omhoog om haar een kus te geven.

'Gaan we Stoute Krokodil spelen?'

Luca zette zich af naar het midden van het zwembad. 'De Stoute Krokodil heeft vandaag ontzettende honger,' gromde hij. Juno wurmde zich uit haar jurk en sjorde haar badpak aan, terwijl Coco op haar hoede vanaf de zijlijn toekeek. 'Kom op, Coco,' vleide haar vader. 'Je nagels hebben heus niet van het water te lijden. Als je er niet in komt, moet de Stoute Krokodil eruit komen om je te pakken.'

'Je mag het zwembad niet uit,' protesteerde Coco. 'Zo zijn de regels.'

'Wie heeft die dan bedacht?'

'Ik,' zei Coco, terwijl Sammy de achterkant van haar jurk openritste. 'Oma gaat een tutu voor me maken,' voegde ze er blij aan toe. 'Er komen een heleboel glitters op.' Luca keek vragend naar Sammy.

'Dat heeft ze beloofd, hè Coco?' zei Sammy.

'Nog meer werk voor die arme Ventura!'

Die avond lag Luca met zijn handen achter zijn hoofd gevouwen naar de schaduwen te kijken die het zilveren licht van de maan over het pleisterwerk wierp, en hij liet zijn gedachten aan Cosima de vrije loop. Hij had de luiken opengelaten, zodat de zachte geluiden van de nacht de kamer binnen konden komen: het getsjirp van krekels, het gescharrel van kleine dieren, het briesje dat door de bomen ruiste. Hij zou Caradoc graag vertellen wat er was gebeurd, maar hij was geen puber die wilde opscheppen over zijn nieuwste verovering. Hij was een man van in de veertig die voor het eerst verliefd was geworden. Zijn vroegere relaties, van Freya tot en met Claire, hadden zijn hart alleen maar aan de oppervlakte in beroering gebracht. Cosima was tot de kern ervan doorgedrongen en groef met elk onzeker glimlachje een beetje dieper. Alles aan haar fascineerde hem. Hij raakte haar aan, maar het voelde nog steeds of ze buiten zijn bereik was; hij kuste haar, maar ze bleef gereserveerd. En elke keer als ze glimlachte had hij het gevoel dat ze hem iets speciaals gaf wat ze aan niemand anders schonk.

Hij moest zijn ingedommeld, want om drie uur werd hij wakker van het gehuil van een van zijn dochters. Eerst dacht hij dat hij droomde; de meisjes huilden nooit om hem. Maar het gesnik klonk nu harder en dringender. Hij stommelde zijn bed uit en trok zijn kamerjas over zijn pyjamabroek heen aan. Toen hij hun kamer in kwam, zat Coco Juno te troosten. Hij nam haar in zijn armen. 'Wat is er, liefje?' vroeg hij vriendelijk, haar over haar voorhoofd strelend.

'Papa!' snikte Juno. 'Ik ben zo bang.'

'Ze heeft naar gedroomd,' zei Coco gewichtig.

'Alles is nu in orde. Papa is bij je.'

'Volgens mij is het de beer weer.'

Sammy verscheen in de deuropening, met haar haar in de war en haar ogen nog half dicht. 'Is alles goed?' vroeg ze, en ze sloeg haar armen over elkaar voor het krappe vestje dat ze aanhad op een gebloemde korte broek.

'Het is goed, Sammy, dank je. Je kunt terug naar bed.' Sammy maakte zich uit de voeten. 'Zo, schatje, vertel me nu eens waar je over hebt gedroomd.'

Juno drukte haar speelgoedrups tegen zich aan. 'Dat er een grote beer achter me aan zat.'

'In Italië zijn geen beren.'

'Het is ook geen echte beer, papa. Het is een monsterbeer,' zei Coco, en ze klauterde terug in bed.

'Nou, er zijn geen monsterberen. Denk je dat oma Romina monsterberen in haar paleis zou toelaten?' Juno glimlachte schuchter en schudde haar hoofd. 'Als je me nodig hebt, lig ik maar een klein stukje verderop aan de gang. Maar als je aan fijne dingen denkt, ga je ook van fijne dingen dromen.'

'Zoals Slokop,' zei Coco.

'En Stoute Krokodil spelen,' fluisterde Juno, terwijl ze haar ogen sloot.

Luca stopte haar weer in en gaf haar een kus op haar voorhoofd. Vervolgens ging hij naar Coco. 'Vervelend dat ze je wakker heeft gemaakt, schat.'

'Het geeft niet, papa. Daar ben ik aan gewend.'

'Wil je liever alleen slapen?'

Ze schudde haar hoofd. 'Juno heeft me nodig.'

'Je bent een lief zusje, Coco. Juno mag blij zijn dat ze jou heeft.'

'Krijg ik ook een knuffel?'

Luca was geroerd. Coco's liefde was moeilijker te winnen.

Toen hij weer in zijn eigen bed stapte, had hij een onbekende emotie ervaren: wat het betekende om nodig te zijn.

De volgende ochtend glipte Luca, na een vroeg zwempartijtje met de meisjes, weg naar de trattoria om Cosima te zien. Ze stond hem op te wachten in een groene jurk, met haar haar los over haar schouders. 'Hallo schoonheid,' zei hij terwijl hij zijn hand om haar middel legde en haar wang kuste. De geur van citroenen deed hem weer denken aan de vorige avond bij het fort.

Ze keek spiedend om zich heen. 'Pas op, Luca. Tussen Rosa en mij loopt het even niet zo lekker. Laten we het niet nog erger maken.' Hij keek haar niet-begrijpend aan. 'Ze heeft een oogje op je,' legde ze met scheef gehouden hoofd uit. 'Kijk je daarvan op?'

'Niet echt,' gaf hij toe. 'Ik kan ook niet ontkennen dat ik haar enigszins heb aangemoedigd.'

'Je bent een flirt!'

'Jij wilde niet met me praten,' protesteerde hij. 'Maar al vanaf de allereerste keer dat ik je zag trok je meteen mijn aandacht.'

'Op het strand, met Francesco.'

'Je zag er zo verdrietig uit. Het brak mijn hart.'

'Is hij er nu ook?'

Luca speurde de kade en het strand af. 'Nee. Meestal speelt hij daar bij die meerpaal. Dan weet ik dat jij in de buurt bent.'

'Dat neem ik dan maar van je aan; ik zou zo graag willen dat het waar is.'

'Ik wou dat ik het je kon bewijzen.'

'Ik moet je maar vertrouwen.'

'En je weet dat je dat kunt.' Hij pakte haar hand. 'Je kunt me volkomen vertrouwen.'

Ze liepen langs het water naar een besloten kiezelstrandje, waar ze gingen zitten uitkijken over de weidse zee.

'Jij bent heel speciaal, Cosima.'

'Ik heb me anders in heel lange tijd helemaal niet speciaal gevoeld.'

'Sinds Riccardo?'

'Ja, sinds Riccardo.'

Hij keek naar haar ernstige gezicht. 'Ik ben verliefd op je aan het worden.'

'Je kent me amper.'

'Dat doet er niet toe. Het gaat over het gevoel dat ik voor je heb. Ik vertrouw op mijn instinct. Je bent net zo speciaal als je zelf denkt.'

'Vertel me eens wat over jezelf,' zei ze toen hij zijn gezicht in haar hals begroef.

'Moeten we per se praten?'

'Ik heb ook gevoelens voor jou, Luca, maar ik wil ook de feiten kennen.'

'Zoen je me dan terug?'

Ze streek met een vinger over zijn stoppelige gezicht. 'Dan zoen ik met je tot aan de lunch.'

Rond het middaguur kwamen Dennis Mendoros en zijn dochter, Stephanie, aanrijden in zijn glanzende Maserati Quattro Porte. Dennis, die van Griekse afkomst was, was geboren in Sudan en opgegroeid in Yorkshire, en was het sterke accent dat Engelse vrouwen zo onweerstaanbaar vonden nooit kwijtgeraakt. Hij was gezegend met een donkere, mediterrane huid en intelligente bruine ogen, maar met zijn glimlach, die verblindend wit afstak tegen zijn bruine kleurtje, kon hij een klein continent verlichten. Romina, die Dennis altijd aantrekkelijk had gevonden, sloeg als een witlinnen vlinder haar armen om hem heen.

'Stephanie,' zei ze stralend, terwijl ze zich met tegenzin losmaakte uit de omhelzing van de vader van het meisje. 'Wat fijn dat jij er ook bent!' Ze liet haar blik over de langbenige jonge vrouw gaan die voor haar stond, en even speelde het door haar hoofd om Luca en haar aan elkaar te koppelen. Met haar lange, glanzende haar dat de kleur had van een kastanjebruine pony, en de bruine huid en ogen van haar vader, was ze een schoonheid. 'Hoe oud ben je nu, Stephanie?'

'Eenentwintig.'
Het kostte Romina moeite haar teleurstelling te verbergen. 'Wat jong nog,' verzuchtte ze. Té jong, dacht ze. *Che peccato!*

Ze ging hun voor door het palazzo naar het terras, waarbij ze hun onderweg de binnenhof met zijn zachtjes klaterende fontein en citroenbomen liet zien. Stephanie bewonderde de fraaie pasteltinten en elegante inrichting. 'Ik zou het heerlijk vinden om op zo'n plek te wonen. Er hangt zo'n vredige sfeer.'

'Dan moet je eerst je prins zien te vinden, Stephanoula,' antwoordde haar vader.

'Nou, in Incantellaria zijn genoeg knappe Italianen,' merkte Romina op.

'En als ze ook maar éven naar mijn dochter kijken, sla ik hun botten tot moes!'

Caradoc en Nanni zaten op het terras in afwachting van de lunch te praten over de verdiensten van de filosofen uit de oudheid; Ma zat in de schaduw limonade te drinken en mee te luisteren; Bill was in de tuin bezig te bekijken waar hij een grot wilde aanleggen; Sammy en de kinderen waren in hun kamers om zich na het zwemmen te verkleden.

Haastig kwam Bill de tuin door om Dennis te begroeten. 'Zo, kerel, wat leuk om je te zien!' zei hij terwijl hij hem stevig de hand schudde.

'Jullie hebben een prachtig huis,' zei Dennis vol bewondering. 'Je bent een zeer getalenteerd man, Bill.'

'Zonder mijn vrouw zou het me niet zijn gelukt.'

'Het was een daad van liefde,' zei Romina. 'Ziezo, wie ken je allemaal al?' Ze stelde iedereen aan elkaar voor, ervan genietend dat ze zo'n uitgelezen groep mensen had samengebracht.

'Dennis is een oude vriend,' legde ze haar broer en de professor uit. 'Hij maakt zijn eigen vliegtuigen.'

'Dat is een tikje overdreven, schat,' corrigeerde Dennis haar. 'Ik ben luchtvaartkundig ingenieur.'

'Maar hij heeft al van jongs af aan in helikopters en vliegtuigen gevlogen. Je bent te bescheiden, lieverd!'

'Je bent Grieks,' stelde de professor vast, met zijn ogen als een leguaan tot spleetjes geknepen. 'Met nog een vleugje van iets anders.'

'Ik ben geboren in Sudan.'

'Uit Kelbrook, Yorkshire,' voegde Stepanie eraan toe.

'Een verrukkelijke combinatie,' merkte Romina op.

'Als je niet al te nauw kijkt wel.' Dennis grijnsde schalks. 'Je moet nooit naar een ezel kijken als die je een cadeautje geeft.'

'Of, zoals wij zeggen,' zei Stephanie, 'je moet een gegeven paard niet in de bek kijken.'

Nanni brulde van het lachen. 'Ik mag jou wel, Dennis.'

'Kom eens, Stephanie.' De professor pakte haar bij de arm. 'Vertel me eens wat over jezelf. Je bent een heel mooi meisje. Ik ben te oud om het strijdperk nog te betreden, maar niet te oud om je vanuit de verte te bewonderen. En jij, mijn beste kind, kunt verzekerd zijn van mijn grootste bewondering.'

Luca was laat voor de lunch, glimlachend om zijn geluk. 'Wat een prachtige dag!' riep hij uit toen hij het terras op liep. Coco en Juno sprongen als aapjes van tafel en sloegen hun armen om zijn middel.

'Wat heb jij uitgespookt?' wilde zijn moeder weten.

'Vast niet veel goeds,' zei Ma. 'Hij lijkt mij vanochtend al te zeer met zichzelf ingenomen.'

'Ik heb in de stad de kranten gelezen,' antwoordde Luca koeltjes.

'Waarom moet je toch de hele tijd de stad in, terwijl hier de beste koffie geserveerd wordt, met de kranten die je vader speciaal koopt?'

'Veel avonturen vallen hier niet te beleven. Laat die jongen toch lekker zijn gang gaan,' zei Nanni, en hij wriggelde met zijn tenen toen Porci de vrijheid nam zich daarop neer te vlijen.

'Dennis en Stephanie ken je,' zei Bill.

Dennis stak zijn hand uit. 'Dat is lang geleden.'

'Ga me niet vertellen dat ik gegroeid ben,' lachte Luca.

'Tegen mij ook niet!' voegde Stephanie eraan toe.

'Maar dat ben je wel!' kaatste hij terug, en hij liep om de tafel heen om de jonge vrouw die hij als tiener had gekend te kussen.

'Wacht maar tot ze gaat staan,' voegde Romina eraan toe. 'Zulke lange benen heb ik nog nooit gezien.' Niet geschoten, altijd mis, dacht ze bij zichzelf.

Na een poosje kwam hun gesprek op het onderwerp van de indringer, en Bill vertelde Dennis geamuseerd dat zijn vrouw hem ervan had beschuldigd dat hij stiekem middagdutjes deed. 'Ik wou dat ik daar de tijd voor had,' klaagde hij.

'Daar heeft iedereen tijd voor, als hij wil,' antwoordde Romina.

'Ben je vandaag al bij het tuinhuis geweest?' vroeg Nanni aan zijn neef.

'Nog niet.'

'Maar je zei toch dat je de indringer op heterdaad wilde betrappen?' riep Romina uit. 'Ik durf er nu bijna niet meer heen, terwijl het mijn liefste plekje is op de hele wereld!'

'Misschien moet je de politie erbij halen,' opperde Stephanie.

'Wat denk je dat die dan doen? Op wacht staan soms?' zei Romina. 'De politie is hopeloos! Nee, Luca. Jij gaat haar in een hinderlaag lokken. Je hebt nu toch geen werk, dus dat wordt je nieuwe uitdaging. Wie die sjaal ook heeft achtergelaten, ik wil dat ze hier weggaat.'

Na de lunch nam Luca Dennis en Stephanie mee naar het tuinhuis, terwijl Coco en Juno in de schaduw bij hun grootmoeder gingen zitten tekenen. Onderweg door de tuin vertelde hij over de geschiedenis van het palazzo en de mysterieuze indringer. 'Ik geloof dat ik wel een idee heb wie het zou kunnen zijn, maar zolang ik het nog niet zeker weet hou ik het voor me.'

'Hoe wil je het gaan aanpakken?' vroeg Stephanie.

'Ik weet het nog niet precies, maar ik denk dat ik een val moet zetten.'

'Een rattenval om de rat te vangen,' zei Dennis. 'Maar dan heb je wel een flink brok kaas nodig.'

'Precies.' Luca maakte de deur open, en het stelde hem teleur dat het bed er nog even gladgetrokken bij stond als zijn moeder het de dag tevoren had achtergelaten. 'In míjn bed heeft niemand geslapen,' zei hij met een diepe berenstem.

'Jeetje zeg!' riep Stephanie uit. 'Dit is wel het allermooiste plekje dat ik ooit heb gezien.' Vol bewondering voor alle details dwaalde ze door het vertrek. 'Het is net een liefdesnestje. Ik snap wel waarom iemand zich erdoor aangetrokken voelt en hier wil slapen. Het is betoverend!'

'De *marchese* was anders wel een moordenaar,' zei Dennis.

'Maar hij moordde uit liefde,' zei Stephanie, terwijl ze met haar hand over de gladde marmeren replica van Donatello's *David* streek. 'Stel je voor: de vrouw van wie je houdt en van wie je denkt dat ze een onschuldig boerenmeisje is, heeft een verhouding met een gevaarlijke maffiabaas. Wat romantisch!'

'Waarom vermoordde hij niet alleen die maffiabaas?'

'"Je doet degene van wie je houdt altijd pijn,"' zong Luca. '"Degene die je juist geen pijn zou moeten doen."' Hij klonk net als de professor.

'Nou, ik kan de vrouw die hiernaartoe komt best begrijpen,' zei Stephanie. 'Het is alleen wel een beetje sneu om hier in je eentje te gaan liggen.'

'Een beetje sneu,' herhaalde Luca langzaam, krabbend aan zijn kin. 'Je hebt gelijk. De vrouw die hier gaat liggen is intens verdrietig. Ze komt hiernaartoe om zich dicht bij iemand te voelen.' Hij kreeg opeens een idee. 'Of omdat ze om iemand treurt.'

Zijn hart begon te bonzen.

Alba.

18

Romina was er zo door van de kook dat er een indringer stiekem haar tuinhuis binnenglipte dat ze uiteindelijk besloot de inbraak toch maar bij de politie aan te geven. Ze ging naar het politiebureau op het plein, een aftands gebouw met een bordes van drie treetjes dat naar deuren van stevig hout leidde. Binnen rook het muf naar verschaalde tabak en zweet. Ze liep het vertrek door naar de receptiebalie, die vol lag met kranten en tijdschriften, en wachtte tot iemand haar zou komen helpen. Het kantoor zelf was verlaten, maar bij de ingang hingen een paar carabinieri rond, die het onder luid gelach over schoonmoeders hadden en as morsten op de grond.

Romina was er de vrouw niet naar om te blijven wachten. Ze trommelde met haar vingers op de balie en riep luidkeels: 'Komt hier me nog iemand helpen, of moet ik eerst moord en brand schreeuwen?'

De twee carabinieri staakten hun geklets en wendden zich naar haar toe. Snel namen ze haar in zich op, en uit haar kostbare sieraden en kleding maakten ze op dat dit een dame was die gewend was haar zin te krijgen.

Eugenio mompelde tegen zijn vriend: 'Laat mij maar.' De andere man trok een gezicht, alsof hij wilde zeggen: 'Jij liever dan ik', en maakte zich uit de voeten. '*Signora*, het spijt me wel dat ik u heb laten wachten,' zei hij in een poging zijn geloofwaardigheid te herwinnen.

Romina liet haar blik over zijn gekreukte blauwe uniform en decoratieve epauletten gaan. 'Kennelijk is er niet veel misdaad in Incantellaria,' luidde haar schampere commentaar.

'Ja, godzijdank is het vandaag rustig,' antwoordde Eugenio. 'Wilt u plaatsnemen?'

'Graag,' antwoordde ze, en ze liep met hem mee naar een sleetse leren bank, waarop ze zich neerliet. Eugenio ging tegenover haar in een fauteuil zitten.

'Wat kan ik voor u doen?' vroeg hij.

'Mijn naam is *signora* Chancellor. Ik ben eigenares van het palazzo,' begon ze. Eugenio rechtte zijn rug. 'Daar hoort u van op.'

'Palazzo Montelimone.'

'Inderdaad.'

'Daar ben ik in geen jaren geweest,' mompelde hij.

'Nou, dan kunnen we u uitsluiten van ons onderzoek.'

'Onderzoek?'

'We hebben een indringer, inspecteur...?'

'Inspecteur Amato,' zei Eugenio. De regie over het gesprek dreigde hem te ontglippen. 'Wat voor indringer?'

'Ik denk dat het een vrouw is, omdat ze een sjaal heeft achtergelaten die naar parfum ruikt. Niet direct het soort parfum dat ik zou kiezen – en die sjaal trouwens ook niet.'

'In het palazzo?'

'Nee, in het tuinhuis. Hoe goed kent u het palazzo, inspecteur?'

'Goed,' antwoordde hij. 'In het verleden ben ik er vele malen geweest.'

'O ja?'

'Het was een bouwval, maar op heldere nachten kon je lichtjes door de kamers zien bewegen.'

Romina deed haar best haar ongeduld te bedwingen. 'Bent u bijgelovig, inspecteur?'

'Niet echt, maar er lopen hier genoeg mensen rond die dat wel zijn.'

'Dat weet ik. Het personeel praat over spoken. Het is tamelijk belachelijk.'

Hij haalde zijn schouders op. 'Een stad als deze vergeet nooit een bloederige geschiedenis.'

'Hoe melodramatisch! En wat hebt u over die lichtjes ontdekt?'

'We hebben niets ontdekt.'

'Nou, het licht is terug en ik wil dat u zich daarover buigt.'

Hij besloot haar tegemoet te komen. Ze zag eruit als het soort vrouw dat wel eens moeilijk kon gaan doen als ze het gevoel had niet serieus te worden genomen. 'Houdt u het tuinhuis op slot?'

'Ja, voortdurend. Ik heb de enige sleutel. Dus ofwel iemand krijgt het slot open, ofwel er is een sleutel in omloop waar ik geen weet van heb.'

'Hebt u overwogen het slot te vervangen?'

'Natuurlijk, maar mijn zoon wil de indringer betrappen.'

'Aha.' Dus Luca de held moest nadat hij Cosima had gered ook het palazzo redden. 'Is er schade aan uw eigendom toegebracht?'

'Niet echt nee. Maar het idee dat er een vreemde op het bed slaapt bevalt me niks. Het is bijzonder onhygiënisch.'

'Geen tekenen van braak?'

'Nee.'

'Dus uw veiligheid is niet in het geding?'

'Nee, nog niet.' Ze kneep haar ogen tot spleetjes. 'Maar op een plek als deze, met de geschiedenis waar u het over hebt, weet je dat nooit helemaal zeker.'

'Denkt u dat het iemand is die in het palazzo werkt? Een huishoudster, bijvoorbeeld, of een tuinman? Iemand die wrok koestert?'

'Ik heb aardig wat mensenkennis, inspecteur. Ik vertrouw de mensen die voor me werken. Trouwens, waarom zou iemand wrok koesteren? We hebben niets verkeerd gedaan. We hebben alleen maar een bouwval gekocht en die in zijn oude glorie hersteld. Hoe erg is dat?'

'Mij klinkt het nog steeds in de oren als een interne kwestie.'

'Nou, dat is het niet. Ik ken de mensen met wie ik het huis deel. Bovendien, die hebben een veel te goede smaak om zo'n sjaaltje te dragen.'

'Ik wil wel komen kijken, als u dat wilt, maar vermoedelijk kan ik niet veel doen. We beschikken niet over de middelen om dag en nacht de deur in de gaten te houden.'

'Dus moet ik dat maar aan mijn zoon overlaten?'

'Te horen aan de verhalen die de ronde doen is hij daar beslist toe in staat.'

'Toch wil ik graag dat u komt kijken. Uw aanwezigheid zou een grote geruststelling zijn.' Inspecteur Amato straalde helemaal niets uit wat ook maar in de verste verte geruststellend kon worden genoemd.

Luca speelde die middag verstoppertje met zijn dochters, waarna hij hen en Sammy meenam om thee te gaan drinken bij Fiorelli. Cosima zat aan een van de ronde tafels met Alba, diep in gesprek. Toen ze hem zag, glimlachte en zwaaide ze.

'Wat mag het zijn vandaag?' vroeg ze aan de kinderen. 'IJs maar weer?' De meisjes knikten gretig.

'Ook eentje voor Slokop,' zei Juno, die haar rups voor Cosima's gezicht liet dansen.

Luca wierp een blik op Alba. Zou zij de indringer kunnen zijn? Glipte zij soms het tuinhuis binnen om zich dicht bij haar overleden moeder te voelen? Net als Rosa was Alba een opvallende verschijning, met haar donkere haar, lichtgrijze ogen en haar gulle, aanstekelijke glimlach. Maar anders dan haar dochter had ze een rijpheid over zich die haar schoonheid diepgang verleende. Hij nam plaats en Cosima vroeg of Fiero de koffie wilde verzorgen terwijl zij een praatje bleef maken. Hij stak een sigaret op en dempte zijn stem, zodat ze niet afgeluisterd konden worden.

'Kan ik je vanavond zien?'

'Dat zou ik leuk vinden.'

'Ik kan je onmogelijk zo zien zitten zonder je te willen aanraken.'

'Dat zeg je zeker tegen al je vriendinnen?' plaagde ze.

'Vroeger wel, maar ik meende er niks van. Nu meen ik het uit de grond van mijn hart.'

Ze lachte ongelovig. 'Je bent half Italiaans.'

'De andere helft is degelijk en betrouwbaar Brits.'

'Waar zullen we heen gaan?'

'Nou, als je onze vriendschap graag geheim wilt houden, stel ik voor dat ik je om zeven uur kom ophalen; dan rijden we langs de kust en zoeken een restaurantje om een hapje te gaan eten, met daarna een mooie strandwandeling. Lijkt dat je wat?'

'Dat klinkt goed.'

'Of kun je moeilijk weg?'

Ze schudde haar hoofd. 'Ze zijn er wel aan gewend dat ik uren weg ben. Ik ben graag in mijn eentje. Dat weten ze.'

Fiero kwam de koffie brengen. Luca blies rookkringen en wierp een blik op de meisjes, die onder toeziend oog van Sammy even verderop aan het spelen waren met de plaatselijke kinderen. Ze lachten en deden met hen mee alsof ze al heel lang vriendjes waren. Na een poosje begon Juno met Slokop van de meerpaal af te springen; ze gooide hem in de lucht en ving hem al springend weer op.

'Je kinderen hebben het hier naar hun zin,' zei Alba. 'Hoe lang blijven ze?'

'Tot vrijdag,' antwoordde Luca.

'Tegen het eind van de week hebben ze vriendschap gesloten met alle kinderen in Incantellaria,' zei Cosima. 'En dan willen ze niet meer weg.'

'Waar is hun moeder?' informeerde Alba.

'Die is op vakantie met haar vriend.'

'Een leuke man?'

'Hij kan ermee door.' Luca deed zijn best niet bitter te klinken.

'Gaan ze trouwen, denk je?'

'Ik mag het hopen. Ze verdient het om gelukkig te zijn.'

'Dat is heel ruimhartig van je.'

'Het heeft geen zin om te gaan lopen wrokken.' Hij haalde zijn schouders op. 'We moeten om onze dochters denken. Hun geluk gaat boven het onze.'

'Ik heb een stiefmoeder,' zei Alba. 'In mijn jonge jaren had ik een hekel aan haar. Ik kon niet met haar overweg; ze was mij veel te onverzoenlijk en onverschrokken. Maar uiteindelijk accepteerde ik haar. Ze was de kwaadste niet. Ze heeft me de beste raad gegeven die ik ooit van iemand heb gekregen. Daardoor ben ik hier teruggekomen, en daar heb ik nooit spijt van gehad.'

Luca dacht terug aan Fitzroy, en zijn nieuwsgierigheid werd gewekt. 'Was er iets wat je in Engeland had kunnen houden?' vroeg hij behoedzaam.

'O, zeker. Ik stond op het punt om met een fantastische man te gaan trouwen. Hij was een schat, maar voor mij helaas niet genoeg.' Ze pakte Cosima's hand. 'Zie je, ik was verliefd geworden op een klein Italiaans meisje dat geen moeder had. We waren heel close met elkaar geworden. Toen ik wegging, miste ik haar zo dat ze een gat in mijn hart brandde. Een gat dat niemand anders kon vullen, omdat het een vorm had waar alleen zij in paste.' Cosima moest lachen om het bekende verhaal. Luca begon te begrijpen waarom Rosa zo jaloers op haar nicht was. 'Dus heb ik hem voor jou in de steek gelaten, Cosima. En ik heb nooit meer achteromgekeken.'

De ijsjes werden gebracht en de meisjes kwamen teruggerend om ze op te eten. Rosa stapte naar buiten met Alessandro, die naar de dokter was geweest omdat hij last had van zijn buik. Zijn blik klaarde op toen hij de meisjes zag, en zijn buikpijn was op wonderbaarlijke wijze ineens over bij het vooruitzicht van een schaaltje ijs. Rosa vond het maar niks dat Cosima bij Luca aan tafel zat alsof ze bij zijn gezin hoorde, maar ze herstelde zich enigszins toen Luca haar een glimlach schonk en informeerde naar haar zoontje.

'Kinderen!' zei ze met een schouderophalen. 'Die hebben altijd wel wat.'

Cosima stond op. 'Ik moest maar eens gaan. Geniet maar lekker van jullie ijs,' zei ze tegen de kinderen. Luca keurde ze geen blik meer waardig, uit angst om Rosa te ontrieven. Hij keek haar na toen ze wegliep en bewonderde het lichte deinen van haar heupen.

Vanuit het niets dook ineens Francesco op, die achter haar aan huppelde, met een veerkracht in zijn tred die er eerder niet was geweest. Ze waren zo dicht bij elkaar dat ze elkaar bijna aanraakten, slechts gescheiden door een dunne muur van vibraties, maar Cosima was zich er niet van bewust dat het kind waar ze om rouwde vlak bij haar was. Alsof hij Luca's gedachten las, draaide Francesco zich om, grijnsde hem toe en zwaaide toen.

Rosa fronste toen Luca moest lachen. 'Waarom lach je?'

'Nergens om. Ik moest gewoon even ergens aan denken.'

'Wil je niet zeggen waaraan?' Ze voelde zich beter nu haar nicht weg was.

'Ik denk niet dat jij het net zo grappig vindt als ik.'

'Probeer het eens.'

'Een andere keer,' zei hij, met een blik op zijn horloge. 'We moesten maar eens opstappen. Straks is het tijd voor de meisjes om in bad te gaan.'

'Het kan nog wel even, hoor,' zei Sammy. 'Het is tenslotte vakantie. Ze kunnen als je wilt best wat langer opblijven.'

'Nee. Ik moet ook terug,' zei hij, zonder Rosa's teleurstelling op te merken. Hij kon alleen maar denken aan Cosima en Francesco.

Cosima ging naar de kerk. Ze moest even alleen zijn om na te denken, op een plek waar ze haar tegenstrijdige gedachten op een rijtje kon zetten. Het schuldgevoel ging niet weg, maar nu had ze nog iets anders om zich schuldig over te voelen: haar groeiende gevoelens voor Luca.

Ze liep het gangpad door, sloeg voor het altaar een kruisje en ging zitten. Er liepen een paar mensen rond die de glinsterende heiligenbeelden en fresco's bekeken, genietend van de vredigheid die hier binnen heerste. Cosima knielde neer en bad voor haar zoon. Ze vroeg zich af hoe geloofwaardig het was dat Luca Francesco meende te zien. Niet dat ze dacht dat hij het verzon; ze vertrouwde erop dat hij eerlijk was. Maar ze maakte zich toch zorgen dat hij zich hem misschien had verbeeld, of andermans kind voor het hare had aangezien. Ondanks de bewijzen van de veer en de vlinder, en haar eigen verlangen om daarin te geloven, vreesde ze toch dat een enorme teleurstelling haar straks weer zou terugbrengen naar hoe ze er eerder aan toe was geweest: alleen en wanhopig.

Ze mocht Luca graag. Liefde was niet een woord dat ze snel zou gebruiken. Liefde was een woord dat aan Francesco was voorbehouden. Als ze toegaf dat ze verliefd op Luca dreigde te worden, voelde dat alsof ze op de een of andere manier haar zoon liefde ontnam. Luca had haar leven in korte tijd veranderd. Het ene moment lag ze nog in de zee en wilde ze aan alles een einde maken; even later droeg ze leuke jurken en bloosde ze onder zijn meelevende blik. Het gaf haar een ongemakkelijk gevoel, alsof ze weer een spijbelend schoolmeisje was. Als ze niet om Francesco bleef rouwen, was ze een slechte moeder; ze had hem tijdens zijn leven niet goed in de gaten gehouden, en moet je zien wat er was gebeurd. Wat zou er wel niet gebeuren als ze in de dood haar blik van hem afwendde? Verdiende ze het wel om gelukkig te zijn nadat ze zo nalatig was geweest? Zou haar schuldgevoel haar toestaan geluk te voelen?

Zo maalden haar gedachten. Als Francesco dood was, kreeg ze hem er niet mee terug door haar hele leven om hem te rouwen. Leefde hij nog in de geest, zoals Luca volhield, dan zou hij vast graag willen dat zij gelukkig was. Hij wilde kennelijk niet dat ze dood zou gaan; anders had hij Luca niet gesmeekt om haar te redden. Maar de stem van de schuld bracht daartegenin dat ze zich weer in het zwart moest hullen en haar rouw moest hervatten; daarin voelde ze zich op haar gemak, daar hoorde ze thuis.

Toen ze haar ogen opendeed, duurde het even voordat ze haar blik scherp kon stellen. Ze legde haar hand op de vloer om zich op te drukken en zag op de grond naast het knielkussen een veer liggen. Net als de veer die ze op de kaarsentafel had gevonden, was hij lang en wit. Dit kon geen toeval zijn.

Ze keek om zich heen. Er waren geen vogels in de kerk, en als iemand de veer daar had neergelegd terwijl zij zat te bidden, moest ze dat hebben gemerkt. Hij had er in elk geval niet gelegen toen ze was gaan zitten.

Op onvaste benen liep ze de kerk uit, de veer tussen haar duim en wijsvinger. Ze voelde zich licht in het hoofd van vreugde. Als dit een boodschap van Francesco was, dan moest hij daar wel mee bedoelen dat het in orde was dat ze met Luca omging. De veer betekende een zegen.

Ze ging op een van de bankjes op het plein naar de spelende kinderen zitten kijken. Wat verlangde ze ernaar haar zoon vast te houden en zijn lichaam tegen het hare te voelen. Wat hunkerde ze ernaar zijn zachte gezichtje te kussen en de vertrouwde geur van zijn huid op te snuiven. Ze voelde tranen prikken in haar ogen, maar herinnerde zich toen dat Luca haar had verzekerd dat ze nooit alleen was. Ze hield op met huilen en draaide de veer om en om. Als Luca gelijk had, was Francesco nu naast haar; misschien zat hij wel op dit bankje. *Als je hier bent, lieve schat, laat jezelf dan aan me zien, zodat ik het zeker kan weten.*

Toen Rosa en Alessandro weer thuiskwamen, wachtte Eugenio hen op op het terras.

'Wat ben je vroeg,' zei Rosa, terwijl Alessandro wegrende naar zijn zusjes in de tuin.

'Ik heb vandaag heel interessant bezoek gehad van de eigenaresse van het palazzo.'

'Wat wilde ze?'

'Ze beweert dat er iemand in het tuinhuis heeft geslapen.'

'Dat mens is niet wijs.'

'Ze wil dat ik kom kijken om onderzoek te doen.'

'Wat verwacht ze dat je zult vinden?'

'Een vrouw.'

'Hoezo, een vrouw?'

'Omdat ze daarbinnen een vrouwensjaaltje hebben gevonden.'

'Waarom zou iemand daar naar binnen gaan om er te slapen? Het is er griezelig.'

'Ik denk dat ze alleen maar gerustgesteld wil worden.'

'Nou, dan heeft ze daar de juiste man voor gevonden,' zei ze trots.

'Ik kan anders niet veel doen. Ze zegt dat haar zoon de indringer op heterdaad wil betrappen, dus ze is niet van plan er een ander slot op te zetten.'

'Dat is het eerste wat íк zou doen.'

Eugenio keek haar even aan. 'Als je het mij vraagt, is het daar wel een mysterieuze toestand.'

'*Mamma* denkt dat de *marchese* er rondspookt.'

'Wie weet,' gaf Eugenio toe. 'Ik ga er in elk geval eens een kijkje nemen. Heb je zin om mee te gaan?'

'Nee. Ik ben vreselijk nieuwsgierig, maar het lijkt me niet erg professioneel overkomen als je je vrouw meeneemt. Vertel me naderhand maar precies wat je hebt aangetroffen.'

19

Zoals afgesproken kwam Luca Cosima afhalen bij de trattoria. Ze had een zwarte jurk aangetrokken met rode geborduurde bloemetjes, en droeg een rode strik in haar haar. Toen hij naderbij kwam, rook hij de geur van citroenen, en hij voelde de welbekende steek van verlangen. Hij legde een hand om haar middel en drukte zijn lippen tegen haar hals.

Ze maakte zich los en spiedde om zich heen. 'Niet hier,' fluisterde ze. 'Zo meteen ziet iemand het nog.'

'Waarom zouden we stiekem doen? Ik kan mijn liefde wel van de daken schreeuwen.'

'Als je het maar laat!' Ze lachte gegeneerd. 'Kom, laten we hier weggaan.'

Over de kronkelende weg die tegen de heuvels aan gevlijd lag reden ze langs de kust. De zon begon te zakken aan de hemel en strooide een schittering over de zee. Met de raampjes open en de warme wind op hun gezichten waren ze allebei opgetogen, alsof ze jonge geliefden waren die er samen tussenuit piepten in gestolen tijd.

Cosima leidde hem een smalle weg op naar een restaurantje dat ze kende en dat tussen de bomen lag. Ze gingen op het balkon zitten, onder een plantenrek met kamperfoelie en citroenen. Langs de rand van het balkon waren grote tuinvazen neergezet vol roze bougainvillea en witte geraniums, en de geur van rozemarijn en olijfolie kwam aangedreven door het keukenraam. Een stel honden lag in het afnemende zonlicht op de tegels te slapen en vogels pikten broodkruimels van de grond. Een groepje kleine kinderen met groezelige gezichtjes en blote voeten speelde op de heuvelflank met een blikje Fanta en een paar stokken.

Luca pakte over de tafel heen Cosima's hand en streelde haar huid met zijn duim. Ze draaide zich om en keek uit over de zee. 'Wat is het mooi hier,' zei ze zachtjes, terwijl ze uit alle macht probeerde haar twijfels niet aan te wakkeren met gedachten aan haar zoon.

'Jíj bent mooi,' antwoordde hij. 'Hoe beter ik je leer kennen, hoe mooier je wordt.'

Ze glimlachte. 'Als ik in jouw ogen echt mooi ben, mag ik je wel in ere houden. Het gebeurt niet elke dag dat een man tegen me zegt dat ik mooi ben en het nog meent ook.'

'O, ik meen het zeker,' zei hij, haar diep in de ogen kijkend. 'Ik heb nog nooit van mijn leven iets zo gemeend.'

Na een poosje kwam er een grote vrouw met een donkere huid naar buiten om hun het menu te brengen. Ze was zo rijp als een perzik in de herfst, met roze wangen en grote, bolle ogen. Haar grijze haar was in een losse knot naar achteren gebonden, en in haar oorlellen bungelden lange kralenoorbellen.

'Ah, dit is het mooiste uitzicht voor geliefden zoals jullie,' zei ze grinnikend terwijl ze elk van hen een kaart overhandigde. 'Prosecco?'

'Twee bellini's,' zei Luca. 'Om onze eerste avond samen te vieren,' voegde hij er tegen Cosima in het Engels aan toe.

De vrouw streek een lucifer af en stak de kleine stormlantaarn midden op de tafel aan. 'Ziezo, dat is beter,' zei ze, achteruitstappend om het effect te bewonderen. 'Nu kunnen jullie dineren bij kaarslicht. Neem rustig de tijd om het menu te bestuderen. Ik kan de vis van harte aanbevelen. Jullie kunnen achterom komen en er eentje uitkiezen uit het aquarium.'

'Wat een schitterende plek is dit,' zei hij.

'Dit restaurant is beroemd. Of dacht je soms dat ik je met minder dan het beste genoegen liet nemen?'

'Dus je bent niet bang dat je een bekende tegenkomt?'

'Ik ben niet bang, ik wil alleen niemand tegen me in het harnas jagen.'

'Rosa.'

Ze sloeg haar ogen neer. 'Ze is niet makkelijk.'

'Gezien de manier waarop Alba over jou praat verbaast dat me niks.'

'Alba is als een moeder voor me.'

'Ik kan me niet voorstellen dat Rosa daar blij mee is.'

'Natuurlijk niet. Maar ze is gewoon niet blij met zichzelf.'

'Haar huwelijk?'

Cosima slaakte een zucht. 'Ze vindt Eugenio niet goed genoeg voor haar. Ze zou willen dat ze net zo was als haar grootmoeder, met in elke hoek van Italië een minnaar.'

'Valentina?'

'Ze is geobsedeerd door haar. Het zou me niks verbazen als zíj nog eens vermoord wordt aangetroffen op de weg naar Napels, in de auto bij een of andere miljonair en gehuld in bont en diamanten. Ik geloof geen seconde dat ze Eugenio trouw is. Ze denkt alleen maar aan materiële dingen die ze zelf niet bezit.'

'Ongeluk komt voort uit verlangen om te bezitten wat je niet hebt.' Hij keek haar doordringend aan. 'Ik zou ongelukkig zijn als ik jou niet kon krijgen.' Op het tafelblad vlocht hij zijn vingers door de hare. 'Ik wil met je vrijen.'

Ze bloosde en wendde zich af, haar blik ergens verloren in de richting van de zee.

'Ik weet het. Ik zal je niet onder druk zetten, liefste. Ik wil alleen dat je weet dat ik naar je verlang. We hebben alle tijd van de wereld.'

'Zou je zo lang wachten?'

Hij herkende zichzelf bijna niet meer terug. 'Ik zou voor altijd op je wachten.'

Eugenio had zijn oude Fiat opgehaald bij Gianni. Rosa had geprobeerd hem over te halen een nieuwe auto te kopen, maar ze hadden het geld niet voor onnodige uitspattingen. Ze was geërgerd weggebeend en had hem verweten dat hij haar niet goed behandelde. 'Ooit noemde je me Prinses,' had ze geklaagd. 'Jammer dat je me niet als een prinses kunt behandelen.' Dus had hij in plaats daarvan een mooie kristallen halsketting voor haar gekocht. Het was geen auto, maar ze was er blij mee geweest. Rosa was net een ekster: als het glom, vond ze het mooi.

Hij was benieuwd hoe het palazzo er nu uitzag. Tijdens de lange renovatie was het hele pand schuilgegaan achter steigers en niemand had het terrein op gemogen. Af en toe was er een bouwvakker naar de trattoria gekomen om koffie te drinken en een paar details prijs te geven, maar niet genoeg om de nieuwsgierigheid van de plaatselijke bewoners te bevredigen. Nu reed Eugenio de kronkelende oprijlaan op, onder de indruk van de fraaie bomen die de elegante welving van de toegangsweg omzoomden. De tuinen waren goed bijgehouden, grote struiken waren in volmaakte kegelvormen gesnoeid, het gras was gemaaid en de borders waren gewied. Het palazzo zelf benam hem de adem. Het was groots, met imposante torens en een prachtige ingang. Het oude steen ging naadloos over in de nieuwe gedeelten en de roze dakpannen op het dak blonken als koper in de ondergaande zon.

Hij liet de bel klingelen. Romina kwam opendoen en heette hem hartelijk welkom. Bij haar voeten bevond zich een roze varkentje met een luier om. 'Schrik maar niet,' zei ze luchtig. 'Dit is Porci. Een cadeautje van mijn broer. Echt iets voor Nanni om me een varken te geven!'

'Bijzonder is het in elk geval wel,' zei Eugenio. Hij kon niet wachten om Rosa thuis te vertellen over de schitterende band om de hals van het dier.

'Kom verder. Dan gaan we meteen naar het tuinhuis.'

Eugenio liep achter haar aan door de hof, zich verbazend over alle pracht en praal. Hoe moest hij dit in vredesnaam allemaal aan zijn vrouw beschrijven? Hij had er de woorden niet voor. Deze mensen moesten wel schathemeltjerijk zijn, dacht hij.

Buiten zat de rest van het gezelschap te kaarten of te kletsen onder het genot van glazen witte wijn. Er liep een dienstmeisje rond om de bestellingen op te nemen. Ze hadden het palazzo zeker omgebouwd tot een hotel, want niemand zou op zo grootse schaal gasten ontvangen.

Romina nam niet de moeite hem aan haar gasten voor te stellen. Toen ze het trapje af gingen naar de tuin, keek de professor over de rand van zijn kaarten heen. 'Ik zie dat de jonge Luca nu werkloos wordt gemaakt.'

'De politie doet toch niks,' zei Nanni.

'Ze zouden op z'n minst vingerafdrukken moeten nemen,' voegde Ma eraan toe.

'Er is toch niets gestolen?' zei Dennis. 'Er is niemand iets aangedaan en niemand is bedreigd. Wat hen betreft zou het iemand van ons kunnen zijn.'

'De kans is groter dat het een van hén is.' Ma knikte naar Ventura, die met een paar jonge meisjes druk in de weer was. 'In romans is het altijd ontevreden personeel.'

'Of de gastvrouw zelf,' zei Dennis met een lach.

'Mijn zus mag dan een groot gevoel voor drama hebben,' zei Nanni, 'maar ze heeft het veel te druk met zorgen dat het ons aan niets ontbreekt om voor haar eigen plezier een mysterie in het leven te roepen.'

Bij het tuinhuis maakte Romina de deur open en liet Eugenio binnen. Er was niets te zien wat deed vermoeden dat er iemand op het bed had gelegen. 'Ze komt hier niet elke nacht,' legde Romina uit.

Eugenio liet een laag gefluit horen. 'Dus dit was het liefdesnestje van de *marchese*?'

'Hoe weet u dat het zijn liefdesnestje was?'

'Dat verhaal gaat. Valentina sprak hier altijd met hem af. Het was hun speciale plekje.'

'Ik heb niets veranderd. Ik heb het precies zo gelaten als het was.'

'De *marchese* stond bekend als een schuinsmarcheerder,' zei hij grinnikend. Hij hield zijn hoofd scheef om de titels te lezen van de boeken die keurig op een rijtje in de boekenkast stonden. 'Erotica. Dat verbaast me nou helemaal niks.'

'Als hij nog zou leven, zou ik denken dat hij het was,' zei Romina, die haar armen over elkaar sloeg.

'Hij is dood, en ik denk nog steeds dat hij het is.'

'Doe niet zo belachelijk! Dode mensen komen niet terug. Als je dood bent, ben je dood. Punt uit.'

'Nou, er zijn geen tekenen van braak. Er is niets gestolen. Er is geen schade aangericht. Niets.' Hij haalde zijn schouders op. 'Zoals ik al zei, kan ik niets doen tot ze zich weer laat zien. In dat geval moet u me bellen.'

'Misschien komt ze niet meer terug. Wie weet heeft ze er genoeg van gekregen en is ze ergens anders heen gegaan,' zei Romina hoopvol.

'Ik zou maar eens goed op uw personeel letten, *signora*. En hou die sleutel te allen tijde bij u. Volgens mij zult u zien dat het niets te betekenen heeft.'

Na het diner maakten Luca en Cosima een wandelingetje over een klein kiezelstrand. Het schemerde. De eerste sterren waren net zichtbaar, twinkelend aan de indigoblauwe lucht. De wassende maan blonk als een opgepoetste zilveren munt. Hij vertelde haar over zijn huwelijk, zijn scheiding, zijn werk, en hoe het hem allemaal was gaan benauwen. Hij legde uit hoe zijn komst naar Incantellaria en het feit dat hij haar had leren kennen hem hadden veranderd.

'Ik voel nu dat ik leef en ben me bewust van al mijn zintuigen. Bewust van alles om me heen, van de kleinste bloempjes tot en met het briesje op mijn gezicht. Ik ben hier gekomen voor mijn rust, om uit te zoeken wat ik nu verder wil, wat ik wil gaan doen. Ik had nooit verwacht dat ik een heel ander mens zou worden.' Hij kneep in haar hand. 'Ik had nooit verwacht dat ik verliefd zou worden.' Ze liepen zwijgend verder, totdat hij bij haar aandrong op een antwoord. 'En jij? Ben jij ook verliefd op mij aan het worden?'

Ze haalde diep adem. 'Ja, Luca. Ik ben verliefd op je aan het worden. Maar ik ben bang.'

'Waarvoor? Voor Rosa?'

'Nee, niet voor mijn nicht. Ik ben bang om mezelf geluk toe te staan. Telkens wanneer ik me gelukkig voel, drukt er iets op mijn hart om me aan Francesco te herinneren.'

'Vind je niet dat je na wat er met je zoon is gebeurd wel een beetje geluk verdient?'

'Jawel...'

Hij bleef staan en nam haar in zijn armen. 'Francesco wil graag dat je gelukkig bent. Hij maakt je geen verwijten. Als hij er niet was geweest, zou je verdronken zijn.'

'Dat wil ik graag geloven.'

'Moet je horen, ik heb hem eerder op de dag gezien op de kade. Toen jij wegliep, rende hij achter je aan. Zijn tred had iets veerkrachtigs. Hij lachte naar me en zwaaide.'

Het verlangen glinsterde in haar ogen. 'Ik wil niets liever dan het geloven.'

'Vertrouw me, Cosima. Ik zou niet tegen je liegen. Dit is allemaal heel nieuw voor me. Ik weet ook niet goed wat ik ermee aan moet.'

'Waarom heb je me daar niks over verteld?'

'Ik wilde je niet verdrietig maken.'

'Snap je het dan niet? Dat is het enige wat me gelukkig maakt.'

Met hun armen om elkaar heen geslagen vervolgden ze hun wandeling. In plaats van dat Francesco's naam als een donkere wolk boven hen hing, praatten ze nu openlijk over hem. Cosima's angst verdween en ze vertelde met plezier over haar zoon – verhalen over zijn schelmenstreken en de grappige dingen die hij had gezegd. Luca was geïntrigeerd door het kind dat alleen hij kon zien, maar hij wilde Cosima graag onweerlegbaar bewijs geven van zijn bestaan als geest. Hij had alleen geen idee hoe hij met een geest in gesprek moest komen.

Ze gingen zitten op de kiezels en Cosima zette haar twijfels zo ver mogelijk van zich af. Ze liet haar verlangen de leiding nemen en was zich voor het moment alleen bewust van de ruwe sensatie van Luca's baardstoppels tegen haar huid, van de warmte van zijn lippen op de hare, de kracht van zijn lichaam toen hij zijn armen om haar heen sloeg. Bij Luca voelde ze zich veilig. Ze voelde zich weer zichzelf. De afgelopen drie jaar was ze niet meer geweest dan een moeder zonder kind om van te houden. Nu voelde ze zich weer een vrouw, die werd bemind door een man.

Toen Eugenio thuiskwam van het palazzo, trof hij Alba en Rosa bezig met de voorbereidingen voor het eten. Opgewonden vroeg zijn vrouw hem: 'En, hoe was het daarboven? Vertel me alles!'

Alba ging de keuken weer in om even naar de pasta te kijken. Zij wilde niets over het palazzo horen.

'Je weet niet wat je ziet,' zei hij, terwijl hij zijn pet afzette en zich op zijn schedel krabde. 'Ik heb het liefdesnest van de *marchese* gezien.'

'Heb je de indringer gevonden?'

'Wat ik al dacht: niets.'

'Wat saai. Zelfs geen klein spookje?' Rosa liet een roodgelakte vingernagel over zijn borstkas gaan.

'Zelfs geen klein spookje.'

'Ik zou wel eens met je willen vrijen in dat tuinhuis.'

'Dat zit er vast niet in, nu de jacht is overgedragen aan inspecteur Luca.' Hij deed geen moeite de wrok in zijn stem te verhullen.

'Dus hij gaat echt de deur bewaken?'

'Volgens mij wel. Hoe moet hij anders de indringer betrappen?'

'Ik ben dol op mysteries!'

'Als je het mij vraagt, is hier helemaal geen sprake van een mysterie. Maar weet je, volgens mij heeft ze een hotel van het palazzo gemaakt.'

'Dat meen je niet!'

'Ja zeker wel. Er zaten daar een heleboel mensen.'

'Zeg het maar niet tegen *mamma*. Die wordt vast woedend!'

'Wat mag ik niet weten?' zei Alba, die met een grote kom in haar handen in de deuropening verscheen. Eugenio en Rosa wisselden een blik.

'Het ziet ernaar uit dat die vrouw een hotel van het palazzo heeft gemaakt.'

Alba liet de kom bijna vallen. 'Echt waar? Weet je dat zeker?'

'Ze had zo veel gasten. Er waren zeker vijftien mensen op het terras,' overdreef hij. 'Ze zaten wijn te drinken en te kaarten.'

'Goed voor de trattoria, toch?' vroeg Rosa.

'Incantellaria kan zo veel mensen niet aan.'

'Ik geloof niet dat vijftien man nou zo veel uitmaakt.' Eugenio mocht zijn schoonmoeder graag plagen.

'Je weet niet hoeveel gasten daar onder te brengen zijn. Misschien heeft ze in augustus wel vijftig logés...' Alba liet zich neerzakken op een stoel. 'Ik vind het maar niks dat ze er een soort pretpark van maken. Ze profiteren natuurlijk van de geschiedenis van het palazzo en houden rondleidingen door de kamers. Er deugt niks van.'

'Mij lijkt ze wel aardig,' zei Rosa. 'Een tikje excentriek, maar best leuk.'

'Ik wil niet dat je erheen gaat, hoor je me?'

'Je kunt me niet tegenhouden, *mamma*. Ik ben zesentwintig. En trouwens, wat kan het nou voor kwaad?' Romina heeft me uitgenodigd met de kinderen. Ze hebben een zwembad.'

'Dat zal best,' onderbrak Alba haar nijdig. 'Voor al die gasten zeker!'

Rosa kneep haar ogen tot spleetjes. 'Maak je je nou zo druk over die gasten, of omdat ze een bouwval weer heeft opgeknapt?'

'Ik weet niet.' Alba wilde er niet verder over praten. 'Jij kunt erheen gaan, als je per se wilt, maar ík zet nooit meer een voet op die akelige plek.'

20

De dag na zijn diner met Cosima bracht Luca de ochtend met de kinderen door bij het zwembad. Coco sprong nu zonder aarzelen het water in en dook met een kreet van vreugde van haar vaders schouders. Beetje bij beetje gaf ze zich over aan het kind in haar. En de vrolijkheid waarmee ze terugkroop in haar eigen huid werkte aanstekelijk.

Om elf uur ging Luca, gedreven door het verlangen Cosima iets bijzonders te geven, erop uit om de vrouw met de citroenenboerderij te zoeken. Hij wist nog hoe ze heette: Manfreda. Dus deed hij navraag in het hotel op het plein en de weg werd hem uitgelegd. De boerderij heette La Marmella.

Hij reed over dezelfde kronkelweg waar hij de avond tevoren met Cosima had gereden, en glimlachte terwijl hij al voor zich zag hoe hij haar een mandje citroenen zou overhandigen en hoe verrast ze zou kijken. Hij maakte zich er geen zorgen om dat Rosa erachter zou komen. Als die zag hoe verliefd ze waren, zou ze het vast wel begrijpen. Hij had maar oppervlakkig met haar geflirt, en bovendien was ze getrouwd.

Na een paar kilometer kwam hij bij de citroengaard op de heuvelflank. De helling was beplant met de ene rij bomen na de andere, en de diepgroene bladeren glansden in de middagzon. Hij sloeg een weggetje in dat was omzoomd met oude platanen en reed door de schaduwen naar het huis aan het eind.

La Marmella was een charmante Italiaanse boerenwoning die was opgetrokken uit zandkleurig steen, met een verweerd dak met roze pannen en afbladderende gele luiken. De gevel was getooid met woekerende bougainvillea en tussen de rode bloempjes zwermden vlinders en bijen. Hij parkeerde voor het huis en trok aan een lange ijzeren stang om de bel binnen te laten klingelen. Na een poosje hoorde hij geschuifel van voeten en het wegschuiven van grendels, en uiteindelijk verscheen er een klein, sjofel vrouwtje. Ze was zo fijntjes gebouwd als een vogel en ze keek wakker uit haar waterblauwe ogen.

'Goedendag. Ik ben Luca Chancellor, ik ben een vriend van Cosima...'

Zodra hij Cosima's naam noemde, verzachtte het gezicht van het oude dametje. 'Cosima is ook een dierbare vriendin van mij,' zei ze. 'Kom binnen.'

'Ik ben op zoek naar ene Manfreda.'

'Dat ben ik. Ik ben heus nog niet te oud om mijn eigen voordeur open te doen.'

Ze ging hem voor naar een binnenhof met zuilen die met keitjes was geplaveid. In het midden bevond zich een oude bron, die nu gebruikt werd als bloembak en overstroomde met oranje bougainvillea. Alles kon hier wel een opknapbeurt en een verfje gebruiken, maar de aftandsheid had zonder meer zijn charme. De zon scheen naar binnen door het open dak en een paar duiven vlogen naar buiten de helderblauwe hemel in, waarbij hun gekoer weerkaatste tegen de oude muren van het palazzo.

'Wat hebt u een mooi huis,' zei Luca.

'Het is heel oud, net als ik. We zijn allebei wel aan een facelift toe.' Ze zocht steun bij de deurpost. 'Laten we naar buiten gaan, het is zo'n mooie dag.'

Ze gingen op het terras zitten, met uitzicht op de zee aan hun voeten. De tuin stond vol welig tierend onkruid en overwoekerde struiken. Inktgroene cipressen zwiepten heen en weer in het briesje en op een afbrokkelende muur groeide een overvloed van rozen.

'Tja, ik ben eigenlijk te oud voor zo'n groot huis,' legde Manfreda uit. 'Mijn zonen wonen in Venetië en Milaan, mijn dochter in Genève, en ik rol hier rond als een dobbelsteen. Gelasio en Vicenzo verzorgen de citroengaard. Veel levert die niet op, maar ik heb er plezier in en die jonge mannen werken hier al dertig jaar. Hou je van citroenen, Luca?'

'Ik ben er dol op, *signora*.'

'Net als Cosima,' knikte ze veelbetekenend. 'Je bent verliefd op haar, hè?' Haar vraag ontwapende hem. 'Je vraagt je zeker af hoe ik dat weet?'

'Ja, hoe weet u dat?'

'Het staat op je voorhoofd geschreven. Er was een tijd dat jonge mannen met dezelfde aanbiddende blik over mij praatten. Dat weet ik nog heel goed!' Ze werd ernstig. 'Cosima is een heel bijzondere vrouw.'

'Daarom wilde ik u ook ontmoeten. Ik wil citroenen voor haar kopen, als cadeautje. Ze zegt dat die van u de beste van heel Italië zijn.'

'Wat lief. Ik heb er alleen vandaag de dag niet veel mee te maken. Ik ben bijna honderd!'

'Dat meent u niet!' zei hij galant.

'Dat komt doordat ik met de ogen van een jonge meid uit een gammel oud omhulsel de wereld in kijk.'

'Cosima beweert dat ze uw citroenen van alle andere in de wereld kan onderscheiden.' Manfreda trok een gezicht bij de absurditeit van die gedachte. Luca haalde zijn schouders op. '*Ik* geloof haar wel.'

'In dat geval voel ik me gevleid. Het zou onbeleefd zijn om dat niet te zijn! Je mag zo veel citroenen meenemen als je wilt. Maar eerst moet je me eens wat over jezelf vertellen. Ik heb de hele dag nog niemand gezien en ik verveel me. Ik weet het gezelschap van een knappe jongeman wel te waarderen. Doe een oude dame eens een plezier. Je komt uit Londen, nietwaar?'

'Ja. Is mijn Italiaans dan zo slecht?'

'Helemaal niet. Het is juist heel goed voor iemand met een Engelse vader.' Luca begon zich ongemakkelijk te voelen. 'Ik ben geen heks, hoor,' stelde ze hem gerust. 'Ik heb geen bezemsteel, en ik heb hoogtevrees. Cosima heeft me over je verteld.'

'Dat had ik kunnen weten,' zei hij. 'Ze is ontzettend dol op u. Ze zal u vast alles vertellen.'

'Ik beschouw mezelf graag als een soort grootmoeder voor haar. Als klein meisje heeft ze haar moeder verloren, en ook al heeft Alba haar zo goed mogelijk bemoederd, ze zal altijd de last van afwijzing met zich meedragen.' Ze vertrok haar gezicht. 'En toen moest ze haar zoontje ook nog eens verliezen. Cosima heeft meer meegemaakt dan de meeste mensen. Ze is net een vogel met een gebroken vleugel. Ik zou alles voor haar doen. Echt alles.'

Op dat moment verscheen er een jong meisje in de deuropening. 'Ah, Violetta, je bent terug. Zou je ons wat limonade willen brengen? Dat is mijn hulp, Violetta. Ze is de dochter van Gelasio. Een zonnetje in huis en heel behulpzaam.'

'U kent Cosima zeker al haar hele leven?' zei Luca.

'Natuurlijk. Ze was een charmant kind, en ze is ook een charmante volwassen vrouw. Je kunt je wel voorstellen wat er door me heen ging toen ze haar hart verpandde aan een getrouwde man. Zo'n heerlijke meid die haar leven vergooit voor een kerel die haar nooit zo op handen zou dragen als ze verdient. Ze heeft een slechte keus gemaakt. Maar niets in het leven gaat verloren, weet ik uit eigen ervaring. Zelfs de slechte tijden kunnen ons belangrijke lessen leren. Ik ben zesennegentig en leer nog elke dag bij.' Ze boog zich naar voren, met ogen die scherp waren als die van een adelaar. 'Als ze niet verliefd was geworden op Riccardo, zou ze Francesco niet hebben gekregen. Als ze Francesco niet had gekregen, zou ze niet weten wat onvoorwaardelijke liefde is. Het lot geeft met de ene hand en neemt met de andere. Wie weet wat er haar nu ze Francesco kwijt is nog te wachten staat?' Ze glimlachte hem toe. 'Jij zult goed voor haar zijn, dat kan ik wel zien.'

'Ik wil haar ook beschermen. Maar dat moet ze dan wel toelaten.'

'Geef haar de tijd. Ze heeft sinds Riccardo haar hart niet meer opengesteld voor een andere man.' Violetta kwam naar buiten met een dienblad met glazen en een kan limonade. 'Maar citroenen? Dat is een goed begin. Ik geloof niet dat er ooit iemand op het idee is gekomen om haar citroenen te geven.'

Luca reed met een kofferbak vol citroenen terug naar Incantellaria en trof Caradoc op het terras verdiept in Poesjkin. 'Waar heb jij gezeten, jongeman? Ik heb je de laatste paar dagen amper gezien. Er is een vrouw in het spel, hè? Toch niet míjn vrouwtje?'

'Nee hoor,' stelde Luca hem gerust. 'Jouw vrouwtje is getrouwd.'

'Waarom heb je dat niet gezegd? We waren toch *partners in crime*?' Stijfjes stond hij op en schudde met zijn benen.

'Dat zijn we zeker. Ik wilde alleen eerst zien hoe het zou gaan voordat ik er iemand over vertelde.'

'Is ze net zo sappig als rijp fruit?'

'Geen fruit ter wereld kan aan haar tippen.'

Caradoc knikte goedkeurend en gaf hem een ferme klap op zijn rug. 'Ik zwijg als het graf, erewoord,' zei hij, terwijl hij naar de kaarttafel hompelde. 'Heeft iemand zin in een potje bridge voor het avondeten?'

Maar er was geen tijd meer om te bridgen, want Coco en Juno gaven een voorstelling. Ze deden een ballet op het terras in de nieuwe tutu's die Ventura voor hen had gemaakt. Iedereen moest één euro kijkgeld betalen en trof een fraai geïllustreerd programma op zijn stoel aan, dat de meisjes onder het toeziend oog van hun grootmoeder zelf hadden gemaakt. Onder luid applaus en een wolfachtig gefluit van Caradoc dansten ze wervelend en pirouettes draaiend op de muziek van *Peter en de wolf*.

Zodra hij na het eten weg kon, zocht Luca Cosima op in de trattoria. 'Heb je tijd om met me mee te gaan?'

'Het is vanavond niet druk. Ik ga even tegen mijn vader zeggen dat ik wegga.' Ze verdween het restaurant in en kwam even later met een vestje om haar schouders weer tevoorschijn.

'Ik heb iets voor je,' zei hij. 'Een cadeautje. Het ligt in de kofferbak van de auto.' Hij liep met haar de straat op naar het plein, waar hij de auto had geparkeerd.

'Wat is het – een hond?'

'Beter nog.' De kofferbak zwaaide open en onthulde een mand vol citroenen.

'O, Luca! Wat zijn ze mooi!' Ze pakte er eentje op en drukte hem tegen haar neus. 'Ze komen van La Marmella!'

'Dus dat zie je er echt aan af?'

'Het zijn de beste van de hele wereld. Dank je wel!' Ze sloeg haar armen om zijn nek.

'Als ik zo'n reactie krijg, koop ik elke dag citroenen.'

'Dan zal ik je elke dag zo kussen als nu.' Ze drukte haar lippen op de zijne. 'Dat is het allermooiste cadeau dat je me ooit kunt geven.'

Hij sloot de kofferbak weer. 'Waar wil je naartoe?'

'Zeg jij het maar.'

'Oké, laten we naar het tuinhuis van het palazzo gaan. Dat wil ik je graag laten zien.'

Ze bloosde. 'Het liefdesnestje van de *marchese*.'

'Inderdaad.'

'Ik ben daar een keer met Eugenio geweest toen het palazzo nog een bouwval was. Het tuinhuis zag er nog heel goed uit.'

'Mijn moeder heeft er niets aan veranderd.'

'Laten we ernaartoe gaan. Ik wil het graag weer eens zien.' Hij liep om de auto heen om het portier aan de passagierskant open te doen, maar ze pakte zijn hand. 'Nee. Ik weet een betere weg – een geheim pad de kliffen op. Ik wil op zo'n mooie avond niet in de auto zitten.'

Ze leidde hem langs de zee naar een besloten kiezelstrandje. Aan het uiteinde liep een graspad kronkelend omhoog de heuvel op. Het was al donker, maar de maan scheen helder genoeg om hen bij te lichten. Krekels tsjirpten in de struiken en af en toe schoot er een salamander over het pad, die doodstil in het gras bleef zitten tot ze voorbij waren. Ze liepen langzaam, pratend over niets in het bijzonder, genietend van de romantiek van de nacht en hun geheime tochtje naar de kliffen.

Uiteindelijk kwamen ze bij het tuinhuis. Luca stond er versteld van hoe makkelijk het was om het terrein van het palazzo op te komen en vroeg zich af of de mysterieuze indringer soms langs deze weg naar binnen kwam.

Luca draaide de sleutel om in het slot en duwde langzaam de deur open, half en half verwachtend dat er iemand binnen zou zijn. Maar tot zijn opluchting was het vertrek verlaten. Hij zocht in zijn zak naar zijn aansteker en stak de lamp op de commode aan. In de kleine ruimte was het warm en het rook er aangenaam naar hout. Hij deed de deur op slot en sloeg Cosima gade terwijl ze rondliep en met stijgende opwinding alle details in zich opnam. 'Wat een exotisch paradijs,' mompelde ze. 'Die boeken, die schilderijen, dit beeld hier van Donatello's *David*!' Ze streek met haar vingers over het marmer en liet ze even rusten op de wulpse welving van zijn heup. 'De *marchese* mag dan een moordenaar zijn geweest, maar hij was wel een heel zinnelijk man.'

'Met een uitermate goede smaak.'

Ze pakte een boek van de plank. '*Casanova*,' las ze van de rug met een grijns. Ze sloeg het boek op een willekeurige plek open en las hardop voor: '*Na die woorden trok ze haar kap naar achteren, liet haar haar los naar beneden vallen, ontdeed zich van haar lijfje, en terwijl ze haar armen uit haar hemd wurmde, toonde ze zich voor mijn verliefde ogen als een van de Sirenen op Correggio's beroemdste doek. Maar toen ik haar zag opschuiven om plaats voor mij te maken, begreep ik dat het nu gedaan was met de rede en dat de liefde van me vroeg dit moment aan te grijpen.*'

'De liefde vraagt ook van mij dat ik dit moment aangrijp,' zei Luca, naderbij komend.

Ze legde het boek neer en liep doelgericht op het bed af, hem ontwijkend in een sensuele dans om hem te laten wachten en zijn vuur aan te wakkeren. 'Ik stel me zo voor dat Valentina hier menig gelukkig uurtje heeft beleefd,' zei ze peinzend terwijl ze aan de gordijnen van het hemelbed voelde. 'Ik vraag me af of hij dit voor haar heeft gebouwd.'

'Ik heb wel eens gehoord van een man die verliefd werd op een actrice en een heel theater voor haar bouwde.'

'Wat mooi. Wat zou jij voor mij bouwen?'

'Een citroengaard.'

Ze draaide zich naar hem toe om hem aan te kijken. 'Dat is niet te veel gevraagd, hè?'

'Een stuk goedkoper dan diamanten en bont.'

'Wat zou ik voor jou bouwen?' Ze sloeg haar armen om zijn hals en keek hem in de ogen, zodat hij daarin in alle naaktheid haar verlangen kon zien.

'Dat is een goede vraag.'

'Een restaurant dat Luca heet.'

Hij lachte en bracht zijn gezicht zo dichtbij dat zijn neus bijna de hare raakte. 'Wat zou je daar voor me klaarmaken?'

'Taart,' antwoordde ze.

'Je ruikt naar citroentaart.'

'Eet me dan op, Luca.'

Luca had geen aanmoediging nodig. Hij concentreerde zich op al zijn zintuigen en deed zich aan haar tegoed alsof hij elk detail in zijn geheugen wilde prenten. Hij kuste haar hals, streek met zijn lippen zachtjes over haar huid, voelde de rimpeling van haar vel toen zijn aanraking haar deed huiveren. Hij kuste haar kaaklijn en haar wang, haar slaap en haar voorhoofd, en toen kuste hij haar lippen en opende zijn mond om haar dieper te verkennen. Ze knoopte zijn shirt open en schoof haar hand eronder om zijn borst en zijn stevige buikspieren te bevoelen. Ze liet haar vestje van haar schouders glijden, tegelijk met de bandjes van haar jurk, en hij liet zijn vingers over de gladde huid van haar decolleté gaan. De jurk viel neer van haar weelderige lichaam en vormde een plasje zijde aan haar voeten. Ze stond voor hem in niets anders dan haar slipje van zwart satijn en kant, en glimlachte schuchter. Hij hield zijn adem in bij de aanblik van haar fraai gewelfde lichaam in het gouden kaarslicht. Haar huid was bruin en glad, haar buik licht gebold, haar dijen stevig en welgevormd. Niet in staat zich nog langer te beheersen, leidde hij haar naar het bed en vlijde haar neer op de doorgestikte sprei. Ze zonk weg in de matras en rekte zich zinnelijk uit als een prachtige kat.

Hij wurmde zich uit zijn shirt en kwam naast haar liggen, genietend van de warmte van haar huid tegen zijn borst. Hij kuste de vallei tussen haar borsten, en toen lager, naar haar buik, die trilde terwijl hij zijn lippen er zachtjes overheen liet gaan. Met een lach trok ze hem omhoog om zich weer door hem op de mond te laten zoenen, terwijl ze de knoop van zijn spijkerbroek openmaakte en de rits omlaagtrok.

In het flakkerende kaarslicht, op het bed van de *marchese* in hoogsteigen persoon, trok Luca Cosima's slipje uit, waarna hij even genietend naar haar bleef kijken, zoals ze daar naakt en verlaten naast hem lag. Ze lag er zonder schaamte bij, haar armen en benen nonchalant over het bed gedrapeerd, klaar voor hem om zich aan te verlustigen. Hij nam er de tijd voor, proefde elke centimeter van haar met zijn tong, verslond elke verrukkelijke aanblik van haar met zijn ogen.

21

Claire belde de meisjes gewoonlijk elke avond voor het slapengaan. Luca maakte zich uit de voeten, zodat hij niet met haar hoefde te praten. Maar de volgende ochtend overhandigde Ventura hem de telefoon toen hij onderweg naar buiten door de hal liep. Hij had niet verwacht dat het zijn ex-vrouw zou zijn.

'Hallo, Claire.'

'Ha, Luca,' antwoordde ze, eveneens verrast. 'Hoe gaat het?'

'We amuseren ons kostelijk.'

'Hebben de meisjes het naar hun zin?'

Normaal gesproken zou Luca aanstoot hebben genomen aan haar toon, die deed vermoeden dat ze zich bij hem alleen maar ellendig konden voelen. Maar hij was in zo'n tevreden stemming dat hij ongevoelig was voor haar bitterheid. 'Ze hebben het heerlijk. Meestal zijn ze in het zwembad. Zelfs Coco komt los.'

'Hoe bedoel je, komt los?'

'Ze wordt weer kind. Ze gedraagt zich weer net zoals alle andere kleine meisjes.'

'In plaats van...?'

Luca moest lachen om haar defensieve houding. 'Heb jíj het wel naar je zin?'

'Jawel.' Haar stem klonk stekelig. 'Het was fantastisch. John kent zo veel mensen dat het een behoorlijke uitputtingsslag is geweest. Het waren allemaal belangrijke types, dus ik voelde me nogal tekortschieten.'

'Jij hoeft helemaal niet het gevoel te hebben dat je tekortschiet,

Claire. Waarschijnlijk ben jij stukken aantrekkelijker dan dat hele zootje bij elkaar.'

Zijn onverwachte complimentje overviel haar. 'Dat dacht ik niet, hoor,' mompelde ze, onzeker hoe ze deze vleierij moest opvatten.

'Ja zeker wel. Geloof mij maar. Ik heb oog voor elke vrouw die me op straat voorbijloopt. Jij bent heel wat aantrekkelijker dan de meesten. Anders zou ik ook nooit met je zijn getrouwd.'

Er viel een stilte. Deze nieuwe, ontspannen Luca maakte haar argwanend. Zelfs zijn stem klonk anders. 'Dus je bent nog niet gevallen voor de charmes van een Italiaanse met een dikke kont?'

'Ik heb twee kleine Engelse meisjes met een klein kontje bij me die me het grootste deel van de tijd met beide benen op de grond houden!' Ze lachte en Luca voelde dat ze zich ontspande.

'We zijn vroeg van Barbados vertrokken. Vanochtend zijn we teruggekomen. Ik verlang ernaar de meisjes te zien. Ik heb ze echt gemist.'

'Ze hebben jou ook gemist. Maar maak je om hen maar geen zorgen. Het is belangrijk dat John en jij samen leuke dingen doen. Hij wil je vast voor zichzelf hebben.'

'Hij vindt ze anders geweldig,' snauwde ze, opeens op haar hoede.

'Dat zal best. Ik wil alleen maar zeggen dat jullie tijd voor jezelf nodig hebben. Ik stuur ze echt wel terug zodra ze er hier genoeg van hebben. Ik heb echt van ze genoten. Als ze weg zijn zal ik ze missen.' Hij dacht eraan dat hij ze op het vliegveld zou moeten achterlaten en besefte dat hij dat meende. 'Ik geloof dat ik ze hoor. Wacht even.' En ja hoor, ze kwamen naar binnen na een vroeg zwempartijtje met Sammy; hun haar viel in lange natte pieken over hun rug. 'Ha, meisjes. Raad eens wie ik aan de telefoon heb?'

'Mammie!' riep Juno, en ze maakte zich los van Sammy en Coco.

'Ik geef ze je even, Claire.'

Cosima liep naar het oude uitkijkpunt en staarde uit over het bekende stuk zee. Die zag er nooit hetzelfde uit. Het licht was telkens anders en kleurde op subtiele wijze het water met een spectrum aan verschillende tinten. Vanochtend was de lucht hemelsblauw en de zon duizelingwekkend goud. De heldere lichtstralen vielen over de rijzende en dalende golven, zodat de kammen schitterden als diamanten. Eindelijk kon ze naar de zee kijken zonder dat haar maag zich samentrok van narigheid. Ze zou er nooit overheen komen dat ze Francesco verloren had

– een dergelijk verlies slaat een diepe wond, die nooit meer heelt – maar ze zou een manier vinden om ermee te leven.

Ze dacht aan haar liefdesnacht met Luca. Eén keer was niet genoeg geweest. Ze hadden van elkaar genoten totdat hun lichaam pijn deed van uitputting, en als verzadigde leeuwen waren ze blijven liggen in de warme nagloed van de liefde. Het enige wat haar geluk in de weg stond was schuldgevoel: over Francesco, over Rosa, die haar argwanend bezag, alsof haar mooie jurken en glimlach een belediging waren; schuldgevoel over het feit dat ze vrolijk kon zijn in de nasleep van een dergelijke tragedie. In de donkere uren van de nacht had ze het gevoel dat ze het niet verdiende om bemind te worden, maar in het frisse licht van de dag voelde ze een grote kracht. Het leven was er om geleefd te worden. Francesco zou graag willen dat zij gelukkig was. Zoals Alba tegen haar had gezegd, vergde het meer moed om te leven.

In het palazzo was Romina enorm opgetogen over de komst van de journalist van de *Sunday Times* die vanuit Londen was gearriveerd. Nadat ze een half uur met zichzelf had overlegd wat voor plaatje ze nou precies wilde neerzetten, kwam ze het terras op in een lange groenpaarse Pucci-kaftan, met daaronder een witte broek en goudkleurige sandalen. Ze had haar haar uit haar gezicht gekamd en er een lange witte sjaal omheen gebonden, waardoor haar heldere ogen en de levendige lijntjes op haar huid goed uitkwamen. In een wolk van tuberozengeur stapte ze tussen de openslaande deuren door.

Ma, Caradoc, Dennis en Nanni zaten op het terras te genieten van een laat ontbijt. Juno en Coco waren druk in de weer met de schetsboeken en kleurpotloden die hun grootmoeder voor hen had gekocht, terwijl Porci naast hen lag te knorren van plezier. Tot Nanni's grote opluchting had Sammy haar lichaam bedekt met een wit T-shirt op een roze korte broek, hoewel de aanblik van haar jeugdige bruine dijen al genoeg was om hem te doen verkrampen van onrust.

'Goedemorgen allemaal.' Romina kwam als een reusachtige vlinder op hen toe zweven. 'Waar is mijn zoon?'

'Die is gaan ontbijten in de stad,' zei Ma. 'We zien hem de laatste tijd niet veel. Hij heeft zeker een plaatselijke zwerfkat aan de haak geslagen.'

'*Pas devant...*' zei Romina met een blik op de kinderen. 'Ik mag hopen dat hij het tuinhuis niet is vergeten. Dennis, wees eens lief en ga er straks even kijken, wil je? De journalist van de *Sunday Times* komt vandaag en ik kan geen onaangename verrassingen gebruiken. Ik hoop maar dat hij de sleutel aan Ventura heeft gegeven, zoals ik hem gevraagd heb. Echt, sinds Luca hier is, is hij erg afwezig.'

'Hij is een jonge knul, Romina,' nam Caradoc het voor Luca op. 'Laat hem de sappige perzik toch van de boom plukken. Het komt hem toe om een beetje plezier te maken.'

'Natuurlijk komt dat hem toe. Maar hij had beloofd de indringer op te sporen.'

'Zodat we die kunnen vastbinden en roosteren aan het spit,' voegde Ma eraan toe.

'Als het een knappe meid is…' onderbrak de professor haar.

'Dan offeren we haar aan Luca,' grinnikte Nanni.

'Dat is veel te goed voor haar,' vond Ma. 'We willen haar toch niet belonen voor haar inbreuk?'

'En voor alle stress die ze me oplevert,' voegde Romina er snuivend aan toe.

'Heeft de politie niets gedaan om te helpen?' vroeg Caradoc.

'Natuurlijk niet! Die lopen alleen maar mooi te wezen met hun gouden epauletten en bruine kleurtje, maar je hebt er net zo weinig aan als aan etalagepoppen.'

Nanni dronk zijn koffie op en leunde achterover in zijn stoel, met een buik zo rond en zwaar als een wijnzak. 'Volgens mij is de indringer zich aan het installeren voor een lange en luxe zomer,' zei hij loom. 'En ik ga me neervlijen op een ligstoel, de ogen sluiten en nadenken over de grote filosofen uit de oudheid.'

'Werk maar niet te hard!' zei Ma. 'Straks verrek je nog een spier.'

'*Bella donna!*' verzuchtte Nanni. 'Ik zou het met je eens kunnen zijn, als het niet overduidelijk was dat ik geen spier héb om te verrekken.'

'O, in die hersenpan van je zitten er vast wel een of twee kleintjes verstopt!'

'Nou, als je ze vindt, moet je me waarschuwen. Dat zou mijn hele dag goedmaken.'

Romina schudde met toegeeflijke afkeuring haar hoofd. 'Als je minder zou drinken en roken, een beetje lichaamsbeweging zou nemen en de helft minder zou eten, zou je er nog wel meer vinden dan twee!'

Nanni daalde af over het terras. 'En dan vragen ze zich nog af waarom ik nooit ben getrouwd!'

Luca ontbeet in de trattoria, maar Rosa zou pas later komen, en Cosima werd helemaal niet verwacht. Hij wilde haar bellen, maar was bang dat hij haar nicht aan de lijn zou krijgen. Hij besloot een mobiele telefoon voor haar te kopen als hij de meisjes naar het vliegveld zou brengen. Hij wilde op elk moment contact met haar kunnen opnemen. Hoe charmant Incantellaria ook was, de tijd had er stilgestaan, ondanks pogingen om het met satellietschotels en breedband de moderne wereld binnen te trekken.

Alleen met zijn koffie en croissant leunde Luca achterover en liet de afgelopen nacht in gedachten de revue passeren. Hij dacht terug aan hoe ze had geroken, hoe ze had aangevoeld, aan het geluid van haar zuchten en haar hese lach. Op de een of andere manier had hij verwacht dat ze maagdelijk zou zijn. Ze had er in haar zwarte rouwjapon zo bescheiden uitgezien. Maar ze had de liefde bedreven met de speelsheid van een vrouw die leeft voor zinnelijke genoegens, en haar ongeremdheid had hem gefascineerd. Hij kon zich niet heugen dat hij ooit zo van een vrouw had genoten. Ze was een wezen dat uit vele lagen bestond, en hij kon zijn ongeduld om de volgende af te pellen amper bedwingen.

Zijn erotische mijmeringen werden onderbroken door Stephanie, die naar de stad was gegaan om wat boodschappen te doen. 'Mag ik bij je komen zitten?' vroeg ze terwijl ze haar zonnebril afzette.

'Natuurlijk. Waar heb je zin in?'

'Een espresso zou lekker zijn. Is het geen prachtige ochtend?'

'Een schitterende ochtend,' beaamde Luca, en hij stak zijn hand op om Fiero's aandacht te trekken. 'Waar heb je je vader gelaten?'

'Die is op de heuvel in het palazzo.'

'Als de kat van huis is...'

'... gaan de muizen shoppen.' Ze lachte en wierp haar haar achterover. 'Maar ik kom ook wat cultuur opsnuiven. De kerk is heel schattig. Ik kan me alleen niet voorstellen dat dat beeld ooit tranen van bloed zou vergieten. Het ziet er even solide uit als alle andere marmeren beelden die ik ooit heb gezien.'

'Wonderen zijn onverklaarbaar.'

'Net als magie.'

Luca schudde zijn hoofd. 'Er is een wereld van verschil tussen wonderen en magie. En, Stephanie Kate, hoeveel hoopvolle jongemannen heb jij in Yorkshire achtergelaten?'

Rosa liep de heuvel af naar de stad. Ze was niet in een beste bui. Hoe meer Cosima lachte en glimlachte, hoe chagrijniger Rosa werd. Hoe kon je zo plotseling veranderen, van een vrouw in de rouw in een vrouw die verliefd was? Zo'n dramatische metamorfose was alleen mogelijk als haar vroegere ellende maar een smoesje was geweest, een passief-agressieve manier om aandacht te krijgen. Alba was daar fel tegen ingegaan toen ze dat had geopperd, en had haar nichtje als een tijger verdedigd. Volgens haar had Cosima een zetje nodig gehad om haar uit haar verdriet te halen. Haar mislukte zelfmoordpoging had haar doen inzien hoe graag ze wilde leven. Luca had laten zien dat ze zich weer aantrekkelijk kon voelen, en tot iemand aangetrokken. Het stond buiten kijf dat hij Cosima niet koud liet, maar Rosa kon niet geloven – wílde niet geloven – dat hij dezelfde gevoelens voor haar kon koesteren.

Toen ze bij de trattoria kwam, zat hij daar met zijn donkere bril, zijn hemelsblauwe shirt en zijn charisma dat hem omhulde als een duizelingwekkende mist. Hij zat te kletsen en te lachen met een bijzonder knappe jonge vrouw die ze nog niet eerder had gezien. Rosa's woede vervloog. Als hij verliefd was op Cosima, zou hij nooit zo met een ander zitten te flirten.

Toen ze het terras op stapte, zwaaide Luca naar haar. Rosa's hart maakte een sprongetje. Ze merkte op dat hij zijn blik goedkeurend over haar nauwsluitende rode topje en strakke spijkerbroek liet gaan, tot en met haar fraaie rode teennagels die uit hooggehakte sandalen met open neuzen tevoorschijn piepten.

'Hoe kun je daarop lopen?' vroeg hij.

'Kwestie van oefenen,' antwoordde ze, en ze zette in een uitdagende pose haar handen in haar zij. 'Mijn voeten zijn niet gemaakt voor platte schoenen.' Ze wendde zich tot zijn metgezel, duidelijk verwachtend te worden voorgesteld.

'Dit is mijn oude vriendin Stephanie. Ze komt uit Engeland.'

Rosa glimlachte hartelijk en schudde haar de hand. 'Wat leuk om een oude vriendin van Luca te ontmoeten. Hij is nu een oude vriend van mij!' Zonder op een uitnodiging te wachten ging ze zitten. 'En, hoe gaat het met je?'

'Goed hoor,' zei Luca. 'Mijn moeder is in alle staten in afwachting van de journalist van de *Sunday Times*.'

'Zeg maar tegen hem dat hij hiernaartoe moet komen om eens een woordje met mij te spreken. Als hij de waarheid over Incantellaria wil weten, en over alle moorden en schandalen die er hebben plaatsgevonden, weet ik alles wat er te weten valt. Ik heb alle krantenknipsels over de moord op mijn grootmoeder bewaard.'

'Vermoordt je moeder jóú dan niet omdat je roddels verspreidt?'

'Het zijn niet echt roddels, Luca. Het is geen geheim. Iedereen die destijds hier was kent het verhaal. Mijn familie heeft geprobeerd het geheim te houden, maar hoe hadden ze dat gekund? Mensen praatten erover en journalisten schreven het allemaal op. Valentina was mijn grootmoeder en ik heb het recht te doen wat ik wil met wat ik weet. Trouwens, het is heel lang geleden, en het is een geweldig verhaal. Mijn moeder zou er eens wat relaxter over moeten doen, net als mijn vader, en iedereen eens precies moeten vertellen hoe het nou echt zit!'

'De beroemde Panfilo,' zei Stephanie. 'Ik mag hopen dat ik in de buurt ben om met hem kennis te maken.'

'Blijf je niet lang dan?' vroeg Rosa, terwijl ze probeerde erbij te kijken alsof het haar speet. 'Jammer, hoor. Mijn vader is een heel apart figuur. Iedereen is dol op hem. Ik ga mee als hij foto's komt nemen,' zei ze, zich tot Luca wendend. 'Ik wil het palazzo graag zien. Het is een hele tijd geleden dat ik op de heuvel geweest ben.'

'Het tuinhuis is het enige wat je zult herkennen.'

'Het tuinhuis...' Rosa's ogen lichtten op. 'Het geheime liefdesnestje van de *marchese*. Die plek heeft iets magisch.'

Luca dacht aan Cosima. 'Op dat punt, Rosa, moet ik het met je eens zijn.'

Luca was teleurgesteld dat Cosima niet naar de trattoria kwam, maar het verbaasde hem niet. Hij had beloofd om discreet te zijn tegenover Rosa, en het was ongemakkelijk om elkaar bij het familierestaurant te treffen. In plaats daarvan hadden ze afgesproken om die avond weer uit eten te gaan. Hij was van plan om haar daarna mee te nemen naar het tuinhuis. Nu de dagen verstreken en er geen verdere bewijzen waren gevonden dat er iemand was geweest, was hij er zeker van dat de mysterieuze Goudlokje ofwel had besloten ergens anders te gaan slapen, ofwel zich had laten afschrikken door hun plotselinge vastbeslotenheid om haar te vinden.

In het palazzo namen Coco en Juno na de lunch afscheid van hun grootouders, die hen hartelijk omhelsden.

'Komen jullie gauw weer terug, schattebouten?' zei Romina terwijl de tranen haar in de ogen sprongen. 'Ik ben er zo aan gewend geraakt om jullie stemmen te horen vanuit het zwembad. Ik zal jullie allebei verschrikkelijk missen.'

Bill klopte hun op hun hoofden alsof ze honden waren, maar in zijn ogen stond een diepe genegenheid te lezen. 'Als jullie terugkomen, is mijn grot af,' zei hij trots.

Coco probeerde enthousiast te kijken, ook al wist ze niet goed wat een grot was.

'Ik zal juffrouw Slokop missen,' zei Caradoc, terwijl hij de pluchen rups aaide.

'Je mag hem niet hebben!' riep Juno uit, en ze trok haar speelgoedbeest weg en drukte het tegen zich aan.

'Scheiden doet lijden,' zei Romina toen de meisjes wegliepen.

'Het is beter dan het alternatief,' zei Caradoc. 'Ongeluk, ruzies, onzekerheid. Op deze manier ervaren ze tenminste de liefde van allebei hun ouders, zonder dat ze hoeven toe te kijken hoe de twee mensen van wie ze het meest houden elkaar naar de strot vliegen.'

'Maar ik zie ze bijna niet meer.'

'Je krijgt ze heus nog wel vaker te zien, let op mijn woorden. Moet je je zoon nou eens zien. Toen ze hier aankwamen, had hij geen idee wat hij met ze aan moest. Nu is hij een toegewijde vader. Ze komen heus wel terug.'

Luca stapte met Sammy de auto in en zwaaide toen ze de oprijlaan af reden. Ze babbelden wat, en vielen toen stil. Hij kon wel aan hun gezichten zien dat ze het alle drie jammer vonden om weg te gaan. Hij probeerde hen op te vrolijken, maar ook hij trok zich algauw terug in zijn gedachten en verbaasde zich erover hoe na ze elkaar in die ene week waren gekomen. Sammy zette de radio aan en luisterde naar Italiaanse popsongs. Luca wierp via de spiegel een blik op de meisjes. Italië had hun goedgedaan. Ze zagen er stralend en kerngezond uit; hun ogen glansden, op hun wangen lag een blos. Coco zag hem naar haar kijken.

'Vergeet je niet me elke avond voor het slapengaan te bellen, Coco?' Ze knikte en de blik in haar ogen stelde hem gerust.

Hij richtte zijn aandacht weer op de weg, maar voelde zijn hart zwellen van triomf. Dankzij hun verbeterde relatie was ze opengegaan als een bloemknop in de lente. Ook al verrieden haar ogen nog steeds te veel kennis van de grotemensenwereld, toch glimlachte ze met de onschuld van een klein meisje.

Bij het vliegveld stapten de twee meisjes met tegenzin uit de auto. Juno pakte haar vaders hand, met Slokop tegen haar borst gedrukt. Coco liep naast hem en droeg gewichtig haar roze tas.

'Wat heb je daarin zitten, lieverd?'

'Een heleboel dingen.'

'Zoals?'

'O, broodjes die Ventura voor ons heeft gemaakt. Koekjes. Potloden en papier. In het vliegtuig ga ik een tekening voor je maken.'

'Dat zou ik leuk vinden,' zei hij.

'Ik ga er ook een voor je maken!' voegde Juno eraan toe, om zich niet de loef te laten afsteken.

'Ik ga het palazzo tekenen, met oma en opa die ons uitzwaaien.'

'Ik ga jou tekenen als de Stoute Krokodil!' giechelde Juno. 'Met grote witte tanden en een lange schubbenstaart.'

'Laat mama ze maar opsturen. Dan hang ik ze op in mijn slaapkamer.'

'Mogen we snel terugkomen?' vroeg Coco.

'Zodra jullie weer vakantie hebben.'

'Beloofd?'

'Beloofd.' Hij nam haar in zijn armen. 'Ik wacht op jullie.'

22

Luca bleef zwaaien tot de kinderen uit het zicht waren en liep vervolgens langzaam terug naar de auto, terwijl er een zwaar gevoel als een wolk over hem neerdaalde. Hij was gewend geraakt aan het geluid van hun stemmetjes, aan hun kleine handjes in de zijne, aan hun armen die om zijn benen werden geslagen, aan hun verwachtingsvolle gezichtjes die glimlachend naar hem opkeken. Hij probeerde een golf van heimwee te verdringen door aan Cosima te denken. Hij parkeerde in de stad en toog op weg om een mobiele telefoon voor haar te kopen. Dat was een prima afleiding, en weldra klaarde zijn stemming weer op toen het beeld van haar vriendelijke gezicht als een zon door de wolk heen brak. Op de terugweg naar de auto kwam hij langs een juwelierszaak, en hij stapte naar binnen.

Bij het geluid van de taxi die buiten knarsend tot stilstand kwam op het grind, haastte Romina zich door de hoofdingang van het palazzo om de journalist welkom te heten. Porci, die geen besef had van de reikwijdte van deze gedenkwaardige gebeurtenis, dribbelde langs haar heen om aan de autobanden te snuffelen. Als hij een hond was geweest, zou hij zijn poot hebben opgetild om te laten zien dat hij hier heer en meester was, maar aangezien hij slechts een klein varkentje was, knorde hij alleen maar wat en drentelde verder om op de met gras begroeide helling op zijn rug te gaan liggen rollen.

De journalist keek nog eens goed naar hem, zo met zijn witte luier om, en boog zich dichter naar het raampje om het beter te kunnen zien.

Romina kon haar ongeduld niet bedwingen. 'Schrik maar niet van Porci. Hij bijt niet,' zei ze, zich glimlachend naar binnen buigend de auto in.

'Wat apart,' zei de vrouw, en ze pakte haar gigantische zwartleren handtas en schoof over de stoel. Ze had een gebeeldhouwd blank gezicht met een donkerrood bobkapsel, dat even vierkant was geknipt als het blad van een spa. 'Wauw, wat een paleis!' Toen ze uit de auto stapte, bleven Romina's ogen rusten op haar rode netkousen, korte spijkerrokje en zwartleren laarzen, en ze deinsde achteruit.

'Mijn hemel, in die kleren zul je het wel warm krijgen!'

'In Londen was het koud. Ik heb dunnere kleren in mijn koffer.'

'Blij dat te horen. Ik ben Romina, je gastvrouw.' Formeel stak ze haar hand uit.

'Fiyona Pritchett,' antwoordde Fiyona, waarbij haar felrood gestifte lippen zich tot een glimlach plooiden. 'Fiyona met een y.'

'Hallo, Fiyona met een y. Eindelijk dan toch! Nou, laten we hier niet blijven staan omkomen van de dorst.' Fiyona pakte haar koffer op. 'Nee, nee! Laat de mannen ook maar eens werken. Ik zeg wel tegen Ventura dat ze die door een van de jongens naar je kamer moet laten brengen.'

'Kan hij hier wel buiten blijven staan?'

'Nou, ik denk niet dat Porci ermee vandoor gaat!'

Fiyona liep achter haar aan door het huis naar het terras en keek geboeid om zich heen. 'Wat een verbijsterende plek,' zei ze.

'Weet ik. Zijn we niet de gelukkigste mensen van de hele wereld? Toen we hier kwamen, was het één grote bouwval. Er groeide gras in de kamers en klimop op de muren, en in de achtergebleven meubels huisden dieren. Het was een verschrikkelijke bende.'

'Zijn er al foto's gemaakt?'

'Nee. Maandag.'

'Mooi. Dit pand zal wel een bloedige geschiedenis hebben.'

'Een heel duistere geschiedenis.'

'Ik zou wel wat plaatselijke bewoners willen spreken.'

'Spreek je Italiaans?'

'Ja, daarom hebben ze mij ook gestuurd. Op de universiteit las ik Frans en Italiaans. Dat is inmiddels lang geleden, maar ik oefen wanneer ik maar kan.'

'Mijn zoon gaat wel met je mee de stad in. Hij is degene die zich onder de plaatselijke bevolking mengt.' Ze trok veelbetekenend haar wenkbrauwen op. 'Hij is onlangs gescheiden, en volgens mij is hij de verloren tijd aan het inhalen.'

'Hij is net weg uit de City, toch?'

Romina was verrast. 'Ben je op de hoogte van Luca's wedervaren?'

'Ik heb mijn huiswerk gedaan.'

Buiten waren Caradoc, Nanni, Dennis en Ma verdiept in een potje bridge. Romina stelde hen voor, waarna ze met Fiyona naar de tafel liep om haar een verfrissing aan te bieden.

'Ik heb Earl Grey en koffie,' zei ze.

'Koffie graag – sterk.'

Met groeiende teleurstelling nam Romina haar op. Fiyona was helemaal niet zoals ze zich had voorgesteld. Ze had iets stugs over zich – duidelijk afkomstig uit een minder gegoed milieu – en ze was niet knap, al was ze zonder meer opvallend; haar huid was doorschijnend en haar ogen hadden een onwaarschijnlijke kleur groen. Romina vermoedde dat ze gekleurde contactlenzen droeg.

'Verbrand je snel in de zon?'

'Ja. Net als een orchidee smacht ik naar schaduw.'

'Je bent heel blank.'

'Ik hoef me er tenminste geen zorgen over te maken of ik wel bruin genoeg ben. Dat zou geen zin hebben. Nou ja, dankzij Nicole Kidman en Madonna is het mode geworden om wit te zijn.'

'Je blijft er in elk geval langer jong uitzien zo,' zei Romina, die zich vast had voorgenomen vriendelijk te zijn.

'Niet met het soort leven dat ik leid. Dat is vechten tegen de bierkaai. Ik drink en ik rook, en ik ga graag laat naar bed. Ik zal er altijd ouder uitzien dan ik ben.'

'En, hoe lang schrijf je al voor de *Sunday Times*?'

'Ik ben al twintig jaar freelancejournalist.'

'Goeie help, dan ben je zeker heel jong begonnen?'

'Ja, dat geloof ik wel. Ik raak in vuur en vlam van feiten.' Ze kneep haar ogen tot spleetjes. 'Ik ben dol op mysteries.'

'Die zijn hier volop te vinden.'

'O, ik ben al op de hoogte van de *marchese*, de vrouw die hij vermoordde, Valentina, en haar gekwelde fiancé Thomas Arbuckle. Helaas wil hij niet praten. Hij is nu in de tachtig – moet je voorstellen! Je kunt mensen maar tot op zekere hoogte blijven lastigvallen, en bij pesterij trek ik een grens.'

'En weet je ook dat Valentina's broer de *marchese* heeft vermoord?'
'Nee, dat wist ik niet. Een daad van wraak. Logisch, wel.'
'De mensen hier praten niet graag over het verleden. Mijn zoon en de professor hebben die wetenswaardigheid ontdekt nadat ze een oude man in de stad hadden gesproken.'
'Is er ooit ergens over al die dingen iets geschreven?'
'Er doen verhalen de ronde.'
'En de mensen die het echt weten kunnen praten niet?'
'Die willen geen oude koeien uit de sloot halen.'
'Maar ik wel. Oude koeien uit de sloot halen is wat ik het beste kan!'
Romina voelde haar teleurstelling wegsmelten. Ze hoefde deze vrouw tenslotte niet *aardig* te vinden. Het doel was dat ze een artikel zou schrijven over de grootsheid van het palazzo en de ongelofelijke gedaanteverwisseling die het had ondergaan onder de handen van twee zeer getalenteerde mensen. De kans was groot dat, zodra ze was opgestapt, hun wegen zich nooit meer zouden kruisen.
'Om je de waarheid te zeggen, zou ik mijn aandacht liever op het heden richten. Wie woont hier nu? Wat is er met de vorige eigenaren gebeurd? Hoe kun je iets opbouwen op zo'n macabere basis? Kun je ooit echt aan het verleden ontsnappen?'
'Je gaat me toch niet vertellen dat je in spoken gelooft?'
Fiyona ontblootte twee lange hoektanden, als een wolf. 'Nee, dat niet – maar mochten die hier rondzwerven, dan wil ik ze dolgraag ontmoeten!'

Luca kwam thuis op het moment dat het bridgespel ten einde liep; de vier spelers zaten er verhit over na te praten. Hij stapte op de journalist af om zich voor te stellen.
'Dus jij bent de befaamde Luca Chancellor. Je ziet er heel anders uit dan ik had verwacht.'
'Jij ook!'
'Je wekt de indruk van een man die al maanden lekker relaxed rondloopt onder de Italiaanse zon.'
'Moet ik dat als positief opvatten?'
'Voor iemand die niet van plan is naar het kantoorleven terug te gaan wel.'
'Ik heb op dit moment geen plannen om wat dan ook te doen.'
'Mazzelaar!'

Hij ging zitten en tikte een sigaret uit zijn pakje. 'Heb je Fiyona al rondgeleid?' vroeg hij aan zijn moeder.

'Ze is er nog maar net. Hoe ging het met de kinderen?'

'Die hadden volgens mij helemaal geen zin om weg te gaan. Ze hebben het hier heerlijk gevonden.'

Romina straalde. 'Dat doet me deugd. Ik hoop maar dat ze gauw terugkomen.' Ze wendde zich tot Fiyona. 'Mijn kleindochters – heerlijke meisjes. Allebei even knap als mijn zoon.'

Fiyona keek toe hoe hij zijn sigaret aanstak. 'Gelukkig ben ik niet de enige die rookt.'

'In Europa rookt iedereen. Alleen in Engeland en Amerika is de politiek-correctheid doorgeslagen,' zei Romina. 'Laten we er allemaal eentje opsteken, dan kunnen we met z'n allen politiek incorrect zijn.'

Toen Ventura naar buiten kwam met een dienblad vol taart en verse thee, werden de bridgespelers als hongerige honden naar de tafel getrokken. Nanni trok de stoel naast Fiyona bij en ving daarbij een glimp op van haar rode netkousen. Ze keek op naar zijn rooie kop en grijnsde.

'Grappig zijn die, hè? Alleen niet echt geschikt voor het Italiaanse platteland. Maar ik was vanochtend in de stad.'

'Ze zijn heel kleurig,' zei hij, en het zweet parelde op zijn voorhoofd terwijl hij zich de pikante schilderijen van Toulouse-Lautrec te binnen bracht. 'Het is erg warm vandaag, vind je niet?'

'Ik ben dol op de warmte. Zolang ik maar niet direct in de zon zit.'

Hij liet zijn blik naar haar parelmoeren huid en felrode lippen gaan. 'Je bent in de verkeerde eeuw geboren. Een bruin kleurtje wordt als mooi beschouwd.'

Met haar smaragdgroene ogen keek ze hem aan en ze blies een rookkringetje uit. 'Schoonheid is maar een kwestie van hoe je het bekijkt.'

'*Brava!* Daar heb je helemaal gelijk in.'

Na de thee leidde Romina Fiyona rond door het palazzo; bij elke kamer vertelde ze wat Bill en zij eraan hadden gedaan. Fiyona was naar behoren onder de indruk, maar leek meer belangstelling te hebben voor het menselijke verhaal. 'Weet je in welke kamer de moord heeft plaatsgevonden?'

'Nee. Ik hoop dat jij dat voor me uitzoekt en het me vertelt!'

'Ik zal mijn best doen. Ergens moet toch iemand rondlopen die het weet, en diegene ga ik vinden. Daar ben ik goed in. Ik heb laatst een artikel geschreven over Eva Peron. Je wilt niet weten hoeveel mensen daarvoor bereid waren opening van zaken te geven. Het was behoorlijk sensationeel.'

'Hoe krijg je die informatie uit ze los?'

'Daar zijn vele manieren voor. Sommigen willen alleen graag hun verhaal doen, anderen voelen zich gevleid dat ik er belangstelling voor heb. Er zijn er ook die hun geweten willen ontlasten, en weer anderen aan wie nooit iets is gevraagd. De helft van het werk bestaat eruit de juiste mensen op te sporen, degenen die de geschiedenis heeft meegesleurd zonder een spoor achter te laten, degenen die ter plekke aanwezig waren tijdens historische gebeurtenissen van wereldbelang, maar die in geen enkel verslag voorkomen. Mensen zonder sporen, in hén ben ik geïnteresseerd.'

Nadat ze het huis hadden bekeken, gingen ze naar het tuinhuis. 'Als de geschiedenis je interesseert, vind je dit vast prachtig,' zei Romina trots. 'Hoewel ik me niet op enige artistieke bijdrage kan beroemen. Ik heb het zo gelaten als ik het aantrof.' Ze draaide de sleutel om en duwde de deur open. Dennis had gezegd dat hij geen bewijzen had gevonden van spoken of demonen, maar desalniettemin liet ze haar blik over het bed gaan. Het was een hele opluchting dat het er nog net zo glad bij lag als ze het zelf had opgemaakt.

Fiyona nam met haar scherpe blik alle details in zich op. 'Is dit voor Valentina gebouwd?' vroeg ze, terwijl ze de zilveren haarborstel en kristallen pot gezichtscrème die voor de Queen Anne-spiegel op de kaptafel stonden licht beroerde. 'Ze speelde een gevaarlijk spelletje. Ik kan me niet voorstellen dat ze, terwijl zij hier haar haren zat te borstelen, er ook maar enig idee van had dat ze door haar minnaar zou worden vermoord. Deze ruimte is gewijd aan zinnelijk genot. Voel jij dat ook zo?'

Romina keek ongemakkelijk. 'Ik weet het niet zeker,' zei ze, en ze streek over de zijden gordijnen van het hemelbed.

'Dat is het: de magie die je hier voelt is seks.' Fiyona raakte nog enthousiaster. 'Geweldig!'

'Misschien had ik het moeten veranderen. Wat moet ik immers met een huisje dat is gewijd aan de perverse verlangens van een oude markies?'

'Nee, je moet het laten zoals het is. Het is een museum. Ik zou overal van afblijven.'

Romina overwoog haar te vertellen over de indringer, maar het tuinhuis was nu al een paar dagen met rust gelaten. Er was een grote kans dat de overtreder was verdwenen.

Die avond pakte Luca de sleutel van het tuinhuis en trof Cosima zoals afgesproken buiten de kerk. Ze was nog steeds bijgelovig wat hun relatie betrof; volgens haar zou die alleen kans van slagen hebben als ze elke dag kaarsjes brandde voor Francesco om hem ervan te verzekeren dat haar liefde nooit zou afnemen. Haar geluksgevoel betekende ongemak, omdat het zo diep in verdriet verankerd was. Alleen in Luca's armen kon ze zich laten gaan. Wanneer ze de liefde bedreven, stal ze haar plezier als een dief die een dergelijke rijkdom onwaardig is. Wanneer ze niet bij elkaar waren, koesterde ze haar vreugde als een kostbare diamant, bang om die te laten zien, alsof hij haar door door de duisternis heen te schijnen zou kunnen verraden. Ook al was dat duister comfortabel, en verdiende ze dat naar haar eigen idee, toch werd ze sterk in verleiding gebracht door het licht.

Het was een opluchting om Luca te zien staan in de schaduw van een plataan, zoals hij daar met zijn handen in zijn zakken geduldig op haar stond te wachten. Ze rende naar hem toe, sloeg haar armen om zijn hals en liet zich omhullen door zijn kracht.

'Alles goed?'

'Jawel. Ik ben gewoon blij je te zien.'

'Waar gaan we heen?'

'Naar de kust?'

'Wat jij wilt.'

'Ergens waar we met z'n tweetjes kunnen zijn.' Toen ze zich herinnerde waar ze was en dat het gevaar bestond dat iemand hen zou zien, maakte ze zich los en sloeg haar armen over elkaar. 'Waar staat je auto?'

Ze reden naar de kust, hand in hand boven de versnellingspook, terwijl de warme wind door de open raampjes naar binnen en in hun gezichten waaide. Ze vonden een restaurantje in een middeleeuws stadje waar Cosima nog nooit was geweest. Het was een pittoresk geheel van witgesausde huizen met roze pannendaken en een kerkje met een fraaie klokkentoren die oprees naar de felroze lucht. Ze zaten op rieten stoelen onder de luifel en midden op tafel stond een flakkerende kaarslamp in een ring van rode bloemen. Ze dronken frisse witte wijn en hielden over de tafel heen elkaars hand vast. Nadat ze hadden gegeten, haalde Luca een fluwelen doosje uit de zak van zijn jasje en overhandigde het haar. 'Ik kon er geen weerstand aan bieden,' verklaarde hij. 'Ik was vandaag in Napels en zag dit in een etalage liggen. Ik weet dat we elkaar nog maar kort kennen, maar ik wil je graag laten zien hoe serieus ik het met je meen. Ik heb met het hart van een heleboel vrouwen gespeeld, maar jij bent anders. Jij dringt door tot een deel van mijn hart waarvan ik nooit heb geweten dat het bestond. Dus dit is voor jou. Omdat jij anders bent.'

Ze knipperde haar tranen weg. 'Ik verdien je niet. Ik voel me schuldig omdat ik zo gelukkig ben.'

'Dat hoeft niet, lieveling. Toe, maak maar open.'

Aarzelend maakte ze het sluitinkje los en tuurde naar binnen. Het cadeautje dat erin zat lichtte op. Hij had een écht sieraad voor haar gekocht. Ze vouwde haar hand open en schudde de inhoud van het doosje in haar palm. Toen ze zag hoe groot de diamanten waren, hapte ze naar adem. Ze staarde naar de druppeloorbellen alsof het gestolen goederen waren. 'Heb je deze voor mij gekocht? Wat ontzettend mooi!'

'Ze zijn antiek. Doe ze maar in.'

Met trillende vingers deed ze de gouden ringetjes die ze altijd in had af en verving ze door de nieuwe diamanten oorhangers. De stenen staken glanzend af tegen haar melkchocoladekleurige huid en accentueerden haar witte tanden en het heldere wit van haar ogen. De peervormige druppels bungelden heen en weer als ze haar hoofd bewoog.

'Doe je haar eens omhoog,' zei hij, omdat hij met zijn lippen over de zachte huid van haar hals wilde strelen. Ze trok een bandje van haar pols en bond snel haar haar in een hoge paardenstaart. 'Nu zijn ze spectaculair.' Niet in staat haar opwinding te bedwingen rende ze om de tafel heen om hem te omhelzen.

'Ik wil zien hoe ze staan. Ik ga even op de wc in de spiegel kijken. Zo terug!'

Luca stak een sigaret op en glimlachte voldaan. Hij had het nog nooit zo leuk gevonden om iemand iets te geven.

Toen Cosima terugkwam, liep ze langzaam; de welving van haar taille en heup werd benadrukt door haar nauwsluitende katoenen jurk. Ze boog zich met zwoele blik over de tafel heen. 'Laten we naar het tuinhuis gaan om te vrijen,' zei ze met een diepe fluisterstem.

Luca had geen aanmoediging nodig. Hij betaalde de rekening en ze vertrokken; als een stel pubers renden ze naar de auto. Voordat hij haar liet instappen, drukte hij haar tegen het portier en kuste haar, waarbij hij zijn lippen over haar hals en achter haar oor liet gaan, waar haar nieuwe diamanten schitterden. Hij kon de warmte van haar lichaam en het rijzen en dalen van haar borsten voelen. De geur van citroenen, warm op haar vochtige huid, was uitnodigend scherp.

De rit naar het palazzo deed hun vuur alleen maar toenemen. Luca parkeerde de auto een stukje van de hoofdingang vandaan en ze slopen tussen de bomen door. De maan hing als een Chinese lantaarn aan de hemel en lichtte hen bij op hun tocht door het vochtige struikgewas, tot ze bij het tuinhuis kwamen. Luca brandde te zeer van verlangen om zich druk te maken om de indringer. Hij stak een kaars aan, terwijl Cosima de zijden beddensprei terugsloeg, haar jurk openritste en haar slipje op de grond liet vallen. Op haar diamanten oorbellen na was ze naakt, en de wellust glinsterde in haar ogen. Hij trok zijn jasje uit, maar voordat hij de tijd kreeg om zich verder uit te kleden, kwam ze naar hem toe en knoopte zijn shirt open, waarna ze het van zijn schouders liet glijden. Vervolgens begroef ze haar gezicht tegen zijn borst en kuste elke centimeter van zijn huid. De spanning zinderde samen met de geur van kaarsenwas en citroenen in de lucht toen ze zich overgaven aan hun genot in het kleine tuinhuis dat was bedoeld voor de liefde.

Opeens hoorden ze buiten iets bewegen. Vervolgens het rammelende geluid van een sleutel in het slot, die iemand vergeefs probeerde om te draaien tegen Luca's sleutel in. Toen geschuifel van voetstappen. Luca en Cosima verstarden. Ze lagen verstrengeld op het bed en durfden amper adem te halen. Ze voelden dat degene die buiten was om het tuinhuis heen liep en misschien wel door de ramen gluurde.

'Kan hij ons zien?' fluisterde Cosima.

'Ik mag hopen van niet.' Als hij zijn kleren aan had gehad, zou Luca de deur hebben opengezwaaid om de indringer, man of vrouw, tegemoet te treden. Maar nu hij naakt was zou dat er lachwekkend uitzien. En tegen de tijd dat hij zich in zijn kleren had gehesen, zou de voyeur zich al uit de voeten hebben gemaakt.

'Wat moeten we doen?' fluisterde ze.

'Niets. We blijven gewoon heel stil liggen.' Ze wilde nog iets zeggen, maar hij legde haar met een vinger tegen haar lippen het zwijgen op. 'Sst, liefste. Niets kan onze nacht samen bederven.'

23

Aangezien Luca de volgende morgen niet naar beneden gekomen was, nam Romina Fiyona mee naar de trattoria in de hoop Rosa daar aan te treffen. Als iemand kon helpen met haar research, was het die lieve, spraakzame Rosa wel.

Het was een bewolkte dag. Vanuit het oosten naderde een grijs front dat dreigde met regen. Fiyona had haar rode netkousen en rokje verruild voor een spijkerbroek, roze teenslippers en een spijkerjasje op een wit T-shirt, en haar grote handtas, met alles erin wat ze nodig had, hing over haar schouder. Romina sperde haar neusgaten wijd open toen ze haar pittige muskusachtige parfum rook. Ze zag eruit alsof ze wel een stevige wasbeurt kon gebruiken. *Molto Inglese*, dacht Romina. Wat hadden dat soort Engelse meiden toch? Ze zag er steeds zo groezelig uit.

Ze troffen Rosa aan terwijl ze buiten met Fiero zat te kletsen. Toen ze Romina zag, glimlachte en zwaaide Rosa. '*Buon giorno*,' zei ze.

'*Buon giorno*, Rosa. Ik heb iemand meegebracht die jou graag wil zien.' Romina duwde Fiyona zachtjes naar voren.

'Ik ben Fiyona Pritchett, journalist voor de *Sunday Times*,' zei ze in vloeiend Italiaans.

Rosa was onder de indruk. 'Wat zeg je dat mooi!'

'Ik doe mijn best,' antwoordde Fiyona bescheiden. 'Ik mag graag oefenen. In Londen kan dat alleen met obers.' Ze wierp een blik op Fiero en de ogen van de jongeman lichtten op in een enthousiaste reactie op een onuitgesproken boodschap.

'Koffie, *signorina*?' vroeg hij, naar haar terug grijnzend.

'Zwart, graag.'

'Ik wil er ook graag een, Fiero,' zei Rosa. Fiero draaide zich op zijn hakken om en verdween naar binnen.

'Dus je schrijft een artikel over het palazzo?' zei Rosa. 'Zullen we gaan zitten? Het ontbijt is van het huis,' voegde ze er genereus aan toe. 'Ik weet alles wat er over die plek te weten valt. Mijn moeder is Alba, Valentina's dochter. Vraag maar raak. Het is mijn favoriete onderwerp.'

'Dan laat ik jullie maar praten,' zei Romina met een blik op haar horloge. 'Ik heb thuis nog van alles te doen. Al die mensen, weet je…'

'Geef ons een uurtje, als Rosa dat goedvindt,' stelde Fiyona voor.

'Je kunt de hele ochtend krijgen,' antwoordde Rosa. 'Het blijft vandaag rustig en Fiero is er om te helpen.' Heel even kreeg haar gezicht iets chagrijnigs. 'Ik kan me niet voorstellen dat Cosima nog komt opdagen. Die kwam vannacht pas om vier uur thuis en ligt nog steeds in bed! Wat een omslag ineens. Ze verdient een Oscar voor de act die ze opvoert!'

Romina kneep haar ogen tot spleetjes. Ze had de auto gehoord en een poosje later het opgewekte gefluit van haar zoon. Dus dáár hield Luca zich op dat onchristelijke tijdstip mee bezig.

'En, zou je moeder met me willen praten?' Fiyona zette de taperecorder op tafel en schakelde hem in.

'Nee, ze wil niet eens naar het palazzo toe. Ze is woedend dat het is opgeknapt. Volgens mij zou ze het liefst zien dat het nog steeds stond weg te rotten. Ze vindt het vast vreselijk dat ik met jou praat, maar ze vergeet dat Valentina mijn grootmoeder was. Ik lijk veel op haar, moet je weten.'

'Er bestaan geen foto's van haar…' begon Fiyona.

'Maar er is wel een portret. Wacht, ik zal het voor je halen.'

Terwijl Rosa zich weghaastte om het te gaan halen, kwam Fiero terug met Fiyona's koffie. 'Verder nog iets?' vroeg hij.

'Ik zou graag een praatje met je maken. Het is belangrijk dat ik mijn Italiaans oefen,' antwoordde ze met een flirterige glimlach. Ze stak een sigaret tussen haar rode lippen. Fiero was er als de kippen bij om haar een vuurtje te geven. Ze boog zich naar voren en hield zijn hand stil door de hare eromheen te vouwen. 'Je bent nog heel jong, Fiero.'

'Vijfentwintig,' antwoordde hij, ontwapend door haar roofzuchtige uitdrukking. Ze nam hem van top tot teen op.

'Italiaanse mannen zijn een stuk beschaafder dan hun Britse tegenhangers. Ben je een goede minnaar?'

Fiero liet zijn tong over zijn onderlip gaan. 'Je weet hoe wij Italianen zijn; wij leven voor de liefde. We leven voor vrouwen.'

'Jammer dan dat ik hier maar zo kort ben, want anders zouden we een deal kunnen sluiten. Dan zou ik jou Engels leren als jij mij Italiaans leert. Snap je wel?' Hij knikte, zijn neusgaten wijd opengesperd. 'Een ander keertje dan misschien.' Rosa kwam terug met de tekening van het liggende naakt die binnen hing, zonder dat de wellustige glans in Fiero's ogen haar opviel. Ze overhandigde het portret aan Fiyona. 'Niemand schenkt er aandacht aan, maar dit is Valentina, geportretteerd door mijn grootvader.'

Fiyona las wat eronder geschreven stond: *Valentina, liggend naakt, Thomas Arbuckle, 1945.*

'Is ze niet knap?'

'Betoverend,' zei Fiyona. 'Wat een ondeugende glimlach. Ik zie de gelijkenis wel,' voegde ze er met een grijns naar Rosa aan toe.

Rosa was in haar nopjes. 'Zo ondeugend ben ik anders niet. Helaas krijg ik daar de kans niet voor.'

'Ben je getrouwd?'

'Ja. Ik heb drie kinderen. Heel burgerlijk!'

'Valentina was misschien niet zo ondeugend geweest als het geen oorlog was geweest. Ze nam minnaars om te overleven.'

'Ik geloof niet dat ze het daarom met Lupo Bianco aanlegde. Door hem kreeg ze toegang tot de hogere kringen van Napels. Bij hem kon ze iemand anders zijn.'

'Een eenvoudig dorpsmeisje gehuld in diamanten en bont,' zei Fiyona, die terugdacht aan het krantenartikel over de moord. 'Wat een ontzettende schok voor die arme grootvader van je.'

'Ze zouden die dag gaan trouwen. Heel romantisch, om je door een knappe buitenlander te laten verleiden. Weet je, ze zeggen dat het Christusbeeld voor het eerst in jaren geen tranen plengde en daarmee de tragedie die zou volgen voorspelde.'

'Geloof je dat?'

'Niet echt. Ze zeggen dat het beeld pas weer zal wenen wanneer alle geesten rust hebben gekregen.'

'Denken de mensen nog steeds dat de oude *marchese* rondspookt door het palazzo?'

Rosa werd nu serieus. 'Er was anders wel iets raars aan de hand. Mijn man zit bij de politie. Voordat Romina het palazzo kocht, hebben mensen tientallen keren lichtjes door de kamers zien bewegen en vreemde geluiden gehoord. Behalve hij durfde niemand ernaartoe te gaan. Hij is verschrikkelijk dapper.'

'En heeft hij iets gevonden?'

Ze haalde haar schouders op. 'Niets. Ik ben er vaak geweest. Mij maakt het niet bang. De ruïne had iets prachtigs. Nu is het niet meer hetzelfde.'

'Je hebt zeker niet oog in oog gestaan met het spook?' zei Fiyona, terwijl ze een lint van rook uitademde.

'Ik geloof niet in spoken,' zei Rosa met een afwijzend lachje. 'Maar ik sluit niet uit dat er een levende geest rondwaart die mensen bang probeert te maken. Romina klaagt erover dat er steeds iemand in het tuinhuis komt. Ze heeft tegen mijn man gezegd dat er daar iemand slaapt en heeft hem er mee naartoe genomen om een kijkje te nemen.'

'Ze mag dan excentriek zijn, maar op mij komt ze niet over als bijgelovig,' zei Fiyona.

'Ze is Nóórd-Italiaans. Dat is een heel verschil. De mensen hier zijn veel ongekunstelder.'

'Dus jij gelooft niet dat de *marchese* rondwaart, uit spijt omdat hij de vrouw heeft vermoord van wie hij heeft gehouden?'

'Natuurlijk niet! Er haalt gewoon iemand een geintje uit. Of de bewoners van Incantellaria hebben het allemaal verzonnen om te voorkomen dat iemand het palazzo zou kopen en er een hotel van zou maken. Ze zijn gesteld op hun rust en behoorlijk trots op hun geschiedenis. Zij wilden het palazzo laten zoals het was, als een soort morbide schrijn. Maar daar is niets van terechtgekomen.'

'Mag ik dat voor mijn artikel gebruiken?'

'Je mag alles wat ik zeg voor je artikel gebruiken. Je mag er ook een foto bij zetten. Ik lijk tenslotte precies op Valentina.'

'Mag ik de tekening niet gebruiken?'

'Geen sprake van!' Rosa hapte naar adem en griste hem terug. 'Alleen als je uit bent op nóg een moord in Incantellaria!'

'Is het waar dat je oudoom uit wraak de *marchese* heeft vermoord?'

'Ja, in het palazzo.'

'Weet je ook waar?'

'In een leren stoel in zijn zitkamer.' Langzaam trok ze een lijn langs haar hals. 'Ze hebben hem als een varken gekeeld.'

'Ze?'

Rosa vloog als gestoken op. 'Ik bedoel híj,' verbeterde ze zichzelf. 'Falco.'

Peinzend beet Fiyona op haar wang. 'Aha.'

'De politie heeft nooit goed onderzoek gedaan naar de moord op Valentina. Ze gingen ervan uit dat ze op het verkeerde moment op de verkeerde plek was en in het kruisvuur van de maffia terecht was gekomen. Ze hadden er geen idee van dat Lupo degene was die op het verkeerde moment op de verkeerde plek was, dat de *marchese* Valentina vermoordde en dat hij alleen maar in de weg stond.' Samenzweerderig boog ze zich naar voren. 'In werkelijkheid heeft hij haar vermoord omdat hij niet wilde dat mijn grootvader haar mee zou nemen naar Engeland. Als hij haar niet kon hebben, wilde hij niet dat iemand anders haar kreeg. Volgens mij was de *marchese* een ouwe leperd. Hij zal vast wel hebben geweten dat ze er andere minnaars op na hield, en ik geloof niet dat hij daar bezwaar tegen had. Ik weet nog dat mijn moeder me vertelde dat hij mooie dingen verzamelde. Hij hield van schoonheid. Valentina was gewoon een van zijn vele fraaie bezittingen. Maar toen ze verliefd werd op mijn opa – en dan bedoel ik écht verliefd – kon hij daar niet tegen. Dus gooide hij in zijn woede zijn eigen glazen in en vermoordde de vrouw van wie hij hield, zodat niemand anders haar kon krijgen. Best wel raar eigenlijk dat niemand er ooit een film over heeft gemaakt.'

'Misschien gebeurt dat alsnog als mijn artikel is gepubliceerd. We hebben een oplage van twee miljoen.'

Rosa's ogen rolden bijna uit haar hoofd. 'Bedoel je dat twee miljoen mensen over mij zullen lezen?'

Fiyona buitte Rosa's ijdelheid uit. 'Twee miljoen mensen zullen lezen over jou en je familie.'

'*Madonna!* Stel je eens voor! Ik kan acteren, weet je. Ik ben een heel goede actrice.'

'Daar twijfel ik niet aan,' zei Fiyona naar waarheid.

Rosa zette een treurig gezicht op. 'Ik zou best willen dat een knappe buitenlander míj met diamanten overlaadde en me meenam ergens anders naartoe.'

'Bevalt het je hier dan niet?'

'Er is hier niks te doen. Ik snap best waarom Valentina dingen deed die niet door de beugel konden. Oorlog of geen oorlog, ze moest zelf voor wat sjeu in haar leven zorgen.'

Om tien voor half twaalf arriveerde Romina om Fiyona op te halen. Rosa en zij waren nog steeds in gesprek. Fiero bleef dicht bij hen in de buurt, als een mot die om Fiyona's vlam heen cirkelde.

'Zijn jullie nog niet klaar?' vroeg ze.

'Jawel, we zijn uitgepraat,' zei Fiyona, en ze zette haar taperecorder uit. 'Dank je wel, Rosa, je verhaal was heel interessant.' Ze zwaaide naar Fiero. 'Tot later.'

Rosa keek beledigd. 'Wil je Fiero interviewen?'

'Ik wil met iedereen praten. Ik wil de onderste steen boven krijgen.'

'Hij weet anders niets.'

Fiyona schudde listig haar hoofd. 'Iederéén weet iets.' Ze gaf Fiero een knipoog. 'Ik zie je vanavond.'

Toen ze weer in de auto zaten, vroeg Romina of ze had gekregen wat ze had willen hebben. 'En nog wel meer ook,' antwoordde Fiyona opgewekt. 'Valentina's ster straalt nog steeds.'

'De naïviteit van de jeugd. Rosa snapt niet dat het eigenlijk maar een armzalig verhaal is; zij ziet alleen de glamour.'

'Dat levert anders fantastische kopij op.'

'Je zou eens met haar moeder moeten praten.'

'Kennelijk is Alba daar niet toe bereid.'

'Jammer. Ik durf te wedden dat zij er heel anders tegen aankijkt.'

'Rosa liet doorschemeren dat de *marchese* door meer dan één persoon is vermoord.'

'Ik dacht dat het alleen Falco was.'

'Misschien versprak ze zich.'

Romina haalde haar schouders op. 'Ik zal het mijn zoon eens vragen. Volgens mij heeft hij nauwer contact met die familie dan ik eerst dacht.'

'Het is belangrijk voor het artikel. Ik heb graag dat mijn feiten kloppen.'

'Laat dat maar aan mij over.'

Toen Rosa die middag thuiskwam, was Cosima nog in haar slaapkamer. Ze had de hele ochtend gewacht om met haar te kunnen praten en had nu geen minuut langer geduld. Boven aan de trap hoorde ze haar nicht neuriën. Ze nam niet de moeite om aan te kloppen, maar drukte de deurklink naar beneden en liep naar binnen.

Cosima zat aan haar kaptafel naar haar spiegelbeeld te staren. In haar oren hingen de schitterendste diamanten. Rosa's mond viel open, en er rees een onbeheersbare golf jaloezie en woede in haar op.

'Je had moeten aankloppen!' riep Cosima uit, en ze sloeg haar handen over haar oren in een poging de diamanten te verbergen.

'Ik heb ze al gezien, gekkie! Denk maar niet dat ik het niet weet van Luca en jou. Ik heb jullie heus wel samen gezien. Dus híj heeft je diamanten gegeven!'

'Ja.' Cosima zette zich schrap.

'Fijn voor je,' zei Rosa kortaf.

'Vind je?'

'Waarom zou ik het niet fijn voor je vinden? *Ik* val niet op Luca. Oké, ik vind het leuk om met hem te flirten, maar ik ben getrouwd.'

'Sorry dat ik het je niet verteld heb.'

'Waarom zou je? Ik voel me ook niet verplicht om jou alles te vertellen.'

De spanning in de stem van haar nicht kon Cosima niet ontgaan. Rosa's opzettelijke kalmte was niet weinig verontrustend. Ze verwachtte elk moment een of ander voorwerp naar haar hoofd te krijgen.

'Hij heeft ze me gisteravond gegeven,' bekende ze.

'Laat eens zien.' Rosa ging op het bed zitten. Cosima aarzelde even voordat ze de oorhangers uitdeed en ze aan haar overhandigde. Ze stond op om haar nicht haar plaats voor de spiegel te laten innemen. Rosa stak de kleine staafjes meteen door haar oorlellen en staarde met kinderlijk plezier naar haar spiegelbeeld. 'Ik heb nog nooit zoiets moois gezien,' fluisterde ze. 'Ze moeten een vermogen hebben gekost. Wel zo veel als een huis. Kennelijk is hij miljonair. Echt iets voor jou om een rijke man aan de haak te slaan.'

'Ik ben nooit naar wat voor man dan ook op zoek geweest,' zei Cosima ongemakkelijk.

'Ik had beter uit mijn doppen moeten kijken, maar ik was jong en onschuldig toen ik met Eugenio trouwde. Ik was zo groen als gras. Heel anders dan jij, met al je wijsheid van de rijpere leeftijd.' Ze slaakte een zucht. 'Prachtig – maar wanneer moet je ze dragen? Neemt hij je mee naar Napels?'

'Nee! Ik draag ze alleen voor hem.'

'Misschien schaakt hij je wel naar Londen.'

Cosima moest er niet aan denken. 'Ik ga nooit uit Incantellaria weg.'

'Hoezo niet? Ik zou er alles voor overhebben om uit dit suffe gat weg te komen.'

'Dat kan ik niet!' Cosima's stem begaf het.
'Waarom in vredesnaam niet?'
'Omdat ik nooit bij Francesco weg wil.'

Luca bracht de ochtend door in bed. Buiten zag de lucht grauw; het zag eruit alsof het zou gaan regenen, maar in zijn hart scheen de zon. Hij kon zijn geluk niet op, nu zijn leven opeens een wending had genomen, nu één vrouw in een betoverend stadje hem een gedaanteverwisseling had doen ondergaan. Hij was met een verloren en leeg gevoel uit Londen vertrokken en had het leven dat hij twintig jaar lang had geleid de rug toegekeerd. Hij had niet geweten wat hij moest gaan doen; hij dreef doelloos rond als een stuk wrakhout op zee. Maar nu kreeg zijn leven een doel: houden van Cosima en van zijn kinderen. Dát was wat hij al die tijd had gemist: liefde. Niet de zelfzuchtige liefde die hij in het begin voor Claire had gevoeld, of de afstandelijke liefde van voorheen voor zijn dochters, maar de liefde die je eigen verlangens te boven gaat, waarbij je meer van de ander houdt dan van jezelf. Dat besef vervulde hem van energie. Omdat hij te opgewonden was om in bed te blijven liggen, pakte hij een handdoek en ging op weg naar de kleine baai om te gaan zwemmen.

'Hij is verliefd,' zei Ma, die genoot van een bloody mary voor de lunch.

'En niet op mijn meisje,' voegde Caradoc er blij aan toe. 'Ik zet mijn geld op de weduwe.'

'Degene die haar zoontje heeft verloren?'

'Ja.'

'Ik had nooit gedacht dat hij tot haar door zou dringen,' zei Ma.

'Luca is heel knap en aardig,' zei Stephanie. 'Ik sta er niet van te kijken. De serveerster bij de trattoria is helemaal stapel op hem.'

Caradocs ogen lichtten op. 'Dat is mijn meisje! Ze is ook helemaal stapel op mij.'

'Luchtkastelen...' foeterde Ma. 'Dwaze oude man!'

'Je bent nooit te oud om te dromen,' protesteerde Nanni, die zich afvroeg waar die schalkse kleine journaliste was gebleven.

'Ik hoop maar dat hij met haar trouwt en haar nog een kind geeft,' zei Stephanie weemoedig.

Haar vader klopte haar op de knie. 'Altijd even romantisch, Stephanoula!'

'Kwaad bloed...' merkte Ma duister op. 'Als ik hem was, waagde ik me niet bij die familie in de buurt. Stel je voor: Cosima's grootvader heeft hier in dit palazzo een moord gepleegd. De *marchese* is als een beest afgeslacht! Haar oudtante werd vermoord op de weg naar Napels nadat ze een hele rits minnaars had afgewerkt en die allemaal had bedrogen. Ik zou nog maar eens goed nadenken voordat ik mijn snuit in die trog zou steken!'

Caradoc schudde zijn hoofd. 'We hebben allemaal wel familieleden waar we niet trots op zijn. Maar een mens mag niet beoordeeld worden op de fouten van zijn voorvaderen.'

'Let op mijn woorden, professor. Hier hoor je het voor het eerst: uit die verbintenis kan niets goeds voortkomen.'

Toen Luca terugkwam van het strand beneden, zijn gezicht rood van de inspanning en zijn haar in warrige natte pieken, zette Ma haar glas neer met het vaste voornemen hem als eerste te ondervragen. 'Ziezo, Luca. We hebben een weddenschap over je afgesloten,' riep ze over het terras heen.

Hij schonk haar een niet-begrijpende blik. 'Waar wedden jullie dan precies om?'

'Wie lokt je toch steeds maar naar de stad? Dat kan niet alleen maar de koffie zijn,' zei Ma. Hij grijnsde hen allemaal toe, als een schooljongen die op het punt staat mede te delen dat hij een prijs heeft gewonnen.

'Ah, die glimlach zegt alles,' luidde Caradocs commentaar. 'De kat heeft de room te pakken gekregen!'

'Je bent overduidelijk verliefd. De vraag is alleen: op wie?' zei Ma.

'Verklap het haar maar niet,' lachte Nanni, die loom zat te roken. 'Een heer heeft geen geheugen.'

'Het is de weduwe zeker?' zei Caradoc. 'Heb ik gelijk of niet?'

Luca ging zitten. 'Ben ik dan zo doorzichtig?'

'Geluk is aanstekelijk. Jouw geluk prikkelt ons ook,' zei Caradoc.

'Of zorgt dat we groen zien van jaloezie,' voegde Ma er droogjes aan toe.

Hulpeloos keek Luca naar Stephanie. 'Wat moet ik nou?'

'Moet ik je soms te hulp komen?'

'Jij bent een jonge vrouw. Zou jij willen dat je liefdesleven over de tong ging bij zo'n stelletje excentriekelingen?'

'Als ze positieve dingen zouden zeggen, zie ik niet in waarom niet.'

‘Heel goed,’ antwoordde hij. ‘Ja, ik ben verliefd. Ik kan het wel van de daken schreeuwen, maar zij wil het stilhouden.’

Ma kneep haar ogen tot spleetjes. ‘Dan zou ik me als ik jou was grote zorgen maken.’

‘Zorgen? Hoezo?’

‘Wat heeft ze te verbergen? Is ze soms al getrouwd?’

‘Ze is zeer zeker niet getrouwd,’ zei Luca.

‘De weduwe!’ Caradoc klapte vrolijk in zijn reumatische oude handen. ‘Ik wist het wel!’

Op dat moment kwamen Romina en Fiyona terug uit de stad. Nanni ging meteen rechtop zitten zodra hij de roodharige vrouw zag. Het speet hem te moeten constateren dat ze haar netkousen niet aanhad, maar een spijkerbroek. Hij kreeg het warm, maar de hitte was gek genoeg aangenaam. Hij nam een slok martini en keek schuins naar haar.

Fiyona was zo alert als een vos. Ze liet haar amandelvormige groene ogen op hem rusten en likte uitdagend langs haar lippen. ‘Zo, Nanni, heb je zin in een wandelingetje voor de lunch? Ik zou dolgraag even gaan pootjebaden in zee.’

Toen Fiyona naar binnen verdween om iets anders te gaan aantrekken, kwam Ventura naar buiten met de telefoon. ‘*Signor* Luca.’

Luca pakte de handset aan in de verwachting dat het Claire zou zijn. Maar tot zijn verrassing was het Freya. ‘Hallo, schat, leuk dat je belt!’

‘Hoe is het met je?’ Ze klonk gespannen.

‘Goed. Het is hier hemels. Wanneer kom je deze kant op?’

‘Misschien wel sneller dan je denkt.’

‘O?’

‘Weet je nog dat je me de laatste keer dat we elkaar zagen bedankte omdat ik er voor je was als je me nodig had?’

‘Natuurlijk. Daar heb je vrienden voor. Je zit toch niet in de problemen?’

‘Jawel. Nu heb ik jou nodig.’

Hij voelde zijn hoofd tollen. ‘O ja? Wat is er dan aan de hand?’

‘Miles heeft een ander.’

Luca wilde lachen om dat absurde idee, maar Freya klonk zo van slag dat hij zich inhield. ‘Weet je dat zeker?’

‘Ja, ik weet het zeker, Luca. Wat moet ik doen?’

Dit was niet het moment om Freya te vertellen dat hij verliefd was op Cosima. ‘Kom maar hierheen.’

‘Maar de kinderen dan?’

‘Die kunnen best een paar dagen bij het kindermeisje blijven. Zeg maar tegen Miles dat je hem de tijd geeft om het te beëindigen. Hij zal het ontkennen, natuurlijk. Maar als je het zeker weet, geef je hem maar één kans om er iets aan te doen, en niet meer. De tweede keer dat je bij hem weggaat, ga je niet meer terug.’

24

Fiyona deed haar slippers uit en stak een voet in het water. Nanni merkte op dat haar teennagels zwart waren gelakt en hij voelde een huivering van opwinding door zijn luie lendenen gaan. Hij liep te puffen na hun wandeling naar het besloten strandje, maar deed zijn uiterste best om te doen alsof die hem net zo weinig inspanning had gekost als haar. 'Ik heb een zwak voor buitenlandse mannen,' zei ze botweg, terwijl ze haar pareo omhoogtrok tot op haar dijen toen ze wat verder de zee in waadde. 'Ik weet niet of het door de taal komt, of alleen door het feit dat buitenlandse mannen anders zijn. Italianen zijn goede minnaars. Het heeft iets poëtisch zoals ze zich voortbewegen, ook al zijn ze lui en te zwaar, en ze scheppen er plezier in om jou een plezier te doen. Dat mag ik wel. Mannen zijn over het algemeen grote egoïsten. Ze lopen alleen maar hun pik achterna.' Nanni wiste met een zakdoek zijn voorhoofd af. Ze keek naar hem zoals hij daar stond te zweten op de kiezels. 'Waarom kom je er ook niet in?'

'Ik ben een echt landdier,' antwoordde hij, met een verlangende blik op het koele water – maar hij voelde er niets voor om voor haar ogen uit de kleren te gaan.

'Kun je zwemmen?'

'Natuurlijk. Maar ik ben de kleinste niet; waarschijnlijk ga ik als de *Titanic* ten onder.'

'Doe dan je schoenen uit en kom pootjebaden. Je ziet eruit alsof je elk moment kunt ontploffen!'

Beledigd trok hij zijn schoenen en sokken uit, rolde zijn broekspijpen op zodat zijn witte kuiten zichtbaar werden, en stapte de zee in. Toen hij het koude water voelde, slaakte hij een zenuwachtig kreetje.

'Zo, dat voelt vast beter!' moedigde ze hem aan.

'Mijn hart gaat er sneller van kloppen. Als ik een hartaanval krijg, is het jouw schuld.'

'Als jij een hartaanval krijgt, kun je helemaal niemand meer de schuld geven.' Ze waadde naar hem toe, hield haar handen in het water tot ze waren afgekoeld, en legde ze op zijn gloeiende wangen. Hij deinsde terug. 'Kom op zeg, voelt dat soms niet lekker?'

'Jawel. Alleen een beetje onverwacht.'

'De beste dingen in het leven zijn onverwacht. Ik ben een keer doodgegaan, weet je. Ja, het klinkt raar, maar het is zo. Ik ben doodgegaan en weer teruggekomen. Ze zeiden dat ik waarschijnlijk hersenletsel had opgelopen doordat ik zo lang niet geademd had, maar dat was niet het geval. Misschien door een wonder. Het punt is, ik pak het leven nu bij zijn lurven.' Ze legde haar hand op zijn gulp. 'Als ik iemand leuk vind, ga ik met hem naar bed. Ik bewaar mezelf niet voor de ware jakob. Het is veel te leuk om naar hem te zoeken. Doe maar niet of je mij niet ziet zitten, ik zie aan je ogen dat dat wel zo is. Ik ben maar een weekend hier, en ik ben van plan alles eruit te halen wat erin zit. Jij bent een intelligente man, en ik val als een blok voor slimme kerels.'

Nanni moest terugdenken aan een roodharig meisje op wie hij in zijn schooltijd verliefd was geweest. Zij was al net zo bijdehand geweest en had hem bij de kraag van zijn shirt gepakt en hem na de mis achter de fontein gekust, zodat ze wéér iemand kon afvinken op haar lijst van veroveringen.

Fiyona sperde haar hypnotiserende groene ogen open. 'Hebben we voor de lunch nog tijd om wat te spelen?'

Luca zat met zijn moeder in de zitkamer. 'Ik moet met je praten,' zei hij. 'Het gaat over Freya. Ze vermoedt dat Miles een verhouding heeft, en volgens mij moet ze hier meteen naartoe komen, vind je niet?'

'Natuurlijk. Meteen!'

'Miles heeft een schop onder z'n kont nodig. Hij beseft niet hoe gelukkig hij zichzelf mag prijzen dat hij Freya heeft.'

'Je hebt altijd al een zwak voor haar gehad.'

'Dat heb ik nog steeds. Daarom wil ik haar ook helpen.'

'Waarom neemt ze haar moeder niet mee? Een vrouw heeft altijd behoefte aan haar moeder wanneer ze in de problemen zit.' Romina was al drie stappen verder en berekende de kansen dat haar zoon iets met Freya zou beginnen. 'Ja, dat zal ik doen. Ik ga meteen Rosemary bellen om ze uit te nodigen.'

'Misschien is dat wel de kat op het spek binden,' zei Luca, denkend aan Fitz en Alba, die elkaar dan na dertig jaar weer zouden terugzien.

Romina fronste. 'Dat snap ik niet.'

'Maak je maar geen zorgen. Soms kan het geen kwaad om de boel eens even op te schudden. Ik zou het in elk geval heel leuk vinden.'

Romina leek van haar stuk gebracht. Maar voordat ze de kans kreeg om door te vragen, kwam Bill de openslaande deuren door gebeend.

'Ah, daar ben je, schat.' Hij stak een gouden oorringetje naar voren. 'Dit heb ik in het tuinhuis gevonden. Een belangrijk bewijsstuk, zou ik denken.'

Luca herkende Cosima's sieraad meteen en hield zijn adem in.

'Nou, we weten nu dat de indringer vrijwel zeker een vrouw is,' zei Romina, die het oorringetje van dichtbij bekeek.

'Tenzij het een neusring is,' voegde Luca eraan toe, om er een grapje van te maken. 'Laat eens kijken?'

'Jammer dat we geen DNA-test kunnen laten doen.'

'Het is wel erg klein. Het heeft er misschien al jaren gelegen,' zei Luca.

Bill schudde zijn hoofd. 'Dat betwijfel ik. Het lag op het kleed naast het bed. Het was daar duidelijk kort geleden op gevallen.'

'Dan moeten we op zoek naar iemand die maar één oorringetje draagt,' zei Romina. 'Dat laat ik aan jou over, Sherlock!'

'Serieus, Luca, je móét haar vinden. Waarom ga je niet zelf in het tuinhuis slapen?'

'Ik dacht dat jij niet wilde dat daar iemand sliep.'

'Nou, ik ben van gedachten veranderd. Waar zat je afgelopen nacht?'

'Ik was uit.'

'Met een vriendin?'

'Ja.'

'Cosima?'

'Hoe weet jij dat nou?'

'Rosa zei dat haar nichtje om vier uur 's nachts thuis was gekomen. Jij kwam kort daarna thuis. Je hoeft geen Einstein te zijn om het verband te leggen.'

'Dus Rosa heeft ook een verband gelegd?'

'Ongetwijfeld.'

'Dan kan ik Cosima maar beter even bellen.'

'Schat, kun je voor je gaat iets voor me doen?'

'Natuurlijk.'

'Het gaat over dat artikel in de *Sunday Times*. Rosa schijnt tegen Fiyona te hebben gezegd dat de *marchese* door twéé mannen zou zijn vermoord. Maar zover iedereen weet was het alleen Valentina's broer, Falco. Zou het niet leuk zijn om tot de ontdekking te komen dat hij een handlanger had? Dat zou het artikel pas opzienbarend maken!'

'Rosa zegt zo veel! Ze kan ontzettend melodramatisch doen.'

'Cosima weet het vast wel. Nu je met haar op intieme voet verkeert, kun je het misschien eens vragen. En lieverd, maak er een beetje haast mee om die indringer te pakken. Je bent al net zo frustrerend als de politie! Ik word ziek van ongeduld en ongerustheid. Het is míjn tuinhuis. Mijn trots en vreugde, en ik durf er niet eens bij in de buurt te komen!'

Luca zei niets. Hij was niet van plan om een van beide opdrachten uit te voeren.

Toen hij zijn telefoon oppakte, ging die net over. 'Cosima, ik wilde je net bellen!' zei hij. 'Hoe gaat het vanochtend met je?'

'Rosa weet het. Ze weet het van jou en ze weet het van de diamanten.'

'Rustig aan, Cosi. Er is niets om je zorgen over te maken. Je klinkt alsof ze je heeft betrapt bij een bankroof!'

'Ik dacht dat ze uit elkaar zou knallen!'

'Luister eens even, schat, zij is getrouwd en jij niet. Wij zijn twee vrijgezelle mensen die elkaar hebben gevonden. Daar is niets mis mee. Als Rosa een beetje jaloers is, is dat haar probleem.'

'Volgens mij was zij het vannacht bij het tuinhuis.'

'Denk je?'

'Ze zei dat ze al wist dat we samen waren geweest omdat ze ons had gezien.'

'Nou, dan hebben we nu de indringer gevonden,' zei hij vrolijk.

'Indringer?'

'Dat is een lang verhaal. Ik vertel het je nog wel als we uit eten gaan.'

'Ik kan me niet voorstellen wat ze daar midden in de nacht te zoeken zou hebben.'

'Ze is geobsedeerd door Valentina. Ze denkt dat zij Valentina ís,' antwoordde Luca. 'Misschien gaat ze daar wel liggen dromen van de avonturen die zij nooit zal meemaken.'

'Ze is jaloers omdat ze overeenkomsten ziet tussen Valentina en mij: verliefd worden op een Engelsman, schitterende diamanten cadeau krijgen...'

'Laten we hopen dat het met ons gelukkiger afloopt,' zei Luca wrang. 'Trouwens, mijn vader heeft je oorringetje op het kleed gevonden.'

'Ah, ik vroeg me al af waar het was gebleven.'

'Nou, doe het andere maar niet meer in, want als mijn moeder dat ziet laat ze je opsluiten. Ik kom tussen de middag wel naar de trattoria. Nu bekend is geworden dat we iets met elkaar hebben, kan ik er vrijelijk over praten. Ik wil met je pronken, Cosi!' Ze maakte aanstalten om te protesteren. 'Ik kom naar je toe, of je het nou leuk vindt of niet. Ik ben blij dat we het niet langer geheim hoeven te houden. Voor dat soort kinderachtige spelletjes zijn we allebei te oud.'

'Misschien,' onderbrak Cosima hem. 'Maar Rosa niet.'

Nanni en Fiyona kwamen met verhitte gezichten terug van hun wandeling. Romina merkte al na één blik op haar broer dat zijn indolentie was verdwenen en dat er een zelfverzekerder man voor in de plaats was gekomen. Haar ogen dwaalden naar Fiyona. Aan haar slome houding en haar algehele slonzigheid was nog niets veranderd, maar ze leek erg met zichzelf ingenomen.

'*Madonna!*' mompelde Romina. 'Wat is die meid een slettebak!'

'Dat was prachtig,' zei Fiyona terwijl ze zich liet neerzakken in een stoel. 'Niets is zo mooi als de zee.'

'Hoe vond jij het?' vroeg Romina haar broer.

Schuldbewust keek hij haar aan. 'Prima, hoor. Ik ga me even verkleden voor het eten. Het is veel te heet voor een man met mijn postuur.'

'Heeft de zee je dan geen verkoeling gebracht?' informeerde ze spottend.

'Je zou denken van wel. Maar nee, door de klim naar boven heb ik het weer warm gekregen.'

Hij was al verdwenen voordat ze nog meer vragen kon stellen. Eenmaal in zijn slaapkamer stond hij zichzelf een brede, ongeremde glimlach toe. De laatste keer dat hij seks had gehad, meer dan twintig jaar geleden, was een vernederende ramp geweest. Hij kromp nog steeds in elkaar als hij eraan dacht. Hij had gewild dat de dame in kwestie dood was, zodat niemand ooit nog hoefde te weten hoe opgelaten hij zich had gevoeld. Sindsdien was hij seks koste wat het kost uit de weg gegaan. Maar Fiyona had iets beroerd dat onder de oppervlakte begraven had gelegen, en Lazarus was opgestaan. Hij kon er de vinger niet op leggen waarom ze nou precies zo aantrekkelijk voor hem was. Misschien de losse manier waarop ze seks benaderde, en haar no-nonsense-aanpak. Ze had hem begeerd en had hem zonder het te vragen genomen; en hij had haar bevredigd. Hij kende de man die hem vanuit de spiegel aankeek amper terug. Terwijl hij zich uitkleedde, vroeg hij zich vermetel af of ze het nog eens zou willen doen.

Luca reed de stad in en parkeerde de auto op het plein. Toen hij uitstapte, zag hij Francesco spelen rondom een groepje weduwen die op een bankje onder een palmboom zaten. Hij blies in hun gezichten en lachte als ze in verwarring opkeken. Luca schudde zijn hoofd om zijn kwajongensstreken. Het geluksgevoel van zijn moeder had hem duidelijk ook gelukkig gemaakt, want hij glimlachte breed en zorgeloos. De jongen voelde zijn aanwezigheid en hield op met blazen om hem aan te kijken, waarna hij naar de kerk wees.

Luca liep de grote deuren door. De lucht was dik van de wierook, de kaarsen twinkelden als kleine sterren door het halfduister. Toen hij Cosima niet meteen zag, dwaalde hij wat rond en keek in de kapelletjes die aan de zijkanten van de kerk gebouwd waren, waar waxinelichtjes flakkerend brandden op hun eigen glinsterende altaren. Pas toen hij bij het schip kwam zag hij haar, achter in de kerk vlak bij het altaar, diep in gesprek met de priester. Ze zaten met gebogen hoofd te fluisteren. Luca sloeg hen een poosje gade, omdat hij niet wilde storen. Hij meende de woorden 'Londen' en 'Engeland' op te vangen.

Toen Cosima hem zag, keek ze geschrokken; ze zei iets tegen de priester en stond op. 'Luca, mag ik je voorstellen aan vader Felippo?' Ze wenkte hem naderbij.

'Vader Felippo kwam overeind en nam Luca's hand in de zijne. 'Fijn je te ontmoeten, Luca,' zei hij vriendelijk. 'Cosima heeft me veel over je verteld.'

Luca wist niet wat hij tegen een priester moest zeggen. 'U hebt een prachtige kerk.' Het klonk slapjes.

'Dank je. Wij houden ervan, nietwaar, Cosima?'

'Het is een plek die veel troost en rust biedt,' antwoordde ze met een glimlach naar Luca.

'Ik wilde jullie niet storen,' legde hij uit.

'Het geeft niet, we zijn klaar.' Vader Felippo wendde zich tot Cosima. 'Gaat het verder wel, denk je?'

Ze knikte. 'Dank u. Kom mee, Luca, laten we gaan lunchen.'

'Hoe wist je dat ik hier was?' vroeg ze toen ze terugliepen door het gangpad.

'Dat liet Francesco me zien.'

'Francesco?'

'Ja, hij liep drie oude vrouwtjes bang te maken door in hun gezicht te blazen. Hij wees hiernaartoe.' Luca haalde zijn schouders op. 'Ik heb echt wat aan hem.'

Cosima wilde niets liever dan hem geloven, maar omdat zijzelf Francesco niet kon zien, bleef er toch iets van twijfel knagen. 'Kon ik hem maar vasthouden,' zei ze zachtjes.

'Hij is een geest, Cosi. Pas als je je bij hem voegt zul je hem kunnen vasthouden.'

Zwijgend liepen ze over het plein. Francesco was verdwenen. De oude vrouwtjes zaten nog steeds te kletsen, alsof er niks was gebeurd.

'Ik wil je graag geloven, echt. Maar vertel je me soms wat ik wil horen alleen maar om me gelukkig te maken? Is dit allemaal een truc om te zorgen dat ik verliefd op je word?'

Hij schrok ervan dat ze aan hem kon twijfelen. 'Waar hadden vader Felippo en jij het over?'

'Nergens over!' De tranen sprongen haar in de ogen. 'Maar waarom kan alleen jij hem zien? Waarom ik niet?'

Luca pakte haar bovenarmen vast. 'Ik weet het niet, Cosi. Twijfel alsjeblieft niet zo aan me. Ik wou dat ik het je kon bewijzen, maar dat kan ik niet.'

'Misschien zou Francesco je iets kunnen vertellen dat alleen hij en ik weten?'

'Hij vertelt me helemaal niks. Hij is een kleine jongen. Waarschijnlijk is hij net zo in de war als wij. Het is vast niet eens in hem opgekomen. Het enige wat hij wil is dicht bij jou zijn.'

'En ik wil dicht bij hem zijn.' Ze keek om zich heen. 'Waar is hij nu?'

'Ik zie hem niet.'

'Je ziet hem niet? Waarom niet? Waarom zie je hem alleen als ik niet bij je ben? Als je hem echt kunt zien, zorg dan dat hij hierheen komt en zeg iets tegen hem!'

Luca trok een gepijnigd gezicht. 'Dat kan ik niet,' moest hij toegeven.

'Dit is allemaal nieuw voor me, weet je. Ik snap ook niet hoe het werkt.'

Toen kreeg hij ineens een idee. 'Kom eens!' gebood hij, en hij pakte haar bij de hand en trok haar over het plein mee naar de oude vrouwtjes. 'We zullen het hun eens vragen.'

'Dan denken ze dat je gek bent.'

'Ze mogen denken wat ze willen.'

De drie vrouwtjes staakten hun gesprek en keken hen aan. Cosima voelde zich hoogst opgelaten, terwijl Luca zich zelfverzekerd voorstelde. 'Goedemiddag, dames,' zei hij met een lichte buiging. 'Ik ben Luca Chancellor. Het spijt me wel dat ik dit vredige tafereeltje verstoor, en ik heb ook een nogal vreemde vraag.' De drie weduwen keken naar hem op alsof hij een buitenaards wezen was. 'Hebben jullie soms daarnet het gevoel gehad of er iemand in jullie gezicht blies? Ik weet dat het raar klinkt, maar het is echt belangrijk.' De kleinste vrouw begon te mummelen, terwijl de dikke iets onverstaanbaars mompelde.

De derde grijnsde, waarbij ze haar kleine gele tanden ontblootte. 'Dat was jij dus!' grinnikte ze. 'Als je niet zo knap was, zou ik je een mep geven met mijn handtas!'

De kleinste boog zich naar voren om het beter te kunnen zien. 'Was jij dat die ons in het gezicht blies? Dat is heel onbeleefd, weet je.'

'Gelooft u me alstublieft, ik was het niet,' zei hij terwijl hij achteruitstapte. 'Het was een geest, maar mijn vriendin hier wil daar niet aan.'

'Een geest?' riepen ze allemaal tegelijk uit, en ze wendden zich opgewonden naar elkaar toe.

'Ziezo, geloof je me nu?' zei Luca.

'Ik moet wel,' gaf Cosima toe.

Hij keek haar strak in de ogen. 'Tegen jou zou ik nooit liegen, Cosi. Ik beloof dat ik nooit tegen je zal liegen.'

Zwijgend liepen ze verder over de kade. Toen ze in de buurt van de trattoria kwamen, voelde Luca Cosima verstrakken bij de aanblik van Rosa op het terras. Die boog zich in haar rode jurk over een tafeltje met jongemannen heen, haar decolleté vol in het zicht.

Ze kwamen bij het terras en Luca liet haar hand niet los. Rosa keek op en registreerde hun verstrengelde handen en de nabijheid van hun lichamen terwijl ze voortliepen. Maar ze dwong zichzelf tot een glimlach en probeerde luchtig over haar gevoelens heen te stappen. 'Moet je jullie tweeën nou zien!' riep ze uit. 'Als ik niet getrouwd was, zou ik nog jaloers worden.'

'Waarom kom je niet bij ons zitten voor het middageten?'

Ze trok een gezicht. 'Wat dacht je! Zie je niet dat ik aan het werk ben? Nee, lunchen jullie maar samen. Jullie moeten elkaar tenslotte nog leren kennen!' Ze wees naar een tafeltje in de hoek. 'Daar zit je rustig en kan niemand meeluisteren.'

'Dank je, Rosa,' zei Cosima welgemeend.

'Hoor eens, het is aan mij te danken dat jullie elkaar hebben leren kennen. Als ik er niet was geweest, liep jij hier nog steeds rond met een gezicht van oude lappen.' Ze priemde met een rode nagel in Luca's richting. 'En jij zou nog steeds lopen tobben over je scheiding. Ik ben blij voor jullie, en voor mezelf, want deze goede daad heeft misschien een paar slechte daden uit het verleden uitgewist en me een plekje in de hemel opgeleverd. Ga nou maar zitten en eet. Alfonso heeft verrukkelijke kreeft klaargemaakt.'

Ze ging de keuken in en nam plaats aan het houten tafeltje. 'Romano, breng me een glas wijn, wil je?'

'Alles goed, Rosa?' vroeg Alfonso. Ze was ineens wit weggetrokken.

'Ja hoor.'

Romano bracht haar een glas en schonk de wijn in. Rosa nam een grote slok. 'Zo, dat is beter.' Wanhopig schudde ze haar hoofd. 'Sommige mensen hebben ook alle geluk van de wereld!'

Na het diner nam Fiyona een taxi naar de stad, nadat ze Romina had herinnerd aan haar afspraak had met Fiero.

'Nu snap ik waarom ze zo goed Italiaans spreekt,' zei Romina tegen Ma. 'Ze duikt met alle obers het bed in.'

'Je broer zal wel teleurgesteld zijn,' zei Ma. 'Door haar is hij helemaal van slag.'

'Anders was hij nooit wakker geworden. Jammer dat ze zo'n slet is.'

'Ze is een beest.' Ma snoof afkeurend. 'Ze pakt alles wat maar beweegt.'

'Vooral als het niet al te snel beweegt, zoals Nanni!'

'Offer hem rustig genadeloos op als dat een goed artikel oplevert.'

Romina wierp een blik op haar broer, die in zijn eentje met een glas whisky op het terras zat. 'Ik hoop maar dat hij ons niet teleurgesteld heeft.'

'O, ik geloof niet dat ze veel onderscheidingsvermogen heeft.'

'Ik snap niet wat er sexy zou zijn aan Nanni.'

Peinzend kneep Ma haar ogen tot spleetjes. 'Ach, ik weet niet. Op ieder potje past een deksel.'

'Ook op het jouwe, Ma?'

Ma grijnsde ironisch. 'Ik ben veel te spiritueel ingesteld om me aan aardse geneugten over te geven.'

'Meer dan aardse geneugten bestaan er niet, Ma. Je moet het ijzer smeden als het heet is.'

25

Het was donker. Vanuit zee kwam er een zilte wind aanwaaien, die met koele vingers door Rosa's haar streek. Met ogen die prikten van de tranen liep ze over het kiezelstrand. In de verte hoorde ze feestgedruis, een plotselinge schaterende lach – vrolijke geluiden die alleen maar wreed benadrukten hoe misnoegd ze zelf was. Ze ging zitten, trok haar vest om zich heen en keek uit over de zee. Sterren twinkelden als vuurvliegjes. De maan scheen helder en verlichtte de zee eronder, waardoor haar blik naar de horizon werd getrokken. Er moet een beter leven voor me weggelegd zijn, dacht ze. Het was helemaal niet de bedoeling dat ik in een klein stadje terecht zou komen en in het verborgene zou leven en sterven. Nu pikt Cosima het leven in dat ík had moeten leiden. Straks vertrekt ze naar Londen en reist ze de hele wereld over. Draagt dure kleren en diamanten. Gefrustreerd pakte ze een kiezel op en gooide hem in het water. Met een bevredigend plopje raakte hij het oppervlak.

Ze werd zich bewust van een schimmige gestalte aan de andere kant van het strand. Ze hield op met stenen gooien en tuurde ingespannen om het beter te kunnen zien. Een man, dacht ze. Hij leek geagiteerd, al kon ze zijn gelaatstrekken niet onderscheiden. Heel even vroeg ze zich af of hij net als Cosima de zee in zou waden. Ze was niet van plan achter hem aan te gaan en maakte zich klein, zodat hij haar niet zou kunnen zien. Hij ijsbeerde op een klein stukje strand heen en weer, met zijn voeten in het water. Uiteindelijk liep hij weg in de richting van het paadje dat omhoog kronkelde de kliffen op naar het palazzo, via het tuinhuis.

Rosa krabbelde overeind en haastte zich om hem nieuwsgierig achterna te gaan. Ze kende dat paadje als haar broekzak, elke kronkel en elke bocht, elke hobbel en kuil. Terwijl ze ervoor zorgde dat ze niet te zien of te horen was, repte ze zich zo soepel als een kat onopvallend over de rotsen. Het leek wel of de man het pad eveneens goed kende. Hij aarzelde of struikelde niet, maar bewoog zich vlot door het donker.

Rosa volgde hem op veilige afstand. Haar zenuwen waren gespannen en ze was er klaar voor om zodra hij zich omdraaide weg te duiken in de struiken, maar hij liep als in trance verder. Niets leek hem van zijn doel af te kunnen houden.

Op het laatst verdween hij tussen de bomen. Rosa kroop achter een grote struik en wachtte af. Ze hoorde geschuifel van voetstappen rondom het tuinhuis, alsof hij door de raampjes keek of er iemand binnen was. Vervolgens het geluid van een sleutel in het slot. Ze hield haar adem in en haar borstkas barstte bijna uit elkaar van opwinding. Dit was haar kans op wat avontuur in haar leven. Valentina had tenslotte ook zelf voor sjeu gezorgd.

Langs de randen van de luiken kon ze de warme gloed van kaarslicht zien, dat naar buiten scheen en de indringer verraadde. Dus er was echt een indringer, en hij was geen spook. Maar wie was hij dan wel, en waarom was hij hier? Met bonzende slapen vouwde ze haar vingers om de deurkruk en opende de deur.

Cosima sliep onrustig, want haar verdriet was net zo'n trouwe metgezel als de herinnering aan haar overleden zoontje. Overdag schonk Luca haar moed en hoop, maar 's nachts werd ze overmand door wanhoop en had ze het gevoel door een afgrond te worden verzwolgen. Luca had haar een reddingsboei toegeworpen, maar waar zou hij haar heen brengen? Ze kon Francesco niet alleen laten. Niets zou haar uit Incantellaria kunnen weghalen, waar al haar herinneringen in de grond begraven lagen. Ze zou er tot haar dood blijven wonen, met of zonder Luca.

Toen ze in een diepe slaap viel, bevrijdde een serene rust haar van het malen van haar gedachten. Ze werd omringd door wit, en in dat hemelse licht voelde ze de aanwezigheid van haar zoon. Hij verscheen voor haar zoals hij er bij zijn leven had uitgezien: zijn ogen groot en glimlachend, zijn huid glanzend bruin, zijn wangen met de kleur van een volmaakte zonsopgang. Hij nestelde zich tegen haar aan en zij sloeg haar armen om hem heen. Ze rook de melkachtige vanillegeur van zijn haar, voelde zijn gladde huid tegen haar lippen, de warmte van zijn lichaam tegen het hare, en voor het eerst in drie jaar voelde ze zich heel.

Uiteindelijk maakte Francesco zich van haar los. Hij keek haar aan met de liefdevolle blik van een wijze oude man. 'Je moet terug.'

'Zeg niet dat ik weg moet!'

'Je moet. Het is je tijd nog niet.'

'Maar ik wil bij jou blijven,' smeekte ze.

Hij glimlachte, alsof het een absurde gedachte was dat ze gescheiden zouden worden. 'Je weet dat ik altijd bij je ben.'

'Maar ik kan je niet zien!'

'Vertrouw erop, *mamma*.' Langzaam begon hij te vervagen. 'Vertrouw erop.'

Door het wit reikte ze naar hem uit. 'Ik hou van je, Francesco. Laat me niet alleen. Zonder jou kan ik niet leven. Laat me niet alleen! Alsjeblieft, kom terug!'

'Het is in orde, lieverd. Je hebt een nachtmerrie.' Alba boog zich in haar witte nachthemd over haar heen. In paniek keek Cosima rond. Francesco was verdwenen. Alba streelde haar over haar hoofd. 'Het is goed. Je bent nu wakker.'

'Ik wil niet wakker worden.' Cosima sloot haar ogen en probeerde door louter wilskracht terug te keren naar die merkwaardige witte hemel.

'Het was een droom,' suste Alba haar.

'Nee. Het was echt. Hij was hier. Ik kon hem voelen, hem ruiken. Hij was echt!' Ze begon te huilen. Alba knipte het licht aan en Cosima huiverde. 'Doe uit!' Alba negeerde haar en ging op het bed zitten.

'Het was de geest van Francesco.' Cosima pakte Alba bij haar schouders en sperde haar ogen wijd open. 'Luca zei dat ik hem met geen mogelijkheid vast zou kunnen houden. Maar hij heeft mijn zoon onderschat. Francesco heeft toch een manier gevonden.'

Alba deed het licht weer uit en liet Cosima verder slapen. Hoe ouder ze werd, hoe meer ze ervan overtuigd raakte dat de wereld van de geesten altijd aanwezig was. Ze herinnerde zich nog het sterke gevoel dat de geest van Valentina in dit huis hing toen ze er al die jaren geleden was aangekomen, en hoe ze was verdergegaan toen Immacolata haar uiteindelijk had losgelaten.

Ze klom weer in bed naast Panfilo, die door de smekende kreten van zijn nicht heen had geslapen, en ging liggen. Terwijl ze haar best deed om weer in te dommelen, sprong ze in haar hoofd van de ene gedachte naar de andere. Opeens hoorde ze buiten geneurie. Het kon het gefluit van de wind zijn, of een uil, maar het klonk steeds harder naarmate het geluid het huis dichter naderde. Geïntrigeerd stapte ze het bed uit en liep naar het raam. Daar liep, met veerkrachtige tred, Rosa. Alba schrok. Haar eerstvolgende gedachte gold Eugenio. Als hij merkte dat zijn vrouw in de kleine uurtjes terug naar huis zwalkte, zou daar knetterende ruzie van komen. IJlings trok ze haar ochtendjas aan en schoot de trap af, net op het moment dat Rosa als een inbreker door de zijdeur naar binnen glipte.

'Waar ben jij in vredesnaam geweest?' wilde Alba weten; ze had haar handen in haar zij geplant en haar gezicht zag bleek in het maanlicht dat door de keukenramen naar binnen viel.

'Even wandelen.'

'Op dit uur?'

'Dit is mijn favoriete tijdstip.'

'Je bent dronken.'

'Ik heb geen druppel gedronken. Ik ben alleen maar heel blij!' Ze glimlachte geheimzinnig.

'Waar ben je zo blij om, terwijl je man alleen in bed ligt en je kinderen...'

'Die worden 's nachts toch nooit wakker.'

'Er is altijd een kans dat dat wel gebeurt, en wat dan? Eugenio zal zich afvragen waar je bent.'

'Ik maak zo vaak 's nachts een wandelingetje.' Rosa leunde tegen het dressoir en sloeg haar armen over elkaar. 'Ik vind het prettig om in het donker over de kliffen te dwalen en beneden op het strand. Daar word ik blij van, *mamma*. Op die manier ontsnap ik even uit dit claustrofobische huis. Ik ben blijer dan ooit. Eerlijk gezegd had ik nooit gedacht dat ik zo blij zou kunnen zijn.'

Alba's gezicht betrok. 'Wie was er bij je?'

'Niemand. Geesten.'

'Waar heb je het over?'

'Ik ben bij geesten geweest. Spoken.' Ze schudde haar hoofd, alsof haar moeder te dom was om dat te begrijpen. 'Maak je maar geen zorgen, ik doe een beetje dwaas. Ik ben nu moe. Als je het niet erg vindt, ga ik naar bed.'

'Laat Eugenio je maar niet betrappen als je er midden in de nacht vandoor gaat.'

'Die slaapt als een blok.'

'Nou, een dezer dagen wordt dat blok misschien wel wakker, en dan zit je in de problemen.'

'Ik weet heus wel hoe ik met mijn man om moet gaan. Mannen zijn allemaal hetzelfde.'

Gealarmeerd sloeg Alba de zorgeloosheid van haar dochter gade. 'Het probleem met jou, Rosa, is dat je niet weet te waarderen wat je hebt.'

'Hoe weet jij dat nou? Je vraagt nooit ergens naar. Het is altijd maar Cosima, Cosima, Cosima. Ik kan me niet heugen wanneer je me voor het laatst hebt gevraagd hoe het met míj was. Maar het geeft niet.' Ze liep naar de trap. 'Trouwens, Cosima en Luca hebben nu iets met elkaar.'

'Dat weet ik.'

'Natuurlijk weet je dat. Jullie zijn toch zulke dikke vriendinnen?' Ze ging de trap op en liet Alba smeulend van woede achter.

'Wat je ook denkt, ik ben je moeder en dit is mijn huis. Probeer eens iets verder te kijken dan je neus lang is, Rosa. Je bent altijd zo zelfzuchtig geweest!'

Rosa had het liefst de badkamerdeur achter zich dicht willen smijten, maar ze wilde Eugenio niet wakker maken. Ze pakte de wasbak vast en ademde diep in, briesend van kwaadheid. Hoe durfde haar moeder zo'n toon tegen haar aan te slaan? Ze was helemaal niet zelfzuchtig. Ze wilde alleen maar het middelpunt zijn van haar moeders wereld. Als dochter was dat toch zeker haar recht? Maar Cosima hield die plek bezet en had dat sinds Francesco was verdronken ook steeds gedaan. Ze staarde naar haar gezicht in de spiegel en zag Valentina naar haar terugstaren.

Het lag nu voor de hand dat Cosima met Luca naar Engeland zou verhuizen. Nou, hij kon wat haar betreft zijn gang gaan. Rosa zat niet langer op Luca te wachten om haar weg te halen; vanavond had ze ontdekt dat alles wat ze nodig had hier in Incantellaria te vinden was, en dat ook altijd was geweest.

Ze klom haar bed weer in, in de overtuiging dat haar man sliep, en ze vertrouwde erop dat hij het gesprek met haar moeder niet kon hebben gehoord. Maar voor de zoveelste keer bloedde Eugenio's hart.

De volgende ochtend was het zondag. Met een geheimzinnig glimlachje op haar gezicht zat Rosa tijdens het ontbijt almaar te neuriën, terwijl Cosima in stilte zat te eten en zich met al haar zintuigen vasthield aan Francesco. Panfilo ging naar de kerk met Toto, Beata, Rosa, Eugenio en de kinderen en hun neven en nichten, en liet Alba thuis achter met Cosima, die plannen had gemaakt om Luca te treffen.

Panfilo had zijn vrouw teder gekust en haar aangeraden de woordenwisseling met Rosa te vergeten.

'Ik heb geen idee van wie ze dat heeft,' had hij lachend gezegd, terwijl de rimpels op zijn knappe gezicht zich scherper aftekenden.

'Ik ben anders in de loop der jaren stukken milder geworden,' had Alba gezegd, met tegenzin zijn glimlach beantwoordend.

'En dat zal voor Rosa ook gaan gelden. Ze is nu nog jong en enthousiast. We praten er later wel over, maar misschien moest ze maar op zichzelf gaan wonen.'

'Van het salaris van een politieman?'

'Nee, van het mijne!'

De waarheid was dat Alba niet wilde dat Rosa en Eugenio het huis uit zouden gaan. Telkens als het ter sprake was gekomen, had ze alles uit de kast gehaald om het te voorkomen. Ze had tegen hen gezegd dat ze moesten wachten tot ze genoeg geld hadden om een mooi groot huis te kopen. Toen Panfilo had voorgesteld hen financieel bij te staan, had ze hem voorgehouden dat zijn aanbod Eugenio's trots zou krenken. En was het trouwens niet handig om een kinderoppas bij de hand te hebben? Drie kinderen brachten handenvol werk met zich mee, maar die last werd met hun grootmoeder in de buurt een stuk lichter. Het hoorde bij de Italiaanse cultuur dat families bij elkaar woonden. Op die manier had Immacolata ook geleefd en zij hadden haar voorbeeld gevolgd. Stiekem was Alba bang dat het thuis eenzaam zou zijn zonder hen, zeker omdat Panfilo zo vaak weg was. Rosa en Eugenio maakten deel uit van het huishouden en ze genoot van hun gezelschap. Ze aanbad de kinderen en vond het leuk om hun elke avond voor te lezen en hen in bed te stoppen. Het deed haar erg goed hen te zien spelen in de olijfgaard.

Maar bovenal hadden ze haar geholpen het verlies van Francesco te verwerken. Als Rosa en haar gezin er niet waren geweest, zou Alba samen met haar nicht de afgrond in zijn gesleurd. Het geval wilde dat ze niet in staat was over haar eigen gebroken hart te praten, want als ze daar eenmaal aan begon, zou ze een weg inslaan vanwaar geen terugkeer meer mogelijk was.

Cosima stond bij de gootsteen af te wassen, met haar gedachten nog steeds bij haar droom, toen voor het raam Luca's gezicht opdook. Hij kwam binnen, omhelsde haar en kuste haar op de wang. Alba wendde zich af, gegeneerd door hun intimiteit. 'Ik wil je een dagje mee uit nemen, als je familie je kan missen.'

'Natuurlijk, ga maar.' Alba's stemming klaarde op toen er een blos van plezier op Cosima's gezicht verscheen. 'Het komt je toe om een beetje plezier te maken.'

Luca liet haar los en leunde tegen het dressoir. 'Mijn moeder is niet te genieten vanochtend. Ik móést gewoon weg.'

'Wat is er dan met haar?'

'Ze raakt helemaal van de leg door het vooruitzicht dat Panfilo foto's van het palazzo komt nemen. Ze zit almaar in lotushouding op het terras om te proberen tot bedaren te komen. En dat is nog niet zo makkelijk met mijn vader en de professor die aan tafel vlak naast haar een verhitte discussie voeren over politiek!' Hij slaakte een zucht. 'Morgen trekt er een hele stoet bloemisten, stylisten, visagisten en assistenten naar het palazzo, dus dan moet ik ook maken dat ik wegkom.'

'Je kunt ons komen helpen in de trattoria,' stelde Cosima met een glimlach voor. 'Rosa heeft aangeboden Panfilo te assisteren.'

'Dat geloof ik graag.'

Alba dacht terug aan de middernachtelijke escapade van haar dochter en vroeg zich af of Cosima en Luca iets wisten wat zij niet wist. 'Ik kan me niet voorstellen dat hij om haar hulp verlegen zou zitten,' zei ze, hengelend naar informatie.

'Het palazzo fascineert haar,' zei Cosima. 'Volgens mij piept ze er midden in de nacht tussenuit naar het tuinhuis.'

'Waarom zou ze dat in 's hemelsnaam doen?'

'Voor een beetje avontuur?'

'Daar in die ouwe bende?'

'Voor haar leeft het.'

Alba schudde haar hoofd. 'Dat zie je vast verkeerd.'

'Nou,' zei Luca. 'Er is daar anders wel iemand binnen geweest, en mijn moeder heeft mij opgedragen om uit te zoeken wie het is.'

'Rosa weet hoe ik over het palazzo denk.' Alba zag bleek. Ze wilde niet over het palazzo praten, laat staan zich voorstellen hoe haar dochter zou zwelgen in de tragedie van het verleden. Rosa wist hoe heilig dat voor haar was.

'Moeder heeft nog een stel uitgenodigd om te komen logeren,' zei Luca, om over iets anders te beginnen.

'Het lijkt daar wel een hotel,' zei Alba. Haar stem klonk scherper dan haar bedoeling was.

'Daar krijgt het inderdaad steeds meer van weg,' beaamde Luca. 'De professor en Ma Hemple horen zo'n beetje bij het meubilair; die blijven zeker de hele zomer. Ik snap niet dat mijn ouders ertegen kunnen om de hele tijd mensen om zich heen te hebben.'

'Wie hebben ze dan deze keer uitgenodigd?' vroeg Cosima, terwijl ze de borden die ze had afgedroogd wegborg.

'Een charmante oude heer die Fitzroy Davenport heet.' Luca zei het langzaam en nadrukkelijk, en voelde zich opeens schuldig dat hij deed of hij niets van Alba's geschiedenis af wist. Hij zag haar mond openvallen van verrassing.

'Fitzroy Davenport?'

'Inderdaad,' antwoordde Luca. 'Ken je hem?'

'Ja, we hebben iets met elkaar gehad.'

Cosima staarde haar tante aan. Haar oprechtheid was ontwapenend. 'Iets met elkaar gehad? Wanneer dan?'

Alba lachte. 'Lang voordat ik Panfilo leerde kennen. Toen jij nog een klein meisje was. Ik maakte destijds een heel verstandige keus, en daar heb ik nooit een moment spijt van gehad. Het was ofwel jij, Cosima, ofwel Fitz – ik kon jullie niet allebei hebben.'

'Arme Fitz,' zei Luca.

'Nou, uiteindelijk is hij met iemand anders getrouwd. Wie is ze?'

'Rosemary,' antwoordde Luca. 'Een heel... efficiënt iemand.'

'Drammerig, bedoel je zeker. Die Fitz – dat hij uit alle beschikbare vrouwen nou net zo iemand heeft gekozen. Hij was altijd al gevoelig voor dat soort vrouwen! Wanneer komen ze?'

'Volgend weekend.'

'Ik kan bijna niet wachten. Na al die jaren! Zou hij niet verrast zijn?'

Luca dacht terug aan de melancholieke blik op Fitz' gezicht en aan de tederheid waarmee hij over Alba had gesproken. '*Aangenaam* verrast,' voegde hij er met nadruk aan toe. Heel even had hij met Rosemary te doen, want Alba was stukken knapper dan zij, maar daar zei hij maar niets over. In plaats daarvan liep hij met Cosima naar buiten de zon in. Hij had Alba gewaarschuwd dat Fitz zou komen; hij had zich er al genoeg mee bemoeid.

Samen gingen ze op het gras liggen onder de oude uitkijktoren. Cosima was er niet helemaal bij, alsof ze met haar gedachten elders zat. Luca woelde met zijn hand door haar haar, kneedde het tussen zijn vingers en streek met zijn lippen over haar huid. 'Waar denk je aan?'

'Ik heb vannacht gedroomd,' antwoordde ze met een aarzelende glimlach. 'Ik weet niet wat ik ervan moet denken.'

'Waar droomde je dan van?'

'Van Francesco.'

26

Nanni en Fiyona volgden Caradocs aanwijzingen op en gingen op een bankje op het plein voor de kerk zitten. De zon scheen, vogels tsjilpten in de bomen of hipten over het gras om de broodkruimels op te pikken die kleine kinderen voor ze hadden neergestrooid, en de kerkklok riep op tot de mis. Mannen en vrouwen op leeftijd, in het zwart gekleed, stroomden het plein op als krabben die uit rotsspleten gekropen kwamen, hun hoofden bedekt met zwarte hoeden of sluiers, hun rozenkransen rammelend in hun zakken. Jonge stellen liepen kwiek het plein over met hun kroost: kleine meisjes in hun mooiste jurken, schoongeboende jongetjes. Het leek wel of de hele stad op de kerk af kwam. Alles was gesloten, behalve het hotel, waarvoor een groepje Amerikaanse toeristen met camera's over hun schouders geslagen op een taxi wachtte, ondertussen turend in een reisgids voor Zuid-Italië.

Fiyona en Nanni zaten te wachten als een stel hyena's. Met Fiyona om hem heen werd Nanni een ander mens. Hij voelde zich mannelijk en sexy. Hij stelde zijn omvangrijke buik tentoon en rookte een sigaar. Fiyona leek meer geïnteresseerd in de jongemannen, heel donker en knap met hun zuidelijke nonchalante manier van doen die haar zo opwond. Ze kon het niet nalaten naar hen te glimlachen, en ze glimlachten terug, want ze herkenden onmiddellijk de blik van beschikbaarheid in haar ogen, als een bordje met OPEN op een winkeldeur.

Ze stopte een sigaret tussen haar lippen en stak die aan, waarbij ze de rook vanuit een mondhoek uitblies. 'Het wemelt in deze stad van de oudjes,' zei ze. 'Die moeten toch allemaal iets weten.'

'We moeten de juiste persoon zien te vinden,' antwoordde Nanni. 'Er zijn er maar weinig die willen praten. Zuiderlingen zijn niet erg mededeelzaam.'

'Van de jongeren kun je dat niet zeggen,' zei ze, denkend aan Fiero en hun schaamteloze geflirt van de vorige avond.

'De jongeren hebben de oorlog niet meegemaakt.'

'Wist je zus iets van de geschiedenis van het palazzo toen ze het kocht?'

'Ze werden er verliefd op. De geschiedenis interesseerde hen niet.'

'Maar nu wel.'

'Ja, nu is iedereen erin geïnteresseerd.' Hij knipte zijn as op de grond.

'Dus ze vindt het geen probleem dat er in haar huis een oude man is vermoord?'

'Waarom zou ze? Dat was lang geleden.'

'Ik vraag me af wat Alba en haar familie ervan vinden dat je zus aan het renoveren is geslagen.'

'Als dat Alba echt iets had kunnen schelen, was ze er zelf wel gaan wonen. Trouwens, ze heeft haar moeder nooit gekend. Valentina overleed toen zij nog een baby was.'

'Maar haar oom was een moordenaar.'

'Hij nam wraak om de dood van zijn zus.'

'Maar toch een moordenaar. Ik weet zeker dat zij liever zou zien dat dat hele gebeuren werd vergeten.'

'Vergeet niet dat Falco nooit voor de moord is aangeklaagd. De politie ging ervan uit dat de maffia erachter zat. De zaak is gesloten.'

'Was het Falco alleen, of had hij een handlanger?' vroeg ze, terugdenkend aan Rosa's verspreking.

'Hoeveel mensen zijn ervoor nodig om een markies te vermoorden?' grinnikte Nanni. 'Misschien waren ze wel met z'n drieën, wie zal het zeggen?'

'Maar ik wil het graag weten,' zei ze nadrukkelijk. 'Ik heb graag dat de feiten kloppen. Daarom ben ik ook zo'n goede journalist.'

'Dat lijkt me een pre. De meeste journalisten die ik ken zuigen maar wat uit hun duim!'

Na de dienst stroomde de kerk leeg en verspreidden de kerkgangers zich. Fiyona speurde de vele gezichten af en deed zelfs een paar keer een poging om een praatje aan te knopen, maar de bewoners van Incantellaria keken haar misprijzend aan en schuifelden mompelend weg.

'Dit wordt niet makkelijk.'

'Ik zei je toch al dat niemand bereid is met een vreemdeling te praten?'

'Hoe kreeg je neef dat dan voor elkaar?' Ze deed nog een vergeefse poging, maar zag toen een bekend gezicht. 'Rosa!' Ze trok de aandacht van de jonge vrouw en zwaaide naar haar.

Rosa maakte zich los van haar familie. 'Hallo, Fiyona. Wat doe jij hier?'

'Kerk,' antwoordde Fiyona. Rosa trok haar wenkbrauwen op. 'Dit is Nanni, de broer van Romina.' Rosa schudde hem de hand. 'Zijn dit je kinderen?' vroeg Fiyona toen Rosa's familie zich bij haar voegde.

'Ja, en mijn man Eugenio. Mijn vader, Panfilo, en mijn oom Toto, zijn vrouw Paola en zijn moeder Beata.'

'Wat heb je een grote familie,' zei Fiyona, met de allerhartelijkste glimlach die ze kon opbrengen.

'Dit is nog niet de helft!' zei Rosa lachend. 'Wij nemen het grootste deel van de kerk in beslag.'

'Wonen jullie hier in de stad?' informeerde Fiyona.

'Er vlak buiten. In hetzelfde huis waar Valentina heeft gewoond,' fluisterde ze erachteraan, zodat Beata het niet zou horen.

'In die mooie kleren lijk je nog meer op haar,' vleide Fiyona haar.

'Heb je zin om iets te komen drinken?'

'Dat zou ik heel leuk vinden,' antwoordde Fiyona. 'Mag Nanni mee?'

'Natuurlijk.' Rosa wendde zich tot haar vader. 'Ik heb ze meegevraagd om iets te komen drinken.' Panfilo's gezicht betrok. 'Kijk me niet zo aan, papa! Mijn moeder moet niet veel van het palazzo hebben,' legde ze uit.

Fiyona gooide al haar charmes in de strijd en zei: 'Maak jullie maar geen zorgen, we willen ons niet opdringen. Leuk om jullie allemaal gezien te hebben. Wat een leuke, mooie familie heb je, Panfilo. Je zult wel apetrots zijn.'

Panfilo voelde zich opgelaten. Het lag niet in zijn aard om bot te doen. 'Nee, toe maar. Je bent van harte welkom,' zei hij. Fiyona ving Nanni's blik, stak haar arm door die van Rosa en liep met haar weg naar Panfilo's auto.

Alba redderde rond in het huis; ze ruimde het speelgoed van de kinderen op, vouwde hun kleren op, borg hun kleurpotloden en boeken in de kast. Vervolgens besloot ze naar de oude uitkijktoren te lopen, waar onder de olijfboom haar moeder begraven lag.

Ze moest er weer aan denken dat ze als jong meisje ook dat pad genomen had, dromend van Fitz, worstelend met de keus die ze moest maken: in Italië blijven bij Cosima of met Fitz teruggaan naar Engeland. Een roofvogel cirkelde geluidloos rond boven haar hoofd en speurde de grond af naar muizen en konijnen. Ze ademde de geur van wilde tijm en rozemarijn diep in, liet haar blik over de heuvel dwalen, waar gele bloempjes bloeiden in het lange gras, en voelde haar humeur opklaren. Van dit landschap zou ze nooit genoeg krijgen. De schoonheid ervan zou haar altijd blijven boeien.

Ze voelde een huivering van opwinding bij het vooruitzicht Fitz weer te zien. Zou hij veranderd zijn? Zou ze nog iets voor hem voelen? Of zou haar liefde niet meer zijn dan een herinnering die door de tand des tijds was aangetast, of een luchtspiegeling uit haar verleden? Ze dacht eraan dat hij nu met Rosemary getrouwd was en moest hardop lachen omdat hij gestrikt was door zo'n voortvarend type. Fitz was altijd welwillend, charmant en vriendelijk geweest – kwetsbaar voor een sterke en vastberaden vrouw. Alba had hem met een gebroken hart achtergelaten, maar ze had hem beloofd dat ze zou wachten. Dat had ze aanvankelijk ook gedaan, maar hij was niet teruggekomen. Italië had de leegte gevuld die Fitz had achtergelaten, en Cosima had haar geleerd dat er vele manieren bestonden om lief te hebben. Uiteindelijk was Cosima's behoefte groter gebleken dan die van Fitz. De vochtige ogen van het kleine meisje en haar ongelovige glimlach hadden haar duidelijk gemaakt dat ze er goed aan had gedaan om niet terug te gaan. Toen was Panfilo ten tonele verschenen en was ze verliefd geworden. De verliefdheid was in de loop der tijd gesleten en had plaatsgemaakt voor een solide, diepe en blijvende liefde. Ze vroeg zich af hoe het allemaal gelopen zou zijn als ze niet naar Italië was teruggegaan, maar met Fitz was getrouwd en in Londen gaan wonen. Zou Fitz' karakter sterk genoeg zijn geweest om haar aan zich te binden? Zou ze genoeg van hem hebben gekregen en haar oude promiscue gewoonten weer hebben opgepakt? Zou Italië uiteindelijk verdrongen zijn door het oppervlakkige materialisme en de hebberigheid van de wereld waarnaar ze was teruggekeerd? Wat voor soort vrouw zou ze dan zijn geweest?

Ze kwam bij de olijfboom en ging in het gras zitten. Ze kon zich nog goed heugen dat Fitz naar Incantellaria was gekomen om haar ten huwelijk te vragen – hoe blij ze eerst was geweest, en hoe bang, later, om de familie die ze net had ontdekt achter te laten. Ze herinnerde zich hun escapade naar het palazzo; ze waren over het vergane hek geklommen, dat roestig was van de vele regen, en de door struiken overwoekerde oprijlaan over geglipt, waar het wemelde van de takken, doornen en twijgen. De tuinen hadden het heft in handen genomen en waren door de half ingestorte muren als slangen het huis binnengedrongen; overal had een sinistere kilte gehangen, alsof het palazzo boven op een berg stond met een eigen klimaat – de geur van vergaan groen en verwaarlozing. Maar Fitz was met haar meegegaan naar binnen en met hem aan haar zij had ze zich dapperder gevoeld.

Uiteindelijk waren ze in een kamer aanbeland waar een heel andere sfeer hing dan in de rest van het palazzo. Anders dan in de andere vertrekken viel hier de warmte van de levenden te bespeuren. De restanten van een vuur waren nog warm in de haard en de lucht zinderde van leven. Voor de haard had een leren stoel gestaan. Ze hadden het merkwaardige gevoel gehad dat ze niet alleen waren. En daar hadden ze gelijk in gekregen.

Alba liet haar gedachten gaan naar Nero, de albino. De man die de *marchese* als kleine Napolitaanse jongen had geadopteerd. Hij had er breekbaar uitgezien; hij had geen voortanden meer, en uit wroeging en spijt dronk hij zich langzaam dood, verteerd door verdriet om de man die hij had liefgehad en verloren. Door zijn toedoen was het palazzo overgeleverd aan de grillen der natuur. Het was om hem heen ingestort, totdat alleen de kamer waarin hij woonde nog was overgebleven. De kamer waarin de *marchese* was vermoord. Hij had moeten huilen toen ze hem had verteld dat zij Valentina's dochter was, en zij had op haar beurt tranen geplengd toen ze te horen kreeg dat de *marchese* haar moeder had vermoord. Fitz had geholpen om de stukjes van die tragische puzzel aan elkaar te passen, totdat zich een beeld aftekende van liefde, jaloezie en wraak.

Daarna had Alba gezworen dat ze nooit meer de heuvel op zou gaan. Terwijl haar vader had geloofd dat Valentina van hem hield, had die in het tuinhuis gelegen in de armen van de *marchese*. Ze had hem zelfs het naaktportret gegeven dat Thomas van haar had getekend en het opgehangen naast het bed dat zij, Alba, met Fitz had gevonden, en aan haar vader teruggegeven. Hij was geschokt geweest om het na al die jaren terug te zien, omdat hij het destijds zo verschrikkelijk had gevonden dat het was verdwenen. Maar hij had niet herinnerd willen worden aan de vrouw die hem zo wreed had verraden en had het weer teruggegeven aan haar. Ze zou nooit de meedogenloze glinstering in zijn ogen vergeten toen ze had verteld hoe Fitz en zij hadden rondgespeurd en de moord op de *marchese* hadden opgelost. Falco had toegegeven dat hij er een aandeel in had gehad, maar pas op dat moment was haar duidelijk geworden welke rol haar vader bij het gebeuren had gespeeld. Rosa had alleen maar oog voor de romantiek van het ogenschijnlijk glamoureuze leven van haar grootmoeder, maar Alba kende de waarheid: dat het een opgesmukt en oneerlijk leven was geweest. Valentina had degenen die het meest van haar hadden gehouden pijn gedaan. Thomas was nooit over de teleurstelling heen gekomen. Hij had het mes in de hals van de *marchese* gestoken, maar het beeld van diens blije glimlach had hem nooit verlaten. 'Dood me maar, maar vergeet niet dat ik jullie eerst heb gedood,' had hij gezegd.

Het feit dat ze de waarheid wist over haar vader, had Alba en Thomas dicht bij elkaar gebracht. Nu kon er niets meer tussen hen komen. Geen geheimen, geen leugens – alleen de waarheid, die ze uiteindelijk had gedeeld met haar familie. Het was niet goed om geheimen voor elkaar te hebben; dat had ze door schade en schande wel geleerd.

Nu moest ze denken aan Panfilo en zijn betrokkenheid bij het palazzo. Ze vreesde de belangstelling die Romina had opgewekt door het te renoveren. Nu zou er een artikel verschijnen in een internationaal tijdschrift, en er zouden geheimen worden opgediept waarvan ze niet het recht hadden die te onthullen. Uit nieuwsgierigheid zouden er mensen naar Incantellaria komen om de plek te bezoeken. Het verhaal zou niet langer haar verhaal zijn, maar de wereld toebehoren. Haar vader had haar vertrouwd; nu moest zij haar eigen familie vertrouwen. Ze wist alleen niet zeker of ze wel allemaal te vertrouwen waren. Rosa had Valentina's genen geërfd en dat maakte dat ze haar hart vasthield.

Uiteindelijk stond ze op en liep terug door de olijfgaard. Ze vermoedde dat haar familie wel terug zou zijn uit de kerk. Voordat ze bij het huis kwam hoorde ze een lach opklinken. Panfilo's stem steeg boven de andere uit. Ze glimlachte toen ze aan hem dacht. Ze was echt gezegend. Naarmater ze dichterbij kwam, zag ze dat de rest van de familie ook was gearriveerd: Toto's vrouw, Paola, en haar kinderen en kleinkinderen. Het kleine grut speelde in de tuin met Garibaldi, terwijl de volwassenen aan de tafel onder de druiven prosecco dronken en aan crostini knabbelden. Alba begroette hen hartelijk, waarna ze haar lichte ogen op twee vreemdelingen in hun midden liet rusten. 'Dit is Fiyona, en Nanni is de broer van Romina,' zei Rosa.

Alba deed haar best om haar ongenoegen niet te laten blijken. 'Welkom,' zei ze, waarna ze naast Panfilo ging zitten. 'Dus jullie logeren in het palazzo?'

'Het is echt schitterend,' zei Fiyona uit eigen beweging, en ze nam Alba op alsof ze een insect onder een microscoop bestudeerde.

Haar accent viel Alba onmiddellijk op. 'Jij bent Engels.'

'U ook.'

'Waar kom je vandaan?'

'Londen.'

'Ik ben ook in Londen opgegroeid. Ik heb op een ark gewoond op de Theems.'

'Is dat niet vochtig in de winter?'

Alba kon de paraffinegeur bijna ruiken en glimlachte bij de herinnering. 'Ik vond het heerlijk.'

'Ligt hij er nog?'

'Nee. Hij is uit elkaar gevallen.' Ze had geen zin om uit te leggen waarom de *Valentina* tot zinken was gebracht.

'Wat jammer. Sommige van die boten zijn heel oud.'

'En stukken steviger dan de mijne.'

'Nou, ik woon in Bloomsbury, in een huis dat in de winter net zo vochtig is,' grinnikte Fiyona minzaam. 'Je kunt beter hier wonen!'

'In Italië schijnt altijd de zon,' zei Panfilo, terwijl hij onder tafel een klopje gaf op de knie van zijn vrouw.

'En als hij niet schijnt, is er altijd nog pasta,' voegde Nanni eraan toe, wrijvend over zijn omvangrijke buik.

'Ik geloof niet dat je hier ergens gebrek aan hoeft te lijden,' zei Fiyona terwijl ze waarderend om zich heen keek. 'Incantellaria is een paradijs op aarde. Hebt u gezien wat Romina en Bill met het palazzo hebben gedaan? Volgens mij was het een enorme bouwval toen ze het kochten.'

'Nee,' antwoordde Alba kortweg, zonder dat ze bereid was uit te leggen waarom.

'Papa gaat er morgen foto's maken voor de *Sunday Times*,' zei Rosa.

'Het zal u niet teleurstellen,' zei Nanni tegen Panfilo. 'Mijn zuster heeft een geweldig goede smaak. Ze heeft het in zijn oude glorie hersteld.'

Alba zette haar stekels overeind. 'En wat brengt u op het idee dat het ooit glorie heeft bezeten?'

'Het was qua architectuur duidelijk een meesterwerk,' argumenteerde Nanni, die op het punt stond hun een kort college te geven over het neoclassicisme.

'En de inrichting is ongelofelijk,' voegde Fiyona eraan toe. 'U moet het echt eens gaan bekijken. U kende dat palazzo toch voordat het zo in verval raakte?'

'Ik heb geen enkele aanvechting om erheen te gaan,' zei Alba zuinig.

'Weet u wie er eerst heeft gewoond?' Er viel een stilte aan tafel. Niemand wilde erover praten en ze waren zich allemaal sterk van Alba bewust. Maar Fiyona liet zich niet van de wijs brengen. De prosecco had haar anders zo scherpe zintuigen enigszins afgestompt. 'Ik weet dat de beroemde *marchese* Ovidio di Montelimone er ooit heeft gewoond. Maar wie trok erin na zijn dood? En waarom hebben ze het zo laten verkommeren?'

'Wij praten niet graag over het verleden,' zei Panfilo, die wel aanvoelde dat zijn vrouw kwaad begon te worden om door een vreemde zo opdringerig te worden ondervraagd.

'Maar het verleden is zo boeiend,' ging Fiyona aangeschoten verder. 'De geschiedenis zou weer tot leven moeten worden gebracht. Soms kun je alleen met achteraf verkregen kennis mysteriën oplossen.'

'Waarom ben je zo geïnteresseerd in de geschiedenis van het palazzo?' wilde Alba weten.

'Omdat ze journalist is, moeder.'

Alba trok wit weg, verbijsterd dat haar eigen dochter haar zo kon verraden. 'Een journalist?'

Fiyona had niet verwacht dat Rosa haar dekmantel zou prijsgeven. 'Ik schrijf voor de *Sunday Times*,' gaf ze toe. 'Het spijt me wel, ik dacht dat u dat wist.'

Alba staarde Fiyona zo giftig aan dat de jongere vrouw ervan in elkaar kromp. Toen Alba het woord nam, deed ze dat in het Engels, zodat er geen misverstanden zouden bestaan. 'Je dringt stiekem mijn huis binnen, maakt misbruik van mijn gastvrijheid, drinkt mijn processo en eet mijn crostini, terwijl je al die tijd al wist dat mijn moeder Valentina Fiorelli was, vermoord door de marchese die in dat palazzo heeft gewoond waar jij zo veel glorie aan toeschrijft – allemaal met de bedoeling om zo veel mogelijk te weten te komen, zodat je het deksel kunt oplichten van geheimen die al vijftig jaar bestaan?' Ze wendde zich tot haar dochter. 'O, Rosa, wat ben je toch naïef als je denkt dat deze vrouw contact met je heeft gezocht om vriendschap te sluiten. Nou, blijven jullie maar lekker genieten. Blijf zitten, neem gerust nog een drankje. Maar als jullie me willen excuseren – ik zit liever niet aan tafel met iemand die de naam door het slijkt haalt van de leden van mijn familie die hier waren toen mijn moeder werd vermoord en die al zesenvijftig jaar lang hun best doen om dat te vergeten.'

Ze beende naar binnen. Panfilo schudde spijtig zijn hoofd. 'Neem me niet kwalijk,' zei hij beleefd, 'maar ik denk dat jullie beter kunnen gaan.'

'Natuurlijk,' zei Fiyona, die wankel overeind kwam. 'Kom mee, Nanni.'

Nanni schudde zijn hoofd. 'Mijn zus vindt het vast vreselijk dat we jullie hebben beledigd.'

'Vergeet niet dat Valentina Alba's moeder was,' zei Panfilo tegen Fiyona. 'En haar vader leeft nog. Als je dan per se een artikel over het palazzo moet schrijven, hou dan rekening met de gevoelens van degenen die nog leven.'

Fiyona slikte moeizaam. 'Natuurlijk.'

'Ik breng jullie wel terug,' bood Eugenio aan.

'Doe geen moeite, we lopen wel,' zei Nanni. 'Ik weet de weg.'

'Weet je het zeker?' Rosa was woedend dat haar moeder haar ten overstaan van iedereen voor schut had gezet.

Fiyona pakte Rosa's hand. Haar lippenstift was in de lijntjes rond haar mond gelopen en vormde vlekken op haar tanden. Ze had duidelijk een slok te veel op. 'Het spijt me wel, Rosa. Maar maak je geen zorgen, twee miljoen mensen lezen straks over jóú.'

Nanni liep met Fiyona de heuvel op. 'Wat een ramp!' riep hij gegeneerd uit.

'Mijn fout. Ik dramde een beetje door.'

'Wat hoopte je te horen te krijgen?'

'Ik ben graag op de hoogte van alle feiten.'

'Heb je die dan nog niet?'

'Ik weet zeker dat Falco niet alleen was toen hij de marchese vermoordde.'

'Nou en?'

'Ik wil wedden dat Thomas, Alba's vader, bij hem was.'

‘En jij dacht dat Alba je dat zou gaan vertellen?’

‘Ik weet niet wat ik dacht. Ik vergat even waar ik was.’

‘Je hebt ons allemaal te schande gemaakt!’

‘Het spijt me. Ik voel me er rot over. Het zijn aardige mensen.’

‘Laat het dan los, Fiyona. Laat het gaan.’

‘Maar het zou zo’n goed verhaal zijn!’

‘Niet als je er mensen mee kwets.’

‘Daar ben ik aan gewend.’

Ze liepen door de bossen. De bomen torenden boven hen uit; de bladeren glinsterden in het windje en toverden telkens wanneer ze uit elkaar geblazen werden een warreling van oplichtende vlekken op het pad dat voor hen lag. Fiyona voelde zich dronken en licht in het hoofd. Het was heel warm. ‘Ik moet even gaan liggen.’

Nanni ergerde zich, maar hij had geen keus. Hij kon haar hoe dan ook niet naar huis dragen.

Fiyona ging op haar rug liggen en sloeg een arm over haar ogen. ‘Zo, dat is beter.’ Toen begon ze te grinniken.

‘Wat valt er te lachen?’ vroeg hij terwijl hij zich naast haar neervlijde.

‘Ik weet niet. Wij, dit, nu. Het heeft iets heel grappigs.’

‘Ik zie de lol er niet van in. Voor jou is er niets aan de hand. Jij gaat naar huis, maar wij moeten hier wonen. Mijn zus vermoordt je als Panfilo morgen weigert foto’s te maken.’

‘Jammer dan. Wat kan ik daaraan doen?’

‘Ik zou het niet weten,’ zei hij met een zucht, en hij sloot zijn ogen.

‘Je ziet het zeker niet zitten om te gaan neuken?’

27

Panfilo trof Alba aan in de slaapkamer terwijl de stoom uit haar oren kwam. 'Waag het niet me wijs te maken dat het een goed idee is om foto's te gaan nemen in het palazzo! Wat deed dat mens hier eigenlijk?'

'Rosa had haar uitgenodigd,' antwoordde Panfilo bedaard.

'Aan haar heb je nog eens wat!'

'Ze is jong en naïef.'

'Die mensen daar op die heuvel zorgen alleen maar voor problemen.'

Panfilo ging op het bed zitten. 'Je bent onweerstaanbaar als je kwaad bent.'

'Probeer me maar niet op die manier te vleien. Dat doet me niks.'

'Hoor eens, of je het nu leuk vindt of niet, er worden foto's van het palazzo gemaakt. Als ik het niet doe, doet een ander het wel.'

'Ik kan er niet tegen dat dat akelige mens als een detective in het verleden gaat zitten wroeten. We hebben het hier wel over mijn moeder... en papa. Stel nou dat ze erachter komt dat papa de *marchese* heeft vermoord?'

'Daar komt ze niet achter,' stelde Panfilo haar gerust. 'Wie zou haar dat moeten vertellen? Wij zijn de enigen die het weten.'

'En Rosa.'

'Ze mag dan naïef zijn, maar dom is ze niet.'

'Ze is kwaad op me. Je weet hoe heetgebakerd ze is. Ze mag dan niet dom zijn, maar ze is wel een ontzettende dwaas. Ik had het haar nooit moeten vertellen. Wat nou als Cosima het aan Luca vertelt en die het doorbrieft aan zijn moeder? Dat mens dat daar in het palazzo logeert, heeft oren als een olifant! Ik moet er niet aan denken wat ze allemaal zullen zeggen!'

'Kalm nou maar, Alba.' Hij trok haar naast zich neer.

'Zoals je weet, heb ik dertig jaar geleden ontdekt dat papa samen met Falco de *marchese* heeft vermoord. Ze deden het uit wraak. "Een erekwestie," zei hij. We hebben er nooit over gesproken, het was een stilzwijgende afspraak. Als hij erachter komt dat ik het aan mensen heb verteld – als erover geschreven wordt in een Engels blad – zal hij ontzettend teleurgesteld in mij zijn. Ik kan het niet verdragen om hem te kwetsen. Ik kan er niet tegen dat hij minder van me zou denken.'

'Waarom vragen we Rosa niet gewoon om het stil te houden?'

'Nee, laat maar. Ik praat wel met Cosima. Die kan erachter komen via Luca. In tegenstelling tot onze eigen dochter, is Cosima wél te vertrouwen.'

'Alba, dat is niet eerlijk,' zei Panfilo nors. 'Tegenover Rosa moet je wat meer tact aan den dag leggen. Ze is je dochter! Weet je, ooit was jij net zo'n opgewonden standje als zij.'

'Rosa is wel een graadje erger dan ik ooit ben geweest. Ze baart me zorgen. Wist je dat ze er soms midden in de nacht tussenuit piept? Joost mag weten wat ze dan uitspookt. Ik mag hopen dat ze wel zo verstandig is om er geen minnaar op na te houden.'

Panfilo lachte. 'Ik dacht niet dat er in Incantellaria zo veel verleiding is!'

'Als ze iets maar graag genoeg wil, vindt ze wel een manier om het te krijgen. Ze hunkert naar avontuur. Ze rukt aan de teugels. Ze beseft alleen niet hoe blij ze mag zijn met Eugenio.'

'Misschien moet ze op zichzelf gaan wonen...' opperde hij behoedzaam.

'Dat is niet de oplossing.' Alba stond op. 'Dus je bent nog steeds van plan het palazzo te gaan fotograferen?'

'Ja,' antwoordde hij ferm. 'Zo is het afgesproken.'

'Ik wil niet zien wat ze ermee hebben gedaan.'

'Goed hoor.'

'Dus laat mij die foto's maar niet zien.'

'Dat zal ik niet doen.'

'Ik wil het artikel ook niet zien als dat uitkomt.'

'Prima.'

'Laten we het er niet meer over hebben.'

Panfilo glimlachte om de melodramatische manier waarmee ze de zaak voor gesloten verklaarde. Het probleem was dat Alba het idee had dat Valentina's verhaal en het palazzo van haar waren. Ze kon er niet tegen dat Valentina deel had uitgemaakt van Incantellaria en dat het palazzo nu eigendom was van Romina en Bill Chancellor. Hij kende zijn vrouw beter dan ze zichzelf kende. Het zou hem niets verbazen als haar nieuwsgierigheid het uiteindelijk toch zou winnen.

Die avond kon Rosa bijna niet wachten tot Eugenio in slaap viel. Ze lag in haar bed naar het plafond te staren en te wachten tot zijn ademhaling diep en regelmatig werd. Ze dacht aan haar moeder die uit haar slaapkamerraam keek omdat ze vermoedde dat ze een verhouding had. Nou, een geestelijke verhouding dan misschien.

Uiteindelijk viel Eugenio dan toch in slaap. Ze kroop uit het bed, kleedde zich in de badkamer aan en sloop naar buiten. Ze rende het hele eind naar het tuinhuis. De maan was helder, maar aan de hand van haar innerlijke landkaart en haar zintuigen zou ze geblinddoekt nog haar weg hebben kunnen vinden. De opwinding die ze voelde was bedwelmend, wat voor Valentina ook moest hebben gegolden. Zij moest over ditzelfde pad hebben gelopen, naar de *marchese* die haar opwachtte in het tuinhuis. Ze had gedacht dat er in Incantellaria helemaal geen avonturen te beleven vielen, maar die hadden vlak onder haar neus op haar liggen te wachten.

Ten slotte kwam ze bij het tuinhuis aan. Alles was rustig. Ze was alleen. Luca was druk in de weer met haar nicht. Van haar mochten ze elkaar hebben. Zij wedde op een beter paard. Binnen gloeide het tuinhuis van het zachte, dansende licht van de kaarsen die hij had aangestoken.

'Ah, daar ben je, kind. Ik hoopte al dat je zou komen.'

Ze deed de deur achter zich dicht. 'Ik zou dit voor geen goud willen missen,' antwoordde ze, terwijl ze zich neerliet op het bed. 'Ik heb er al de hele dag naar uitgekeken je te zien.'

Toen Romina de beroemde Panfilo Pallavicini in levenden lijve voor zich zag staan, wist ze geen woord uit te brengen, wat niets voor haar was. Hij was veruit de knapste man die ze ooit had gezien, Bill incluis, hoe dierbaar die haar ook was. In plaats van te proberen iets te zeggen, sloeg ze haar armen om hem heen en omhulde hem met Pucci en parfum, waarna ze hem smakkende kussen gaf op zijn stoppelige wangen.

'*Madonna!*' riep hij lachend uit. 'Ik had gedacht dat je op en top Engels zou zijn.'

'Ik ben Italiaanse,' antwoordde ze toen ze haar stem had teruggevonden. 'Voor honderd procent!'

Hij liet zijn blik over de gevel van het palazzo gaan en mompelde lovende complimenten. 'Je moet wel een geniale architect hebben gehad!'

'Mijn man,' zei Romina trots.

'*Compimenti!*'

'Dank je. Kom binnen, dan leid ik je rond.'

Tussen grote zwarte vazen met snijbloemen en de tassen en dozen van de fotoploeg door waadden ze naar de hal. Panfilo nam alles in zich op en liet zijn ogen over de muren, de plafonds en de aankleding gaan. Jaren van ervaring hadden hem geleerd om aandacht te besteden aan de karakteristieke kenmerken: kleine details waar de meeste mensen overheen zouden kijken. Hij bekeek de lichtval, die in elke kamer anders was, en de kleuren die Romina voor de muren had uitgekozen. Hij bewonderde haar smaak; die was flamboyant maar subliem, en hij wenste dat Alba haar trots zou laten varen en ook een kijkje zou komen nemen. Er was een tijd geweest dat ze altijd met hem mee ging als hij een shoot had en dat ze het leuk vond om rond te neuzen in de schitterende huizen waar hij kwam.

Buiten op het terras stelde Romina Panfilo voor aan haar vrienden. Dennis, Stephanie, Ma en Caradoc zaten te kaarten. Nanni was met Fiyona de stad in gegaan met de smoes dat ze nog een laatste keer koffie wilden gaan drinken voordat zij die middag zou vertrekken. Allebei waren ze te beschaamd om Panfilo onder ogen te komen. Porci dribbelde naar de nieuwe bezoeker toe om hem te besnuffelen. 'Vrienden van me, dit is de beroemde Panfilo Pallavicini!' kondigde Romina met een theatraal armgebaar aan.

'De grote Panfilo!' riep de professor uit. 'We hebben vol spanning naar je komst uitgezien.'

'Wat een vredig tafereeltje!' Panfilo streek met een hand door zijn lange haar. 'Het leven is mooi in het palazzo.'

'Tot op zekere hoogte,' bromde Ma. 'Het zou nog mooier zijn als ik dit potje zou winnen.'

'Ik ga Panfilo het tuinhuis laten zien,' zei Romina.

'Ik mag hopen dat je er geen spoken aantreft,' riep Dennis haar na.

'Die heeft Luca vast wel op de vlucht gejaagd,' mompelde Ma spottend.

'Luca heeft het veel te druk gehad met de levenden om zich te bekommeren om de doden,' zei Caradoc.

Panfilo liep achter Romina aan de tuin door. 'Mijn man is voortdurend van alles aan het bouwen,' legde Romina uit. 'Momenteel is hij bezig met een grot van boomstammen. Joost mag weten wat zijn volgende project wordt.'

'Het is schitterend,' zei Panfilo. 'Jullie hebben enorm veel werk verzet. Het is bijna niet meer voor te stellen dat dit nog maar twee jaar geleden een ruïne was.'

'Eigenlijk had die ruïne wel iets moois. Ik wou dat ik er foto's van had genomen. Ik mag altijd graag een album maken met foto's van voor en na. Een plek met zo veel geschiedenis als deze zou moeten worden vastgelegd voor het nageslacht. Maar het enige wat ik nog van het verleden overheb is het tuinhuis. Ken je het?'

'Mijn dochter heeft er veel over verteld, maar ik ben er nooit in geweest. Het zal een genoegen zijn om er foto's te maken. Het probleem is alleen dat ik niet weet hoe ik er uit al die opnames een paar zal moeten uitkiezen. Je kunt hier wel een boek over schrijven, in plaats van alleen een artikel.'

'Daar heb je helemaal gelijk in. Zo denk ik er ook over. Misschien dat jij en ik dat boek kunnen maken.'

'Dan vraagt mijn vrouw echtscheiding aan.'

Romina glimlachte. 'Maak je maar geen zorgen. Je zou al opgepakt worden voordat je je hebt kunnen afvragen waar je je hoofd 's avonds te rusten zou moeten leggen!'

Toen ze bij het tuinhuis kwamen, lag tot Romina's verrassing Porci tegen de deur aan. 'En wat doe jij hier, varkentje?' Ze had het afschuwelijke gevoel dat er iemand binnen was.

'Een huisdier?'

'Mijn kleine Porci,' fluisterde ze terwijl het varken opstond om te worden binnengelaten. Omdat Romina niets wilde prijsgeven, probeerde ze te doen alsof er niets aan de hand was. Zelfverzekerd glimlachte ze Panfilo toe en maakte de deur open. Porci drentelde naar binnen. Tot haar enorme opluchting was er in het tuinhuis niemand te zien.

Binnen in het prachtige gebouwtje keek Panfilo om zich heen. De symmetrie was volmaakt, de harmonie even zinnelijk als een mooi stuk muziek. Romina zette de luiken open en liet het zonlicht naar binnen tuimelen, dat de boeken, het hemelbed en de fraaie kaptafel en het bureautje verlichtte. Vervolgens keek ze naar iets dat buiten het raam haar aandacht trok: daar, tussen de varens, lag een hoopje sigarettenpeuken.

Romina maakte zich kwaad. De indringer móést worden gevonden. Hier moest echt een einde aan komen. Luca moest haar in de kraag vatten voordat ze de hele boel in brand stak. Maar omdat ze de dag waar ze een week lang zo naar had uitgekeken niet wilde bederven, klemde ze haar kaken op elkaar en zette het van zich af.

'Is het niet goddelijk?' zei ze met een glimlach naar Panfilo.

'Het is meer dan goddelijk,' antwoordde hij ernstig. 'Het is heel apart.' Hij wreef zijn vingers en duim tegen elkaar. 'Er hangt iets in de lucht. Ik kan het niet benoemen. Het is een gevoel, alsof de lucht zwanger is van verdriet.'

'Ik zou het eerder liefde willen noemen,' zei Romina.

'Misschien. Verloren liefde. Het heeft iets droefs. Misschien kan ik het vastleggen.' Hij keek uit het raam om te zien waar de zon op- en onderging. 'We doen dit op het laatst. Als de zon ondergaat, is het mooi zacht licht.'

Romina hoorde geschuifel van voeten, alsof er over het pad iemand aan kwam. Heel even dacht ze dat het de indringer was, en ze dankte God op haar blote knieën dat ze Panfilo bij zich had. Maar het gezicht dat in de deuropening verscheen was dat van Rosa; er lag een blos op haar wangen van de klim de heuvel op.

'Hallo!' zei ze. 'Ik kom helpen.'

Panfilo keek zijn dochter grijnzend aan. 'Mooi zo. We kunnen altijd wel een paar extra handen gebruiken.'

'Hallo, lieve Rosa,' zei Romina, enthousiast in haar opluchting. 'Wat fijn dat jij het bent.'

'Hallo Romina, en hallo varkentje!' riep ze uit terwijl ze Porci oppakte. Die verzette zich niet. Ze ging hem op het bed zitten aaien. 'Dit is wel het lekkerste bed aller tijden!' zei ze met een melancholieke glimlach op haar gezicht toen ze terugdacht aan de afgelopen nacht.

'Maak het je daar maar niet al te aangenaam, want we hebben werk te doen,' zei Panfilo.

'Wanneer ga je het tuinhuis fotograferen?'

'Vanavond,' antwoordde hij.

'Mooi zo,' zei Rosa terwijl ze Porci neerzette en achter haar vader aan het zonlicht in liep. 'Dat moet de hoofdfoto worden.'

'Je hebt de rest van het palazzo nog niet eens gezien,' protesteerde Romina, en ze sloot de deur achter haar af.

'Ik kan me niet voorstellen dat iets nog volmaakter kan zijn dan dit tuinhuisje. Het eigenste bed waarop mijn grootmoeder heeft gelegen met de *marchese*!'

'Het eigenste bed dat haar dood zou worden,' voegde Panfilo er droogjes aan toe.

'Bederf het nou niet! Laat me toch genieten van de romantiek.'

'Er was geen romantiek, Rosa. Het was smakeloos en decadent. Valentina had helemaal niets romantisch.'

Nanni en Fiyona bleven expres bij Fiorelli uit de buurt, voor het geval Alba daar zou zijn. Fiyona zag een jonge carabinieri een praatje maken met een knappe vrouw uit de stad; zijn epauletten glansden in de ochtendzon en zijn ogen gingen schuil achter een flitsende zonnebril.

'Jammer hoor, dat ik vandaag weer terug moet naar Londen,' zei ze, en ze nam een trek van haar sigaret. 'Ik zou best aan het leven hier kunnen wennen.'

'Ikzelf zie het helemaal niet zitten om terug te gaan naar Venetië,' zei Nanni.

'Wat wacht je daar?'

'Niets.'

'Blijf dan hier.'

'Maar ik kan niet eindeloos op de zak van mijn zus blijven teren.'

'Waarom niet? Dat doen de anderen toch ook?'

'Die gaan uiteindelijk ook allemaal weg.'

'Pas als ze dood zijn.'

'Incantellaria heeft iets betoverends.'

'Het Palazzo Montelimone heeft iets betoverends,' verbeterde ze hem. 'Dat tuinhuis zal ik nooit vergeten.'

'En, wat ga je schrijven?' vroeg Nanni, die zijn hand opstak naar de ober om nog een dubbele espresso te bestellen.

'Ik ga zeggen waar het op staat.'

'En waar staat het op?'

'Romina en Bill, een van de excentriekste echtparen die ik ooit ben tegengekomen, hebben op een basis die is bezoedeld met bloed een heerlijk huis opgetrokken waar vrede en harmonie hand in hand gaan met de echo van mysterie en moord. Ik ga het verhaal van Valentina en de *marchese* vertellen, en ik ga schrijven dat het gerucht de ronde doet dat Valentina's broer Falco zich wilde wreken op de *marchese* en hem heeft vermoord, maar dat dat nooit is bewezen en dat de zaak gesloten is. Ik zal vermelden dat hij misschien een onbekende handlanger heeft gehad.'

'Als je Alba niet had beledigd, zou je haar vader dan ter sprake brengen?'

Daar dacht ze even over na. 'Nee. Ik heb er een neus voor om de waarheid te achterhalen, en ik heb zo'n idee dat Thomas Arbuckle erbij betrokken was. Maar aangezien er twijfel is, bestaat de kans dat ik daarmee in de fout zou gaan. En ik maak geen fouten.'

'*Sei brava davvero*,' merkte hij bewonderend op.

'Ik ben geen goed mens. Ik heb het altijd belangrijker gevonden om in mijn artikelen de juiste stand van zaken weer te geven dan om de gevoelens te sparen van degenen over wie ik schrijf. Je vergeet algauw dat dat echte mensen zijn. En het zíjn echte mensen. Het minste wat ik kan doen is rekening met hen houden wanneer ik mijn pen op papier zet. Trouwens, ik heb een zwak voor Rosa en ik dreig verliefd op Incantellaria te worden. Als ik iedereen hier beledig, kan ik nooit meer terugkomen. En jij wilt toch graag dat ik terugkom, nietwaar Nanni?'

Nanni dacht terug aan hun treffen op het strand en voelde een steek in zijn lendenen. 'Ik zal je missen.'

'Je bent een schat, Nanni,' zei ze lachend.

'Je hoeft vanmiddag pas weg. Wat zullen we tot die tijd gaan doen?'

Haar felrode lippen plooiden zich tot een glimlach. Er was te weinig tijd om de carabinieri te verleiden, en Nanni had iets heel ontwapenends. 'Nou,' zei ze, zich over de tafel heen buigend, 'er is hier op het plein een hotelletje. We kunnen onmogelijk terug naar het palazzo. We zijn immers voortvluchtig. Zullen we ons daar vanochtend schuilhouden en bij de roomservice een lunch bestellen?'

'Dat, mijn lieve Fiyona, is je beste idee van de dag.'

Panfilo was de hele dag foto's aan het nemen, geassisteerd door een enthousiaste jongeman die Mario heette. Rosa dwaalde van de ene kamer naar de andere, probeerde zich voor te stellen hoe die er in hun gloriedagen hadden uitgezien en bood geen enkele hulp. Romina volgde als een schaduw de stylist en de bloemist die de kamers zo aankleedden dat ze op hun voordeligst uitkwamen; de opnames werden opgeleukt met grote vazen witte lelies en poederige roze rozen. Voor het familieportret was de visagist een uur bezig om Romina op te maken en haar haar te doen, terwijl ze erop aandrong dat Porci voor zijn aandeel in het portret zou worden geborsteld. Bill liet zich niet graag fotograferen, maar zijn vrouw stond erop. Het was tenslotte niet meer dan terecht dat het publiek te zien zou krijgen dat ook hij heel knap was!

Panfilo liet hen plaatsnemen op het terras met de zee op de achtergrond. Romina nam Porci als een baby in haar armen en krauwde hem over zijn dikke buikje, terwijl hij knorde van genot en met één achterpoot in de lucht trapte. Op het laatste moment had Romina hem zijn luier afgedaan. Panfilo bekeek tevreden de polaroids.

Aan het eind van de dag trokken ze naar het tuinhuis. Het licht was zachter nu de zon de lucht roze kleurde. Romina wilde met alle geweld dat er niets aan het tuinhuis veranderd werd. Geen bloemen, geen fruitschalen, geen extra franje. Betoverend was het toch wel. En ze had gelijk: het was prima zoals het was.

Panfilo stond op het punt opnames op film te maken toen opeens het licht begon te flikkeren en vervolgens doofde.

'*Madonna!*' riep Romina uit. 'Het spookt hier echt!'

'Dat moet de *marchese* zijn!' kondigde Rosa opgewonden aan. Porci liet een benauwd geknor horen en drentelde weg in de richting van de struiken. Mario rende rond om verlengsnoeren te controleren en te kijken of de stekkers wel goed in de generator zaten. In het tuinhuis zelf was geen stroom.

'Kun je zonder kunstlicht fotograferen?' vroeg Romina.

Panfilo schudde zijn hoofd. 'Ik geloof niet dat er nog genoeg daglicht is.' Hij wendde zich tot zijn assistent. 'Wat is er aan de hand? Is er iets met de generator?'

'Nee, alles is in orde. Probeer het nog maar eens.'

Panfilo knipte de lampen aan. Die brandden. Zonder nog tijd te verspillen ging hij aan de slag om de camera's scherp te stellen. Maar net toen hij de eerste foto wilde maken, flikkerde het licht weer een paar tellen, waarna het opnieuw uitging. Eén gloeilamp spatte uit elkaar, zodat de grond vol kwam te liggen met scherven.

'Dit is wel heel griezelig!' kraaide Rosa.

'Wat is dat nou?' vroeg Romina gespannen.

‘Iemand wil niet dat we het tuinhuis fotograferen,’ zei Panfilo duister.

‘Of hij wil niet dat we dat met kunstlicht doen,’ opperde Rosa. ‘Probeer het eens zonder. Toe nou!’

‘Goed dan,’ verzuchtte Panfilo, die zeker wist dat dat te donker zou zijn. ‘Ik neem wel een polaroid.’

Ze wachtten af terwijl de polaroid tot ontwikkeling kwam. Romina dacht weer aan de sigarettenpeuken die onder het raam op de grond hadden gelegen, en ze vroeg zich af of al dit merkwaardige gedoe iets te maken zou hebben met degene die voor die peuken verantwoordelijk was. Op het laatst trok Panfilo de beschermflap van de foto. ‘Ah, die is prima zo,’ zei hij verbaasd. ‘We mogen geen minuut meer verloren laten gaan.’ En hij toog aan de slag om zo snel hij kon de echte foto’s te maken, voordat de lichtval zou veranderen.

‘Hier heeft vast de *marchese* de hand in, denk je niet?’ zei Rosa. ‘Die wil natuurlijk dat zijn tuinhuis op z’n mooist wordt vastgelegd, toch? Hij wist vast dat het er met natuurlijk licht beter uit zou zien.’

‘Ik geloof niet in spoken,’ mompelde Romina.

‘Nou, ik weet het niet meer zo zeker,’ zei Rosa. ‘Volgens mij is er een heleboel dat we niet kunnen zien.’

‘Je lijkt mijn moeder wel,’ schamperde Romina. ‘Die zag zo veel spoken dat ze er gek van werd!’

Rosa bleef naar de foto staren. Het licht dat het tuinhuis verlichtte was niet zomaar natuurlijk, maar bovennatuurlijk.

Toen Panfilo terugkeerde naar huis, vertelde hij met opzet niets over de dag die hij bij het palazzo had doorgebracht. Ook Rosa had toegezegd dat ze er haar mond over zou houden. Ze wilde haar moeder niet tegen zich in het harnas jagen en het werd haar nog steeds kwalijk genomen dat ze die journaliste na de kerkdienst had uitgenodigd om iets te komen drinken.

Alba stelde geen vragen. Ze zaten aan de eettafel en omzeilden het onderwerp zoals schaatsers een wak in het ijs ontwijken. Cosima was met Luca lekker wezen shoppen in Napels en droeg een van de nieuwe jurken die hij voor haar had gekocht. Rosa keek er jaloers naar, maar toen dacht ze weer aan haar nieuwe vriend, en het heerlijke vooruitzicht dat ze hem die avond weer zou zien deed haar afgunst smelten als sneeuw voor de zon.

Panfilo liet de polaroids liggen op een plek waar Alba ze zeker zou vinden. Zoals hij al had voorzien, was ze niet in staat haar nieuwsgierigheid te bedwingen. Toen iedereen naar bed was, sloop ze de trap af om ze te bekijken.

28

'En, Luca,' zei Caradoc, terwijl hij het ijs in zijn glas whisky liet ronddraaien. 'Hoe is het met de weduwe?'

Ze zaten buiten op het terras. Het was laat. Stoffige motten en mugjes zwermden rond de stormlampen en krekels tsjirpten in het struikgewas. Ventura had na het diner de tafel afgeruimd. Romina en Bill waren naar bed gegaan, uitgeput door een dag foto's maken van het palazzo. Ma had zich teruggetrokken om binnen naar Nanni's pianospel te luisteren. Tot haar verrassing speelde hij als een concertpianist, waarbij zijn lange vingers moeiteloos over de toetsen dansten. Dennis en Stephanie waren vlak na de thee met tegenzin weggereden in zijn glanzende Maserati, met de belofte de volgende zomer terug te komen. Romina had hen spijtig nagekeken. Stephanie zou goed voor Luca zijn geweest, al was ze nog zo jong. Maar Freya was er ook nog.

'Ze is geen weduwe,' legde Luca uit. 'Ze is nooit getrouwd geweest.'

'Nou, dan is ze wel een apart geval. Om zo tegen alle conventies in te gaan en een buitenechtelijk kind te krijgen.'

'Ze fascineert me.'

'Fascinatie is een goede zaak. Myrtle fascineerde mij ook. Het probleem is dat dat sindsdien voor niemand anders meer heeft gegolden.'

'Zelfs voor Rosa niet?'

'Mijn meisje? Ze is een schatje, die Rosa.' Hij nam een slok whisky. 'Een man is nooit te oud om een knappe vrouw te waarderen. Maar Myrtles kussen hebben mijn hart gesloten. Ik heb mijn portie hier op aarde wel gehad. Ik kijk ernaar uit om Myrtle in een volgend leven weer tegen te komen.'

'Denk je dat dat gaat gebeuren?'

'Ik weet het wel zeker.' Hij legde zijn handen op zijn hart. 'Dat voel ik hier.'

Luca boog zich naar voren, met zijn armen op zijn knieën, en maakte zich op om de professor in vertrouwen te nemen. 'Weet je nog die kleine jongen die ik in de kerk zag?'

'Op het *festa*? Ja zeker herinner ik me die nog. Het leek me alleen beter er niet over te beginnen.'

'Jij bent een echte vriend, Caradoc.'

'Dus die heb je weer gezien?'

'Heel vaak. Hij is het overleden zoontje van Cosima. Volgens mij kan hij de aarde niet verlaten omdat zij zo'n verdriet heeft. Denk je dat we geesten hier kunnen houden puur met onze wilskracht?'

'Ik zou niet weten waarom niet. We bestaan allemaal uit energie, toch? We zijn allemaal verbonden. Maar misschien is dat kind hier nog wel omdat hij dat zelf graag wil.'

'Door liefde aan zijn moeder gebonden?'

'Hij is alles wat ze heeft. Misschien wil hij haar niet met haar verdriet alleen laten.'

'Maar ze hoeft niet alleen te zijn. Jij hebt tegen me gezegd dat de liefde naar je toe komt op het moment dat je die nodig hebt. En dat je, wanneer je eenmaal de ware liefde hebt ontdekt, je niet meer kunt voorstellen hoe je ooit zonder hebt kunnen leven. Nou, ik snap nu wat je daarmee bedoelde. Ik ben verliefd geworden. Echt verliefd. Je had gelijk.'

'Het enige goede aan oud zijn, is dat het je wijs maakt.'

'Sommige mensen worden oud zónder daarbij wijsheid te vergaren.'

'Dan heb ik met ze te doen. Houdt zij ook van jou?'

'Volgens mij begint het te komen. Alleen voelt ze zich daar schuldig over.'

'Dat is niet meer dan normaal. Je moet haar de tijd geven. En aangezien je helemaal geen toekomstplannen hebt, heb je tijd zat.'

'Ik heb haar verteld over Francesco. Dat ik hem als geest heb gezien.'

'Gelooft ze je?'

'Dat wil ze wel graag. Maar ze vertrouwt het niet helemaal. Ik wou dat hij me iets concreets gaf, zodat ik haar kan bewijzen dat hij bestaat.'

'Het valt niet mee om in iets te geloven wat je niet kunt zien of aanraken.'

'Ik wil niet dat ze gaat denken dat ik de boel belazer, en haar zoon gebruik om haar voor me te winnen.'

'Ze weet vast wel dat dat niet zo is.'

'Zij is de ware, Caradoc. Ik weet het zeker.'

De professor glimlachte toegeeflijk. 'Zeg dat dan tegen haar, jongen.'

'Tenzij ze Francesco kan loslaten, denk ik niet dat ze zich aan me zal geven.'

'Wil je met haar trouwen?'

'Ja, dat geloof ik wel.'

'En haar mee terugnemen naar Londen?'

'Ik kan me haar in Londen niet voorstellen. Cosima weghalen uit Incantellaria is net zoiets als een prachtige panter uit de jungle in een dierentuin zetten.'

'Heb je haar al gevraagd hoe ze tegen die dierentuin aankijkt?'

Luca dacht terug aan Cosima's gefluisterde gesprek met de priester in de kerk. 'Ik geloof dat ik het antwoord wel weet.'

'Waarom blijf je dan niet hier?'

'Wat moet ik hier nou?'

'Als het moet, bedenk je wel iets.'

'Gaan meewerken in het familiebedrijf?' Luca lachte. 'De hele dag koffiezetten, dat is niet echt mijn ding.'

'Je bedenkt nog wel iets. Als je van haar houdt, kom je er heus wel uit.'

'Ik hou van haar, dus moet ik er zeker uit komen.'

Met vaderlijke bezorgdheid sloeg Caradoc hem gade. 'Maar eerst moet je iets anders doen,' zei hij ernstig.

'En wat mag dat zijn, professor?'

'Je moet erachter zien te komen wie jíj bent. Wat jíj met je leven wilt. Je moet zien te achterhalen wat jou de allergrootste vreugde schenkt, en dan weet je welke kant het met je leven op moet. Als je het mij vraagt, zul je nog staan te kijken van het antwoord.'

'Weet jij het dan al?' Luca was verrast.

'Als ik het wist, zou ik je een stuk beter kunnen helpen. Maar jíj weet het. Ga goed bij jezelf te rade en wacht tot het antwoord zich aftekent.'

Alba nam plaats aan Panfilo's bureau en bestudeerde de polaroids. Het waren er vijftien. Vijftien vensters op het verleden. Voor elk beeld nam ze ruim de tijd; ze nam alle details in zich op en probeerde zich te herinneren hoe het palazzo eruit had gezien toen zij er met Fitz was geweest. Ondanks zichzelf had ze bewondering voor Romina omdat ze het met zo veel flair en goede smaak had opgeknapt. Het zag er echt in alle opzichten prachtig uit. Licht en liefde hadden het een gedaanteverwisseling doen ondergaan. Ze moest hardop lachen om haar zelfmisleiding. Het griezelige beeld dat ze bijna dertig jaar lang met zich had meegedragen, gevoed door haar angsten en dwaze fantasieën, bestond niet meer. Romina had de geesten uitgebannen door de luiken open te zetten en het zonlicht binnen te laten. Wat voorheen een kwaadaardig broeinest van onrechtvaardigheid was geweest, was nu een aangenaam familiehuis. Ze zou willen dat ze de moed had om te vragen of ze het mocht zien, maar haar trots verhinderde dat. Ze kon het niet verdragen te moeten toegeven dat ze zich had vergist.

Op het laatst kwam ze bij de foto van het tuinhuis. Dat zag er nog precies zo uit als dertig jaar geleden. Het bed was nog hetzelfde, met de verschoten gordijnen en zijden sprei. De kleine kaptafel compleet met potjes crème en glazen parfumflaconnetjes. De Queen Anne-spiegel waarin haar moeder vaak moest hebben gekeken was nog steeds gekanteld, en de stoel waarop ze moest hebben gezeten terwijl de *marchese* op het bed op haar lag te wachten stond nog steeds schuin. Het fraaie bureautje, het vreemdste meubel van allemaal, trok echter de meeste aandacht. Het geheel had iets van een andere wereld, alsof het niet van buitenaf, maar van binnenuit werd verlicht.

Toen Alba terugkwam in haar slaapkamer, trof ze Panfilo zittend in bed aan, verdiept in een boek. Over de rand van zijn leesbril heen keek hij haar aan; hij vermoedde al dat ze de polaroids had bekeken. Alba was niet van plan om toe te geven dat ze erin had zitten neuzen; ze kleedde zich uit en stapte zonder een woord te zeggen in bed. Na een poosje knipte Panfilo het licht uit en kroop tegen haar rug aan. Hij sloeg zijn armen om haar middel en trok haar tegen zich aan. Ze voelde dat hij in het donker naar haar keek, ze voelde de onuitgesproken woorden die hem op de lippen lagen.

'Zeg maar niks,' waarschuwde ze.

'Wat mag ik niet zeggen?'

'Dat je het weet.'

'Wat weet ik dan?'

'Dat ik ze heb gezien.'

'O ja?' Hij deed of zijn neus bloedde.

‘Maar ik heb nog steeds geen zin om erheen te gaan.’

‘Natuurlijk niet.’ Hij kuste haar nek.

‘Ik kon er niets aan doen dat ik ze heb gezien. Ze lagen op je bureau. Daar heb je ze zeker met opzet neergelegd?’

‘Het is anders mijn eigen bureau!’

‘Nou, ze lagen vol in het zicht.’

‘Op míjn bureau.’

‘Ik wilde er niet naar kijken, maar het ging vanzelf.’

‘Jij bent een gevangene van je eigen overtuigingen, Alba. Het kan mij echt niet schelen of je die foto’s nou hebt bekeken of niet.’

Ze rolde zich om en liet zich in zijn armen nemen. ‘Dit is de enige plek op de hele wereld waar ik me volkomen veilig voel,’ fluisterde ze. ‘Hier, tegen jou aan gedrukt.’

‘Hoe irrationeel je soms ook bent, wij horen bij elkaar.’

‘Vind je mij irrationeel?’

‘Je bent niet vies van melodrama.’

‘Echt wel!’

‘Een klein beetje maar.’

‘Dat zie je helemaal verkeerd,’ hield ze vol.

‘Maar je bent onweerstaanbaar.’

‘Ik ben blij dat ik tenminste één eigenschap heb om het goed te maken.’

‘Je hebt er een heleboel. Zeg nu maar niets meer en laat me je kussen.’ Hij drukte zijn lippen op de hare en voelde dat ze glimlachte.

Doldriest reed Luca naar Napels om voor Cosima een ring te kopen. Caradoc had gelijk; de liefde had hem overvallen op het moment dat hij dat het minst had verwacht, en nu kon hij zich niet meer voorstellen dat hij ooit zonder zou moeten leven. Cosima vervulde zijn ziel met iets warms en zoets, tot in de kleinste hoekjes. Hij was blij met degene die hij was in haar aanwezigheid. Ze had geen idee van zijn rijkdom, maar hield van hem om hemzelf. Als zij het zou toelaten, zou hij de hele wereld wel voor haar willen kopen. Kon hij haar zoon maar voor haar terugkopen.

Het duurde niet lang voor hij een ring had gevonden die ze mooi zou vinden. Het moest er een met een diamant zijn en hij moest er eenvoudig uitzien. Deze ring onderscheidde zich van alle andere, zoals Cosima zich onderscheidde van alle vrouwen die hij ooit had ontmoet. Een grote enkele steen. Zo groot als een snoepje.

Hij herinnerde zich de keer dat hij een verlovingsring had gekocht voor Claire. Die had hij niet zelf uitgekozen, maar hij had haar naar een ontwerper gestuurd wiens werk ze bewonderde. Hij had domweg de rekening betaald, die lager was uitgevallen dan hij had verwacht. Destijds was ze nog niet zo verwend geweest. In de tien jaar die hun huwelijk had geduurd, had ze er echter een handje van gekregen om in winkels steevast de duurste spullen uit te kiezen, en shoppen was haar grote hobby geworden. Van Rodeo Drive tot de Via della Spiga tot Bond Street – Claire beschikte over een eindeloos vermogen om spullen te vergaren, en naar feestjes droeg ze nooit twee keer dezelfde jurk. Cosima daarentegen kwam uit een eenvoudige familie en had een eenvoudige smaak. Anders dan haar nicht leek Cosima tevreden te zijn met wat ze had. Misschien had de dood van haar zoontje haar wel geleerd hoe weinig materiële rijkdom ertoe deed. Het enige wat voor haar waarde had waren de mensen van wie ze hield. Hij haalde zich haar gezicht weer voor de geest toen hij haar de oorbellen had gegeven, en zijn hart bruiste op bij haar plezier. Hij wilde wel elk sieraad in de winkel voor haar kopen.

Toen hij terugreed langs de kust, besloot hij dat het tijd werd om zijn eigen auto naar Italië over te brengen. Als hij zich hier wilde settelen, moest hij voor wat eigen spullen zorgen, een huis inrichten, een constructieve bezigheid bedenken. Hij stelde zich voor dat hij met Cosima vrijde. Hij stelde zich voor dat hij de rest van zijn leven met haar door zou brengen. Hij kon niet wachten om haar op de ouderwetse manier ten huwelijk te vragen. Maar Freya zou dat weekend komen met haar moeder en stiefvader, dus hij zou moeten wachten tot zij weer weg waren. Dan zou hij Cosima bij zonsondergang meenemen naar het strand en zich op één knie laten zakken. Op zijn leeftijd had je geen tijd te verliezen.

Toen hij terugkwam in het palazzo, begon Romina tegen hem over de indringer. 'Gisteren liet ik Panfilo het tuinhuis zien, en toen ik de luiken openzette zag ik tot mijn afschuw een bergje sigarettenpeuken onder het raam liggen. Stel je voor! Die vrouw had de boel wel in brand kunnen steken. Je moet haar opsporen, Luca, en gauw ook. Genoeg romantisch gedoe nu. Echt, nadat je je kinderen zo'n afschuwelijke scheiding hebt laten doormaken, zou je moeten oppassen dat je je niet in de armen stort van vrouwen die niet goed voor je zijn.'

Luca probeerde te bedenken op welke onzinnige uitspraak hij het eerst zou reageren. Toen voelde hij de bobbel van de verlovingsring in zijn zak en smolt zijn onverdraagzaamheid weg als sneeuw voor de zon. 'Hoor eens even, moeder,' zei hij bedaard. 'Ik weet wie ze is.'

'O ja?' Romina wierp haar armen in de lucht. 'Hoe lang weet je dat al?'

'Een poosje.'

'Wie is ze dan?'

'Dat kan ik niet zeggen. Ik moet eerst met haar praten. Maar wees maar niet bang, ze vormt geen bedreiging voor je veiligheid.'

'Dat is een hele opluchting!'

Hij keek zijn moeder streng aan. 'Trouwens, dat romantische gedoe, zoals jij het noemt, heeft niets met jou te maken. Ik ben oud en wijs genoeg om mijn eigen vriendin te kiezen zonder dat jij haar als ongeschikt hoeft weg te zetten.'

'Maar lieverd, op dat vlak heb je het er nou niet bepaald fantastisch afgebracht.'

'Volgens mij heb ik geleerd van mijn fout.'

'Dus je vervalt van het ene uiterste in het andere! Cosima is een eenvoudig meisje uit een eenvoudig stadje. Ze is niet verfijnd genoeg voor jou. Jij hebt een vrouw nodig die de wereld heeft gezien, niet iemand uit de provincie.'

'Ik geloof niet dat jij weet wat ik nodig heb,' antwoordde hij, terwijl hij moeite moest doen om zijn ergernis te verbergen.

'Ik ben je moeder. Natuurlijk weet ik wat je nodig hebt.'

Luca kon alleen maar lachen omdat ze zich zo vergiste. 'Jij verandert ook nooit!'

'Over Cosima kom je wel weer heen, en dan vind je de gulden middenweg. Iemand als Freya. Doe maar niet alsof je niet een klein beetje verliefd op haar bent. Je zag groen van jaloezie toen ze trouwde met Miles. Ook zij heeft een fout gemaakt. Nu kunnen jullie allebei je fouten achter je laten en samen opnieuw beginnen. Het palazzo is groot genoeg voor zes kinderen.'

'In je dromen!'

'Het is niet meer dan natuurlijk dat ik graag kleinkinderen wil. Als Bill het had goedgevonden, had ik zelf wel tien kinderen gekregen.'

'Freya is niet voor mij weggelegd, moeder.'

'Ze is altijd voor jou weggelegd geweest. Soms bevindt degene van wie je houdt zich...'

'... vlak voor je neus,' maakte hij het cliché voor haar af.

'Precies. Nu haar man vreemdgaat, is dat een goed excuus om haar van hem los te weken.'

'Ze houdt van Miles. Vind je niet dat ze zou moeten proberen hem terug te winnen, omwille van haar kinderen?'

'Dat hangt ervan af hoe ver de rot al is doorgedrongen. Misschien is er geen redden meer aan.' Romina glimlachte schalks. 'Als ze jou ziet, wíl ze Miles helemaal niet meer terugwinnen!'

'Ik hou van Cosima,' verklaarde hij resoluut.

'Je dénkt dat je van Cosima houdt.'

'Nee, moeder. Ik wéét dat ik van Cosima hou.' Ze deed haar mond open om iets te gaan zeggen, maar hij legde haar het zwijgen op. 'Waag het niet om me te zeggen hoe ik me voel.'

Romina sloeg haar ogen ten hemel. 'Doe in elk geval geen overhaaste dingen. Neem haar eerst maar eens mee naar Londen, om te kijken hoe ze zich daar redt. Volgens mij zie je dan vanzelf dat ze daar net een vis op het droge is.'

Maar Luca had er geen zin in om zijn zaak te bepleiten. Dat was helemaal nergens voor nodig. Hij had zijn plan al getrokken.

29

Freya, Rosemary en Fitz arriveerden op een volmaakte zonnige dag in Incantellaria. Romina had geregeld dat ze in een boot aan zouden komen, zodat ze vanaf de zee konden genieten van de fraaie aanblik van het middeleeuwse stadje, zoals het bedoeld was om gezien te worden. Fitz had een knoop in zijn maag van de zenuwen. Hij was in geen dertig jaar terug geweest. Hij wist niet eens of Alba er nog steeds woonde. Misschien had ze de trattoria van de familie wel verkocht en was ze verhuisd. Dertig jaar was een hele tijd. Hij kromp in elkaar bij de gedachte dat hij een ander restaurant zou aantreffen op de plek van Fiorelli. Diep in zijn hart wilde hij graag dat alles nog hetzelfde was gebleven, zelfs zij.

Hij kon Rosemary niet vertellen wat er in hem omging. Zij had altijd schamper over Incantellaria gedaan sinds hij haar had verteld over Alba en dat die had geprobeerd hem daarnaartoe te krijgen. Rosemary had het hem uiteindelijk allemaal uit het hoofd gepraat, en in de maanden daarna had hun relatie zich verdiept. De enige reden waarom ze nu meekwam was dat ze niet wilde dat hij zijn oude vlam in zijn eentje tegemoet zou moeten treden. Dus vertelde hij haar niets over zijn verlangens. Hij kon zich alleen maar vasthouden aan de reling achter op de boot en afwachten. Op het ergste voorbereid zag hij voor zijn geestesoog al nachtclubs en hippe boetiekjes, dure hotels en een strand dat vol lag met te schaars geklede en met te veel sieraden behangen jetsetters uit Europa.

Freya had haar moeder niets over Miles' verhouding verteld. Ze wilde niet dat die zich zorgen maakte. Maar ze had Luca's raad opgevolgd en Miles er wel op aangesproken. Uiteraard had hij het ontkend, en hij had haar ervan beschuldigd dat ze paranoïde was en hem niet vertrouwde. Maar ze wist het heel zeker. De bewijzen spraken zeer in zijn nadeel. De telefoontjes, de sms'jes die ze stiekem las, de avondjes dat hij de deur uit was om te gaan bridgen. Ze wist ook hoe de vrouw heette: Felicity Cranley. Iemand uit zijn vaste bridgegroepje. Ze was niet eens zo knap. Met het vliegticket naar Napels in haar handtas had ze hem een ultimatum gesteld. Hij kreeg maar één kans. De volgende keer zou ze de kinderen meenemen en niet meer terugkomen. Miles was zo verbijsterd geweest dat hij niets had weten te zeggen.

Het had iets heerlijk bevrijdends om in deze boot te zitten zonder haar man en kinderen. Zo in haar eentje, met de wind in haar haar en de geur van zout en tijm in de lucht, brandde het prettige vooruitzicht om haar oude vlam Luca terug te zien een gat in haar maag. Ze voelde haar opwinding groeien en wierp een blik op haar stiefvader, die zo bleek was geworden dat hij nu de kleur had van een stengel selderie. Rosemary zag het ook en wreef hem over zijn rug. Hoe kon hij uitleggen waarom hij zo misselijk was? Na dertig jaar zou toch zeker...?

Toen de boot rond de kliffen laveerde en de baai van Incantellaria in voer, staarden de drie passagiers zonder een woord te zeggen naar het fenomenale uitzicht. Fitz speurde de kade af of hij Fiorelli kon ontwaren, maar daarvoor waren ze nog te ver weg. Hij voelde zich echter bemoedigd doordat er maar weinig leek te zijn veranderd. Er lagen nog steeds blauwe bootjes die het rotsige strand op waren gesleept, de gebouwen zagen er vertrouwd uit, en erbovenuit rees de met mozaïek ingelegde koepel van de kerk van San Pasquale op. Herinneringen bestormden hem als losse dagboekblaadjes die worden meegevoerd op de wind. Flarden van zijn bezoek, vanaf het moment dat hij Alba op de kade had gezien tot het moment dat ze samen waren vertrokken, welden in willekeurige volgorde op uit zijn onderbewuste. Hij probeerde zich eraan vast te houden, ze een voor een genietend te proeven, maar de boot legde al aan, en Romina en niet Alba was degene die op de kade naar hen stond te zwaaien.

Terwijl ze van boord gingen en enthousiast welkom werden geheten door Romina, wierp Fitz een blik in de richting waar ooit de trattoria van Fiorelli was geweest. Die was er nog steeds.

'Je ziet er alweer wat beter uit,' zei Rosemary. 'Die arme Fitz is zo zeeziek geworden,' legde ze uit.

‘O hemel! Was het water erg woelig?’

‘Een beetje,’ zei Rosemary. ‘Gaat het beter nu, schat?’

‘Veel beter,’ antwoordde Fitz, die begon bij te komen.

‘Luca wacht op je in het palazzo,’ zei Romina tegen Freya. ‘Hij vindt het enig om je te zien.’

‘Ik vind het ook fijn om hem te zien,’ zei Freya. ‘Ik kijk er ontzettend naar uit te zien waar jullie wonen.’

‘Het zal je niet teleurstellen. Er zijn net foto’s gemaakt voor in de *Sunday Times*. Panfilo Pallavicini heeft ze hoogstpersoonlijk geschoten.’

‘Geweldig zeg,’ zei Rosemary enthousiast, die niet wilde laten merken dat ze niet wist over wie het ging. De naam zei haar niets.

‘Ik heb twee taxi’s besteld. Mijn auto is te klein voor ons allemaal, en ik wist niet precies hoeveel bagage jullie zouden hebben.’ Ze liet haar blik langs de rij donkerblauwe Globetrotter-koffers gaan. Rosemary had veel bij zich. ‘Afijn,’ voegde ze eraan toe.

‘Ik vind het altijd vreselijk om niet bij me te hebben wat ik aan wil trekken,’ legde Rosemary uit. ‘Ik had zelfs bijna een aanrecht meegebracht, maar dat hebben jullie vast al wel.’

Romina lachte. ‘Wel meer dan één, om eerlijk te zijn.’ Fitz’ blik bleef rusten op de trattoria, en hij stelde zich Alba voor zoals ze er dertig jaar geleden had uitgezien, met haar grappige korte kapsel en jurken met eenvoudige bloemenprint, zo heel anders dan de Londense die ze was geweest toen ze minirokjes van Mary Quant en blauwsuède laarzen had gedragen. Haar opstandigheid had ze afgelegd en daarvoor in de plaats was een sereniteit gekomen, een tevredenheid waar hij jaloers op was geweest. Hij vroeg zich af hoe ze er nu uit zou zien. Of ze die innerlijke vrede had behouden, of dat ze was teruggekeerd naar een wereldstad en haar oude geduchte zelf. Hij verwachtte half en half dat ze met uitgestoken armen naar buiten zou komen rennen om hem te begroeten. Maar op het terras zag hij alleen maar vreemden.

‘Dat is Fiorelli,’ zei Romina. ‘Luca zit daar altijd koffie te leuten. We gaan er nog wel heen als je wilt, het eten is er erg goed. De eigenaresse is getrouwd met Panfilo, de fotograaf.’ Fitz vroeg zich af of ze het over Alba had. Hij wilde haar ernaar vragen, maar Rosemary had het scherpe gehoor van een foxterriër. Hij wilde haar niet van streek maken.

‘Nou, dit is heel mooi,’ gaf Rosemary toe terwijl ze in de auto stapten. ‘Een wonderlijk stadje, maar heel charmant.’

'Het heeft een boeiende geschiedenis.'

'O ja? Ik kan me niet voorstellen dat er hier ooit iets is gebeurd. Het ziet er nogal slaperig uit.'

'Ik vertel je er wel over aan de lunch. Het is een schitterend verhaal en wij, in het palazzo, zitten er middenin.'

Fitz herinnerde zich de stad verrassend goed. Het was er stukken drukker dan dertig jaar geleden, en de satellietschotels waren er toen zeer zeker niet geweest, maar toch was het grotendeels nog hetzelfde. Er ging een huivering door hem heen toen ze de heuvel op reden. De laatste keer dat hij het palazzo had gezien was met Alba geweest, toen ze over de hekken waren geklommen en de ruïne hadden verkend. Niets hield haar ooit tegen om te krijgen wat ze hebben wilde.

Ze kwamen aan bij de toegangshekken, dezelfde waar Alba en hij overheen waren geklommen. De plek had nu niets sinisters meer. Er was verbouwd en opnieuw geschilderd, de tuinen waren beteugeld en getemd. Hij vermoedde dat het palazzo nu sterk leek op hoe het eruit had gezien toen het net was gebouwd. Romina en Bill hadden het zo vaardig opgeknapt dat het er niet nieuw uitzag.

Freya was onder de indruk van Incantellaria en het palazzo. Ze snapte wel waarom Luca niet terug had gewild naar Londen. Als zij door zo veel harmonie werd omringd, zou ze dat ook niet willen. Ze wilde dat ze haar kinderen mee had kunnen nemen. Die zouden het sprookjespaleis en het fraaie stadje prachtig hebben gevonden.

Toen Luca de auto's hoorde op het grind, ging hij naar voren om de nieuwaangekomenen te begroeten.

'Luca!' Freya stapte de auto uit en vloog met gespreide armen op hem af. Romina glimlachte. Die jongen wist niet wat goed voor hem was. 'Wat zie je er patent uit!' kraaide Freya enthousiast. 'Zo bruin en relaxed! De rust heeft je een wereld van goed gedaan.'

'Dat gaat met jou ook gebeuren. Een beetje zonnebaden bij het zwembad, wandelingetjes langs het strand, tijd om na te denken...' Hij wilde haar aankomst niet bederven door meteen over Cosima te beginnen. Hij zou wel wachten tot daar een geschikt moment voor was. Ze zou vast blij voor hem zijn.

'Ik ben heel blij dat je me hebt overgehaald om te komen,' zei ze terwijl ze haar arm door de zijne stak. 'Miles kon zijn oren niet geloven. Volgens mij is hij er nog steeds niet van bijgekomen.'

'Zijn verdiende loon.'

'Een paar dagen ertussenuit is precies wat ik nodig heb om alles weer op een rijtje te krijgen. Ik heb een ontzettend beroerde tijd achter de rug, echt waar.'

'Laten we wat gaan drinken. Ik wil je graag voorstellen aan twee dierbare vrienden van me.'

'O?' Ze keek naar hem op en vergat in de gloed van zijn aandacht helemaal haar kinderen en haar overspelige echtgenoot.

'Daarna geef ik je een rondleiding.'

Buiten zaten Ma, Nanni en Caradoc op het terras te kletsen, terwijl Porci op de tegels in de zon lag te slapen, met ondanks zijn gebrek aan eetlust een bol buikje. De mannen stonden beleefd op voor Freya, maar Ma bleef zitten, want ze was te slaperig en te vadsig om in beweging te komen.

'Dit is de incrowd van Incantellaria. Dit is de plek waar het allemaal gebeurt,' zei Luca met een brede grijns. 'Mijn oom Nanni, excentrieke toeleverancier van het varken; professor Caradoc Macausland, de meest wijze man van de hele christelijke wereld; en Ma Hemple, wellicht de knorrigste vrouw aan deze kant van Napels.'

Ma stak haar hand uit. 'Hij vergist zich ontzettend. Ik ben hier degene met veruit het beste humeur. Hij snapt alleen mijn gevoel voor humor niet. Zeker te veel jaren bij een bank gewerkt met Sloanosaurussen!'

Freya giechelde. 'Zo te horen beoordeelt hij je inderdaad verkeerd, Ma.'

'Een groot genoegen om nog een knappe vrouw te leren kennen,' zei Caradoc.

'De professor heeft een scherp oog voor vrouwen,' legde Luca uit.

'Ik heb in de trattoria in de stad een heerlijk vrouwtje. Ze heet Rosa en ze is zo lieftallig als een roos in de lente.'

'Ze is een slettebak,' verbeterde Ma hem. 'Caradoc ziet het verschil niet.'

'Op onze leeftijd maakt dat ook niet veel uit,' zei Nanni, die terugdacht aan Fiyona's blanke vlees en rossige schaamhaar. 'Wij kijken een gegeven paard niet in de bek.'

'Kijk eens wie er zijn!' riep Romina naar haar man.

'Wat woon je hier schitterend, Bill,' zei Rosemary, die naar hem toe liep om hem te kussen.

'We hebben ons best gedaan.'

'Wel meer dan dat,' corrigeerde Fitz hem, terwijl hij zich weer voor de geest haalde hoe het palazzo er als ruïne uit had gezien. Het grootste deel van de balustrade was toen ingestort en de tegels waren zo overwoekerd met mos en onkruid dat je er helemaal niets meer van zag. Er had een stank van verrotting in de lucht gehangen, maar nu deed de tuin hem goed. Het rook er zoet, naar gemaaid gras, pijnbomen en gardenia's. Hij ademde diep in en zette zijn borst uit als een pauw, genietend van zijn uitstapje naar het verleden.

Ventura en een butler brachten wijn en *crostini*, en ze gingen zitten praten. Rosemary stond Ma al direct niet aan, wat niet zo verwonderlijk was; Ma hield nu eenmaal niet van humbug. Rosemary was uit haar vertrouwde omgeving weggerukt en wist daar niet goed raad mee. Op eigen terrein en te midden van haar eigen mensen voelde ze zich stukken beter. Vreemden gaven haar een ongemakkelijk gevoel, evenals mensen die zich gemakkelijk onder hen begaven. Hoewel Fitz in geen dertig jaar Incantellaria ter sprake had gebracht en amper een wenkbrauw had opgetrokken toen Bill en Romina hen hadden uitgenodigd, was er met zijn stilzwijgen iets niet in de haak – alsof hij zich daarin verstopte. Ze was niet jaloers op Alba; zij, Rosemary, was tenslotte zijn vrouw, maar Incantellaria was wel een deel van Fitz' verleden waar zij niets mee te maken had gehad, dus bezag ze die plek vanzelfsprekend met argwaan. Maar Fitz had graag willen gaan; hij wilde zien wat Romina en Bill van hun huis gemaakt hadden, en zij kon hem niet in zijn eentje laten terugkeren naar het verleden.

Ma mocht Fitz meteen. Niet alleen omdat hij knap was, maar ook omdat hij oprecht was. Fitz had niets pretentieus. Hij trok Porci op zijn schoot en knuffelde hem. Het varkentje knorde van plezier en draaide zijn buikje naar boven, dat Fitz plichtsgetrouw krauwde. Hij was overal enthousiast over, zelfs over Ma's gevoel voor humor, wat niet voor veel mensen gold die haar net leerden kennen, en ze vond het helemaal niet erg dat hij haar goedmoedig plaagde; dat vond ze zelfs wel leuk.

Wat Freya betrof – Ma sloeg gade hoe ze met Luca omging. Romina had haar verteld dat ze oude vrienden waren en dat Freya haar man ervan verdacht een verhouding te hebben. Ma snapte sowieso al niet waarom mensen met elkaar trouwden; het lag immers niet in de aard van de man om trouw te blijven. Dat Freya gecharmeerd was van Luca was goed te merken. En Luca was duidelijk dol op haar. Maar liefde? Als Romina een hond zou zijn, stond ze bij de verkeerde boom te blaffen.

Het voorwerp van Luca's verlangen bevond zich in een geheel ander bos. Ma leunde achterover om toe te kijken hoe de gebeurtenissen zich zouden ontvouwen. Liefde was de mooiste kijksport die er bestond.

Tijdens de lunch bracht Romina haar gasten op de hoogte van de bloederige geschiedenis van het palazzo. Fitz' gezicht was een masker, dat niets prijsgaf. Rosemary en Freya zaten geboeid te luisteren en dronken elk woord in. 'En wat denk je, de familie van Valentina woont nog steeds hier in Incantellaria,' besloot ze haar relaas. Fitz' masker gleed even van zijn plek en zijn gezicht kleurde roze. 'Valentina's dochter is de eigenaresse van de trattoria. Het is nog steeds een familiebedrijf.'

Rosemary knarsetandde, maar hield zich goed. Ze had gehoopt dat Fitz' grote liefde zou zijn verhuisd, of overleden. 'Alba is vast getrouwd,' zei ze.

'Ja, met Panfilo!' bracht Romina hun in herinnering.

'De fotograaf,' wist Rosemary nog. Freya herinnerde zich dat haar stiefvader heel stilletjes was geworden toen ze over Incantellaria waren begonnen.

'Jij bent hier eerder geweest, hè Fitz?' zei Romina.

'Lang geleden.'

'Ben je toen ook hier geweest, in het palazzo?'

'Het was destijds een ruïne.'

Romina wreef opgewekt in haar handen. 'Hoe zag het eruit?'

Rosemary rechtte haar rug toen Fitz de aanzittenden verhaalde over de griezelige kilte, de geur van verrotting, de overwoekerde tuin en het vervallen gebouw. 'We waren op verkenning uit,' verklaarde hij.

'We?' zei Ma.

'Een vriendin van vroeger.'

Het wekte Ma's belangstelling dat hij niet veel zin leek te hebben om erover te praten. 'Een vriendin van vroeger. Hoe mysterieus.'

'Helemaal niet,' zei Fitz koeltjes. 'Het was Alba. Maar ik heb haar in geen dertig jaar gezien.'

Er daalde een stilte over de tafel neer. Rosemary was verbijsterd dat hij Alba met name had genoemd; op de een of andere manier had hij haar beledigd door over zijn oude liefde te beginnen. Freya keek ervan op dat de vrouw met wie Fitz bijna was getrouwd zo nauw te maken had met het verhaal dat Romina hun over de moord in het palazzo had verteld. De mannen keken Fitz vol bewondering aan – Alba was immers een schoonheid.

'Nou nou, stille wateren hebben diepe gronden!' zei Bill, die de wijn nog eens rond liet gaan. 'Alba zal wel opkijken als je ineens in de trattoria voor haar neus staat.'

'Ik denk niet dat ze nog weet wie ik ben. Het is dertig jaar geleden.'

'Je hóéft niet naar de trattoria te gaan,' zei Rosemary met een strak glimlachje. 'We kunnen ook hier blijven. Ik kan me geen betere plek wensen.'

'Natuurlijk moet je erheen.' Ma prikte dwars door Rosemary's kinderachtige trucje heen. 'Je kunt niet helemaal hiernaartoe komen en haar dan níét zien.'

'Ik zou zelf een oude vlam graag terugzien!' stemde Romina met haar in.

'Maak er nou maar niet zo'n soesa van.' Fitz probeerde de zaak luchtig af te doen. Hij voelde wel aan dat Rosemary zich ongemakkelijk voelde, alsof er opeens overal op haar huid stekels waren verschenen.

'Ik wil dit niet missen,' zei Ma. 'Het doet me denken aan een stuk van Shakespeare.'

'Welk dan?' vroeg Caradoc.

'Ah, dat hangt ervan af hoe het zal uitpakken!'

Rosemary had het gevoel dat ze verdronk. 'Het is vast leuk,' zei ze, en ze wilde eraan toevoegen: 'Alleen gaat het wel ten koste van mij.' Maar ze hield zich in. Ze moest niet onredelijk zijn. Het was tenslotte dertig jaar geleden.

Terwijl de oudjes na de lunch een dutje deden, gaf Luca Freya een rondleiding. Hij besefte dat hij haar over Cosima zou moeten vertellen, maar hij wilde haar niet in een lastig parket brengen. Ze was hier haar toevlucht komen zoeken nu haar huwelijk in zwaar weer verkeerde. Dat hij op het punt stond om Cosima ten huwelijk te vragen was wel het laatste wat ze wilde horen. Het was niet eerlijk dat zijn vreugde zou afleiden van het doel van haar bezoek.

Hij had er een naar gevoel over dat hij met haar had geflirt en wilde alle ongepaste dingen die hij had gezegd het liefst terugnemen. Ze had gelijk gehad; terwijl hij zich onzeker had gevoeld, was zij een veilige, vertrouwde haven geweest. Maar hij was een man voor de hoge zeeën geweest, en nu hij weer op krachten was gekomen, zat hij niet langer om die veiligheid verlegen. Hij hoopte maar dat ze niet van plan was om bij Miles weg te gaan.

Hij leidde haar rond door de tuinen en ging met haar naar het tuinhuis, dat ze inderdaad betoverend vond, zoals hij al had gedacht. Ze gingen op het bed zitten waarin hij met Cosima had liggen stoeien, en uiteindelijk, nadat ze de schoonheid van het gebouwtje en de tragedie van de geschiedenis ervan de revue hadden lateren passeren, kregen ze het over Miles.

'Ik had nooit gedacht dat Miles een man zou zijn om vreemd te gaan,' zei ze, terwijl ze een lok haar achter haar oor streek. 'Hij is nou niet bepaald een grote versierder.'

'Wie is het?'

'Iemand van zijn bridgekwartet. Ze ziet er niet eens leuk uit. Ze heeft sluik bruin haar en een vollemaansgezicht.' Ze moesten allebei lachen.

'Wat bezielt hem?'

'Ik heb geen idee. Misschien ben ik te gezond voor hem.'

'Gezondheid is een goede zaak,' zei Luca vriendelijk.

'Misschien wil hij wel vuige seks, met iemand die alle kinky dingen wil doen waar ik geen trek in heb.'

'In wat voor kinky dingen heb je dan geen trek?' Luca kon zich niet inhouden.

Ze bloosde. 'Ik weet het niet. Miles heeft me niet echt gevraagd iets te doen. Hij is heel rechttoe, rechtaan. Ik probeer alleen maar een verklaring te vinden.'

'En, heb je hem een ultimatum gesteld?'

'Ik heb tegen hem gezegd dat hij ermee moet kappen, of dat ik anders met de kinderen bij hem wegga.'

'Daarmee heb je hem zeker wel de stuipen op het lijf gejaagd?'

'Volgens mij wel.'

'Ik weet zeker dat hij zal doen wat goed is.'

'Maar hoe kan ik hem nu nog vertrouwen? Ik weet niet of dat nog wel gaat lukken.'

'Je hebt vier kinderen die het nodig hebben dat je hem vertrouwt, of althans dat je iets van jullie huwelijk maakt.'

'Jouw kinderen kunnen wel met jullie scheiding leven, toch?'

'Ja, dat geloof ik wel. Maar ik zou het niemand toewensen. Coco en Juno zijn hier een week geweest en dat was erg geslaagd, maar natuurlijk zouden ze beter af zijn als Claire en ik bij elkaar waren gebleven.'

'Maar nu hebben ze het beste van beide kanten: tijd met mammie in Engeland en tijd met papa hier.'

'Het is niet makkelijk voor ze geweest. Ieder kind wil graag dat zijn ouders van elkaar houden.' Hij keek haar met vaste blik aan. 'Hou jij nog van Miles?'

Ze aarzelde niet. 'Natuurlijk. Maar hij heeft me diep gekwetst.'

'Als je niet van hem zou houden, zou hij je ook niet kunnen kwetsen.'

'We zijn nu tien jaar getrouwd. Ik kan me een leven zonder hem niet voorstellen. Ik was hoogmoedig genoeg om te denken dat ik het middelpunt van zijn wereld zou vormen. Ik had nooit gedacht dat hij verliefd zou worden op een ander. Ik heb het gevoel dat hij alle lucht uit mijn longen heeft geslagen.' Ze glimlachte schaapachtig. 'Zo hoogmoedig ben ik niet meer.'

Luca raakte haar schouder aan. 'Over een paar dagen ga je weer terug en heeft hij de hele zaak opgelost. Je zult er je uiterste best voor moeten doen om er niet aan onderdoor te gaan.'

'Ik weet het. Als hij het uitmaakt met haar, moet ik het loslaten. Dat zal niet makkelijk zijn.'

'Maar je hebt hem laten voelen dat het jou ernst is.'

'Ik geloof niet dat hij ooit had verwacht dat ik er zomaar vandoor zou gaan.' Ze grijnsde. 'Volgens mij heb jij hem jaloers gemaakt, Luca.'

'Ik?'

'Ja. Ik heb tegen hem gezegd dat ik hiernaartoe ging om jou te zien. Als iemand zijn jaloezie kan prikkelen, ben jij het wel.'

'Ik ben blij dat ik iets heb kunnen doen.'

'Je hebt ontzettend veel gedaan,' antwoordde ze terwijl ze zijn hand een kneepje gaf. 'Je bent een echte vriend.'

30

Fitz kneep 'm behoorlijk om Alba weer te zien, ook al waren ze allebei getrouwd en hadden ze het geluk gevonden bij een ander. Dertig jaar stelden eigenlijk niets voor als het op emoties aankwam. Alba had zijn hart gebroken. Rosemary had een pleister op de wonde geplakt, maar hoewel die oppervlakkig gezien geheeld was, was hij daaronder nog steeds open. Hij leed niet meer dezelfde acute pijn als in de eerste paar maanden nadat ze was vertrokken, en de tijd had de scherpe kantjes van zijn ongemak afgehaald, maar desondanks was de pijn nog steeds aanwezig. Een knagende spijt. Een verlangen naar iets dierbaars. Hij vroeg zich vaak af hoe het haar zou zijn vergaan en fantaseerde over wat had kunnen zijn. Nu hij naar al het moois van Incantellaria keek, vroeg hij zich af of hij hier gelukkig had kunnen worden. Hij wenste dat hij daar volmondig ja op had kunnen antwoorden.

Romina vond niets zo heerlijk als wat zij een 'kwestie' noemde. Zelfs in haar stoutste dromen had ze zich Fitzroy Davenport en Alba Pallavicini niet kunnen voorstellen als stel. Hij was zo vreselijk Engels – een man van sigaren en pantoffels – terwijl Alba op en top Italiaans was. Haar vader mocht dan een Engelsman zijn geweest, maar Incantellaria had de Italiaanse in haar tot leven gewekt. Fitz en zij waren net zo verschillend als een Deense dog en een soepele zwarte panter. Ze was blind voor de overeenkomsten met haar eigen huwelijk, want Romina was er de vrouw niet naar om de hand in eigen boezem te steken. Als de zaken anders waren gelopen, had Fitz aan het hoofd kunnen staan van de trattoria in plaats van getrouwd te zijn met de goedbedoelende, maar bazige Rosemary. Ze kon haar ongeduld om de voormalige geliefden bij elkaar te brengen amper bedwingen en wenste dat ze Rosemary uit de buurt zou kunnen houden om hun de tijd te geven over vroeger te praten zonder dat zij als een angstwekkende rechter in hun nek hijgde. Rosemary zou hun geen moment samen gunnen. Vrouwen zoals zij waren breekbaar onder al hun voortvarendheid en zagen al snel groen van jaloezie. Zij was erin geslaagd Fitz in haar netten te strikken, en Fitz was zo dom geweest om zich te láten strikken.

Na een rondleiding door het Palazzo Montelimone verzamelde Romina het gezelschap en perste iedereen in Nanni's auto en haar eigen kleine gele Fiat. Freya bleef met Luca in het tuinhuis. Zij had er helemaal geen zin in om te moeten toekijken hoe Fitz en zijn vroegere vriendin haar moeder vernederden.

Alba had haar best gedaan om er goed uit te zien. Niet dat ze dat anders niet deed, maar ze wist dat vandaag de kans groot was dat Fitz de trattoria zou komen binnenlopen. Ze had haar haar gewassen en het in glanzende golven los laten hangen op haar rug, en ze had een zwarte jurk uitgekozen met een print van rode en groene bloemen, die haar weelderige vormen strak omsloot en de welving van haar borsten en de ronde lijnen van haar heupen en achterwerk goed deed uitkomen. Ze was niet meer zo slank als in de tijd dat Fitz haar had gekend, maar ze wist dat ze er voor een grootmoeder goed uitzag. In het leven van elke vrouw kwam er een tijd dat ze moest kiezen tussen haar gezicht en haar figuur. Alba was op dat punt aanbeland en had voor haar gezicht gekozen. De extra pondjes maakten haar huid vol en jeugdig, maar haar taille was gevulder dan haar lief was. Ze bracht mascara op haar wimpers aan en deed een beetje rouge op, in de hoop dat niemand het zou opmerken en er de aandacht op zou vestigen. Tegen Panfilo had ze niet gezegd dat Fitz zou komen. De kans was groot dat ze elkaar helemaal niet zouden zien. Panfilo was voor een paar dagen naar Milaan gegaan, en zelfs als hij thuis zou komen, zou een man die zo zelfverzekerd was als hij zich er geen zorgen over maken dat er opeens een oude vlam van haar was opgedoken. Ze dacht niet dat hij er ook maar enigszins nieuwsgierig naar zou zijn. Toen ze het huis uit ging, hoopte ze dat Fitz haar een bezoekje zou brengen na alle moeite die ze zich had getroost.

Het leek wel of iedereen die dag naar de trattoria was gekomen. Rosa en Cosima bedienden de tafels, terwijl Toto een praatje maakte met de vaste gasten. Tussen de middag was het druk. Een grote boot voerde toeristen uit Sorrento aan en in de hele stad was amper een vrije stoel te vinden. Alba kreeg het zo druk dat ze geen aandacht had voor Rosa's zelfvoldane glimlach, of voor hoe ze tijdens het lopen veerde op de ballen van haar voeten. De twee wisselden amper een woord. Alleen Cosima maakte een opmerking over Alba's uiterlijk en zei dat ze er zo goed uitzag. Alba grijnsde haar toe en antwoordde: '*Vecchio pollo fa buon brodo* – van een oude kip kun je lekkere bouillon trekken.'

Tegen theetijd was Alba's enthousiasme verflauwd. Ze had nu wel lang genoeg aan de hoektafel rekeningen zitten doornemen, want ze durfde niet weg te gaan voor het geval Fitz ineens zou komen en haar zou overvallen. Ze wist niet goed hoe ze dan moest reageren. Het kwam niet vaak voor dat ze de hele dag in de trattoria doorbracht. 'Ik ga naar huis,' zei ze uiteindelijk tegen Cosima. Van haar goede humeur was weinig meer over. Ze was net een meisje dat bij haar eerste afspraakje door haar minnaar in de steek was gelaten. 'Bewaak jij het fort maar met je vader en Rosa. Tot later.' Toen Alba wegbeende over het terras, hield ze ineens haar pas in.

Daar, over de kade, kwam Fitz Davenport aanlopen. Hij was geen spat veranderd – misschien een beetje grijs bij de slapen en wat meer doorgroefd, maar hij had het soort knappe jongensachtige trekken dat niet erg verouderde. Hij zag haar ook en zijn gezicht brak open in een brede, aanstekelijke glimlach. Na dertig jaar liep hij op de liefde van zijn leven af.

'Mijn god, niet te geloven dat je het echt bent,' zei hij terwijl hij haar op de wang kuste. 'Onvoorstelbaar dat je nog steeds hier bent. Je bent helemaal niet veranderd!' Glimlachend keek ze naar hem op, en achter de vrouw van zesenvijftig zag Fitz het meisje op wie hij verliefd geworden was.

'Ik had toch gezegd dat ik op je zou wachten?' fluisterde ze. Zijn gezicht betrok. 'Nou, ik kon niet voor eeuwig wachten, toch?' Ze plaagde hem, maar ondanks zijn lach kon hij zich wel de haren uit het hoofd trekken van spijt.

'Ik had beter moeten weten.'

'En, spreekt je oude vriendin je nog een beetje aan?' zei Romina alsof zij het brein was achter hun hereniging.

'Heel erg,' antwoordde Fitz, die Alba met tegenzin losliet. Hij voelde dat zijn vrouw naast hem was komen staan. Die stak bezitterig haar arm door de zijne. 'Dit is Rosemary,' zei hij. 'Mijn echtgenote.'

Alba nam de parmantige vrouw in zich op met wie Fitz getrouwd was in plaats van met haar. 'Welkom in Incantellaria.'

'Heel leuk om je te zien,' antwoordde Rosemary, die Alba's donkere schoonheid en verbazingwekkend lichte ogen al had opgemerkt. 'Ik heb veel over je gehoord.'

Fitz wist wel wat Alba van Rosemary zou vinden, en de lach in haar ogen bevestigde zijn vermoedens. 'Kom, laten we een tafeltje zoeken waar we allemaal kunnen zitten om bij te praten,' zei ze, en ze ging hun voor het terras op.

'Ik moet in de schaduw zitten,' zei Ma, terwijl ze Caradoc hielp, die leunend op zijn stok stijfjes met haar meeliep.

'Waar is de lieftallige Rosa?' vroeg hij.

'Die is naar huis, naar haar kinderen.'

'Woorden schieten tekort – wat een teleurstelling!'

'Nou, dat is een hele opluchting,' vond Ma. 'Dan hou je tenminste je mond.'

Ze namen allemaal plaats. Alba had graag met Fitz alleen willen zijn, maar dat zat er niet in. Die vrouw van hem deed haar denken aan haar stiefmoeder, die ze altijd botweg de Buffel had genoemd. Wie had ooit gedacht dat Fitz aan iemand zoals zij zou blijven hangen? Ze zag hem hulpeloos kijken. Hij had ook graag met haar alleen willen zijn. In plaats daarvan moesten ze bijpraten ten overstaan van een nieuwsgierig publiek en een jaloerse echtgenote. Ze stak haar hand op en wenkte haar nichtje naar hen toe. 'Cosima, wil je iedereen thee en koffie brengen?'

Cosima haalde een opschrijfboekje en een potlood tevoorschijn. 'En, Fitz,' zei Alba, terwijl ze zich over de tafel boog, 'hou je er nog steeds honden en een stinkende oude Volvo op na?'

'Waarom zijn Luca en Freya eigenlijk niet meegekomen?' vroeg Ma.

'Die hebben een heleboel bij te praten,' antwoordde Romina. Ze zag dat Cosima's potlood even stilhield op het papier terwijl Nanni en Caradoc hun bestelling opgaven.

'Freya heeft altijd een zwak voor Luca gehad,' zei Rosemary, die probeerde niet te luisteren naar het gesprek dat haar man met Alba voerde.

'Slechte timing, hoor,' zei Romina, met opzettelijke met stemverheffing. 'Ze zouden samen een mooi stel zijn geweest.'

'Luca mag dan een knappe man zijn, maar hij is ook wispelturig. Het verbaast me niks dat zijn huwelijk op niets is uitgelopen. Die man is er niet voor gemaakt om één vrouw trouw te zijn.'

'Als je het mij vraagt, kom je er nog wel achter dat er met Luca's hart niets mis is en dat het volkomen wordt gevuld,' kwam Caradoc tussenbeide, met een blik op Cosima.

Cosima glimlachte hem dankbaar toe, hoewel haar maag zich omdraaide. Luca had helemaal niets over Freya gezegd. En hij had ook niet verteld dat ze in het palazzo zou komen logeren. Ze begon zachtjes te koken van woede. Ze raakte niet van haar à propos omdat hij bij een andere vrouw was, maar omdat hij haar daar niets over had verteld.

Toen iedereen had besteld, ging Cosima weer naar binnen. Ze haalde de mobiele telefoon uit haar zak en zette hem uit. Als hij in staat was over zoiets te liegen, waar zou hij dan nog meer niet eerlijk over zijn? Als ze hem niet kon vertrouwen, wat had een relatie dan voor zin?

Luca en Freya bleven tot zes uur in het tuinhuis. Ze bespraken de kwestie-Miles tot in details. Luca luisterde geduldig en probeerde goede raad te geven, al begon het onderwerp hem danig te vervelen. Toen de late namiddag het tuinhuis in een amberkleurige gloed zette, stelde hij voor een strandwandeling te gaan maken, en dan via de baai naar de trattoria te lopen om de anderen te treffen. Hij besefte dat hij Freya over Cosima moest vertellen. Als ze dacht dat hij beschikbaar voor haar was, zou de gedachte om bij haar man weg te gaan haar mogelijk aanlokkelijker voorkomen. En hij wilde haar geen valse hoop geven. Belangrijker nog: hij wilde Cosima niet van streek maken.

Sprankelend in het avondlicht strekte de zee zich voor hen uit. Er voeren een paar bootjes over de oceaan, wit glimmend in het zonlicht, en zeevogels wiekten door de lucht. Freya ademde de geur van wilde tijm die tussen de rotsen groeide diep in, en ondanks de ontrouw van haar echtgenoot klaarde haar stemming op. Incantellaria was via al haar zintuigen haar ziel binnengekomen. Ze keek naar Luca, die voor haar liep. Hij liep fier rechtop, met zijn schouders naar achteren; zijn huid was gebruind door de zon en zijn haar glansde in het licht. Ze had het gevoel dat zíj degene was die overspel pleegde. Ze herinnerde zich dat Luca tegen haar had gezegd dat haar laten gaan het stomste was geweest wat hij ooit had gedaan. Vervolgens bloosde ze toen ze eraan terugdacht dat hij met haar had willen vrijen. Ook zij was 1979 nog niet vergeten, de zomer dat ze geliefden waren geweest. Ze herinnerde zich nog elk detail. Hij was voor haar de allereerste geweest. Ze glimlachte toen ze zich afvroeg hoe het zou zijn, nu ze niet langer zo groen was. Ze zouden kunnen vrijen – ze hadden wat er tussen hen was tenslotte nooit echt afgemaakt – en niemand zou dat te weten hoeven komen. Daarna zou ze kunnen teruggaan naar Miles, en alleen zij zou dan weten hoe zoet haar wraak was.

'Weet je, er gaat een verhaal dat het strand ooit door een mysterieuze vloed met anjers overdekt werd,' zei Luca, die zijn handen in zijn zakken stak en de bobbel voelde van Cosima's ring.

'Geloof jij dat dat echt is gebeurd?'

'Het is zeer zeker gebeurd. Maar wie had die anjers daar neergelegd? In de Middellandse Zee zijn geen getijden.'

'En Jezus huilde bloed?'

'Een slimme priester.'

'Geloof jij in dingen die je niet kunt zien?' vroeg ze, terugdenkend aan zijn discussie met Hugo.

'Jawel.'

Luca dacht aan Francesco, maar het was onbegonnen werk om alle merkwaardige gebeurtenissen die hem de afgelopen week waren overkomen uiteen te zetten. Wat deelden Cosima en hij veel, en wat had dat een diepe band tussen hen geschapen. Hij mocht dan nog zo dol op Freya zijn, hij voelde helemaal geen neiging het haar allemaal te vertellen. 'Luister eens, ik moet je iets vertellen.'

Rosa liep over het strand met Alessandro en Olivia toen ze in de verte Luca zag met een onbekende vrouw. Ze siste haar kinderen toe dat ze stil moesten zijn en bleef vervolgens naar hen staan kijken. Ze waren diep in gesprek en stonden heel dicht bij elkaar. Rosa zag dat hij een doosje tevoorschijn haalde en het aan haar gaf. De raadselachtige vrouw was knap; dat zag Rosa zelfs van die afstand. Haar lange, fijne haar wapperde in de wind en haar bleke huid leek tegen de achtergrond van de zee wel doorschijnend. Ze was slank en soepel, met lange armen en benen, ook al droeg ze een weinig flatteuze korte broek. De vrouw pakte het doosje aan. Rosa's woede groeide. Wist Cosima hier wel van? De vrouw aarzelde voordat ze het doosje opendeed en maakte gebaren van protest. Maar hij moedigde haar aan door een duwtje te geven tegen haar hand. Toen ze zag wat erin zat, schudde ze haar hoofd, klapte het doosje dicht en sloeg haar armen om hem heen. Ze hielden elkaar onfatsoenlijk lang vast, zo leek het wel, even innig als geliefden. Duizelig van woede pakte Rosa haar kinderen bij de hand, terwijl haar allerlei mogelijkheden door het hoofd schoten. Geen wonder dat hij met háár had geflirt. Ze had hem ook met Stephanie zien flirten. Hij was een playboy. Ze was maar ternauwernood aan hem ontkomen. Cosima was minder gelukkig; die was net zo kwetsbaar voor hem als een stilzittende eend voor een jager. Ze had hem nooit moeten vertrouwen. Rosa besefte dat ze moest doen wat goed voor haar nichtje zou zijn. Het hemd was nader dan de rok; dit móést ze weten.

Luca knelde Freya in zijn armen. 'Ik wist wel dat je het zou begrijpen.'

Ze maakte zich los en gaf hem het doosje terug. Haar ogen schitterden als de zee. 'Hij is prachtig. Ze vindt hem vast fantastisch. Welke vrouw zou dat niet vinden?'

'Ik wilde het je de hele tijd al vertellen. Ik wist alleen niet of dat wel zo verstandig was, gezien jouw problemen met Miles.'

'Het is geweldig nieuws, Luca. Ik ben blij voor je. Nu heb ik tenminste iets anders om over na te denken dan mezelf.'

'Dat is heel genereus van je.'

'Helemaal niet. We zijn toch vrienden? Ik was er voor jou toen je me nodig had. Nu ik jou nodig heb, ben jij er voor mij. Zie je, ik had gelijk. Je hield van wat ik vertegenwoordigde. Ik had je toch gezegd dat we op een dag om dat gesprek zouden lachen?'

'Ik lach helemaal niet,' antwoordde hij verlegen. 'Daar geneer ik me te veel voor.'

'Dat hoeft niet. Ik vind het een giller. Let wel, je werd onmiddellijk stukken aantrekkelijker voor me zodra Miles het buiten de deur begon te zoeken. Slechte timing, zou ik zeggen. Wij zijn gewoon niet voor elkaar bestemd.' Toen ze verder liepen over het strand, stak ze haar arm door de zijne. 'Ik ben in elk geval heel blij dat je mijn vriend bent, ook al weet ik dat we nooit zullen afmaken waar we ooit aan zijn begonnen.'

'Dat lag aan mij,' zei hij diplomatiek.

'Maar ook aan mij! Trouwens, waarom stel je me niet eens aan die mazzelaarster voor?'

Cosima was zo ziedend dat ze vroeg naar huis ging en Alba achterliet op het terras om met Fitz en die pezige vrouw van hem te praten. Thuis trof ze Rosa aan, die in de keuken met een gespannen gezicht op haar zat te wachten. De kinderen waren buiten op het terras bij Beata, die luisterde naar wat Alessandro voorlas uit zijn schoolboek.

'Ik moet met je praten,' zei Rosa.

'Nou, daar ben ik anders niet voor in de stemming,' antwoordde Cosima, en ze stapte naar de koelkast om wat citroensap te pakken.

'Het gaat over Luca.'

'Ik wil het niet over hem hebben.'

Rosa snapte er niks van. 'Weet je het dan al?'

'Wat?' Ze schonk het sap in een glas en leunde met haar rug tegen de wandtafel.

'Van zijn vriendin.'

'*Ik* ben zijn vriendin,' verklaarde Cosima, en ze keek haar nicht mistroostig aan. 'Als je soms op die vrouw doelt die in het palazzo logeert, daar weet ik al van. Ik heb ze in de trattoria over haar horen praten.'

'Wil je zeggen dat hij het je niet zelf heeft verteld?'

Cosima staarde in haar glas. 'Nee, maar dat was hij vast wel van plan.' Ze wendde haar blik af omdat ze niet wilde laten merken hoe diep ze zich door Luca verraden voelde.

Rosa haalde diep adem en brandde los. 'Nou, ik heb ze samen op het strand gezien.'

'Wanneer?'

'Daarnet. Ze stonden heel dicht bij elkaar. Hij haalde een doosje tevoorschijn en gaf het aan haar. Ze maakte het open en vloog hem om zijn nek.' Het bloed trok weg uit Cosima's gezicht. 'Had ik ze maar niet gezien,' vervolgde Rosa. 'Hoefde je het maar niet van mij te horen.'

'Weet je het zeker?'

'Ik lieg niet. Híj is hier de leugenaar!'

'Ik geloof je niet! Geef me eens één reden waarom ik dat wel zou doen?'

Cosima's reactie op het verraad had Rosa verrast. Los van al hun dagelijkse gekissebis was Cosima tenslotte toch familie. Ze hield van haar. 'Je bent niet alleen mijn nichtje, Cosi, maar ook mijn zus.'

Cosima barstte in tranen uit. 'O god, Rosa. Denk je dat hij overal over heeft gelogen?'

'Ik zou hem voor geen cent vertrouwen.'

Cosima dacht aan Francesco en voelde haar hoop wegsijpelen als water door een afvoerputje, zodat alles weer even zwart werd als het tevoren was geweest. Ze schudde haar hoofd, niet in staat haar wanhoop onder woorden te brengen.

Toen Luca en Freya bij de trattoria aankwamen, zat Romina daar nog steeds met Alba, Rosemary en Fitz, Nanni, Ma en Caradoc.

'Kom gezellig bij ons zitten, schat,' zei Rosemary.

Alba wierp haar een blik toe en vroeg zich af of Freya Fitz' dochter was. 'Freya is mijn stiefdochter,' zei Fitz, die haar gedachten las. 'In alle opzichten mijn dochter, behalve biologisch.'

'Ze is een knappe vrouw,' zei Alba.

'Ik ben erg trots op haar.'

'Waar is Cosima?' vroeg Luca.

Alba was zo afgeleid door Fitz dat ze geen aandacht aan haar nichtje had besteed. 'Die zal wel naar huis zijn gegaan.'

'Verdikkeme! Ik wilde haar net voorstellen aan Freya.'

'Misschien moet je naar haar toe gaan,' opperde Caradoc, erop zinspelend dat er mogelijk iets niet in orde was.

'Is alles goed met haar?' vroeg Luca, zich over de professor heen buigend.

'Je had haar niets over Freya verteld, is het wel?'

Luca rolde met zijn ogen – hoe had hij zo dom kunnen zijn! Hij had zijn gezond verstand laten verdringen door zijn ego. 'Is ze kwaad?'

'Zo kwaad als een gepassioneerde Zuid-Europese maar kan zijn.'

Luca liet Freya achter bij het gezelschap en rende het plein op om een taxi aan te houden. Hij belde Cosima's nummer, maar het toestel schakelde meteen over op de voicemail. Zijn ongerustheid voelde aan als een onzichtbaar gewicht dat op zijn borstkas drukte. Als ze haar telefoon had uitgezet, moest ze wel woedend op hem zijn. Hij speurde onder de bomen langs de weg rondom de piazza, maar er waren geen taxi's te bekennen. Terwijl hij zich afvroeg wat hij moest doen stak hij zijn handen in zijn zak, maar op dat moment zag hij op het bordes van het politiebureau Eugenio een sigaret staan roken, terwijl hij in gesprek was met een andere carabiniere. Toen Eugenio hem in het oog kreeg, trok hij in herkenning zijn wenkbrauwen op. '*Buon giorno.*'

'Hallo. Kun jij me misschien helpen?'

'Wat kan ik voor je doen?'

'Ik zit verlegen om een lift naar jullie huis. Ik móét Cosima spreken.'

Eugenio gooide zijn peuk op de grond en trapte hem uit met zijn laars. 'Kom maar, ik geef je wel een lift. Als het echt zo dringend is.' Luca liep achter hem aan naar de politieauto die langs het trottoir geparkeerd stond.

‘Heb je de indringer al te pakken?’ vroeg Eugenio toen ze instapten.

‘Nog niet,’ antwoordde Luca. Hij wilde niet kwijt dat hij Eugenio’s echtgenote verdacht.

Eugenio was stilletjes tevreden. ‘Ik dacht dat je van plan was de wacht te houden bij de deur?’

‘Ik heb momenteel wel iets beters te doen.’

‘Is alles goed met Cosima?’

‘Ik mag het hopen. Alleen een misverstand.’

‘Ze is heel kwetsbaar,’ zei Eugenio, op een toon die weinig goeds voorspelde.

‘Daarom moet ik het ook zo snel mogelijk ophelderen.’

31

Toen Luca bij Cosima's huis aankwam, sprong hij uit de auto en rende de heuvel af. Beata was buiten op het terras met Rosa en de kinderen, die grote kommen pasta zaten te eten. Toen Rosa hem zag, verstrakte haar gezicht. Daaruit maakte hij op dat er iets aan de hand was. '*Buena sera*,' zei hij beleefd tegen Beata, die hem zonder ergens benul van te hebben toeglimlachte. Rosa stond op en liep de keuken in. Luca kwam achter haar aan.

'Rosa, wat is er gebeurd?'

Ze draaide zich om, zette haar handen op haar heupen en ging tegen hem tekeer: 'Hoe durf je mijn nicht zo te verraden? Je hebt ons allemaal in je ban weten te krijgen. Nou, maakt dat ons soms niet tot een stelletje domme provincialen?'

'Waar heb je het over?'

'Je kunt net zo goed meteen rechtsomkeert maken en weer opstappen, want je bent hier niet meer welkom. Als Falco nog zou leven, zou hij jóú in je palazzo hebben vermoord!'

'Ik snap er niks van. Ik heb helemaal niemand verraden.'

Rosa lachte, hoewel het meer als wild gekakel klonk dan als een lach. 'Lieg niet tegen me! Ik heb je heus wel gezien.'

'Me gezien? Waar dan?' Toen begreep hij het ineens. 'Je hebt me zeker op het strand gezien met Freya?'

'Heet ze zo? God, wat enig!'

'Het was niet wat het leek.'

'Dat is het nooit. Jullie zijn allemaal ontzettend voorspelbaar. Waarom kunnen mannen toch nooit eens iets origineels bedenken in plaats van al die oude clichés?'

Eugenio kwam binnen en ze vielen allebei stil. 'Stoor ik?'

'Maak je maar geen zorgen, Luca gaat net weg.'

'Je kunt niet weglopen zonder het me te laten uitleggen.'

'Als Rosa vraagt of je wilt gaan, dan ga je,' zei Eugenio kil.

'Het is in orde, Eugenio.' Rosa slaakte een dramatische zucht en draaide zich om. 'Wee je gebeente als het geen goede verklaring is.'

Luca haalde het doosje uit zijn zak. Rosa keek er argwanend naar. 'Dat doosje had je toch aan Freya gegeven?'

'Ja, dat is dit doosje. Maar als ik het aan haar had willen geven, zou ik het nu niet in mijn hand houden.'

Rosa maakte het doosje open. '*Madonna!*' Ze floot en liet het zien aan haar man.

'Dit is voor Cosima. Ik kom haar vragen of ze met me wil trouwen.'

'Waarom heb je dit dan aan Freya gegeven?'

'Dat heb ik niet gedaan. Ik liet het haar alleen maar even zien.'

'Wat raar om een andere vrouw een verlovingsring te laten zien!'

'Freya is een oude vriendin,' legde hij geduldig uit. 'Ze is tijdelijk weg bij haar man omdat hij een verhouding heeft. Ze kon nergens anders naartoe. Ik kon haar niet meteen al over Cosima vertellen; ik vond het niet eerlijk om haar met mijn goede nieuws te overvallen terwijl zij zich zo beroerd voelde. Dus heb ik gewacht op het juiste moment. Ze was blij voor me. We hebben elkaar als vrienden omhelsd, Rosa.'

'Waarom heb je niet tegen Cosima gezegd dat ze zou komen?'

'Omdat ik bang was dat ze dat niet leuk zou vinden.'

Rosa trok een gezicht. 'Nou, dat is tenminste een eerlijk antwoord. En je hebt gelijk: ze víndt het niet leuk.'

'Hoor eens even! Ik zou Cosima nooit verraden. Ik hóú van haar.'

Rosa gaf de ring terug. 'Je kunt maar beter zorgen dat je met hart en ziel van haar houdt, want neem maar van mij aan dat je er spijt van krijgt als je haar ongelukkig maakt. Van oudsher weet mijn familie zich op gewelddadige manieren te wreken.'

'Ga je me nu vertellen waar ze is?'

'Ik zou het niet weten.'

'Heb je geen idee?'

'Ze is er gewoon vandoor gegaan.' Luca haalde zijn mobieltje uit zijn zak. 'Doe geen moeite. Ze wil je toch niet spreken.'

'Ik móét haar vinden.'

'Rosa?' Eugenio had met Luca te doen. Ook hij wist hoe het voelde om te veel lief te hebben.

'Goed dan. Ik heb wel een vermoeden waar ze heen zou kunnen zijn.'

'Waarheen dan?'

'Kom maar mee, dan laat ik het je zien. Eugenio, jij rijdt.'

Fitz keerde met Rosemary, Freya, Romina, Ma, Nanni en Caradoc terug naar het palazzo. Op de terugweg zat hij de hele tijd uit het autoraampje te kijken en zich te verbijten omdat hij niet met Alba alleen had kunnen zijn. Rosemary kletste een eind weg over het landschap en hoe mooi dat wel niet was – alles liever dan over Alba te praten. Romina voelde wel aan wat er in Fitz omging, want zijn gedachten waren even zichtbaar als wanneer hij van glas zou zijn gemaakt.

'Ik ga voor het avondeten even een poosje rusten,' zei de professor, die zijn benen losschudde terwijl hij onvast de hal in liep.

'Ik denk dat ik dat ook maar eens doe,' zei Ma. 'Wat een vermoeiende middag. Het is een behoorlijke uitputtingsslag om voortdurend vakantie te houden.'

'Zin in een potje kaarten?' vroeg Nanni aan Fitz.

Plichtsgetrouw wendde Fitz zich tot zijn echtgenote. 'Waar heb jij zin in, schat?'

Snel kwam Romina tussenbeide. 'Lieve Rosemary, ik weet iets heel leuks voor Freya en jou. Een schattig winkeltje boordevol bijzondere Italiaanse kunstnijverheid dat je vast enig vindt. De meeste dingen die je hier bij mij thuis zo mooi vond komen daarvandaan. Het heet Casa Giovanna en het is een geheim plekje buiten de gebaande paden. Morgen is de winkel dicht, maar als ik Imelda even bel, houdt ze hem voor ons wel open. Hoe lijkt je dat?'

'O, dat zou ik leuk vinden.' Rosemary had zo'n idee dat een beetje shoptherapie precies was wat ze nodig had nadat ze een paar uur naast de knappe ex-vriendin van Fitz had moeten doorbrengen.

'Luca is zeker nog niet terug?' vroeg Freya weemoedig. 'Ik hoop maar dat alles goed met hem is.'

'Hij is vast wel op tijd voor het eten,' zei Romina, terwijl ze de deur openmaakte. 'Kom, we hebben geen tijd te verliezen!' Ze ving Fitz' blik en knipoogde.

'Nou, wat dacht je ervan?' drong Nanni aan.

'Later misschien. Nu wil ik even alleen zijn met mijn herinneringen.'

'Dan houden we het te goed,' zei Nanni, en hij bukte zich om Porci een klopje te geven.

Fitz bleef op het grind staan dubben wat hij zou gaan doen, niet in staat Alba uit zijn gedachten te bannen. Hij wist hoe hij bij haar huis moest komen. Hij herinnerde zich nog het oude uitkijkpunt, de olijfboom en het graf van Valentina. Sommige herinneringen vervagen immers nooit. Hij zou via het tuinhuis gaan, het pad af. Hij hoopte maar dat ze er zou zijn.

Alba was terneergeslagen. Ze vervloekte Fitz' bezitterige vrouw omdat die hen niet alleen had willen laten. Echt iets voor Fitz om aan zo'n mens te blijven hangen. Hij was vast bij gebrek aan beter met haar getrouwd; ze was veel te bruusk en stekelig om van te houden. Een vrouw die graag alle touwtjes in handen had. Fitz kennende was hij daarin meegegaan. O, hij was best wel gelukkig, maar er bestonden een heleboel gradaties van geluk, en ze zou er heel wat onder willen verwedden dat het in zijn geval maar geluk op halve kracht was.

Toen ze eenmaal thuis was, ging ze met Beata zitten praten, die haar vertelde dat Rosa en Eugenio in allerijl met Luca waren vertrokken. Ze had Rosa in de keuken tekeer horen gaan, maar wist niet waar het over ging. Alba sloeg haar ogen ten hemel. Haar allereerste gedachten gingen uit naar Cosima. Diep vanbinnen knaagde er voortdurend iets dat haar vertelde dat haar nichtje wel eens domme dingen zou kunnen doen. Ze was er zo aan gewend dat de jonge vrouw kwetsbaar was dat ze altijd uitging van het ergste. Maar Beata wist niet waar Cosima was.

'Misschien is ze een stukje gaan wandelen,' zei Alba, en ze stond op. 'Ik ga even douchen. Het is een lange dag geweest.'

'Ben je de hele dag in de trattoria gebleven?'

'Ja. Weet je wie er langskwam? Fitz. Herinner je je hem nog?'

'Natuurlijk herinner ik me hem nog. Wat een aangename verrassing. Wat heeft hij hier te zoeken?'

'Hij logeert in het palazzo.'

'O? Ga jij daar ook heen?'

'Geen sprake van. Daar ben ik met geen tien wilde paarden heen te slepen.'

'Is hij getrouwd?'

'Ja, met een rasechte bemoeial!' Het voelde goed om haar gevoelens tegenover Beata uit te spreken. 'Dat malle mens wilde ons maar niet alleen laten. Ik had hem graag even onder vier ogen willen spreken. Het is allemaal dertig jaar geleden, dus ik snap niet waarom zijn vrouw zo bezitterig doet.'

'Omdat jij een knappe vrouw bent, Alba.'

'Niet meer.'

'O, jawel hoor. De jaren zijn je genadig geweest, omdat je al die tijd gelukkig was.'

'Ik ben toch niet van plan hem van haar af te pikken? Ze had best een genereus gebaar kunnen maken en kunnen aanbieden om ons alleen te laten. Maar nee hoor, dat kon ze niet over haar hart verkrijgen. Ze moest er met alle geweld bij blijven om te horen wat we zeiden. Ze had geen idee waar we het over hadden.'

'Die arme ouwe Fitz. Hij was altijd al het soort man dat nog eens met een sterke vrouw zou trouwen.'

'Nou, mij wilde hij niet graag genoeg om hiernaartoe te komen. Dat is zijn eigen schuld. Niemand heeft hem gevraagd om het met Rosemary aan te leggen.'

'Maar jij hebt Panfilo. Jij hebt wat je toekomt, Alba: het allerbeste.'

Alba ging naar boven om te douchen. Tegelijk met het water stroomden de herinneringen over haar heen en ze begon te neuriën, genietend van de beelden die zich voor haar geestesoog ontvouwden en waar ze zo veel jaren niet naar gekeken had. Ze dacht terug aan haar woonboot aan Cheyne Walk en haar favoriete paar blauwsuède klomplaarzen die ze bij Biba had gekocht. Ze herinnerde zich de geit die ze had vastgezet op het dak van Vivs boot, die het gras en de bloemen had opgegeten die zij daar had geplant, en zag weer het ontzette gezicht van haar vriendin voor zich toen die dat ontdekte. Ze vroeg zich af waar Viv nu zou zijn en of haar boeken nog gelezen werden. Zij, Alba, was destijds een heel ander iemand geweest.

Ze draaide de kraan dicht en smeerde haar huid in met rozenolie voordat ze zich aankleedde. Het was warm in haar slaapkamer. Het raam stond wijd open en de wind voerde het getsjirp van krekels aan. Terwijl ze haar jurk dichtknoopte, liep ze naar het raam om uit te kijken over de tuin en naar de zee in de diepte daarachter. Op dat moment hoorde ze een donkere mannenstem. Er was geen twijfel mogelijk. Hij sprak bar slecht Italiaans tegen Beata, die hem geduldig aanhoorde. Het was de stem van Fitz.

Ze vloog de trap af, maar hield in de keuken even halt om zich te herpakken voordat ze het terras op stapte. 'O, ben jij dat, Fitz!' riep ze uit, terwijl ze deed alsof ze verrast was.

'Ik was net...' Hij stond op het punt een smoes op te hangen dat hij toevallig langs was gekomen. Maar dat zou Alba meteen doorhebben. 'Ik wilde je zien,' zei hij dus maar eenvoudigweg.

'Waar is je vrouw?'

'Shoppen.'

'Heb je zin om een wandelingetje te maken? We zouden naar het oude uitkijkpunt kunnen gaan.'

'Dat lijkt me leuk.'

'Blijf jij hier tot Rosa thuiskomt, Beata?'

'Ik blijf zo lang als je me nodig hebt, lieverd. Gaan jullie maar lekker lopen.' Beata glimlachte, want ze was niet te oud om nog te weten hoe het was om in het gezelschap van een aantrekkelijke man te verkeren.

Fitz stak zijn handen in zijn zakken, wenste Beata een prettige avond en volgde Alba door de olijfgaard naar de kliffen. De zon was aan het ondergaan en kleurde de hemel vlak boven de horizon felrood en goud.

'Het ziet er hier nog precies hetzelfde uit, hè?' zei hij terwijl hij haar zijdelings even aankeek. 'En ook jij bent helemaal niet veranderd, Alba.'

'We veranderen alleen maar aan de buitenkant. Als ik met jou samen ben, voel ik me weer vijfentwintig.'

'Ik had je achterna moeten komen.'

'Nee, je deed wat voor je gevoel goed was.'

'Het was niet goed. Jíj was goed voor me. Het is net of de afgelopen dertig jaar er niet zijn geweest. Ik snap niet waarom ik er toen de moed niet voor had.'

'Hoe snel na mijn vertrek heb je Rosemary leren kennen?'

'Een paar weken.'

'Zo snel al? Was je dan niet een klein beetje verdrietig?'

'Ik was er kapot van. Ik miste je verschrikkelijk. Op een gegeven moment was ik bijna teruggegaan naar Italië, maar toen verscheen Rosemary ten tonele. Zij wist me ervan te overtuigen dat ik daar niet gelukkig zou worden. Ze zei tegen me dat als jij echt van me zou houden, je mij wel boven Italië zou hebben verkozen.'

'Het was niet alleen Italië, Fitz. Het was ook Cosima. Ze is als een dochter voor me, weet je. Ik heb er nooit spijt van gehad dat ik ben teruggegaan.'

‘*Ik* heb er talloze malen spijt van gehad dat ik niet achter je aan ben gekomen.’

‘Maar ben je gelukkig met Rosemary?’

‘Met jou was ik gelukkig. Met Rosemary ben ik tevreden. Ze is een bovenste beste vrouw. Ze zorgt voor me. Het is niet hartstochtelijk, zoals het was met jou, en zeker is in elk geval dat we niet zo veel lachen.’ Hij keek haar teder aan. ‘Jij was de liefde van mijn leven, Alba. Niemand zal ooit jouw plaats kunnen innnemen.’

‘Ik voel me gevleid. We hebben het wel erg leuk gehad, hè?’ Ze liep verder met verende tred. In Fitz’ bijzijn voelde ze zich eigenzinnig en ondeugend, alsof ze weer jong en speels was, en niet een grootmoeder die zich moest aanpassen aan een gangbaar beeld.

‘Ik heb in de loop der jaren vaak aan je gedacht. Het is raar om te bedenken dat je al grootmoeder bent. In mijn voorstelling ben je nog altijd zoals je was toen je vertrok.’

‘Ik vrees dat ik sindsdien een stuk ouder en dikker geworden ben.’

‘Nee, je bent nu juist nog mooier, omdat je wijsheid van je gezicht af te lezen is. Je bent ook rustiger geworden, zo te merken.’

‘Waaraan merk je dat dan?’

‘Toen ik je net leerde kennen, was je ontzettend met jezelf bezig.’

‘Helemaal niet!’

‘Je was een flirt – eigenzinnig, obstinaat en onstuimig. Je liet iedereen achter je aan rennen. Daarom werd ik ook verliefd op je, want je was net een wild dier. En, Alba, wie heeft je getemd?’

‘Een fotograaf die Panfilo heet.’

‘Geweldige naam,’ moest hij toegeven.

‘Geweldige man.’

‘Heeft hij je gelukkig gemaakt? Of zal er altijd maar één Fitz zijn?’

Ze gaf hem een speels duwtje. ‘Ik kan je niet het antwoord geven dat je graag wilt horen, vrees ik. Ik zal het zeggen zoals het is. Hij is de liefde van mijn leven. Wie weet hoe het met ons gelopen zou zijn als we waren weggedanst de zonsondergang tegemoet, maar Panfilo heeft me heel gelukkig gemaakt.’

Fitz wist met moeite zijn teleurstelling te verbergen. ‘Ik had je liever horen zeggen dat je de afgelopen dertig jaar hebt zitten kniezen!’

‘En dan? Zou jij dan weggaan bij Rosemary en ik bij Panfilo, zodat we samen verder zouden kunnen? Jij weet ook wel dat het zo niet werkt.’

‘Ik kan niet zeggen dat de gedachte niet door mijn hoofd heeft gespeeld.’

‘Mallerd!’

‘Ik ben nu een oude man. Ik heb recht op mijn dromen.’

‘Je bent helemaal niet oud! Voor dat soort dromen is gewoon geen excuus. Je hebt zelf je bedje gespreid; nu moet je er ook in gaan liggen.’

Ze kwamen bij de olijfbomen en gingen zitten. ‘En, waar hangt Viv tegenwoordig uit?’

‘Die is overleden, Alba.’

‘Goeie god!’ Alba trok wit weg bij dit nieuws over haar oude vriendin. ‘Viv, overleden?’

‘Ze is een jaar of tien geleden gestorven.’

‘Zij was mijn enige echte vriendin. Ze stond me bij door dik en dun, ze was de enige met wie ik echt kon praten. Wat jammer dat ons contact is verwaterd. Maar laten we niet te lang bij droeve dingen stilstaan. Vertel me eens over Engeland. Het is jaren geleden dat ik daar ben geweest. Vertel me hoe het met jou is.’ Ze ging op haar zij liggen en ondersteunde met één hand haar hoofd. ‘Ik luister. Ik wil alles horen. Dit is de enige gelegenheid die we krijgen.’

‘Ach, ik weet niet. Als Rosemary ons hier vindt, hebben we de rest van ons leven nog!’

Eugenio stuurde de auto door de poorten van La Marmella. ‘Waarom denk je dat ze hier is?’ vroeg Luca aan Rosa.

‘Als ze hier niet is, zou ik niet weten waar ze wel kan zijn.’

‘O god!’ kreunde hij. ‘Als we haar hier niet vinden, doe ik mezelf wat aan!’

De auto reed rammelend de oprijlaan op. De citroenbomen glansden in het avondlicht. Vliegen gonsden tussen de bladeren en een vlucht kleine vogels wiekte de lucht in. Luca was misselijk van bezorgdheid. Hij wist hoe kwetsbaar Cosima was. Ze zou wel denken dat hij haar had verraden. Dat hij een leugenaar was. Dat hij Francesco had gebruikt om als de eerste de beste ploert bij haar in het gevlei te komen. In stilte bad hij dat ze bij Manfreda zou zijn, de enige vrouw die voor zijn eerbare bedoelingen kon instaan. De auto kwam tot stilstand voor de voordeur en Luca stapte uit en belde aan. Ongeduldig wipte hij van de ene voet op de andere. De paar seconden die het Manfreda kostte om open te komen doen voelden aan als een eeuwigheid. Toen ze uiteindelijk de deur openmaakte, tuimelde Luca in zijn gretigheid bijna naar binnen.

'Manfreda!' riep hij uit. 'Is ze hier?'

'Natuurlijk is ze hier,' antwoordde de oude vrouw bedaard. 'Kom binnen.' Ze stapte opzij om hem langs te laten. 'Hallo Rosa, Eugenio.' Ze grinnikte. 'Je hebt de hele bups meegenomen!'

'Is alles goed met haar?'

'Ja hoor,' zei Manfreda ernstig. 'Maar jij, jongeman, hebt wel een heleboel uit te leggen.' Ze zwaaide met een knokige vinger voor zijn neus heen en weer.

'Dat weet ik. Waar is ze?'

'Op het terras.'

Manfreda wendde zich tot Rosa. 'Violetta heeft heerlijke *limoncello* gemaakt. Kom, laten we een glaasje drinken. Hij staat in de keuken.' Ze ging hun voor. Rosa keek over haar schouder en wenste dat ze erbij kon zijn als Luca en Cosima het goed zouden maken. Eugenio maalde er niet om; het vooruitzicht van een glas *limoncello* was stukken aanlokkelijker dan toekijken hoe Cosima en Luca herenigd werden.

Luca ging het terras op. Daar, aan tafel, zat Cosima – met Francesco. Luca keek nog eens goed. Heel even dacht hij dat het kind echt was, maar toen herkende hij de glans die zijn lichaam uitstraalde, alsof hij als een regenboog uit doorzichtige kleuren was opgebouwd. Hij besloot echter dat dit niet het moment was om te zeggen dat hij hem zag.

Cosima keek hem met afstandelijke blik aan. Er was een barrière tussen hen ontstaan, en zij zat daar stijfjes achter, als een vreemdelinge.

'Het spijt me, Cosi. Ik had je over Freya moeten vertellen.'

'Ik luister.'

'Ze is een vriendin van vroeger. Mijn oudste vriendin. Ik heb me niet erg netjes gedragen toen ik haar de laatste keer zag. Haar man heb ik nooit gemogen; wat een klootzak is dat. Dus flirtte ik met haar, terwijl ik natuurlijk wel wist dat ze getrouwd en niet beschikbaar was. Ik heb tegen haar gezegd dat zij de enige vrouw was van wie ik ooit had gehouden, dat ik nu ik gescheiden was wel inzag dat de vrouw naar wie ik altijd had gezocht al die tijd vlak bij me was geweest. Maar toen ging ik hiernaartoe en leerde ik jou kennen.' Hij reikte naar haar hand, maar zij trok die terug en legde hem op haar schoot. Hij gaf het evenwel niet op. 'Nu heeft ze ontdekt dat haar man een verhouding heeft. Ik heb haar hier uitgenodigd om haar op te vrolijken. Tegen jou had ik dat niet gezegd, omdat ik jóú niet van streek wilde maken, en ik wilde haar in mijn eigen tempo over jou vertellen, om háár niet van streek te maken. Ik heb jullie geloof ik allebei willen ontzien, met als gevolg dat ik de vrouw van wie ik het allermeest hou pijn heb gedaan. Op het strand heb ik Freya verteld dat ik niet langer beschikbaar ben. Dat mijn hart jou toebehoort.' Hij haalde diep adem. 'Ik had geen idee dat het zo zou lopen,' zei hij terwijl hij het sieradendoosje tevoorschijn haalde. 'Ik had me voorgesteld dat we op een romantische plek zouden zijn.' Haar ogen bleven op het doosje rusten. 'Ik heb dit aan Freya laten zien. Ik wilde dat ze zou weten hoe serieus ik het met je meen.' Hij schoof het doosje naar haar toe. 'Ik hou van je, Cosi. Ik heb nooit tegen je gelogen. En dat zal ik ook nooit doen. Ik wil de rest van mijn leven bij jou zijn.'

Francesco keek toe toen zijn moeder het doosje aanpakte. Ze beet op haar lip terwijl ze probeerde te bedenken wat ze moest doen, totdat haar nieuwsgierigheid haar te machtig werd en ze het openmaakte. Zonder op toestemming te wachten pakte Luca haar linkerhand en schoof de ring aan haar ringvinger. 'Vergeef me alsjeblieft, liefste.' Een dikke traan biggelde over haar wang. 'Alsjeblieft, zeg dat je met me wilt trouwen.'

Cosima schudde haar hoofd en deed de ring af, waarna ze hem zorgvuldig terugborg in het doosje. 'Ik kan niet met je trouwen.'

Luca's wereld stortte in. 'O nee? Waarom dan niet?'

'Omdat ik nergens anders zou kunnen wonen dan hier.'

'Hoezo?'

'Ik zou Francesco nooit in de steek kunnen laten!' Ze slikte.

Francesco staarde haar verdrietig aan. Toen keek hij naar Luca, zijn bruine ogen groot en smekend.

'Francesco is vlak bij je,' zei hij zachtjes. 'Hij zit daar in die stoel.'

Cosima keek naar de lege plek naast haar. 'Hou op, Luca. Begin nou niet...'

'Hij zit daar echt, ik zweer het,' hield hij vol.

'Kwel me niet!' Haar gezicht trok wit weg van woede. 'Gebruik mijn zoon niet om mij te krijgen!'

Luca sloot zijn ogen en haalde diep adem. Hij bande alle gedachten uit zijn hoofd, zodat Francesco de lege plek kon innemen.

'Zeg iets tegen me, Francesco,' zei hij. 'Je moeder heeft je nu nodig, en ik ook.'

Hij wachtte. Cosima bleef doodstil zitten en keek hem ongelovig aan. Eerst kon hij alleen maar zijn hart in zijn oren voelen bonzen. Als dit mislukte, zou ze alle vertrouwen in hem verliezen. Hij móést met Francesco communiceren; daar hing zijn leven van af.

In de stilte in zijn hoofd regen woorden zich aaneen tot zinnen die niet van hemzelf afkomstig waren. Langzaam herhaalde Luca wat hij te horen kreeg. Hij deed zijn ogen niet open uit angst de betovering te verbreken en hij bekommerde zich niet om Cosima's reactie, maar concentreerde zich erop de stem vast te houden, terwijl hij rilde van opwinding nu hij eindelijk dan toch contact met haar zoontje had weten te leggen.

'Ik heb mijn speelgoed door het huis laten slingeren om je aandacht te trekken, *mamma*, maar jij gaf altijd mijn neefjes en nichtje de schuld. Je stond er helemaal niet bij stil dat ík het geweest zou kunnen zijn. Ik heb heel erg mijn best gedaan om door jou opgemerkt te worden. Ik ben altijd bij je, elke dag en nacht. Ik ben nooit van je zijde geweken, maar je kunt me niet zien en daar word ik verdrietig van. Het spijt me dat ik achter die veer aan ben gerend. Het ene moment was ik in het water en het volgende was ik op het strand en riep ik naar je, maar jij zag en hoorde me niet. Ik wilde je een fijner gevoel geven, dus heb ik mijn vlinder op je kussen gelegd, maar je werd boos op Alessandro. Je wist niet dat ik het was, en dat ik sorry wilde zeggen. Alessandro zag me wel, maar hij durfde het niet aan jou te vertellen. Ik heb hem een gele roos gegeven om aan jou te geven, maar je had geen idee dat ik het was. Weet je nog? Geel is mijn lievelingskleur. Ik legde een witte veer op de kaarsentafel in de kerk, en vervolgens ook aan je voeten toen je neerknielde om te bidden. Er was geen andere manier om je te bereiken. Alleen Luca kan me zien, al weet hij niet waarom. Sommige kinderen kunnen me ook zien, en dat is leuk, want het is heel eenzaam zo. Ik doe mijn best naar het licht te gaan, maar ik ben zo zwaar van verdriet dat ik niet hoog genoeg kan springen. Op een dag weet jij ook dat sterven geen einde is, maar dat het leven dan op een andere manier doorgaat. Ik weet nu dat het mijn tijd was om terug te gaan naar huis. Dat was al besloten voordat ik werd geboren. Het enige wat we met ons meenemen is liefde. Ik draag jouw liefde met me mee, *mamma*, in mijn hart.'

Francesco deed er het zwijgen toe. Luca's ogen waren vochtig van tranen. Hij wierp een blik op Cosima; die had haar hand voor haar mond geslagen en haar vingers trilden. Geen van beiden zeiden ze iets.

Francesco bewoog zijn hand en legde zijn vingers op het doosje.

Eerst was het amper te zien, maar vervolgens bewoog het iets toen Francesco het over tafel schoof. Het doosje verplaatste zich voor hun ogen, ogenschijnlijk op eigen kracht, totdat het voor Cosima stilhield.

Francesco keek naar zijn moeder op. 'Ik wil dat je gelukkig bent,' zei hij.

Luca wilde iets zeggen, maar er kwam alleen maar gekraak uit zijn mond. Hij schraapte zijn keel en herhaalde toen wat Francesco had gezegd.

'Vraag hem nog één ding,' fluisterde Cosima. 'Hoe heet zijn lievelingsvlinder?'

Luca hoefde de vraag niet te stellen, want Francesco gaf al antwoord. 'Mijn *morfino*.'

Cosima begon te huilen. 'Dat was zijn speciale naampje ervoor: de *morfino*. Zeg maar tegen hem dat ik hoop dat de hemel vol *morfino's* is.'

'Hij zegt dat je dat op een dag zelf zult kunnen zien.'

Cosima maakte het doosje open en schoof de ring aan haar vinger. 'Ik wil ook gelukkig zijn,' zei ze. 'Maar ik wil niet uit Incantellaria weg.'

'Dus je wilt met me trouwen?'

'Ja, als je hier met me wilt blijven.'

Over de tafel heen pakte hij haar hand. 'Als jij hier wilt blijven, dan blijf je hier. Ik kan alleen maar gelukkig zijn als jij gelukkig bent, Cosi.' Hij lachte toen Francesco zijn handje boven op de hunne legde. 'We hebben de zegen van je zoon. Laten we het nu stilhouden totdat we ook de zegen van mijn dochters hebben.'

32

Toen Manfreda moeizaam het terras op gehobbeld kwam, met Rosa en Eugenio in haar kielzog, deed het haar goed te zien dat de vrede weer was getekend. De grote diamant aan Cosima's vinger schitterde bijna even helder als het licht in hun ogen.

Rosa zette het dienblad met drankjes neer en omhelsde haar nicht. Ze was maar een tikje jaloers op de prachtige diamant en Cosima's geluk. 'Ik ben blij dat Luca niet de leugenaar blijkt te zijn waar ik hem voor aanzag,' zei ze, waarna ze zich tot Luca wendde en eraan toevoegde: 'Het spijt me dat ik aan je heb getwijfeld.'

'Het is allemaal opgelost. Cosima heeft erin toegestemd met me te trouwen. Ik ben helemaal in de zevende hemel.'

'We moeten het tegen *mamma* gaan zeggen,' zei Rosa.

'We vertellen het nog aan niemand voordat ik mijn dochters op de hoogte heb gebracht. Daarna ga ik Toto om je hand vragen en mag heel Incantellaria het weten!'

Manfreda ging vergenoegd in haar stoel zitten. 'Alles is zoals het moet zijn,' zei ze terwijl ze haar handen in haar schoot vouwde.

'Nou ja, bijna dan,' onderbrak Luca haar. 'Rosa, ik wil je al een hele tijd iets vragen.'

'Wat dan?'

'Ben jij degene die af en toe het tuinhuis binnenglipt?'

Eugenio gaf snel in haar plaats antwoord. 'Doe niet zo belachelijk! Wat heeft Rosa nou in het tuinhuis te zoeken?' Maar nog terwijl hij het zei, wist hij dat hij zich vergiste. 'Rosa?'

Ze schonk iets te drinken voor zichzelf in en ging zitten. 'Nee, ik ben de indringer niet. Althans, niet de oorsprónkelijke indringer.'

Verrast keek Eugenio haar aan. 'Dus dáár ga je naartoe als je er 's nachts tussenuit piept.'

'Weet jij daar dan van?'

'Natuurlijk weet ik daarvan. Ik merk dat je vertrekt en terugkomt, maar ik weet niet waar je dan heen gaat.'

Geschrokken pakte ze zijn hand. 'Dacht je soms dat ik...?'

'Ik vertrouw je,' onderbrak hij haar. 'Tenminste, ik wíl je graag vertrouwen.'

'Zeg het alsjeblieft niet tegen *mamma*!'

'Spreek nou maar gewoon de waarheid.'

'Wie is de oorspronkelijke indringer dan?' vroeg Luca geïntrigeerd.

'Weet je nog, die vreemde lichtjes in het palazzo en die verhalen over geluiden midden in de nacht? Het spookt daar, en het heeft er jaren gespookt, maar het zijn niet de doden die spoken. En ik maak graag midden in de nacht een strandwandeling.' Ze glimlachte verontschuldigend naar Eugenio en kneep even in zijn hand. 'Wees niet boos op me zijn; op die manier kan ik mijn hoofd leegmaken en even alleen zijn. Ik hou van het donker. Ik vind het heerlijk om in het duister dat pad af te gaan. De zee ziet er in het maanlicht prachtig uit en ik kan alles horen, zelfs het geratel van mijn eigen gedachten. Maar op een nacht kreeg ik ineens zin om naar het tuinhuis te lopen. Het is geen geheim dat ik gefascineerd ben door onze grootmoeder, Cosima. Die heeft een tragisch leven geleid, maar ik zie daar ook de romantiek van in. *Mamma* zou er kwaad om worden, maar het tuinhuis trok me als een magneet aan. Ik wilde dicht bij Valentina zijn en ik was nieuwsgierig of Romina er iets aan veranderd had, of dat ze had gezien wat ik erin zag en alles bij het oude had gelaten.' Er voer een huivering door Rosa heen terwijl ze iedereen in haar ban hield. 'Dus liep ik het welbekende pad op en kwam aan bij dat schattige gebouwtje. Binnen brandde licht. Het geflakker van een kaars scheen tussen de openingen in de luiken door. Ik kon ofwel omkeren, ofwel de deur opendoen en kijken wie daarbinnen was. Incantellaria is een slaperig stadje, waar nooit veel gebeurt. Dit was mijn kans om zelf een avontuur te beleven. Dus deed ik de deur open.'

'En wie was er binnen?' vroeg Luca.

Rosa grijnsde geheimzinnig. 'Ik moet even een telefoontje plegen. Daarna zal ik het jullie laten zien.'

'Je moet het ons zeggen!' riep Cosima uit.

'Nee, ik wil dat jullie het met eigen ogen kunnen zien.' Ze wendde zich tot haar man. 'Het spijt me.'

Eugenio's angsten losten op in het zoete licht van haar glimlach, want hij wist hoe moeilijk Rosa het vond om haar excuses aan te bieden.

Cosima drukte Manfreda vol genegenheid tegen zich aan. 'Dank je wel,' fluisterde ze de oude vrouw in het oor.

'Mij hoef je niet te bedanken. Dit komt je toe. Het zal tijd worden dat je je hart eens openstelt voor het geluk.'

Alba en Fitz zagen de zon in de zee zakken. Het land werd overgoten door een schemerig paars licht.

'Dit is het mooiste uur van de dag,' zei Alba vergenoegd.

'Ik wil niet dat er een einde aan komt. Ik wil niet terug naar mijn leven. Ik wil hier bij jou blijven, en doen alsof het dertig jaar geleden is. Alsof we nog jong en verliefd zijn.'

'We zijn niet meer degenen die we waren.'

'Veranderen mensen dan zo veel?'

'Ja, het leven vormt ons. Incantellaria heeft mij gevormd. Ik heb dat hooghartige meisje met haar minirok en klomplaarzen tegelijk met de *Valentina* zien ondergaan.'

'Nee, ze zit nog steeds binnen in je,' zei Fitz met een liederlijke grijns. 'Ik kan haar zien zitten.'

'Nou, gelukkig kan verder niemand anders dat.'

'Omdat ze haar nog niet eens zouden herkennen als ze hun een klap in hun gezicht gaf. Maar ik herken haar omdat ik van haar hou.'

'Je bent een onverbeterlijke romanticus.'

'Ooit heb je tegen me gezegd dat dat mijn grote probleem was.'

'Herinner je je dat nog?'

'Ja, je zei toen dat jij niet geloofde in de liefde of het huwelijk.'

'Ach ja, mensen veranderen.'

'En ik zei tegen je dat als ik verliefd word, ik mijn hart volkomen aan iemand verpand. Als het weg is, krijg ik het nooit meer terug.'

'O, Fitz.' Ze pakte zijn hand. 'Ben je verliefd op een herinnering?'

'Ik heb je laten gaan. Dat is het stomste wat ik ooit van mijn leven gedaan heb.'

'Maak je geen zorgen, je hebt nu Rosemary,' plaagde ze hem.

Alba voelde een golf van opwinding door zich heen slaan. Misschien zat het meisje in minirok en met klomplaarzen inderdaad nog steeds ergens diep vanbinnen. 'Zeg, Fitz, wat zou je ervan zeggen om met z'n tweetjes weer eens stiekem naar het palazzo te sluipen?'

'Waarom zou je dat willen?'

'Omdat ik er sinds het dertig jaar geleden uitging tussen ons niet meer ben geweest. Ik had er het hart niet voor. Maar met jou durf ik het wel aan.'

Hij stak zijn hand uit om haar overeind te helpen. 'Laten we naar het tuinhuis gaan. Niemand hoeft het te weten. We kunnen er saampjes naar binnen glippen. Het schijnt dat Romina er helemaal niets aan veranderd heeft.

'Nee, dat heeft ze inderdaad niet,' antwoordde hij. 'Ik heb het gezien, en het ziet er nog precies zo uit als toen je moeder aan die kaptafel haar haar zat te kammen.'

'O, Fitz, de zenuwen gieren door mijn keel.'

'Wees maar niet bang. We zijn samen. Als ik niet van die stramme gewrichten had, zou ik haast denken dat ik weer een jongeman was.'

'Vanbinnen ben je een jongeman,' zei ze. 'Ik herken hem, omdat ik van hem heb gehouden.'

'Zeg dat je dat nog steeds doet.'

'Als je het je goed herinnert, weet je ook nog dat ik tegen je heb gezegd dat er vele manieren bestaan om lief te hebben.'

'Dus je houdt nog van me.'

Ze liep de heuvel op. 'Ik hou nog steeds van je, Fitz,' riep ze achterom.

Hij haastte zich achter haar aan. 'En ik hou van jou omdat jij nog steeds van mij houdt.'

Rosa parkeerde de auto een stukje heuvelafwaarts vanaf het palazzo. Ze wilden niet dat Romina hen zou zien rondneuzen. Cosima pakte Luca's hand en liep achter Rosa aan tussen de bomen door naar het tuinhuis. Het was donker. Een wazige maan steeg langzaam op aan de donkerblauwe hemel en de sprankelende ogen van duizend sterren begonnen aan hun nachtelijke wake. Het briesje ritselde tussen de bladeren en onzichtbare krekels zongen in het struikgewas hun onveranderlijke lied.

Rosa maakte de deur open. Binnen verlichtte de warme gloed van kaarsen het vertrek. Rosa stapte over de drempel. Eugenio, Luca en

Cosima kwamen achter haar aan, reikhalzend om te zien wie daarbinnen was. Daar, bij het raam aan de achterste muur, stond een man te roken in de nachtlucht. Hij was zo mager dat zijn broek, om zijn middel opgehouden door een riem, om zijn benen slobberde, zodat zijn enkels bloot waren. Hij droeg een wit shirt en het beetje haar dat hij nog had was zo wit als ganzendons. De hand die de sigaret vasthield was knokig, overdekt met huid die even doorschijnend was als mottenvleugels, met roze en bruine spikkels erop. De kamer was gevuld met dezelfde zoete parfumgeur die de raadselachtige sjaal had uitgewasemd.

'Nero?' zei Rosa zachtjes. De oude man draaide zich om. Toen hij zag dat ze niet alleen was, leek hij te huiveren van genoegen.

'Zo, we zijn vanavond dus met een heel gezelschap,' zei hij loom. '*Che bello!*'

'Dit is mijn man, Eugenio, mijn nicht Cosima en haar verloofde, Luca.'

'Ah, Eugenio, over jou heb ik alleen maar goede dingen gehoord.' Eugenio wist niet wat hij moest zeggen; hier had hij geen idee van gehad. 'En Luca, welkom.' Hij liet zijn lichte ogen op Cosima rusten en nam haar trekken in zich op. 'Wat fijn om jou te zien, Cosima. De gelijkenis is wel opvallend,' voegde hij eraan toe terwijl hij zijn hand uitstak. Cosima pakte die aan. De huid was koud en vochtig als die van een lijk. 'Maar jij, Rosa, bent degene die het gezicht van je grootmoeder heeft geërfd.'

'Bent u soms de geadopteerde zoon van de *marchese*?' zei Luca ongelovig.

'Inderdaad, dat ben ik. Dit was mijn speciale plekje. Ovidio hield er meer van dan van wat ook op de hele wereld. Toen hij doodging heb ik het palazzo losgelaten.' Hij maakte een handgebaar als om het verleden te laten gaan. 'Ik stortte helemaal in en om me heen stortte het palazzo in. Maar hiervoor... hiervoor heb ik gezorgd – voor Ovidio. En hij is hier nog steeds. Kunnen jullie zijn aanwezigheid voelen?' Cosima spiedde om zich heen. 'Nou, ga maar zitten allemaal. Laten we niet zo officieel blijven staan.'

Hij trok de stoel die voor de kaptafel stond bij en Rosa liet zich neervallen op het bed alsof het het hare was, en ze klopte naast zich ten teken dat Eugenio naast haar moest komen zitten. Luca en Cosima, die zich er ongemakkelijk van bewust waren dat Nero hen waarschijnlijk de liefde had zien bedrijven, gingen samen op de grond zitten.

'Jullie kunnen je wel voorstellen hoe blij ik was toen ik Rosa voor het eerst zag. Ik dacht dat Valentina uit de dood was opgestaan. We zijn vrienden, nietwaar, Rosa?'

'Nero was heel verdrietig toen ik hem aantrof. Hij leek wel een achtergelaten hond die bij het lichaam van zijn overleden baasje was blijven zitten. Heel zielig om te zien.'

'Waar woont u?' vroeg Cosima.

'In een huisje in de heuvels niet ver hiervandaan. Dat heb ik toen het palazzo onbewoonbaar werd gekocht met het laatste restje van Ovidio's fortuin. Ik heb mijn uiterste best gedaan om in het palazzo te blijven wonen, echt, maar het rotte gewoon om me heen weg. Op het laatst moest ik wel vertrekken. Maar net als een postduif die telkens terugkeert naar huis ging ik er elke dag naar terug om het langzaam verzwolgen te zien worden door de tuin. Ik heb dit tuinhuis gelaten zoals het was, omdat alles wat hier staat door Ovidio speciaal voor hier was uitgekozen. Deze boeken, het beeld, de schilderijen, de meubels, de vloerkleden – niets daarvan heeft ook maar enige waarde buiten deze plek, Ovidio's tuinhuis. Dus heb ik het als een schrijn in stand gehouden.'

'Is dat niet romantisch?'

'U kon er niet van uitgaan dat mijn moeder het in stand zou laten,' zei Luca.

'Nee, ik probeerde mensen weg te jagen, maar ik was geen bijster overtuigend spook!'

'Dus ú was degene die kwam spoken in het palazzo?' zei Eugenio.

'Als iedereen 's nachts sliep, dwaalde ik door de gangen.' Blijkbaar had Nero het gevoel dat het palazzo hem nog steeds toebehoorde. 'Ik ken alle hoeken en gaten.'

'Geen wonder dat Ventura over spoken klaagt,' zei Luca.

'Ze hoeft niet bang te zijn. Dit spook heeft alleen zichzelf maar kwaad gedaan. Dus jouw ouders wonen er nu?'

'Ja,' antwoordde Luca.

'Ik mag van geluk spreken dat het in zulke gevoelige handen is gevallen. Dat was wel een gok. Maar ja, ik had het geld nodig, dus moest ik het verkopen.'

'Hij vindt het mooi zoals je moeder het palazzo heeft opgeknapt,' zei Rosa.

'Volgens haar heeft ze de schoonheid van het oorspronkelijke gebouw recht gedaan,' zei Luca.

'Het is niet meer hetzelfde,' antwoordde Nero scherp. 'Het ziet er helemaal niet meer uit zoals het was. Ik heb nog een album met oude foto's om dat te bewijzen. Maar,' moest hij ondanks zichzelf toegeven, 'ze heeft wel smaak. En Ovidio wist smaak zeer te waarderen.'

'Nero en ik voeren tot diep in de nacht gesprekken, hè Nero? Je zou er nog van opkijken hoeveel mensen hij door Ovidio heeft leren kennen. Toen hij nog een kind was, kwam de crème de la crème van heel Europa hier logeren. De Aga Khan, de hertog en hertogin van Windsor... Ik zou uren naar Nero's verhalen kunnen luisteren.' Rosa wierp een blik op haar echtgenoot om zijn goedkeuring te zoeken. Eugenio keek haar liefdevol aan, onuitsprekelijk opgelucht dat Nero niet de jonge minnaar was voor wie hij bang was geweest.

'En ik zou urenlang kunnen vertellen. Ik moet niet zo veel van mensen hebben; ik voel me prettiger bij mijn herinneringen aan degenen die me dierbaar waren en die nu zijn overleden. Maar Rosa en ik zijn vrienden. Ik ben niet langer alleen. Wat een ironie dat de kleindochter van de vrouw die Ovidio's hart stal nu mijn grote troost is.'

Op dat moment ging de deur open en tuurde Alba's gezicht naar binnen; ze schrok toen ze zag dat het tuinhuis niet verlaten was.

'*Mamma!*' Schuldbewust ging Rosa rechtop zitten.

'Wat doe jíj hier? O mijn god – Nero?'

'Alba,' zei Nero, blij om te zien dat zijn publiek zich uitbreidde. 'Is dat Fitz?' Achter Alba aan stapte Fitz naar binnen.

'Kom erin, doe maar niet zo verlegen. De jaren vallen helemaal weg, nietwaar?'

'Rosa, hoe ken jij Nero?' Alba stond perplex. Ze had gedacht dat hij al lang geleden was overleden.

'Die heb ik hier gevonden.' Ze haalde haar schouders op, alsof het iets heel gewoons was.

'Nu we de indringer hebben opgespoord, hoeven we het alleen nog maar aan moeder te vertellen.'

Fitz keek Alba benauwd aan. Hij dacht eraan dat Rosemary er dan achter zou komen dat ze hier samen waren en durfde zich er geen voorstelling van te maken wat voor gevolgen dat zou hebben. 'Ik moest maar eens opstappen,' zei hij.

'Niet weggaan,' onderbrak Nero hem. 'We houden hier een *salon*. Laten we er een nachtelijk evenement van maken. Het wordt vast de meest gewilde salon van heel Italië.'

Toen Fitz zich omdraaide om weg te lopen, botste hij pardoes tegen Romina op, die samen met Rosemary voor de deur stond als een stel schooljuffrouwen die een clandestien nachtelijk feestje op het spoor waren. 'Wat is hier in vredesnaam gaande? Wie is dat?' Ze wees naar Nero.

'Jij moet haast wel Romina zijn,' zei Nero, die opstond. 'Ik zal me even voorstellen. Ik ben Nero. Palazzo Montelimone is ooit van mij geweest.'

'Nero?' bauwde ze hem na. '*Madonna!* Het moet niet gekker worden! Dus jíj bent de indringer? *Che fascinante!* Ik vroeg het me aldoor al af. Luca, ren eens gauw naar het huis om wat wijn te halen, want ik moet iets te drinken hebben. Schuif eens op, lieve Rosa, zodat ik even kan gaan zitten. Nero, wie had nou gedacht dat jíj zou herrijzen uit de dood?'

'Ik heb me nog nooit zo springlevend gevoeld.' Hij grijnsde en ontblootte een gebit waaraan twee tanden ontbraken.

'Beste vriend, je moet me álles over de *marchese* vertellen. Ik wil het dolgraag allemaal weten.' Op dat moment schoot Porci langs haar heen, regelrecht in Nero's uitgestoken armen.

'Hallo, varkentje. Ik weet wel wat jij wilt. Hij haalde een stukje cake uit zijn zak, dat Porci gulzig naar binnen werkte.

'Nou, nóg een raadsel opgelost,' mompelde Romina terwijl ze ging zitten.

Rosemary wierp een blik op haar man. 'Wat doe jij hier?' wilde ze weten. 'We hebben je overal gezocht!'

Iedereen staarde Fitz en Alba aan. Heel even waren ze van hun stuk gebracht en wisten ze niet wat ze moesten zeggen.

Rosa zag een kans om vrede te sluiten met haar moeder. 'Het is mijn schuld,' zei ze, terwijl ze van het bed klauterde. 'Nero is míjn vriend. Ik wilde hem aan Eugenio voorstellen, en aan mijn moeder en Cosi, dus zijn we onuitgenodigd hiernaartoe gegaan, maar we werden ontdekt door Fitz en Luca, die de indringer op heterdaad wilden betrappen.' Ze stak haar handen in de lucht. 'We zijn schuldig aan het ten laste gelegde.'

'Maar de échte indringer ben ik,' zei Nero. 'Dat woord klinkt een stuk prettiger dan "spook". Het staat mij wel aan!'

'Als ik had geweten dat jij de indringer was, Nero, zou ik je hebben uitgenodigd voor een drankje,' zei Romina.

'O ja?'

'Natuurlijk. Het is jouw tuinhuis. Dankzij jou is het zo mooi bewaard gebleven. Om eerlijk te zijn heb ik nooit echt het gevoel gehad dat het van mij was, en daarom raakte ik het ook niet aan. Ergens diep in mijn hart moet ik hebben geweten dat het eigendom was van iemand anders, iemand die er meer recht op had dan ik.'

'Jij bent een vrouw met een geweldig goede smaak. Ovidio zou je hoog hebben geacht. Ik heb nog een album met oude foto's. Misschien wil je eens zien hoe het palazzo er in zijn hoogtijdagen uitzag, voordat we het overlieten aan weer en wind?'

'Dat lijkt me geweldig! En ik wil ook graag dat je hier komt wanneer je maar wilt, zolang je me maar vergast op mooie verhalen over de *marchese*.'

'Met het allergrootste genoegen.' Hij kuste haar hand. 'Je bent niet alleen een schoonheid, maar ook nog eens gezegend met een duizelingwekkende intelligentie. Daar buig ik graag in alle nederigheid voor. Mijn dank kent geen grenzen. Heeft iemand er bezwaar tegen als ik een sigaret opsteek?'

Rosemary ontspande haar schouders. 'Sorry hoor,' mompelde ze, terwijl ze haar hand om Fitz' arm legde. 'Ik had me zo'n zorgen gemaakt.'

'Waarover dan?'

Ze schudde haar hoofd, omdat ze haar angsten niet wilde bespreken binnen gehoorsafstand van Alba. 'Dwaze vrouwenzorgen. Alles is goed met je, daar gaat het om.'

Alba glimlachte haar dochter toe. Het was maar een klein glimlachje, maar Rosa voelde haar trots als zonlicht op haar afstralen. Ze had de bewondering en dankbaarheid van haar moeder opgewekt. Van nu af aan zou alles anders worden.

Toen Luca terugkwam met glazen en wijn, bracht hij ook de overige gasten mee. Ze persten zich allemaal in het tuinhuis, trokken de flessen open en luisterden in vervoering naar Nero, die het verleden weer tot leven bracht met kleurrijke verhalen over hertogen en prinsen en de onnavolgbare *marchese*.

Luca pakte Cosima's hand. De ring fonkelde als een heldere ster aan haar vinger, maar het leek niemand op te vallen, totdat hij ineens merkte dat de professor vol vaderlijke genegenheid naar hem zat te kijken. Zijn blik daalde af naar Cosima's ring, en de professor gaf Luca een knipoog en een discreet, maar lovend knikje.

33

Luca zei tegen zijn ouders dat hij terugging naar Londen om te kijken hoe de zaken daar stonden, om rekeningen te betalen en bij te praten met zijn vrienden. Hij vertelde hun niet over zijn trouwplannen, en hij vertelde Cosima niets over zijn plannen voor hun toekomst. Hij nam gewoon een vliegtuig terug met de bedoeling de aftrap te geven voor de rest van zijn leven samen met de vrouw die het allemaal mogelijk had gemaakt.

Opgewonden vertrok hij uit het palazzo. Romina had Nero zo'n beetje geadopteerd, had het tuinhuis naar hem vernoemd en had hem uitgenodigd om te komen logeren wanneer hij maar wilde. Ze zat urenlang op het terras met de oude foto's van het palazzo en alle elegante mensen die de *marchese* in decadente glorie had onderhouden. Ze verwelkomde Nero's 'avondsalons' met Rosa, en Eugenio, voor wie het een pak van zijn hart was dat Nero niet de knappe vreemdeling bleek te zijn die hij zich had voorgesteld, vond het goed dat ze hem zag zo vaak ze maar wilde. De afgeleefde Nero was voor Eugenio geen rivaal; Rosa's enthousiaste liefdesspel, zonder dat ze daar de prikkel van een ruzie voor nodig had, was daar het bewijs van.

Fitz, Rosemary en Freya keerden terug naar Engeland. Miles was ten einde raad, zo bang dat hij er bijna beroerd van was dat zijn vrouw hem zou verlaten voor Luca. En als Cosima er niet was geweest, had ze dat misschien ook wel gedaan. Maar ze accepteerde zijn verontschuldigingen en geloofde hem toen hij zei dat hij zijn verhouding had beëindigd en nooit meer zou vreemdgaan. Hij kon bijna niet van haar afblijven en liep door het huis achter haar aan als een jong hondje dat haar aanbad. Freya vond dit enigszins irritant, maar ze was toch blij dat ze terug was op de plek waar ze hoorde. Ze hoefde niet met Luca naar bed om het evenwicht te herstellen; zij hield alle troeven in handen.

Fitz wist dat hij Alba nooit meer zou zien. Hij sloot haar veilig weg in het verste hoekje van zijn hart, samen met zijn gevoelens van spijt en droefenis. Het had geen zin te verlangen naar het onbereikbare. Alba en hij waren een boek dat al lang geleden gesloten was. Hij zou zijn leven weer oppakken en de blik vooruit richten. Hij zou proberen niet te denken aan wat had kunnen zijn of te treuren om zijn toenmalig gebrek aan moed; hij was nu te oud om de jaren die nog voor hem lagen te laten verzuren. Maar zij was zijn grote liefde en zou dat altijd zijn.

Toen Luca weg was, werd Nero onderdeel van de 'palazzofamilie', samen met Nanni, Caradoc en Ma, die ook toen de zomer voorbij was nog geen aanstalten leken te maken om op te stappen. Porci werd elke dag verzotter op Nero; hij lag te dommelen aan zijn voeten op de lome golfslag van zijn prachtige Italiaans. Bill accepteerde de excentrieke gasten van zijn vrouw op zijn gebruikelijke goedmoedige manier. Ze werd er blij van om de hele tijd een groep vrienden om zich heen te hebben. Hij concentreerde zich op de tuin en begon plannen te maken voor nog een tuinhuis, eentje dat toegewijd zou zijn aan schoonheid en leren, voor Romina.

Terug in Londen raakte Luca van slag door het overweldigende lawaai van de stad en het merkwaardige gevoel helemaal alleen te zijn te midden van miljoenen mensen. Hij ademde de vervuilde lucht in, grimaste naar de mensenmenigten die elkaar verdrongen op de trottoirs, en zat vast in het verkeer met een steeds strakkere knoop van frustratie in zijn maag. Hij keerde terug naar zijn lege huis en voelde de leegte weer over zich neerdalen.

Hij reed naar Kensington om de meisjes te verrassen. Al voordat hij op de bel drukte kon hij hen horen lachen, en zijn opwinding nam toe. Normaal gesproken zou hij cadeautjes hebben meegenomen, maar dit keer had hij die in zijn haast om hen te zien vergeten.

Toen Claire hem zag, bloosde ze verrast. 'Wat doe jij hier nou?' Maar voordat hij kon antwoorden stormden Coco en Juno al langs haar heen in zijn armen. Hij knuffelde hen allebei, kuste hun verhitte gezichtjes en wreef met zijn neus in hun haar.

'Ik heb jullie gemist!' fluisterde hij, terwijl hij besefte hoe waar dat was.

'Slokop wil je graag zien!' zei Juno, en ze huppelde weg naar de speelkamer om haar rups te gaan halen.

'Hoe gaat het met jou, Coco?'

'Gaan we weer gauw naar Italië?' vroeg ze.

'Als jij dat wilt.'

'Ik vind het zwembad fijn.'

'Ik ook.'

Ze giechelde. 'Jij bent de Stoute Krokodil!'

Hij kietelde haar tussen de ribben. 'En je weet wat Stoute Krokodillen doen, hè?'

'Die eten kindertjes op!' lachte ze, en ze rende weg de gang door.

'Kom binnen,' zei Claire.

'Ben je alleen?'

'Als je John bedoelt: ja, ik ben alleen.'

'Mooi zo. Ik heb jou en de meisjes iets te zeggen.'

'Waar gaat het over?' Haar maag maakte een sprongetje bij alle afschuwelijke mogelijkheden.

Hij klopte haar op haar rug. 'Niets om bang voor te zijn, Claire.' Hij zag haar schouders naar beneden gaan. 'Ik heb een nieuwtje voor jullie.'

'Aha. Laten we naar de keuken gaan. Heb je trek in een kopje thee?'

'Koffie, graag. Heb je een koekje?'

Claire riep de meisjes en ze gingen allemaal aan tafel zitten. Luca durfde opeens niet goed meer. Hij was bang dat zijn dochters niet blij zouden zijn met zijn nieuws, dat ze zich bedreigd zouden voelen door de aanwezigheid van een andere vrouw die beslag legde op het hart van hun vader.

'Nou, wat is je nieuwtje?' Claire zette een koffiekopje voor hem neer.

Hij keek naar de verwachtingsvolle gezichtjes van zijn dochtertjes en zei: 'Ik ga verhuizen naar Italië.'

'Wil je in Incantellaria gaan wonen?' zei Claire, stomverbaasd. 'Wat moet je daar nou in godsnaam doen?'

Hij negeerde haar en wachtte tot zijn dochters zouden reageren. 'Ik hoop dat jullie me elke grote en kleine vakantie komen opzoeken. Mama en ik willen jullie samen delen.'

Juno's ogen lichtten op. 'Wanneer is de volgende vakantie?'

'Gauw,' zei Luca. Claire bleef zwijgen terwijl de koffie doorliep en probeerde te bedenken wat zijn verhuizing voor haar voor gevolgen zou hebben.

'Dus jij vindt het wel een goed plan dat ik naar Incantellaria ga verhuizen?' vroeg hij aan Coco.

'Jawel,' zei ze gewichtig. 'Heel goed.'

'Je weet toch dat mama een vriend heeft – John?' Claire wierp hem een scherpe blik toe. De meisjes knikten. 'Zonder John zou mama zich maar eenzaam voelen. Nou, papa is in zijn eentje ook eenzaam in Incantellaria. Als mama en papa niet bij elkaar kunnen zijn, is het het beste dat ze allebei een nieuwe vriend of vriendin vinden. Mama heeft de hare gevonden, en papa...'

'Je gaat trouwen,' zei Coco, alsof het de gewoonste zaak van de wereld was.

Claire kreeg weer een kleur. 'Echt waar?'

'Ja,' antwoordde hij behoedzaam. 'Ik heb de vrouw gevonden met wie ik de rest van mijn leven wil doorbrengen.'

'Wie is het?' Claire had het gevoel dat ze een stomp in haar maag had gekregen.

'Ze heet Cosima,' antwoordde Luca. 'Misschien weten jullie nog wel wie dat was,' zei hij tegen de meisjes.

'Ze is heel mooi,' zei Coco, blij dat ze wist over wie het ging. 'Ze heeft hartstikke mooi dik haar en een leuke glimlach. Ik kon wel merken dat ze jou aardig vond, papa.'

'Ken ik haar ook?' vroeg Juno.

'Slokop weet nog wel wie ze is,' zei Coco.

'Dus jullie vinden het goed?'

'Ja,' zei Coco.

'Ik ook!' zei Juno terwijl ze Slokop instemmend liet knikken.

'Dat is dan geregeld.'

Coco zag meteen haar kans schoon. 'Mogen wij dan bruidsmeisjes zijn?'

Luca voelde zijn stemming enorm opklaren. Zijn dochters keurden zijn keus goed. Nu was er nog maar één horde te nemen.

'Claire, ik wil graag financiële afspraken met je maken zonder dat er een rechter aan te pas hoeft te komen.'

'Oké. Meisjes, gaan jullie maar even spelen. Papa en ik moeten met elkaar praten. Over saaie dingen.' De meisjes vlogen weg, opgewonden babbelend over hun vaders trouwerij. Luca overhandigde haar een envelop. 'Waarom heb je je zwaard eigenlijk opgeborgen?'

'Omdat ik gelukkig ben, Claire, en ik graag wil dat jij ook gelukkig wordt.'

'Echt waar?'

'Ja. We hebben twee prachtige kleine meisjes. Die hebben we samen op de wereld gezet. We mogen er dan niet goed uitgekomen zijn, maar we hebben wel íéts goed gedaan.'

Ze maakte de envelop open en haalde er de keurig opgevouwen brief uit. Hij keek toe terwijl ze die las. 'Maak je een geintje?' vroeg ze, naar adem happend.

'Hoezo? Is het soms niet genoeg?'

Ze staarde hem aan alsof hij haar zojuist de hele wereld op een presenteerblaadje had aangeboden. 'Het is meer dan genoeg. Je zou meer overhouden als je met me naar de rechter stapte!'

'Ik wil helemaal niet naar de rechter stappen, en ik hoef niet rijker te zijn. Het komt je toe. We zijn tien jaar getrouwd geweest. Ik heb je ontzettend verwend. Ik kan niet van je verwachten dat je voortaan met minder toekunt dan toen we nog getrouwd waren.'

Ze sloeg haar armen over elkaar. 'Dan is het dus echt helemaal voorbij nu,' zei ze, en ze probeerde haar verdriet niet te laten blijken. 'Zijn wij samen ooit gelukkig geweest?'

'Toen Coco en Juno net waren geboren, waren we het gelukkigste stel dat er op de wereld rondliep.'

'Cosima moet wel een heel bijzondere vrouw zijn dat je bereid bent om voor haar daar te gaan wonen.'

'Dat is ze ook.'

'Wat ga je daar dan doen?'

'Ah, dat is de grote vraag.' Maar uit zijn glimlach viel op te maken dat hij daar wel zo zijn ideeën over had.

Luca bleef twee weken in Londen om zijn zaken te regelen en een paar vrienden te zien die echt belangrijk voor hem waren. Met hulp van zijn oude secretaresse beantwoordde hij de vele uitnodigingen en brieven die zich in de weken van zijn afwezigheid hadden opgestapeld, en hij zette zijn huis te koop. Hij belde Cosima elke ochtend en elke avond, en met elke dag die verstreek verlangde hij meer naar haar. Hij kon Londen en de City missen als kiespijn. Die tijd was geweest. Hij stapte nu een nieuw leven binnen, en dat vooruitzicht maakte hem dolenthousiast.

In zijn Aston Martin reed hij naar Italië, met het dak neergeklapt, de wind in zijn haren, zijn hoofd gevuld met gedachten aan Cosima. Hij zong luidkeels mee met Andrea Boccelli en was in een stralend humeur. Te midden van zo veel schoonheid, op de drempel van zo'n positieve toekomst, begreep hij nu ineens waarom er die nacht in zijn voormalige stalwoning op onverklaarbare wijze een gedachte bij hem had postgevat: *Duisternis is alleen maar de afwezigheid van licht.* Het was aan hem om het licht in zichzelf te vinden, en dat had hij gevonden.

Hij moest nog één ding doen voordat hij Cosima weer zou zien. Eén belangrijk ding dat al zijn plannen kon maken of breken. Vol verwachting reed hij de toegangspoort van La Marmella door.

34

Cosima was op het terras van de trattoria een bestelling aan het opnemen toen Luca haar gezichtsveld binnen kwam wandelen. Toen ze zag hoe hij keek, kregen haar wangen van verrassing een fraaie roze kleur en haar gezichtsuitdrukking verzachtte vol genegenheid.

'Neem me niet kwalijk,' zei ze tegen de oude dame. 'Fiero, wil jij het even overnemen?' Fiero knikte, en hij vroeg zich af waarom Luca zo'n grote mand citroenen bij zich had.

Cosima smolt in zijn armen alsof zijn omhelzing de enige plek op de hele wereld was waar ze zich veilig en vredig voelde. 'Ik heb je gemist.'

'Ik heb jou ook gemist,' antwoordde hij, en hij drukte een kus op haar slaap. 'Je bent nog mooier dan ik me herinner.'

Ze maakte zich los en lachte om de mand citroenen. 'Grapjas,' zei ze. 'Mag ik raden waar die vandaan komen?'

'Ze komen van jóúw boerderij.'

Ze fronste. 'Míjn boerderij?'

'Ja, jóúw boerderij.'

'Ik heb nooit een boerderij gehad.'

'Ik heb zojuist een schitterende boerderij voor je gekocht met uitzicht op zee. Daar gaan we citroenen kweken en worden we samen oud.'

Ze pakte een citroen op en bracht die naar haar neus. Heel even keek ze verbijsterd. 'Maar ik zou zweren dat deze van La Marmella af komen.'

'Daar komen ze ook vandaan.'

Ze legde de citroen terug in de mand en wilde iets zeggen, maar er kwam geen geluid uit haar mond. Haar ogen werden groot en vochtig van geluk. 'Heb je La Marmella voor me gekocht?'

'Ik heb La Marmella voor óns gekocht. Jij wordt mijn vrouw en de toekomst gaat eruitzien zoals wij die inrichten.'

'Ik kan het niet geloven! En Manfreda dan?'

'Natuurlijk wist Manfreda het al die tijd al. Ze heeft alleen maar gewacht tot ik haar een aanbod deed, zodat zij bij haar zoon in Venetië kan gaan wonen. Ze wilde de boerderij al een poos verkopen. Jij hebt gezegd dat ik een zaadje moest planten en moest kijken hoe het groeide. Nou, dat zal ik doen ook.'

'Ik weet niet wat ik moet zeggen!'

'De professor heeft me aangeraden bij mezelf te rade te gaan en na te denken over wat ik belangrijk vind. Nou, dat heb ik gedaan. Jíj bent belangrijk, Cosima. Jij en mijn kinderen, en eventuele kinderen die wij samen nog zullen krijgen. Niets is belangrijker dan liefde; dat heeft Francesco me wel geleerd. Ik kan mijn wereldse goederen toch niet meenemen het graf in, maar mijn liefde wel.'

Toen Cosima het gangpad van het kerkje van San Pasquale in stapte, merkte Luca op dat naast Toto, aan wiens arm ze voortschreed, en Coco, Juno, Olivia en Domenica, die bruidsmeisjes waren, en Allessandro, die haar enige bruidsjonker was, er nóg een kleine jongen met haar meeliep – eentje die alleen hij kon zien. Het was passend dat Francesco haar weggaf, want hij had hen ook samengebracht: de kleine Italiaanse koppelaar.

Cosima wist dat haar zoontje bij haar was, want dat had hij haar zelf in haar droom verteld. Nu geloofde ze het ook echt, ook al kon ze hem zelf niet zien. Ze wist dat als ze stil ging zitten, haar ogen zou sluiten en het hem zou vragen, hij naar haar toe zou komen.

Nu liep ze aan haar vaders arm en sloeg er een golf van opluchting over haar heen. Ze kon aan een nieuw hoofdstuk van haar leven beginnen in de wetenschap dat ze de zegen van haar zoontje had. Ze wist dat haar liefde voor Luca haar liefde voor Francesco er niet minder op maakte, dat er geen grenzen waren aan de vermogens van haar hart. Haar lange ivoorkleurige jurk ruiste terwijl ze voortstapte over de stenen vloer; haar nieuwe schoenen piepten eronderuit en deden haar denken aan het dagje shoppen in Napels met Alba en Rosa, toen ze alle drie zo'n plezier hadden gehad louter en alleen door bij elkaar te zijn.

De sluier die haar gezicht bedekte was dezelfde die Alba op haar trouwdag had gedragen.

Romina had de visagist van de *Sunday Times* gecharterd om Cosima's haar op te steken en het te versieren met de gele bloempjes die van haar de boventoon moesten voeren in alle bloemstukken. Haar gladde huid glansde en haar donkerbruine ogen schitterden omdat het geluk haar nu zo toelachte. Luca, lang en knap, stond te wachten om haar over te nemen van haar vader en haar de toekomst binnen te leiden. Ze wist zeker dat hij nooit bij haar zou weggaan, omdat Francesco hem had uitgekozen, en hij zou haar nooit in de steek laten. Ze hielden elkaars hand vast ten overstaan van vader Felippo om de trouwgelofte af te leggen. De kaarsen op het altaar flakkerden, de wierook vulde de lucht met zijn houtige aroma, en Francesco keek toe hoe zijn Braziliaanse blauwe morpho opvloog van zijn hand en door de lucht wervelde. Vader Felippo zag het zeldzame diertje gaan en merkte op dat de vlinder vast een goed voorteken was. De verzamelde menigte vond het een groot wonder; ze hadden nog nooit zo'n mooie vlinder in Incantellaria gezien. Luca en Cosima glimlachten elkaar veelbetekenend toe.

Romina bette haar ogen met een zijden zakdoek en Bill sloeg zijn arm om haar heen. Ze gaf het nooit graag toe als ze zich vergiste, maar ze kon nu niet anders dan onder ogen zien dat haar zoon dan toch misschien wist wat hij wilde. De professor grijnsde toen Luca voor het altaar knielde op de kussentjes die Beata speciaal voor hen had geborduurd. Hij wist dat de jongen er eindelijk achter was wat hij met zijn leven wilde, wat ertoe deed. Het was heel simpel, maar toch gingen de meeste mensen eraan voorbij. In stilte was hij ervan overtuigd dat hij hem de weg had gewezen. De liefde kon hij echter niet op zijn conto schrijven; die had Luca helemaal op eigen kracht gevonden. Ma was hogelijk verbaasd te ontdekken dat er een traan op haar lip trilde. Ze veegde hem weg, ontsteld over alle emoties die binnen haar pantser naar boven kwamen en erdoorheen braken om haar zachte hart te tonen. Nanni zag het en trok zogenaamd verrast zijn wenkbrauwen op. Ma was niet te ontroerd om vuil naar hem terug te kijken.

Rosa drukte Eugenio's hand. 'Weet je nog toen wij trouwden?' fluisterde ze.

'Nou en of.'

'Ik zag er mooier uit.'

'Ongetwijfeld, schat. Geen enkele bruid is ooit duizelingwekkender geweest dan jij, of zal dat ooit zijn.'

Rosa gaf hem een speels duwtje en richtte haar aandacht vervolgens weer op de bruid en bruidegom, die op het punt stonden terug te lopen door het gangpad. Ze zag de gespannen gezichtjes van haar kinderen toen die door Coco op hun plaats werden geschoven. De aanwezigen gingen staan. De muziek weerklonk toen Cosima en Luca hun toekomst tegemoet gingen.

In de stoet die de kerk uit stroomde de zonneschijn in ontbrak één iemand. Eén iemand die nu dankzij alle vreugde was bevrijd om zijn eigen licht in te stappen. De kleine Italiaanse koppelaar voelde zijn geest groter en stralender worden, en volstromen met oneindig licht en onvoorwaardelijke liefde. Daar, voor hem, stonden Immacolata, Falco en Valentina, samen met anderen die hun waren voorgegaan en die hij nooit had gekend, maar die hij nu herkende uit de eeuwige stroom des levens. Eindelijk was hij thuis.

Epiloog

Vader Felippo keerde terug naar de kerk nadat het bruiloftsgezelschap was vertrokken naar het huis van Alba en Panfilo om daar het feest voort te zetten. Hij had moeten grinniken bij de aanblik van Luca en Cosima die in een paardenkar vol citroenen waren weggereden. Ze had zo graag in Incantellaria willen blijven, te midden van al haar herinneringen aan haar zoontje, dat ze desnoods haar hele leven alleen had willen doorbrengen. Hij had haar duidelijk gemaakt dat als Luca genoeg van haar zou houden, hij in Italië zou blijven. Hij feliciteerde zichzelf met het feit dat hij daar gelijk in had gehad.

Hij liep net door het gangpad naar het altaar om de kaarsen uit te blazen toen iets achter in de kerk zijn aandacht trok. Hij wierp een blik op het marmeren Christusbeeld. Daar, afgetekend tegen het glanzend witte steen, druppelde een smal lint van rood bloed uit zijn rechteroog. Vader Felippo wist niet wat hij zag en begon vol ontzag over zijn hele lichaam te trillen. IJlings sloeg hij een kruis en liet zich vervolgens op zijn knieën zakken, deemoedig gestemd dat hij en hij alleen getuige was van het wonder.

Een paar minuten later keek hij of het bloed nog steeds te zien was, waarna hij zo snel hij kon het gangpad door rende en luidkeels riep: '*Miracolo, miracolo, miracolo!*' Het duurde niet lang of de hele stad verdrong zich in het bescheiden kerkje. Oude vrouwtjes jammerden en oude mannen huilden, terwijl de jongeren perplex stonden dat zich in deze moderne wereld een wonder voltrok. De kerkklokken beierden langdurig en iedereen rekende op een groot feest – behalve

Alba, haar familie en gasten, die hun eigen feestje vierden.

'Op de dag dat Christus bloed weent, krijgen alle geesten vrede,' zei de priester, terugdenkend aan de merkwaardige veren en de vlinder. 'En die hebben ze nu.'

Dankwoord

Dit boek wilde ik al jaren schrijven. Als iemand die haar hele leven lang af en aan geestverschijningen heeft gezien, weet ik zeker dat ons leven met de dood niet ten einde is, maar dat wij allemaal uiteindelijk terugkeren naar het huis waar we vandaan zijn gekomen. De mensen van wie we houden en die we verliezen zijn altijd om ons heen, slaan ons gade en houden van ons vanuit de geestenwereld. Het leven is met de dood niet voorbij; het voert ons alleen naar een andere dimensie.

Ik had dit boek niet kunnen schrijven zonder de hulp van een heel bijzondere en dierbare vriendin, Susan Dabbs. Zij is een opmerkelijke vrouw met een verbazingwekkende gave, die mij de ogen geopend heeft voor de boeiende wereld van de geesten. Het is een avontuur dat een leven lang duurt, en ik geniet met volle teugen van elke nieuwe ontdekking.

Al vanaf mijn vroege jeugd hebben mijn vader en ik lange gesprekken gevoerd over het leven en de dood. In de loop der jaren heeft hij mijn belangstelling aangewakkerd en mijn vragen met wijsheid en een open opstelling beantwoord. We hebben boeken en ideeën uitgewisseld, en onze gedeelde fascinatie heeft ons dichter bij elkaar gebracht. Zonder zijn bemoediging zou ik nooit aan dit boek zijn begonnen.

Graag wil ik ook mijn moeder bedanken, omdat ze mijn manuscripten leest met een scherp oog voor detail. Ze is een trouwe supporter en haar applaus betekent veel voor me. Zij heeft me een heleboel dingen in het leven bijgebracht, maar vooral heeft ze me geleerd wat liefde vermag.

Dank aan mijn redacteur, Susan Fletcher, omdat ze wederom met een stofkam door het manuscript is gegaan en er oordeelkundig in heeft gesnoeid. Haar redactionele suggesties snijden altijd hout en hebben dit boek sterk verbeterd. Ik zou niet weten wat ik zonder haar zou moeten! Bij Hodder beschik ik over een toegewijd, hardwerkend team, en ik wil hen allen bedanken voor hun gedrevenheid en enthousiasme: Eleni Fostipoulos, Swati Gamble, Auriol Bishop en Lucy Hale.

Tevens ben ik grote dank verschuldigd aan Sheila Crowley, mijn agent. Ik heb het gevoel dat ze exclusief van mij is, want ze beschikt over het verbazingwekkende talent om al haar auteurs het gevoel te geven dat ze allemaal even belangrijk zijn. Ze is een dierbare vriendin en wijze raadsvrouwe die zich voor mij onvermoeibare inspanningen getroost en het nooit te druk heeft om naar me te luisteren. Dank je wel.

Mijn boeken zouden nooit in zo veel landen worden uitgegeven als A.P. Watt niet de rechten behartigde, dus hartelijke dank aan Linda Shaughnessy, Homa Rastegar en Teresa Nicholls, en mijn film- en tv-agent Robert Kraitt.

Onze kinderen, Lily en Sasha, vormen mijn grootste inspiratiebron en vreugde. Al mijn boeken zijn aan hen opgedragen.

En aan mijn dierbare echtgenoot, Sebag, mijn scherpste criticus en mijn trouwste supporter: dank je wel.